万—以—学—散—文—作—品—集

愿为江水

YUAN WEI JIANG SHUI

WRITTEN BY WAN YIXUE

万以学 著

合肥工业大学出版社

图书在版编目(CIP)数据

愿为江水/万以学著. --合肥:合肥工业大学出版社,2025. -- ISBN 978 -7 - 5650 - 7172 - 0

Ⅰ. I267.4

中国国家版本馆 CIP 数据核字第 202579SA18 号

愿 为 江 水

万以学 著

策划编辑	张 慧 朱移山	
责任编辑	张 慧	
出 版	合肥工业大学出版社	
地 址	(230009)合肥市屯溪路 193 号	
网 址	press. hfut. edu. cn	
电 话	人文社科出版中心:0551 - 62903205	
	营销与储运管理中心:0551 - 62903198	
开 本	710 毫米×1010 毫米 1/16	
印 张	16. 75	
字 数	283 千字	
版 次	2025 年 4 月第 1 版	
印 次	2025 年 4 月第 1 次印刷	
印 刷	安徽联众印刷有限公司	
发 行	全国新华书店	
书 号	ISBN 978 - 7 - 5650 - 7172 - 0	
定 价	49. 80 元	

还原与发现

——万以学散文随笔集《愿为江水》序 ｜ 许春樵

　　万以学大学里读的是中文系（78级），在那全民文学热的年头，大学生作家梁晓声、陈建功、卢新华、韩少功等靠一篇作品一夜成名。安徽大学中文系刘以林在《萌芽》上发表了一短篇小说《马路求爱者》，收到了全国180多封求爱信，30多封信里附了照片，他曾很自豪地对我说挑了一个最漂亮的青岛女海军战士做对象。这样的传奇故事对于中文系同学无疑是激励、鼓舞，甚至是煽动。我上的也是中文系，同宿舍9个同学，8个搞文学，只有1个钻研徽州方言，大家摩拳擦掌，差不多都写起了诗歌、散文、小说，那时的万以学是不是也在文学创作，不得而知，但文学在他心目中的至上地位是毋庸置疑的。回过头来看，他对文字的敬畏之心从没改变，虽从政，却几十年笔耕不辍，洋洋洒洒数十万字散文、随笔等挤上了全国各地报刊版面，并结集出版《如此美好》《城市的笑容》《愿为江水》3部书。

　　上述背景性描述是为了更深入、准确地理解和把握《愿为江水》。大学毕业，万以学是从中外文学书堆里走向社会、走向行政岗位的。文学与行政，显然是两个行当，但对于一个喜欢文学的人来说，初心就像初恋一样刻骨铭心。万以学没法放弃文学初心，所以，他就一直游走于文学和行政两个身份之间，在角色的反复切换中相互兼容、彼此成就。无论是在铜陵、黄山、淮南，抑或在省旅发委（旅游局）、省侨办、省政协，万以学用散文的笔触将他走过的、见过的、听过的、遇过的风景、人文、历史、地理作了感性抒写和理性解析，深度实证了中国传统散文"文以载道"的价值理想。40多年一如既往，对文字、文学忠心耿耿，用"情怀"来评价他的努力显然是不够的。

　　散文是自由度极高的文体，笔墨随意，文字轻灵，结构散漫，看上去门槛很低，可要写好，也许要付出毕生努力。散文文字要好，可一味地华丽与炫酷，是一大误区，好散文的文字在于准确生动，在于韵涵滋味，不少散文文字喧哗，修辞漂亮，但内核寡淡无味，像是穿了一身好看衣裳的道具模特，所以，好散文的重要品质是要有魂，即文字背后写作者对世道人心的还原与发现，唐宋散文主张"文道合一"说的也是这个意思。

　　万以学散文是有"灵魂"的写作，他的散文在文字的准确灵动之外，以思考和思想见长，接近于"文化散文"。万以学纯客观写景散文不多，他更多地是借写景抒发或表达他对地理、历史、人文、经济、社会、政治的独立思考和独特领悟。《〈容斋随笔〉随谈》一文可以看作他散文创作的审美原则和文学立场。这就是"不唯书""观察问题要用自己的角度，不怕提出新颖观点""多人生感悟，不流俗""重视'表微阐幽'，'发潜德之幽光'"。万以学在《容斋随笔》里读出了六经之后"天下文章一大抄""进言也得看对象……如遇明主才可为之忠言""文人世相，求功求名，曲意委蛇，就是像韩愈这样的大人物也是"。文中许多令人如梦初醒的发现是万以学散文的终极诱惑。

　　沿长江一路向东，万以学看到了浩荡江水和绮丽风光，更看到了从昆仑山至唐古拉山间10万多平方千米"许多确认的、未经确认、难以确认的细流，它们都应视为长江的自然源头，且为正源"。这是地理性的还原和发现。读到这里，你会恍然大悟，长江源头是不能仅以水流大小和水量多少来确认的。

　　更多的是人生思考。当年为了跟日本、美国漂流者一决高低，数十位长江黄河漂流者葬身惊涛骇浪中，1985年从长江源头飘流的尧茂书"壮志未酬身先死"。《红尘之外》一文中，万以学在肯定漂流激情与血性的同时，尖锐揭示"人类的精神和身体，有着自己的局限和极限"。人的精神源头不一定要到江河源头去找，人的认知升华与境界开阔是自我修炼、自我完善的结果，挑战"人与自然"的铁血定律于个人、家庭、社会都不是智慧的选择。

　　王国维《人间词话》中将写景划分为"有我之境"与"无我之境"。万以学写景状物中理性感悟贯穿始终，书中见不到孤立写景的篇章，甚至段落，落笔处"物皆着我之色彩"，属"有我之境"，于是，读者就看到："这长江源头如同莲花，它给我们展示的不是诱惑，而是神秘。""玉树的万家灯火亮了。那里有看得见、闻得到的人间烟火，那里才是我们的红尘世界。"看着火锅里翻腾的油花，重庆火锅是"五味杂陈"，"把什么颜色、什么味道都杂烩了，包容了"，这"就是重庆的颜色、重庆的味道"。好的散文不只是"入眼"，而是要"入心"，通常人们把"走心的作品"作为"上品"，给读者以心灵启迪，让文字焕发出思想的光芒，这很难，万以学不遗余力地在靠近这一光荣的目标。

历史思考、文化阐释、正本清源、经世致用是万以学散文写作的基本姿态。他写的关于通天河、襄阳古城、大通和悦洲、凌家滩、铜官山、寿春城墙、秘色阆江、铜草花、祁门红茶、松萝茶等大量篇章中，面对眼前无限风光，他不仅当导游，还要拆解并告诉游人这风景背后隐秘的历史真相与文化底色，最终对这风景作出理性定位。和悦洲的断壁残垣、街巷破败，在万以学的笔下"比许多地方生造一些仿古仿旧的东西，吃力却被人讥评的做法要高明。重修重建，无法还逝去的时光和生命之魂"。因为那是活着的历史，是本真的历史，而不是虚构和策划出来的历史，这在当下新修古街古镇塌方式倒闭大潮中，极具警示意义。各地争夺名人的出生地总是乐此不疲，道家始祖老子究竟是河南鹿邑人，还是安徽涡阳人，在经过大量的史料研判和地理分析后，万以学在《老子怎么说》里旗帜鲜明地说："老子，亳人"。这是最准确最公正的解释。《松萝寥哉》中一个人将一个国际品牌"松萝茶"拉下了水，那个叫福琼的英国人写了本《两访中国茶乡》，认定徽州绿茶染色普鲁士蓝，美国人莎拉·罗斯的纪实小说《植物猎人的茶盗之旅》推波助澜，万以学在大量考证和考据的基础上，将一段尘封的历史真相挖掘了出来：纯属捏造。《南向北望》是有独到观点的全新发现，松花江是黑龙江的支流，湘江入洞庭湖进长江，赣江由鄱阳湖进长江，黄河夺淮后，淮河失去了独立的入海口，借道洪泽湖进入长江，今天的淮河就是长江的支流，并推导淮河文化与长江文化及江南文化的新关系。言别人不能言，说别人没有说的"发现与判断"，文章的穿透力就在这里。

在"情"与"理"之间，万以学将情感控制在"道理""法理"之内，写松萝茶如此，说和悦洲如此，记长江行也是如此。文化思考、历史思考、现实思考，有些提出问题，有些进行分析，有些给出结论，万以学写散文下的是学者功夫，比如《南向北望》《老子怎么说》《拜谒子张》《把风留住》《寿春"四句推"》《松萝寥哉》《怎知春色如许》《俯仰之间》《漫游铜官山》等散文引经据典，谈古论今，史料文献信手拈来，写作视野宽阔广博。万以学读过很多书，所以他的思考是建立在学理与学术基础上的。我统计了一下，

《愿为江水》一书中可以命名为文化散文的篇章占到了70%以上。在《寿春"四句推"》一文中，万以学认为楚文化有一个共时性与历时性的文化圈，包括道家的老庄和汉文化，与《淮南子》相关的"淮南王"不仅是"职务概念，也是地域概念，更是一个历史概念、文化概念"。"西楚、东楚、南楚，三楚的结节点、融汇点、生命点就在寿春"。以楚令尹孙叔敖为例，万以学认定"代有循吏，当然代也有墨吏、贪官……但中国历史上的官吏，绝大多数应该都属循吏"。上述分析判断，可谓是大胆假设，小心求证，言之成理，令人耳目一新。《"玉人"说》中凌家滩"玉人"被万以学写活了，借"玉"还魂，"玉人"的姿态、表情、眼神、嘴唇、鼻子、胡子、视线以及想象中出门远行或原地踏步，将史前的凌家滩文明形象地复制和勾画了出来，"无论你们看与不看，知与不知，他都在那里。那是一种生命的灵、性和气"。万以学最后的发现与判断是，"这'玉人'与有巢氏同处江淮肥沃之地，共饮长江不绝之水，其为有巢氏之子嗣耶，或有巢氏为其后裔耶，皆有可能"。读到这里，困惑我已久的凌家滩迷雾顿时豁然开朗。文章结尾处，颇有哲学暗示，"'玉人'似乎在印证：我到这世上来，就是'使那些看不见的能够看见'"。

万以学足迹遍布各地，对出生和从政地铜陵、黄山、淮南情感投入最多，那里是他人生中的驿站，也是精神上的故乡。写铜陵比较多，也比较透。"长江拐弯""大海回头"的大通水文监测站，铜草花神奇的勘测效应，铜陵八宝的传说和时代变迁，在感叹铜陵沧桑巨变时，站在江边眺望的万以学，"看的时间长了，都不知是风动还是水动、树动还是心动了"。如果说写铜陵最用情，写黄山则最用心。黄山的茶叶史、徽州的人文史以及当今黄山所延续的历史文化基因、徽人强大的商业积淀都在新的时代爆发出新的意志、新的魅力。"江南最后的秘境""江南墨脱"白际，秘色阊江，绩溪考据，阳明学说，程朱理学，都被万以学的文字晾晒在书中。写淮南最用力，是带有学者研究性的抒写，楚文化与寿春是在历史背景下演绎的。《把风留住》里的楚风，是楚辞文学风、工艺风、巫风。巫不是迷信，而是释读星象、解析天文、勘察地理，应与《淮南子》成书遥相呼应。我刚去过武王墩，万以学在武王墩出土文物中发现了楚王"去武尚文"的国家取向，仔细回味，果然如此。这显然不是游客的目光，而是研究者的发现。对凤台的"台"的阐释与研判也不是一般地方行政官员的见识。

唐宋八大家几乎都是行政官员，他们的散文如《岳阳楼记》《小石潭记》《醉翁亭记》《石钟山记》《游褒禅山记》等名篇，都是在妙笔写景下的参禅悟道。景写不好，道就显弱，这是一个相辅相成的关系。万以学很清楚这一逻辑，因而在写景时，调度了几十年的艺术积累和阅读经验，形成了自己的语言特质，一是现场还原，二是语言造型，三是想象与修辞，质感、多维度、视觉冲击、文字张力构成了万以学不懈追求的方向，比如：通天河"它浑浊，似乎裹挟了沿途所有的泥沙，我不清楚上游哪来、哪有那么多、那么大的泥沙；它汹涌，虽然没有呼啸声，但它从山谷中穿空而行的气势，却似千军万马，能碾除一切，吞噬一切；它深邃，在绝壁深壑中，巨流不仅仅来自上游，仿佛也来自地心，那里有天地共振的脉动……它一半在天上，一半在人间，一半是神话，一半是现实"。"太平湖广阔，但又被周边的山峦围住，仿佛在无边界的时间和有边界的空间里徘徊流淌。阳光穿过静谧的湖水。湖水清澈无比，似有无限内容，但又空无一物。一束一束的光柱，试图照耀着幽深幽深的不可测。那既纯粹又浑蒙、既真实又虚幻的水光，产生了一种致命的吸引力，让你不断地坠入，坠入。"散文语言的修辞价值在于将景与情深度融合后，看上去却浑然天成、严丝合缝，很显然，万以学的文学自觉一以贯之。

万以学读书和写作是同步进行的，他写得多，读得更多，关键是读得透，所以，他的散文才有了那么多"别人发现不了的发现"。他读过茅盾封面题字、1981年出版的《中国戏曲通史》三卷本，且记得总价4.85元。中册讲昆山腔和弋阳腔，但把大部分篇幅都给了昆山腔。读过也买过《牡丹亭》等元明杂剧剧本，他发现了元杂剧"那文字功夫了得，有的甚至比唐诗宋词还耐读"。

"板凳坐得十年冷，文章不写一句空"，万以学散文之所以具有"文化散文"的气象，与他经历丰富、博览群书、独立思考休戚相关，也与他几十年与文学的如影随形、不离不弃密不可分。

是为序！

（作者为中国作家协会全国委员会委员、安徽省文联副主席、安徽省作家协会第六届主席团主席）

YUAN
WEI
JIANG
SHUI

目 录

第一篇　愿为江水

红尘之外

一

好巧不巧，2024 年 7 月 11 日，我们来到通天河。农历六月初六，是佛教晒经节，这是佛教界为缅怀玄奘大师西天取经大德而专门设立的一个节日。

话说，唐僧师徒四人来到通天河。那时的通天河：径过八百里，亘古少人行。千层汹浪滚，万迭峻波颠。茫然浑似海，一望更无边。活水迎前，通天迭迭翻波浪；高崖倚后，山脉重重接地龙。通天河的妖怪（为菩萨莲花池里的金鱼所化），为抓唐僧，下雪冻结通天河造了座冰桥，引诱唐僧踏冰过河，然后趁机破冰将唐僧抓住。后来金鱼怪被菩萨收走，唐僧他们才靠白鼋驮着通过了通天河。再后来，当他们从西天取经回来，被菩萨发现他们应经历的九九八十一难未满，又使白鼋在水中作难，致使部分经书落水浸湿。他们无奈将经书捞起，并在通天河畔的一块石头上晒经，待经书晒干后，才在金刚等护持下，将完好的经书带回大唐。

为纪念他们艰辛的取经历程，更出于对经书和佛法的虔诚与尊重，各地寺庙都会在每年六月初六这一天"晒经"，将寺中所藏经书，拿出来晒晒太阳，祛除经书潮湿，避免经书发霉，并举办相应法事，礼佛纪念。

《西游记》的故事还在这里继续。据称通天河附近的晒经石还在。因为高老庄的名气大，便把《西游记》上写的陈家庄，附会改成了高老庄。

诗曰，我言维服，勿以为笑，先民有言，询于刍荛。原初的神话，民间的传说和故事，都是历史的一部分。天下事，同理相通的地方实在太多。在许多情况下，我们并不需要分清历史和神话。

我们没有去找高老庄和晒经石，而是径直来到"三江源自然保护区"纪念碑前。这纪念碑耸立在"唐蕃古道"的卡点——通天河直门达渡口旁的一座山岭上。该碑于 2000 年 8 月 19 日揭碑，碑高 6.621 米，象征长江源头格拉丹冬雪峰的高度，其座高 4.2 米，象征三江源的平均海拔高度。碑体最引人注目的是其顶端造型，粗看我以为是动物角冠写意，细看才知是两只手的造型，估计是想说明是人类在托举或在保护三江源。

"通天河相传为天河下游"。在古人心中，通天河是通往天界的河流。从这里往下游不远，通天河接纳玉树过来的巴塘河后，就改名称为金沙江。再往下，金沙江在宜宾接纳岷江后，就正式更改名称为长江了。而往上游，800多千米的通天河，基本上是在高山峡谷间流淌的。再往上，便进入长江源头水系了。

长江源头水系是个宽阔的地理单元，包括昆仑山至唐古拉山间的 10 万多平方千米的广阔地域。在那个巨大的空间里，到处是宽深比大、分支多、弯曲度小、散乱无章、变化迅速的河道。其中有 3 支较大，西支沱沱河水系、北支楚玛尔河水系、南支当曲水系。1976 年后，权威部门认定发源于唐古拉山主峰的各拉丹冬的沱沱河是长江正源。我倒觉得，那许多确认的、未经确认的、难以确认的细流，它们都应视为长江的自然源头，且为正源。它们最终都汇入了通天河。

站在纪念碑旁，凝视通天河，胸中会涌起一股无法名状的感觉。它远超《西游记》小说中的描写。它浑浊，似乎裹挟了沿途所有的泥沙，我不清楚上游哪来、哪有那么多、那么大的泥沙；它汹涌，虽然没有呼啸声，但它从山谷中穿空而行的气势，却似千军万马，能碾除一切，吞噬一切；它深邃，在绝壁深壑中，巨流不仅仅来自上游，仿佛也来自地心，那里有天地共振的脉动……它一半在天上，一半在人间，一半是神话，一半是现实，流淌的都是不尽的昆仑血啊。

二

站在纪念碑旁边，放眼望去，除了高山峡谷，最显明的人工建筑就是三座钢筋混凝土大桥了。最靠近纪念碑的是一座相对较老的桥。往下游走，则是两座高挑起来、漂亮的新大桥。从上到下三座桥，一座比一座高大，一座比一座长。这可能与建造时间有关，形象显示出时代变迁与建桥技术能力的不断提升。纪念碑下的这座老桥，可能是通天河上的第一座现代桥，是 20 世纪 60年代建的。我看桥身还完好，但桥的两端已有工棚和拦绳，封闭不让通行了。

有了这些桥，我们过通天河，来去自如，只是分分钟的事，甚至根本感觉不到桥下方那浊流翻滚的江水。这使我很难想象古人、前人是如何从此渡江的。但并不难想象，这通天河曾经吞噬过无数的往来行人、高僧大德。

走遍天下路，难过通天渡。过去往返"唐蕃古道"上的，那些从西宁到玉树、青海往西藏的汉藏使者、传经布道的苦行僧和信徒们，这里是必经的渡口。以数千年计，这里传统渡河的主要工具，都是牛皮或羊皮筏子，直到新中国成立初期，方以钢丝缆绳牵引的摆渡木船替代。在中国共产党领导下，国家后来的发展速度越来越快，那三座钢筋混凝土大桥就是形象说明。

抛开神话故事，说真的历史。大唐文成公主奉命和亲，曾来到通天渡口。因有随行侍从和大批藏地需要的物资，根本无法安渡。据说他们选择的第一方案，也是金鱼怪为唐僧师徒选择的第一种方案，等建冰桥，即希望冬季大雪降临，通天河封冻后，才过江。所以他们在通天河畔迟滞时间颇长。

玉树巴塘乡巴塘河畔贝纳沟，今天还存有文成公主庙。这幢唐朝的古建筑，是当地藏民为纪念和感恩文成公主的遗泽遗惠而建的。文成公主在等待河水结冰的日子里，并没有闲着。她为当地藏人带来了谷物种子，更传授他们耕作、纺织、磨面、酿酒等技术。特别还命随侍的大唐工匠，依山凭石，仿照石窟形式，浮雕了大日如来大佛和八个随侍菩萨像。为保护，也为纪念，后来藏民围绕大佛和菩萨，构建了寺庙。虽然里边供奉的是大日如来大佛和八个随侍菩萨，并不是文成公主本人，但它作为文成公主沟通汉藏关系、传播汉地文化的历史功绩见证，仍被藏汉两族人民尊称为"文成公主庙"。

文成公主等在通天河边，并没有等到通天河结冰成桥。后来，文成公主梦见佛祖显灵，按启示她用大葫芦加绑定牦牛皮，以浮渡方式渡江，从而到达彼岸，完成了和亲任务。

文成公主庙里那大日如来大佛胸前有泉水渗出，每日仅能积蓄一小壶，据说可治头晕和眼疾。我请喇嘛给我一点，我用左手掌心接住，喝了一口，然后撮一点抹在眼睛上，期望能缓解我的高反和帮助医治我的眼睛模糊。

在"三江源自然保护区"纪念碑不远处，还有一座"首漂长江勇士尧茂书"纪念碑。我没有提议去看。1985 年 7 月 24 日，从长江源头漂流到此的尧茂书，再从直门达渡口出发，独自驾艇，从通天河漂向金沙江，不幸在金沙江峡谷的通伽峡段触礁遇难。他是上世纪 80 年代最为励志的人物。在我们那一代人眼里，他代表着激情与血性。在他身上，既体现了人类勇于探索的精神，也警示了人类的精神和身体，有着自己的局限和极限。人可以在有形的江河源头里寻找启示，但要找寻自己的精神源头，最好还是从人自身上找。

我更欣赏文成公主的渡江方式。她不是漂流，她是渡，而且是度己、度人，这让她打通了通往天界的道路。世代藏人感念文成公主，并不仅仅因为她是大唐的公主、藏王的夫人，而是她实实在在为藏人带来的利益。所以，她从凡人转为了仙人，成为藏人心中的菩萨。

顺通天河溯源而上，去探寻长江的源头。这念头，在我脑中一闪而过。

三

结古镇是"唐蕃古道"上的一座重镇，现在是玉树州和玉树市政府驻地。

在藏语里，"结古"就是货物集散地的意思。玉树作为青、川、藏三地的交汇地，又是过通天河的渡口所在，自然大部分商人行旅会在此集结。长江上的干流和支流交汇处，大都会自然形成城镇，这里也不例外。

经过 2010 年大地震后的重建，玉树现在是一个崭新的城市。登上城中的当代山，俯瞰玉树，我觉得这玉树像是从天外飘来的一片彩叶，特别安静、安详地卧在群山间。巴曲顺着当代山山脚流过，在市中心格萨尔王广场附近注入扎曲，然后向北穿过峡谷进入巴塘盆地，再注入通天河。"曲"在藏语中是河的意思，这巴曲和扎曲的水质清冽，通通透透地贯穿全城，完全不同通天河的水那么浑浊。城市的绝大部分建筑都是新建的，且设计时便已照顾到景观要求，加上多数建筑具有的藏式风格彩绘装饰，所以无论从整体形象还是个体建筑，都给人以特别适宜、特别舒服的感觉，充满人间烟火和人间温暖。

然而，最先触目、也最为触动我的，还是环绕玉树的群山。大自然的雄伟和壮丽，在这些高大而连绵的山脉上，显露无遗。这里都是高原上的山，自带威势。它们身上只有一层像地毡样的薄薄草皮，全身的骨骼，包括一筋一脉，全体裸露坦呈在透彻清明的高原阳光和白云下。装饰则是镌刻在山坡上的藏语六字真言，"唵嘛呢叭咪吽（ong ma ni bei mei hong）"，和无数玛尼堆上色彩鲜明的五色风马旗和经幡。它们在此似乎已有千万亿年了，亘古未变，每日都沐浴在高原的阳光、高原的白云、高原的风中。

这种风景简直叫绝望！在一个如此巨大的地理空间里，人显得是多么的渺小，趴在爬在行走在它身上，真的是连蝼蚁也不是。这个时候，只能把你全部的胸臆都拿出来，以敬畏和谦卑的心态，来品读大自然的壮阔气质和万般面貌。我想我有点明白，很多从内地来青藏高原的旅游者，为什么会不知不觉地获得那种类似宗教般的情感。我也想起了自己要去长江源头溯源的念头，不禁暗自惭愧。我不是科学家，并没有工作和科研上的必要。对普通人来说，所谓探险、征服，只能是不自量力的呓语，徒然给大自然添乱。

我有点醒悟，唐僧等在此晒经，可能并不只是晒那些纸质经书，还有可能在点化我们，他们所经历的千山万水，那是一部天地自然大书，那是天天晒在我们面前的大经书，我们不能浑然不觉、浑然不知。比如我们来自长江下游，却自称是内地人。其实从这里看，我们才是外地人，甚至我们脚下的土地，坚实富庶的长三角，也是青藏高原通过长江送来的。

我不再要往上走了。再往上走，我相信还会有绝世的风景；再往上走，也一定还有；再往上走，也还有、会一直有！永无止境！

"可远观而不可亵玩焉。"（周敦颐《爱莲说》）这长江源头如同莲花，它给我们展示的不是诱惑，而是神秘。如果我们能如同捧读经典那样，抱着感恩、崇敬、崇拜的心，来遥望长江源头，遥望青藏高原，就行了，就好了。

玉树的万家灯火亮了。那里有看得见、闻得到的人间烟火，那里才是我们的红尘世界。

到此就好，最好！

愿为江水

我们进行着长江文化考察的行程。由东向西。

机翼下，成都平原坦呈着它的本色相。它形象直观地展示着什么叫沧海桑田，什么是天工自然与人文力量完美的结合。大地平整如画。这曾经是个盛满水的大盆地，如今万顷碧波已化成田畴阡陌。数不清的被葱茏树木包裹的城镇村庄和白色屋瓦，如同万千岛屿和靠岸停泊的帆船，随意漂浮在凝固的水面上。当然，它的精魄仍然是水，弯曲蜿蜒的河流及渠化河流，明镜般的湖泊、池塘、沟汊，把大地各个色块如同蜀锦一般密密织在一起。每个细节都清晰明了，如同传统漆器的图案，粗看是平的、乱的，细看都是层次分明、精心布局的。

在空中，我分不清哪是长江，哪是岷江，哪是嘉陵江，哪是沱江，或其他什么江什么水。当我站在都江堰宝瓶口，脑子里也完全没有宝瓶口每秒多少立方水的流量概念，而只是感觉，成都平原上的所有水流最后都汇集在这里了。它自带高山雪水的那种特别的清澈清纯，晶莹润泽，它仿佛是大块"镕玉"，在平移滑动，而不是在淌水。这也使它充满势能，有力量有信心越过高山平原，千里万里，将自己送到遥远的大海。

教科书告诉我，长江源出青藏高原唐古拉山各拉丹冬雪山，那里有巨大的冰川，储存着用之不尽的固体水源。冰川沿着山谷缓缓向下移动，并发育成沱沱河、当曲、布曲等江源水流。这些江源河流汇合起来成通天河，然后是金沙江，直到同岷江汇合之后，才开始叫长江。

在一个广阔的空间里，长江是自然天生的存在，按照"河源唯远"的原则，沱沱河等自然是长江的正源。

但长江更是历史文化的存在。我愿意与古人一样，将岷江视为人文长江的源头。成都平原、江汉平原、皖江平原、长江三角洲，展示的长江的空间进程，更是人类认识长江、改造长江、利用长江、保护长江、与长江共存亡同进退的时间刻度。

长江还是人类精神的存在。它不可仅凭人的逻辑把握，更需要人类的精神、情感来把握。"你未看此花时，此花与汝心同归于寂；你来看此花时，则此花颜色一时明白起来"（王阳明《传习录》）。

自然长江养育人的身，人文长江浸润人的心，精神长江提拔人的灵。不了解这些，对长江的理解就会模糊。

观看和凝视，是解锁无穷尽藏的自然世界与短暂局促的有涯人生矛盾纠结的法门。

透露玄机的是文字，它将长江的流水凝结，逝去的人物鲜活。首推的是春秋战国，老、庄、屈原、宋玉……"路漫漫其修远兮，吾将上下而求索"，"满堂兮美人，忽独与余兮成目"；"增之一分则嫌长，减之一分则嫌短；素之一忽则嫌白，黛之一忽则嫌黑"……接下来是秦汉，司马相如、扬雄、桓谭、王充……"乃登云阳之台，泊乎无为，澹乎自持"；"盖兆基于上世，开国于中古，廓灵关以为门，包玉垒而为宇，带二江之双流，抗峨眉之重阻"；"百川东到海，何时复西归"……接下来是魏晋，陶渊明、谢灵运、刘勰、王羲之……"忽逢桃花林，夹岸数百步，中无杂树，芳草鲜美，落英缤纷"；"野旷沙岸净，天高秋月明"……接下来是隋唐，李白、杜甫、白居易、刘禹锡、陈子昂、张若虚……"山尽平野阔，江入大荒流"；"朝辞白帝彩云间，千里江陵一日还"；"天门中断楚江开，碧水东流至此回"；"无边落木萧萧下，不尽长江滚滚来"；"日出江花红胜火，春来江水绿如蓝"；"沉舟侧畔千帆过，病树前头万木春"；"江水流春去欲尽，江潭落月复西斜"；"前不见古人，后不见来者，念天地之悠悠，独怆然而涕下"……接下来是宋元，欧阳修、王安石、苏轼、陆游、姜夔……"惟江上之清风，与山间之明月，耳得之而为声，目遇之而成色，取之无禁，用之不竭"；"大江东去，浪淘尽千古风流人物"；"人生如梦，一樽还酹江月"；"这也不是江水，二十年流不尽的英雄血"……接下来是明清，杨慎、方以智、徐霞客、李时珍……"长江天际落，远客峡中归"；"滚滚长江东逝水，浪花淘尽英雄，是非成败转头空，青山依旧在，几度夕阳红"……接下来是近当代，革命家、军事家、企业家、新文化的传播者，更是如过江之鲫，集天下英豪，焕发无限魅力。"万里长江横渡，极目楚天舒"，"不管风吹浪打，胜似闲庭信步，今日得宽余"；"曾记否，到中流击水，浪遏飞舟！"……

当然还有器物，特别是青铜器，它们立体形象，通贯长江东西，熔铸古今。长江流域的鼎、罍、盘、尊、匜、壶、钟、剑、戈、钺，都是在似与不似、通与不通、统与不统之间。上游巴蜀，似乎更多的是神器，叠床架屋的神坛，纵目千里的面具，通天连地的神树，连接天地，沟通人神，天地不绝，天人感应，深藏着的是人类对天地神祇的无比虔敬；中游汉楚，更多的是崇祖敬君的器物，敬天承运，祭祀礼乐，钟鸣鼎食，把最好的礼物贡献给自己的祖宗、先圣、君王；下游吴越，丹阳炉火照天地，吴钩越剑，铜锄铁锨，更多关注人的现世生活、生存，甚至留下了精工铸造的大师姓名，如公冶父、干将、莫邪和"焚失法""失蜡法"等技术名称。

神树，鼎尊，剑戈……这是长江上、中、下游有意识的合作分工吗？这是高山、高原、丘陵、平原的地域表征吗？这是天神、巫觋、王权、庶民的权力递次延伸吗？这是玉璋、朝笏、名帖的礼仪礼节演化吗？其中真有简单的先后时间交替次序吗？或许，今人那种单程的、线型的思维，根本不足以分析古人，感受长江。

站在都江堰南桥上，俯身凝视着澎湃而过的江水，我瞬间有失去意志的感觉。

当我们再度回到成都机场时，漫天正淅沥地下着春雨。晶莹剔透的大颗大颗雨珠落在新绿的树叶上、草坪中，落在大地上、江水中。迷迷濛濛，云蒸雾罩。它们将汇入岷江，最终都将汇入长江，汇入大海。然而这并不是它的单程旅途。天造长江，整个长江都处在所谓"哈得来"环流带上。温暖潮湿空气从赤道上升，升到对流层，在北纬30度线上下沉，给30度线带来循环的气候变化和充沛的雨水，造就着无数的自然和生命的秘密与奇迹。

这也意味着，这雨，会经过大江、经过大海、经过大洋，会再次、多次、无数次地莅临这里！天佑长江！

我们正在北纬30度线上，沿着长江从西往东飞。舷窗外，浮云如长江的水花般掠过。

"高山流水，与尔同行。愿为江水，与君重逢"（文在寅《命运》）。在每个时刻、每个地点，始终与你相见相伴，方"不废江河万古流"。

手机上的古琴、笛、埙、箫合奏的《归来》，不知觉间已转换成钢琴、萨克斯、铜号协奏的《存在》了。把有限的生命融入青山，融入长江，追随大气环流浮沉，任意切换固体或液体状态，或为不错的想象。

"江之永矣，不可方思。"（《国风·周南·汉广》）

渝 之 气

掠过连绵的大巴山，飞机便开始降低高度，准备着陆了。

机翼下盘绕着嘉陵江和长江，犹如神龙见首不见尾，忽隐忽显，逶迤穿越在青苍的群山中。人们习惯将"巴山蜀水"作一句读，如此看来，虽不至于说巴是巴，蜀是蜀，但巴与蜀之间的差别还是显而易见的。

长江的干流与支流交汇处，都会酝酿出一个城市。岷江、沱江、涪江和嘉陵江等"四川"，在川江交汇处，都有个著名城市。岷江汇入长江口之处是宜宾，盛产白酒燃面；沱江汇入长江口之处是泸州，盛产白酒荔枝；乌江汇入长江口之处是涪陵，盛产榨菜脐橙；而河流最长、流量最大的嘉陵江汇入长江口之处，则造就形成了直辖市重庆，盛产火锅美女。

与汉水一样，嘉陵江源出秦岭。这也是一个视角，在此可以看到长江的伟大，它以自己为轴干，北通过秦岭、嘉陵江、汉水、淮河等，南通过珠江、乌江、湘江、赣江、青弋江等，沟通着中华大地的东与西、南与北，成为大中华的最伟大的塑造者。

重庆处于嘉陵江和长江交汇处狭窄的半岛型丘陵上。在周边青苍的连绵群山中，赫然出现一片白灰色的水泥森林。它们与本来存在的自然冈峦重叠，错峰错彩，竟然天衣无缝，打造成仿佛天然的新的地理环境。

飞机落地后，我们再经过起起伏伏、高高低低、错错落落的汽车行程，真正落座在餐厅里，再面对炭烤鳕鱼、宫爆虾球、白灼菜心等广式菜肴时，大家竟心照不宣地挑拣着有辣味的回锅肉和油辣鸡丁来吃。更夸张的是，饭后，我们还是心照不宣，集体溜出宾馆，找了家小餐馆，要加餐吃火锅。大家其实并不在乎吃什么，只是想借此体会山城的烟火气和土味罢了。

大锅一端上，"啪"的火一点，麻辣鲜嫩烫，感觉上味道就有了。鸳鸯锅，宫格清晰，一白一红，色型鲜明，辛淡咸宜。三个调料，蒜蓉、葱和香菜。配菜是猪肉片、毛肚、血旺、鸭肠、海带、豆芽等。食材看去很是粗拉，自带粗犷之气和江湖味。这种火锅，业界基本上认可它发源于20世纪二三十年代的重庆码头边，享用者多为商贩纤夫以及搬运工等，与"渝"字古义颇有相通之处。改革开放后，它才开始引起注意，大量兴起，并登堂入室，横扫餐饮江湖。细细体会，也可将之视为重庆城市基底文化的留恋，包括后来的觉醒与复归。

美食总是能勾画想象的，何况色彩如此鲜明的重庆火锅。我这次是和省政协书画院的一批画家们来重庆采风的。他们正在酝酿创作《长江万里图》，拟用五个主题来图说长江。他们一边捞着锅底的什物，一边议论着。我觉得这是一个伟大而艰巨的工程，做好了，将成为不世之作。这不世之功，需要和值得他们全力以赴。

五是吉祥数。中国人的阴阳五行观念根深蒂固。五方、五色、五味、五气、五脏，基本可以应用到各个领域各个方面。例如饮食，酸、甜、苦、辛、咸，"天食人以五气，地食人以五味"（《黄帝内经·素问》）。例如五脏，肝、心、脾、肺、肾，"肝主目，心主舌，脾主口，肺主鼻，肾主耳"（《黄帝内经·素问》）。例如绘画，"画缋之事，杂五色。东方谓之青，南方谓之赤，西方谓之白，北方谓之黑，天谓之玄，地谓之黄。青与白相次也，赤与黑相次也，玄与黄相次也"（《周礼·考工记》）。

五字看似简单，但真正要把五字落实到心底、腕底，却很难找到固定套路，或只用一套方法。就像重庆这个庞然大物、超级城市，能建在逼仄的半岛石头山上，就很难用一般经济地理学去解读。

我看着火锅里翻腾的油花，想找到一个词来形容它，发现根本就是徒劳。它是"五味杂陈"，把什么颜色、什么味道都杂烩了，包容了，但它也是"特色鲜明"，就是重庆的颜色、重庆的味道，很易辨别。我又想象画家们将来绘就的《长江万里图》是个什么样子，发现也是徒劳。我既要也要、既希望也希望的地方太多。长江源头荒原气象，天人相间处的山水裂变，南北相争相杀相爱的糙黑交锋，人文方兴时的蓬勃朝气，时间巨轮的东西跨越和迭代考量，可捉可摸的山河变易，满城满江满湖的赤色烟火，潮涌长江的蔚蓝壮阔……不过，最最希望的还是要画出长江的生气，画出人间的生气来。"人之生，气之聚也，聚则为生，散则为死。"（《庄子·外篇·知北游》）

再透过锅上面蒸腾起的缕缕热气，看窗外魔幻的灯光和汹涌的人潮，不由感叹，怎生这一个"气"字了得。

重庆虽然建市时间很早，但它的繁华和兴盛不过近几百年。它的发展速度，自南宋后特别是近代以来，显然呈现出加速度，是愈来愈快的。如同长江，在高原上迂回曲折环流几千里，待突破了高山阻隔，便气势若虹，一泻千里，不可阻挡。

重庆背倚青藏高原，是典型山城，而"山"则是最接近天庭的。"山，宣也。宣气散，生万物，有石而高。"（《说文解字·卷九·山部》）围绕青藏高原生成的一系列城市，无不散发着别具一格的特殊魅力，究其竟可能都与这种特有的、原生的诡异气场有关。如同今天作为风景的洪崖洞吊脚楼，本是旧社会的遗迹，但为重庆的饮食文化发展提供了新的景观背景。

把腿架上锅台，用长筷敲击着锅沿，额头上滴着汗珠，肯定唱不出"杨柳岸晓风残月"，但能不能唱出"大江东去"的味道呢？我发觉也很难。这里有一种坚守坚固、不可与夺的底气在。这是山里人的特有禀赋吧。像这火锅，应是过去为弥补食材不足的窘境而产生，而固执精炼，竟发展成为包容万物的最好釜鼎。气字的繁体字下边有个"米"字底。"气"，都是要由米谷做基础的。《黄帝内经》：六气者，各有部主也，其贵贱善恶，可为常主，然五谷与胃为大海也。四川眉山人苏轼：宽胃以养气。这可能就是"一方水土养一方人"的谜底。这种火锅里的"渝"气或其他什么气，或是此段长江蕴藏着的精神气质，真正的风景。

初夏的山城，到处蓬勃盛开着令人心悸的红艳三角梅。与此相对应，还生长着一种叫蓝花楹的植物。这蓝花楹有羽状的叶片与蓝色的喇叭状的花。它像精灵，在灯光的映照下，更是散发出一种幽幽的味道。它朦胧清丽，幽幽的青涩气在渐热的天气和水泥森林中并不消减，给人一种异于人间的别样感觉。它有土味，更透着一股远古的气息，似是要竭力展示城市的多元血脉。

楚　望

从武汉到荆州，从荆州到襄阳，楚天空阔，地腴人稠，遍地油菜花金黄。

跟随大部队的脚步，几乎一路小跑着，看了襄水源、檀溪、岘首山等数个市政项目。我们相互取笑着，仿佛回到了当年做政府行政工作的时候。

忽然耳边传来下个参观点是凤林古渡。襄阳凤林古渡，位于襄水入汉水的江口处。南屏凤林关，西邻习家池，岘首可倚，鹿门在望。

正是人间最美四月天，桃红柳绿正当时。天高云低。江天寥廓。红色的木栈道。亲水平台。浅滩，湿地。曲桥。桃花飞红。银杏、槭树、落羽杉的新叶正在逐次绽开。令人讶异的是汉江水的丰沛，远超我想象，浩浩汤汤，连天接地，蔚然有湖甚或海的味道。这凤林古渡，现是一个全新的城市园林景观，以云树兼葭、江口古渡立意，致力营造古河道水系与自然风貌。

没有古渡，没有古渡风貌。而且，此汉水凤林渡更非黄河风陵渡。

但那又如何，如此有个名字就已足够。天南地北，不论塞外江南、中原蛮夷，本都是人自由设置的风尘战场，并不需要我们逐一用实名实事实地实景去对照。这是武侠小说的自由，但也不仅是武侠小说所独有。

与眼前景物完全无关，仿佛是一语入心，"凤林渡"，瞬间唤起的是我青春的记忆。

我一直是将风陵渡与襄阳连接在一起的。这与小说有关，非关真实地理与历史。

这与那种矢志报国，率性以往，他强任他强、清风拂山岗的真性与真情，洒脱与豪迈有关。金庸小说《神雕侠侣》中，郭靖、黄蓉夫妇与郭襄弟弟破房都献身在襄阳。他们的言行，深度契合"水驾山而上者，皆呼为襄"（《寰宇记》），奋力向上、不惧逆行的隐含意义。

这与郭襄对青春少年的深度情感捆绑有关。颈挂明珠、着淡绿衣衫的16岁的郭襄在风陵渡遇到了杨过，得到了杨过赠予的三件大礼，一是灭蒙古先锋，二是烧蒙古粮草，三是除奸拿回打狗棒。更重要的是在天下英雄面前，在夜空中用烟花放出"恭祝郭二姑娘多福多寿"，用灿烂烟火照亮郭襄青春容颜和从此以后的寂寞一生。这是天下英雄与美人的不解情缘，这是至情之中才具备的极致浪漫情怀。风陵渡口初相遇，一见杨过误终身。虽然情感懵懂迷茫，却不妨浃骨入髓。一眼千年，一天一生。

更与我们的青葱岁月、看似早已消逝的隐秘情愫有关。那是青春激扬，血脉偾张、经脉乱转、风中凌乱的岁月。我们躲在被窝里听邓丽君的歌，没日没夜地读金庸的武侠小说（当然，还有王蒙的《青春万岁》），虽然没有宝剑骏马，却有要背着小黄书包孤身一人出游戈壁荒漠的满脑子奇思怪想。要想知道这隐秘的联系有多深，以至于2024年初春在浙江海宁召开的金庸百年诞辰座谈会，我们大学同班同学中竟有3位因研究金庸有名而与会。

"共喜年华好，来游水石间；烟容开远树，春色满幽山"（孟浩然）。郭襄与杨过相遇后24年，成一代大侠峨眉掌门，而我们与郭襄相遇，已过去了42年。很庆幸，我们虽然没有学习到那"黑沼灵狐"绝招，但我们在改革开放的洪流中，意气风发，指点江山，挥洒汗水，纵横驰骋，披星戴月，日夜兼程，爬山越岭，浮沉江河，拼却羸躯，玩命工作，将许多事物拆分了再整合，打乱了再重来，重整重塑，再造出新，凭借着青春那一口气，飞越过了那热血蒙头、气冲牛斗，且又风中凌乱、跌跌撞撞的诸多日子。

夜晚，我们站在襄阳古城墙上，面对万家灯火。汉水在远处，泱泱地从古流到今。看不见的远方，长江的涛声轰然响起。荆州古城墙、襄阳古城墙、寿春古城墙，建了倒，倒了建，墙还在。南楚、西楚、东楚，楚国是万里辽阔，千年东望，百世芬芳。

我思忖自己已年届花甲，如此感叹是否有些矫情。

"却听得杨过朗声说道：今番良晤，豪兴不浅，他日江湖相逢，再当杯酒言欢。咱们就此别过！说着袍袖一拂，携着小龙女之手，与神雕并肩下山。"

"其时明月在天，清风吹叶，树巅乌鸦啊啊而鸣，郭襄再也忍耐不住，泪珠夺眶而出。"

"沧海一声笑，滔滔两岸潮，浮沉随浪只记今朝……谁负谁胜出天知晓，江山笑烟雨遥，涛浪淘尽红尘俗世几多娇，清风笑竟惹寂寥，豪情还剩了一襟晚照"（1980年代黄霑歌曲）。

　　"乌鸦背驮着太阳飞下了山岗，带走了我们的春来冬往，那曾是惊鸿的模样照我心怀，如今此情变成了回忆，回忆回忆已不在。请不要说我是你的爱人，我怕我的眼泪眼泪眼泪，我的眼泪忍不住掉下来"（2020 年刀郎歌曲）。

　　咱们，就此别过！

安庆游记

一

我们从济广高速望江口下，横穿过望江县城，很快便上了长江北岸的同马大堤。这同马大堤横贯望江、怀宁、宿松境，包括了同仁堤、丁家口堤、初公堤、泾江堤和马华堤，它们整体构成了长江北岸安徽段上游的堤防系统。

这里是长江下游皖苏平原的顶端，学术上称之大别山东南山前平原和安庆谷地。它不同于平平展展、毫无视野障碍的淮北平原，而是平中有坡，坡中有平，甚至还有丘陵、台地等，地貌形态十分丰富。正是深秋时候，一路风景如画。天空湛蓝，更显辽远辽阔。微起微伏的田野上，已收未收的水稻、黄豆、玉米、各色菜蔬和树木，滋润丰硕，泛着金子般的丰收颜色。如果不想什么 GDP，有"其山川迤逦而荡潏，有鱼蠏麦禾之饶"，人生不过尔尔。

其实人的肉眼视力有限。借助三维地图，我们可以清晰地看到，这块土地其实是长江上的一条洪荒巨川。它的北缘，是大别山的南麓，南缘则越过长江到了皖南山区北边。这个偏北向的大豁口子，以铜陵市为界，上游宽度大体在 30 ~ 50 千米，下游则是一个逐步扩大的大喇叭口，与长江三角洲直通并接壤了。

这条洪荒巨川，现在地理文化旅游市场上，没什么名气，但实际比长江三峡更为惊心动魄。长江三峡上游，是广袤的四川平原，下游则是江汉平原和洞庭湖平原。长江三峡看似山高峡深，实际却是越过大巴山东行，而不是冲破大巴山的。而这里，长江却似凭借宇宙洪荒之力，并汇四川平原、江汉平原、洞庭湖平原，外加鄱阳湖平原的所有力量，在突然间迸发，将大别山冲决开个大豁口子，再经亿万年冲刷侵蚀形成。按当今科学解释，这或是江南古陆与华夏古陆的结合部，或是郯庐断裂带的部分。但这条洪荒巨川，或俗语说的大豁口子，是中国地理的独一存在，在地球表面也极其罕见，与世界其他所谓大裂谷相比，特别宽阔。

其最明显地表特征，是其北缘大别山南麓的陡坎地貌，齐斩斩如刀切一般。再就是江淮大地大多是长江冲积物或泥石流堆积物，其中当然包括大别山的水土流失。再一个就是因为长江摆动和地壳下沉，在这里形成的众多湖泊。其中有许多万亩以上大湖，如龙湖、龙感湖、大官湖、黄湖、泊湖、雷池、武昌湖、破罡湖、菜子湖、白荡湖等，名列中国五大淡水湖之一的巢湖也处在这个狭长的洪川里。

万里长江，东出江西湖口后，正当便是安庆市。其市域面积除了岳西、潜山等部分属于大别山区外，大部分都处在这个洪荒巨川中。安庆是真正意义上的建在长江之上的城市。

如果把长江比喻是条大龙，长江安庆这一段便是这条巨龙身上的一段。这自无疑义。但奇妙的是，在这洪荒巨川中，还隐藏着条由隐山潜脉构成的小龙。这条小龙，在巨川里游弋逶迤，绵延起伏，一直延伸到巢湖以东，构成了川地的骨骼或脊椎。在三维地图上，它部分表现为丘陵地，是若断若连、隐隐绰绰的一连串绿点。

"蛟龙，水中之神者也，乘水则神立，失水则神废"（管子）。"积水成渊，蛟龙生焉"（荀子）。龙为阴，水为阳，相与为用。龙跃于渊，云龙风虎，得水为上。古人没有天眼，也没现代科学技术可以把握全貌，但他们对这种地形地貌，有直觉，有观察，然后便以一连串的、充满想象力的"龙"地名提示，如龙湖、龙感湖、雷池、龙湫、大龙山、小龙山、龙脊岭、龙眠山等。甚至，以同样龙命名的地名反复在这里出现。我估计，在中国还没哪个城市有安庆这么多的龙呢！

地理向来是人文的子宫。如此壮丽的山河，当然会给安庆的历史和人文带来极为壮丽的景象。只是江山无言，并不会主动为我们解释。

二

车进宿松界，我们远远地看到了小孤山。汽车驰下大堤，行过一段水柳护道的滩地路，直接到了小孤山山脚。

这段滩地路，一看便知是临时或季节道路，随时准备被水淹没。这小孤山原来是与北岸连接着的，后来被长江大水冲开，变成了江中孤屿。它看上去高不过百多米，周围里许，浑如一块巨岩。古人说小孤山，大江中流，无支峰，无赘阜，石壁竣拔，远之如菌苔出水，近之如芙蓉凌波，亭亭焉，屹屹焉，如削如浴，描写得十分到位。站在各个不同的角度看，小孤山还有不同的形象，"东望朝天笔，西观似悬钟，南看太师椅，北眺啸天龙"，并不是虚言。

我们从山门——在岩壁上凿出来的岩洞进入。山门悬额"启秀寺"，其上有"御制——灵照江屿"四字，俗传为朱元璋御笔。

进入山门，便是进入岩洞。里边曲屈幽深，不知走了几个之字阶梯，启秀寺主持行义把我们引到了启秀寺东面的平台上，顿感豁然开朗，天高地阔。时近午时，薄薄的阳光透过薄薄的水雾，竟然有些晃眼。今年长江水位较低，小孤山的上游沙滩显得宽阔，平坦如砥。江水荡着一层层的涟漪，虽不汹涌，但还是让人感到它不可阻挡的力量。江对岸的彭郎矶隐隐迢迢，并没有给人英俊帅气的感觉。无人提醒，很难让人联想到那个"彭郎配小孤（姑）"的传说。还有一连排的现代工厂和矿山，煞了江天一色、烟树迷离的风景。

站在这里，可以更深切地感受为什么近代著名文化地理学家张其昀说长江是大江。确实，长江不仅仅是长，还宽阔，不仅秀，而且壮。江风拂过面颊，胸臆廓开，仿佛我等凡人也能接天地之气，端的有"立定脚跟，那怕天风海浪，放开眼界，且看吴山楚水"的胸怀和豪情。如若在汛期时，小孤山孤峰峭拔，独立江心，四周江水滔滔，滚滚东逝，怕只有苏轼再生，才能写出那感觉吧。

《读史方舆纪要》：小孤、安庆如唇齿相依，为金陵西面之险。我不是军人，但也能看出小孤山形势显要。小孤山与彭郎矶间直线距离看上去并不远，别说架炮，甚至搭个浮桥，拉把铁链，也能把大江锁住。一夫当关，万船莫上（下）。突破这里，便可顺流直下，轻取安庆南京了。所以这里自古便是战场，朱元璋大战陈友谅、曾国藩大战太平天国等，古代许多战役战斗都发生在这里。曾国藩部将彭玉麟曾自夸战功，在此赋诗：十万貔貅齐奏凯，彭郎夺得小姑回。

小孤山上还供奉着妈祖，这在整个长江流域是唯一。彭玉麟口中的小姑即小孤山，小姑亦即天妃圣母，这天妃圣母亦即天妃、天后、海神娘娘，也即妈祖。她与菩萨一样，能救苦救难、预言吉凶。妈祖信仰是福建、中国沿海和东南亚各国的重要信仰，是传说中掌管海上航运的女神，至今仍被那里的人们敬仰和祭祀，例如台湾每年的妈祖祭祀搞的就很隆重。

道造无极，威镇中流。这海上的妈祖为什么来到长江，来到小孤山，有许多人研究过。有说是小孤山通海，在小孤山侧有"海眼"；也有说古时福建商人带来，或长江航运发达，船工信仰带入；还有说妈祖和观音菩萨在民间就是一人，多面一体；等等。都有道理，但这些条件长江其他地方也有，并不能完美解释，特别是历代朝廷对小孤山那么青睐。

小孤山在长江上排名甚高，小孤山明代即为妈祖信仰中心。开国大皇帝朱元璋封妈祖为"昭孝纯正孚济感应圣妃"，后来朝廷又几次敕建小孤山天妃行宫。明嘉靖三十九年朝廷遣官祭祀，就是把小孤山之神与直沽天妃之神、淮河之神、杨子江之神、汉江之神并列起来的。再之前，朝廷也几次专门遣使往致祭小孤山妈祖。再再之前，宋朝也曾对小孤山妈祖进行追封，这甚至到了妈祖刚出生的年代了。这小孤山天然是江海交流、双向奔赴的标识吗？

长江万里此咽喉，吴楚分疆第一州。我想到那条洪荒巨川里的小龙，小孤山莫不是它昂起的龙头？它身后，是雷埠、黄墩、大龙山、龙眠山等构成的龙身，这条龙一直畅游在洪川中，与大江相伴。流动不居，却又坚韧不拔。

三

石牌镇濒长江、枕皖河，是怀宁县辖下的小镇，有一千多年的历史了。

"石牌"地名全国颇多，如抗战时鄂西石牌，就打过著名的石牌保卫战。但安庆石牌却没有那个石牌的血腥记忆，而是以"水陆交通大集镇，向以鱼米之乡著称"，更是享有"京黄故里、戏曲圣地"的美誉。只不过，现如今随着交通工具大改变、交通基础设施大变化，其种种历史记忆都不可追及。

石牌镇新建了"徽班博物馆"。完全按徽派建筑要素设计，中轴对称，封闭回形布局，大门仅有一米宽，内设有月沼、戏台等，并有很多的砖雕木雕等传统徽建装饰。只是里边的陈列品不够丰富，还在进一步收集整理中。

徽班跌丽，始自石牌。无徽不成市，指徽商纵横江湖，成就了许多市镇，而无石不成班，则指石牌盛产名伶，每个戏班子里都有石牌人。"徽班进京"的历史光环是给石牌的。徽班进京第一人高朗亭，京剧鼻祖程长庚，国剧大师杨月楼等，均自石牌出发。乾隆五十五年，徽调艺人高朗亭带徽调三庆班赴京演出，一鸣惊人。据称鼎盛时，石牌镇有800处演出舞台，还拥有可容纳600人的大戏院，专供徽调、皮簧班演出。这么讲可能有点夸张，但石牌实力却是不容置疑的。四大徽班进京后，在京的石牌徽班艺人即多达百人。不少石牌儿童七八岁即入京学艺。

徽剧,由徽班带着走向了全国,对各地戏剧影响很大,特别是对"国戏"京剧。徽剧主腔之一枞阳腔,与高拨子演变的二黄,与西皮合称为皮黄,是京剧的主腔。同样,徽班对黄梅戏的影响也很深。严凤英、王少舫等黄梅戏艺术家,都在石牌学艺并成名。经过严凤英等一代代黄梅戏人的努力,原本只是地方小戏的黄梅戏已卓然成为国内的五大地方戏之一。在当下文化旅游"卷"得不要不要的时候,安庆保有这块成色很高的品牌,肯定会给安庆加分。市区的黄梅戏艺术中心博物馆建在菱湖旁,门前小广场上有黄梅戏角色雕塑,菱湖中有小岛,岛上有严凤英纪念馆,严凤英的墓地也在那里。

但徽剧、徽班走上大雅之堂后,从里到外逐渐失去地方特色,走向衰微。黄梅戏能够接棒,我觉得是因为它有"草"根味,看似地位低微,却有纯朴清新的生命力,能在本地保住基本的观众群体。

黄梅戏能够得到认同并被喜爱,估计和它用安庆地方官话表演,容易被人听懂有关。安庆方言辨识度非常高。男性急促沧浪,女性糯甜软和。天上九头鸟,地上湖北佬;九个安庆佬,打不过一个湖北佬;九个湖北佬,骂不过一个安庆佬。黄梅戏以安庆地方语言为基础,唱腔用官话唱,说白则用乡音土语。有些特殊的音调和发音方式,甚至独有的词汇和语法特点,比如很多的衬词、垫词,听上去很"水",像在长江和众多河湖沟塘浸泡的那样,充满一种自在感、天然的韵律和地方民俗风情。柔顺中带有一丝儿韧劲,没有刚性或刚性不足,但也不是那种没骨的媚性。很多外地观众,恰因为听着安庆话,半通不通、半懂不懂的,而喜欢上了它。少了安庆话,黄梅戏就不是纯粹的黄梅戏了。

不论身在何处或待多久,许多安庆人终其一生,也改变不了乡音。与我结伴游的移山先生是文学评论家、出版人,他是安庆本地人,此番旧地重游,他是看山看水、看故乡看故旧。他操着一口浓重的安庆方言,让我感觉是此次旅行最深切的安庆特色。方言是情感认同和身份认同的重要依据,是传统文化的一部分,也是非物质文化遗产的重要组成部分。这也是安庆人走遍世界,总能找到自己人的标识之一吧。

我们再转到石牌老街,想找找戏曲元素,或听听街巷中的黄梅戏调。虽说是老街,可除了原有的街道肌理外,完全是个新的街道,沿街铺面的排门和窗户,都是新换上的桐油油出的新木板。街口有几家卖鞋帽服装的,巷子深部有家修京胡的小铺子在开门营业,没有"出门三五里,处处黄梅声",甚至没有一家传出唱徽调和黄梅调的电视或收音机声音。

回头我们站在皖河桥上，看着裸露的河床和大片的沙滩，发了一会呆。青葱乡野，早已经消失隐没在宏大的场景里。我现在不大看黄梅戏，一是不喜欢舞台上满脸胶原蛋白的演员，二也不喜欢开始变得富丽堂皇的服美道调。失去了传统农耕和码头商埠的位置，石牌现正全力发展工业，想吸引人口，还想搞黄梅戏石牌奖，助力推进传统戏曲文化的保护、传承与发展，努力夯实"戏曲圣地"的基石。

石牌镇西北四十里有小吏港，"以汉庐江小吏焦仲卿得名"。东汉民间五言诗《孔雀东南飞》，是古代第一首长篇叙事诗。"共一千七百四十五言，杂述十数人口中语，而各肖其声口性情，真化工笔也。"历经千年，至今仍为文学名篇。对比20世纪50年代，国内盛行的小提琴《梁祝》，以及新近大火的刀郎新山歌《花妖》，其成色只在之上而不会在之下，却无人翻唱翻拍出新，殊为遗憾。

四

晚饭后，移山先生带我去看倒扒狮历史文化街区。

到人民路时，已晚上九时了，还有相当的店铺亮着灯。拐进倒扒狮巷子，除了沿街的各色店铺招牌，看见不少的花坛花台，跨街悬吊着很多灯笼、花伞。灯光有些迷离。巷子不长，修复还原痕迹蛮重的各类老字号大都关了门，但新式的蛋糕店、咖啡馆、时尚店还开着门，里边灯光透亮。我感觉像是走进了民国风的电影布景场地，等拍完了戏，随时要拆的样子。我想找那个倒扒狮，但没有看到。据说那倒扒狮不坐不爬，而是双腿举起倒拿表演，说是有聚财还有表示经商和和气生财的意思。

相比，我更喜欢大观亭旧址前的菜市场。大多是小菜贩子，好像也有农民自己摆的摊子。到处叽叽喳喳，空气中飘着安庆话调调，却听不出什么所以然来。见到一个头梳得锃亮，皮鞋也锃亮，全三件套西装，还扎着领带，看上去又高又大又帅气的家伙，他在猪肉摊前欲行又止的神态，让人感觉蛮生活的。民国时，林语堂来过安庆，他笔下的安庆，其破败脏乱，市容市貌让人不忍细品细读。不过，鼎沸市声，陌巷柴米，皆为烟火；稼穑躬耕，翁媪絮语，俱是人间。这几十、几百、几千年来的凡尘生活状态应该还是一样的。

我们是来找大观亭旧址，并想顺访余阙墓的。这大观亭建在正对长江的一座小山上。但我们来的不是时候，大观亭旧址已被围上长长的施工围墙，正在建设"大观亭历史文化街区"。我们找不到入口，只好望着围墙上露出的山上树梢，等下次了。"有山屹然，有亭翼然，俯临皖口，望之蔚然而深秀者，则余公之墓也。"安庆民风一般以为柔弱隐忍，但其血性一面，也会时不时爆发出来，炫出耀眼的光芒。这大观亭，或为外在表现之一。

余阙，元代官吏，文章家，诗人。书上写他是合肥人，但按籍贯算他是甘肃武威人。去年底我去甘肃，想查他的根底，却被告知，只有博物馆藏一块进士名录石碑上刻有他的名字，其余没有任何文字记载或遗址遗迹。他曾为安庆郡守，屯田战守，精甲外扞，耕稼于中，以政绩升任江淮行省参政。元末时，陈友谅农民军攻克安庆，余阙守城失败自杀，后地方士绅为纪念他建大观亭。余阙有古儒将风，熟读五经，"男子生为韦孝宽，死为张巡，不可为不义屈"。为子死孝，为臣死忠。其死，陈友谅义之，以金赎其尸，具棺敛葬于安庆西门外，明太祖复为余阙立庙于忠节坊，命有司致祭焉。

余阙评价安庆人"风俗清美，天性忠义"，他打仗，"所用者乡兵数千而已"，乡兵肯定是安庆土人。这就不是一个人了，而是安庆人的群像。温文尔雅中有血性，琴心里有剑胆。

余阙与安庆人性格中的刚烈一面，应该有关系很大。"悲歌感慨者，皆公遗泽也"。余阙之后，明末兴亡时，典型文人如钱澄之，也起兵对抗，至于归隐不仕之人更多。大观亭旧址上，曾改建过望华楼，是纪念光复会烈士徐锡麟，他以安徽巡警学堂为基地，发动光复军起义，击毙安徽巡抚恩铭，失败后就义。"爱有吴君，奋力一掷"（孙中山），晚清吴樾，还主张"五步流血"，组建暗杀队，刺杀满清大臣。作为群像的当属太平军保卫安庆之战，持续 2 年之久。最后，城破时，约有 1.6 万名太平军将士战死。

安庆独秀山现在已开辟为公园。柏油道路整洁清爽，旅游标牌体系已建立起来，围绕山脚，建设有"新青年之路"等雕塑，还有新兴的游乐设施。但山顶部，还环绕建了游廊道路什么的，像在脸上划了一刀的样子。虽说其平地拔起，孤峰兀立，"四无依附，故称独秀"，但并不与桂林的独秀峰一样，仅似根石柱，与之相连相绵的还有其他小山，给以支撑和补充。很大程度上可能名之曰独秀，而是为独秀，山无独秀，而登山人意有独秀。登上此山，可俯视潜桐大地，远眺东南，群山起伏如腾龙，江河奔流如走蛟，遥望西北，天柱山耸峙，丘陵岗地壮景，突显孤孤傲傲的气质。

新文化运动的倡导者、发起者和主要旗手，五四运动的总司令，中国共产党的主要创始人之一和党早期的主要领导人陈独秀，原名庆同，字仲甫，其独秀笔名，即来源于其"仰慕桑梓祖山，遂名独秀"。他坚持理想，坚持己见，有股子特别的决绝品格、才气与傲劲，真正做到了"三军可夺帅，匹夫不可夺志也"。不当叛徒，不做汉奸，也不背叛自己，终其一生不失书生本色。他在贫病交加中，最后病逝于四川江津。陈独秀墓现在叶家冲，1999 年从江津迁回家乡故土，现为全国重点文物保护单位。陈独秀墓几经扩建修缮，现已建成陵园，包括墓冢、墓碑、墓台、护栏、墓道、纪念雕塑、广场等。他活了 64 岁，他墓的两侧，栽有 64 棵杉树，喻示着他的 64 岁春秋。

其子陈乔年、陈延年，也是革命先驱，积极参加革命，担任中共早期领导人，后相继英勇就义。现合肥有延乔路，就是纪念他们的。

相比余阙和陈独秀，海子显然另类。海子名气很大，是很多新诗人的偶像。海子墓在高河镇查湾村，距离独秀山十多分钟车程。海子本姓为查，是这里的大姓。通向海子墓的道路正在拓宽，加铺水泥。

墓建在一个小山岗上。墓为黄土覆顶，墓前二棵柏树。放眼四周，低矮的山丘，黑松，田野，杂树，荒凉空旷且美丽。在这个深秋，山岗上开满了金灿灿的一枝黄花。这是一种分布广泛的植物，生命力特别顽强。正中午，一枝黄花们在阳光下灼灼开放，散发出令人迷眩的晕光。看上去有亮度，却没有本应有的温度和热量，甚让人感觉凄凉。

海子发表的第一首诗《亚洲铜》。我猜是他写距离他家不远的安庆铜矿。在这首诗里他写道：亚洲铜亚洲铜，祖父死在这里，父亲死在这里，我也将死在这里，你是唯一的一块埋人的地方。一语成谶，他走得很远，但最终还是归葬在家乡。

可能平时访客较多，墓园边上专门建了停车场。墓园砌有半圆形的圈墙。圈墙上有些文学评论家文章摘抄，其中安徽作家周玉冰写道：长诗是天梯，但天梯却是火车的车轨。似是暗喻海子死于爱情和火车轮下。

"从明天起，做一个幸福的人/喂马、劈柴，周游世界/从明天起，关心粮食和蔬菜/我有一所房子，面朝大海，春暖花开……"

中午我们在县城"骑龙"小饭馆吃饭。只有我们两个人，移山先生却点了鱼头火锅和红烧猪蹄，等等。"做这样一个幸福的人"，海子死后 30 年，很多人都做到了，但他却没有做到。他写的安庆铜矿的矿藏资源丰富，今天依然是铜陵有色公司的主力矿山之一。山还是那座山，地还是那片地。我觉得海子在那混杂的年代，在西方与东方、农业和工业之间迷路了。当然，他的命运肯定与他的独特性格深度相关。

安庆人性格复杂，即便在一市之内，也多有不同。有人说在文化上，安徽是散装的，其实安庆也是。

余阙的大老乡，甘肃天水胡缵公，曾任过安庆知府（明）和苏州知府，对安庆人的性格评价颇有意思。他写道："安庆人物忠敢，不愧于古，有取于今。然怀宁、桐城、望江，文若胜于质，潜山、太湖、宿松，质若胜于其文。或曰：怀宁澹乎？桐城史乎？望江略乎？潜山野乎？太湖矫乎？宿松放乎？予曰：非也！怀宁易，桐城达，望江懿，潜山毅，太湖净，宿松直。大抵江北风气近厚，故其习尚多类中州之真。"

桐城高等师范子龙先生也觉得安庆人性格多样，地区内部各有各的特色。他的评价也很有意思：桐城人精明，怀宁人刚烈，潜山人清朗，太湖人隐忍，宿松人阴柔，望江人粗犷，岳西人朴拙，安庆人机警。

依我看，综合起来表述，"最"安庆的，可能还是文气。

五

"大小二龙山，连延入桐城，山尽山复起，宛若龙眠形。"龙眠山属大别山的余脉，自西北向东南逶迤，绵延贯穿了安庆好几个县区，但主体部分在桐城。

龙眠山"有岩有壑，多峭壁，俯清流，逾深逾佳，逶迤窈曲，擅江北名山之秀"。称为龙眠，主要是古代堪舆大师依据山脉形状命名，还派生出龙望、龙舒、龙窝等一系列相关名字。

我们先经云门去看李公麟画过的璎珞岩，又去刘大櫆写过游记的碾玉峡，然后经过张英墓地，到了李家畈的李庄。一路走过，山明，满山叠彩。枫树、山胡椒叶子都红了。竹子、松树的叶子都显得苍色。怕是落叶枯草乏味，山中依然开放着紫花。秋茶绽放着最后的花朵，成群的蜜蜂嗡嗡，但它们却少了春天的那种进取气势，并不让人担心它们会蜇人。水秀，溪水清澈。溪水减少了，很多沟壑露出了深部的岩层，让人感叹四季的变化和事实真相的难觅。虽听不到什么潺潺的水流声响，但也不缺观赏性。

龙眠山中有平畈，畈中有周边山上来水形成的龙眠河。李庄便在龙眠河边上。据说这里就是当年李公麟龙眠山庄的所在。村口是个元宝塘，塘后则是几栋抹着黄泥墙面的农舍，再后面则是三四层高的砖瓦楼房了。农舍门前有七八个农妇，看见有游客，很快散去。时代久远，龙眠山庄当然没有任何痕迹可以寻觅，这塘这房，只是后人的一点臆想、一丝念想。我朝周围看看，觉得这李庄落在龙眠山腹部的脐窝里。

龙眠山有名，主要是因为北宋画家李公麟归老于此。对龙眠山，他有发现之功。他晚年病退，归隐在龙眠山。李公麟出身官家，好古博学，多识奇字，自夏商周以来钟鼎彝尊皆能考订世次，辨别款识。他更是独步北宋画坛的人物，身后更被称为第一画人、百代宗师。"自在在心不在相"。苏轼对其评价极高："龙眠居士本诗人，能使龙池飞霹雳……龙眠胸中有千驷，不惟画肉兼画骨。"西方人也这么评价："他的坚定宗旨是使精神与外界景象分离，他在实体外看到对世界赋予生命的无形真髓。"（《中国的文明》）据称黄庭坚为李公麟的画配诗，是当世一绝。只是遗憾，我们今天见不着他的画了。

对桐城，他还有开风气之先之力。他曾为龙眠山留下大量画作，并凭借自己的名气，吸引天下英豪、名人雅士慕名来游，从而极大地提升了龙眠山的社会知名度。苏辙曾为其画作《龙眠二十咏》。现在去龙眠山的人，很多去看张英、张廷玉父子宰相的坟墓，其实他们是后来人，也是受惠于李公麟的。

北宋时桐城还没有什么文名。王安石知舒州时，嫌其地偏僻，甚至称为荒州，有诗："行问啬夫多不记，坐论公瑾少能谈，只愁地僻无宾客，旧学从谁得指南。"就差指着人的鼻子数落，算是很刻薄了。有人研究，大别山东南麓即安庆这块地方，民风转淳尚文，起自佛教禅宗发轫之时。安庆岳西、太湖、宿松等，都是禅宗二祖、三祖、四祖、五祖长期修行的地方。说佛教中国化的拐点始自安庆，并不为过。还有人研究，李公麟后，大批名人雅士慕名而来，因为他们的润泽，才开化了当地的民风民气，从此"其地灵之结聚，风气之蟠郁，洵江南之奥区也。生斯地者，类多光伟磊落之士，数百年间，名公卿大夫、学人、才人、肩背相望"（张英）。而追溯源头，李公麟就站在那个原点上。

及至清朝，龙眠山的钟灵竟然酝酿成就了一个大龙蛋——桐城派。桐城派汇聚作家一千两百多人，在清朝二百年间，始终是散文创作的最大一宗文派，甚至主导了全国的散文创作。"天下文章其在桐城乎"，可见其影响之大。方苞、刘大櫆、姚鼐等桐城派代表人物，倡导义法，写作要"言之有物"，写法要"言之有序"，还要通过音节字句来体现神气，等等。只是这种写作指导方法，愈传愈偏，后世的徒子徒孙们"物"没有、"气"少见，规矩倒是日盛一日，便进入末流了。对桐城派的研究，也是愈来愈学术化，并不与当下的散文写作发生关系了。

读书好学的风气流播，极大地改变了安庆面貌。如今世人看安庆，最称道的仍然如此，觉得安庆人人尊崇读书人，人人都是读书人，人人都是骨子里的读书种子。"弟子无贫富，皆教之读。通衢曲巷，书声夜半不绝。"甚至在安庆当个土匪强盗，也得假装斯文，不然会为同行不耻。诗坛逸闻：中唐诗人李涉夜泊皖口，有绿林好汉闯入，知其是诗人，不取财物，但求赠诗一首。李涉立笔挥就："风雨潇潇江上村，绿林豪客夜知闻。他时不用逃名姓，世上如今半是君。"且不说古代，2023 年全国"两院"院士候选人，安庆一市有 29 人，居于全国地级市中第一，占安徽 1/3，令人咋舌。

子龙先生带我们参观桐城师专校史馆和桐城派研究陈列馆。师专校歌里有句歌词，"龙眠山的钟灵毓秀，桐城文派的飘香翰墨"，我深以为然。桐城师专是全国为数不多建在县里的高等学府。它为桐城派弟子、后期代表作家吴汝纶创建。吴汝纶说，要"得之桐城，宜还之桐城"。这样的教育理念，我觉得比今天许多高校把自己办成留学预科学校、只图"高名"的办学理念不知先进了多少。

六

安庆文风昌盛，据说与振风塔有关。

振风塔在安庆市区滨江路旁，屹立至今已四百多年。塔呈圆锥形体，砖石结构，八角七级。每层檐角悬铃，微风吹过，清音悦耳。塔内有楼梯，可盘旋登顶。塔刹由一个半圆形覆钵和五个铁球"相轮"及葫芦宝瓶，用铜轴串起构成。无论从哪个角度，它看上去都巍峨壮观，是绝对的制高点。尽管现在城市高层建筑林立，也未能消减其威势，所以从来就被称为"万里长江第一塔"。

安庆人修振风塔，据说主要目的是振兴文气。这个说法相比于潜山（禅宗）和龙眠山，显得很虚妄。不过，登顶眺望，可以一边看大江东流，一边看江城如画，倒是个绝佳的观赏点和摄影点。

在这里，看江景类似小孤山，却没有小孤山那里江水逼人的感觉。而城市，则早已旧貌换新颜。

现在安庆城区里有个行政单元叫大观。这名字文化味道很足，反映了城市深厚的文化底蕴。"大观"气壮，包容性特别强。八卦中有一卦为"观"，也是易经中屈指可数的政治专卦。《易传·象传上·观》："大观在上，顺而巽。中正以观天下。""观"卦与前"临"卦相对应。这个卦辞里多次提到君子，但不是大君子。大君子要求咸临、和（咸）临、至临、知临、敦临、甘临等。很有点既当好当下凡人先生，又追求更高层次的意思。没有高官厚禄，也不妨做个谦谦君子。这很契合我对安庆人的观察。安庆风景，不能仅指山水。它最大最多的土产或是"人才"，最壮观的景色或是"贤人"。

城市还有一个行政单元叫宜秀。到振风塔来，我原来想居高去瞭望下大龙山。大龙山上有龙脊岭。安庆旧城就是建在龙背上的。安庆旧城还有四个门，其中之一谓集贤门。《读史方舆纪要》曾解释集贤门之由来，大龙山脉自北而南，"伏而复见，耸起如脊者曰脊现岭，讹为集贤岭"。据称安庆城是晋郭璞登盛唐山，观察形胜，以为此地宜城，所以安庆又名宜城。或许是城市里秀处太多，或许现在城市扩张太快，加上我眼拙，没能找到那龙脊岭了。

长江日浩荡，塔影流不去。塔，"胡言，犹宗庙也"。据传，这振风塔有"长江塔王"之称。每年八月十五，江中塔影旁会出现无数塔影，似是长江两岸所有塔来朝拜。

这些塔影，我没有机缘看到。而那些从安庆走出去的读书种子们，不知可见到过。

九华听琴

一

2023 年 4 月 7 日下午，国家主席习近平在广州松园同法国总统马克龙举行非正式会晤。他们共同欣赏了中国古琴曲《高山流水》。习近平纵论古今，"了解今天的中国，要从了解中国的历史开始"。而马克龙说，"我们的交流友好深入，使我进一步领略了中国悠久灿烂的历史文化，增进了对现代中国治国理政理念的了解"。

历史的因缘际会，使古琴又赢得一次高光时刻。同时，也让古琴再次走入大众视野。

10 月，九华山阳明书院在山上举办"山林之乐——癸卯九华山古琴线上音乐会"，给我们带来了独奏《流水》、琴歌《太古引》、琴歌《心经》、独奏《梅花三弄》、琴茶《平沙落雁》、琴歌《静夜思》等一批琴曲琴艺。

江远，山静，夜凉，虫噪，人雅，琴幽。进、退、吟、注，擘、挑、剔、拨。弦上澄明空静，清远和平，触人感怀。

王阳明曾于 1501、1520 年两次登临九华山。1528 年，其弟子柯乔在政府帮助下，建成阳明书院。这个书院 400 余年来，屡废屡兴。2019 年，新的九华山阳明书院在大觉寺落成。举办这次音乐会，意在"接续佛教与中华文化水乳交融、并弘并进的历史道路，与时俱进地以现代文化艺术形式诠释传统、激活传统中的卓越因子，让更多传统文化被看见、被感知、被珍视"，努力促进传统文化这棵大树焕发生机，更加美丽健康。这就有贯通古今、意在先贤的"高山流水"之遗韵了。

"伯牙善鼓琴，钟子期善听。伯牙鼓琴，志在登高山，钟子期曰，善哉，巍巍兮若泰山。志在流水,钟子期曰,善哉,洋洋兮若江河。伯牙所念,钟子期必得之。"

同时代的知音难遇,隔时代的知音更难觅。当下时兴的刀郎神曲《花妖》"寻差了罗盘经,错投在泉亭",唱的也是这个意思。在千年变局、纷纷攘攘,红尘滚滚、锱铢以求的时候,在传统中找寻古意,沟通人之间那最原始的单纯,实在是需要点投契的。

二

如同王阳明与安徽、与九华山的渊源,这古琴与安徽的渊源也是颇深的。

过去,中国古琴有"十大名曲"之说:《广陵散》《高山流水》《梅花三弄》《胡笳十八拍》《阳关三叠》《渔舟唱晚》《潇湘水云》《渔樵问答》《平沙落雁》《阳春白雪》。其中,竟然有三支与安徽有关,即《高山流水》《广陵散》《梅花三弄》。

虽然说"高山流水"故事发生地,经专家们考证在湖北,但安徽人说伯牙与钟子期的故事发源地在淮北。梧桐是制琴的材料,琴身材质面板多为桐木。今天淮北市东郊 25 千米处,有一个梧桐山,梧桐山下有一个村,过去叫梧桐村,后改名叫聚贤村。该山、该林、该村,据说在伯牙、子期时就存在了。地名千年未改,"高山流水"的故事在村民中也是代代相传,千年不辍。此外,据称钟子期的墓在古钟离国即今凤阳也被发现。

争夺历史名人,是今天文化一大现象。其中是是非非,难以辨别。但淮北人为此奋争上千年的这个历史过程,本身就极具文化象征意义。

《广陵散》中之"广陵",应包括今天安徽宿州、淮北、蚌埠等市,然而更为重要的是《广陵散》这个曲子是与嵇康紧密相关的。嵇康是谯国铚县人,即今安徽濉溪县临涣人。他是"竹林七贤"之一,是那个时代的精神领袖。他面临死刑,却目送飞鸿,手挥五弦,古琴曲《广陵散》可能就是当时围观者的记录。因为有记录,《广陵散》才得以保存,才得以流传后世。另一首著名琴曲《梅花三弄》,学术界普遍认为该曲原本是笛曲,作者是东晋时在淮南八公山打"淝水之战"的著名将领桓伊。"操弄"是古琴术语,但也用在军事上,比喻谋划帷幄、玩敌人于股掌之间。"红尘自有痴情者,莫笑痴情太痴狂;若非一番寒彻骨,那得梅花扑鼻香。"即便是流行歌曲《梅花三弄》,多年走俏民间,热度从未消息。另一位在中国音乐史上有重要建树的东汉大儒桓谭,与桓伊等都是安徽血脉。

古琴面上有"十三徽"。牵强攀附说，这"徽"与今天安徽的"徽"字，是否有暗通款曲之嫌疑呢。

三

中国传统文化习称"琴棋书画"，向来以琴为首。桓谭《新论·琴道》谓，"古者圣贤，玩琴以养心"。嵇康也讲"琴之德"，或类似的话。彭泽县令（彭泽毗邻安徽东至县，原为东流、至德县地）陶渊明在长江边上筑菊台，在菊台上摆放无弦琴，"大音自成曲，但奏无弦琴"，简直是神乎异人。历朝历代，都视古琴非是凡器，琴师异于常人。这固然有文人雅士自命风流一面，另一面也确实反映了"琴"更接近音乐本质，是自己面对自己"发泄幽情"，会友交友、娱人娱众，倒是其次的。

前段时间，有古琴与钢琴"争舞台"之八卦新闻，真为古琴感到不值。古琴与钢琴，如同小提琴与编钟，本是两股道上的车，差距甚远，争个啥子哟。

九华山书院开办线上古琴音乐会，使得我等俗人有机会欣赏当代名家琴操。沟通"山上""山下"，不亦超圣脱俗乎？伯牙可能是个官员、文人，而钟子期十之八九是"野人"、农人。但那又如何？身份颠倒一下，估计也不会影响他们之间的相互欣赏。或许正是这样，才真是真得真古琴之真古意呢。

抚琴敬畏，听琴守礼。大江之上，九华圣地，"心诚求之，虽不中，不远矣"（《大学·第十章》）。

太平湖的美色

一

皖南山水形胜，得益于此地河流湖泊密布。仅长江一、二级支流就有闾江（经鄱阳湖）、秋浦河、黄湓河、青通河、黄浒河、漳河、青弋江、水阳江等，湖泊则有升金湖、平天湖、太平湖、天井湖、石臼湖等。其中，覆盖区域最大的河流当属青弋江，湖泊则属太平湖了。

用地理或数字来说明太平湖似乎并不难。太平湖是 20 世纪 50 年代末截断青弋江建设的水库，为目前安徽省最大的人工淡水湖。其行政区域位置在黄山市黄山区和宣城市泾县间，主体在黄山区。

世界著名风景区黄山和九华山，是太平湖的主要水源地。黄山诸峰之水，汇聚形成舒溪河、秧溪河、麻川河、浦溪河；九华山诸山之水，则自十王峰直下王村河、陵阳河、洙溪河；此外还有来自黟县的美溪河、清溪河，这些河流最终都汇入了太平湖。太平湖的出口水坝在桃花潭，之下便是青弋江了，直至芜湖注入长江。

太平湖现有面积 88.6 平方千米，蓄水 24.3 亿立方米。东西长 60 千米，南北宽约 6 千米，最窄处仅 150 米，湖水最深处 70 米，平均水深 40 米。湖水透明度 120 厘米。

太平湖面积当然不如洞庭湖、鄱阳湖、巢湖、洪泽湖等巨浸，但其水质常年属国家一级水体，可直接饮用。

水是生命之母，是人们最常见、最普通的东西。水，氢氧化合物，化学分子式是 H_2O，无色无味无臭的液体，在标准大气压下，冰点是 0 度，沸点是 100 度，4 度时密度最大，为 1 克每毫升。然而，当你带着这分子式来到太平湖，凝视着它时，会不由自主地想，水与水差别怎么那么大呢，那分子式也适用说明太平湖的水吗？

二

深秋，午后的阳光静静地照着太平湖。太平湖是淡水湖，没有海水中富含的钠离子。它有一种特别的光亮度，它更纯净，更纯粹，更纯洁。

在瓦蓝瓦蓝的天穹下，湖水一块是亮晶晶的，一块是暗幽幽的，一块是绿茵茵的，一块是蓝碧碧的，一块是嫩黄的，一块是靛青的，另一块又是紫的，它们之间仿佛有区隔，却又是大块相互融汇的。亮丽又压光，厚实而光滑，色泽浓郁还不缺乏透明度。这是一种纯粹自然、出类拔萃的斑斓景象。这是一种给人安慰、沁人心脾的物之"色"。

太平湖广阔，但又被周边的山峦围住，仿佛在无边界的时间和有边界的空间里徘徊流淌。阳光穿过静谧的湖水。湖水清澈无比，似有无限内容，但又空无一物。一束一束的光柱，试图照耀着幽深幽深的不可测。那既纯粹又浑蒙、既真实又虚幻的水光，产生了一种致命的吸引力，让你不断地坠入，坠入。明净，亮丽，强烈，深刻，诗意，激情，深沉，安宁，让人滤清妄念，激发人对自然、时间和自身生命经验的深邃思考。

走在湖边的木栈道上。水气上撩，那炽燃的光波，激滟的水波，还有飞驰而过的游艇，使清油一般厚重而绵软的湖面，有了镜面反射的效果。湖面如有万条银鱼浮出，泛出细碎的珍珠般的秘光，左荡右漾，透明而缤纷，织成美丽斑驳而瞬息万变的花色图案。这图画，别说古代传说中的仙女或巧姑娘之手，估计连最先进的量子计算机、算力超群的"九章"，恐怕也无法计算其万千变化。

这是一种独特的视觉体验。哪怕你是闭着眼睛，也能够感觉到它特殊的水光，在自动引导着你追索那色、雾、气、波，以及山、树、灌、草等所有自然物象的变化。明灭闪烁之中，让你心灵澄澈气爽，清明而透亮。这里，视觉体验已然变幻成独特的精神呈现，不由人不心生虔诚、心生敬畏。

三

薄暮时，我们把船泊在湖中间。小船在湖中悠荡，是那种平滑无垠，完全没有滞迟感的悠荡。这时，更加感到太平湖的美色很难界定。

太阳把余晖洒在起伏的水面上，山峦、云树、湖岸，暴露的水际线和建筑物的廓影，都在随着水波摇晃。山峦在水面上横陈开来，一条高过一条的山脊线，给人一种踏实沉静的感觉。湖水沿着大大小小的山峦东萦西绕，每一曲折都呈现出完全不同的风貌。远处已竣工的"池黄高铁"太平湖特大桥斜拉索的白色剪影，看上去温柔温暖，令人想起诗与远方，更想起家乡和亲人。

掬水在手，远远看着有那么多颜色的水，竟然是无色透明的，沾在手指上，刚有点感觉，凑近去瞅时，却发现什么也没有，只空留下一个似乎更洁净、更红润的手指头。远山近水，还有手指头，满眼的层次都模糊起来。

船的马达关了，可以清晰地听到水拍船舷的声音。它带有一种自然的节奏，缠绵着一股乐感。它是来自湖心动物的脉息，还是周围山峦上植物生长时的呻吟？当然，也可能它是沉没在湖底的千年太平古街的嘈杂呼唤。

还是不费心猜度为好。坐着，摄神敛心，静听这水拍船舷的声音，静做一个太平湖的爱慕者，便好了。

长江在此拐弯

青通河源出九华山，是长江的一级支流。大通镇便处在青通河和长江的交汇处。

大通，大道通天，名字很霸气。长江自西向东流的过程中，在此出现一个折，拐弯向东北方向走去，所以有"长江在此拐弯"之说；长江入东海，而东海潮汐对长江的影响到大通止，所以又有"大海在此回头"之说。长江拐弯、大海回头之处，当然"大通"。

大通的别称为"澜溪"。中国地理地名中有不少"澜溪"称谓。宋人有诗："小溪亦有怒涛翻，可但沧溟始足观。世事会心无广狭，请君来此试观澜。"大通"澜溪"之名，是不是中国最早，我不知道。但远在东晋时，邑人就已称大通为"澜溪"了。

《孟子》："观水有术，必观其澜。"《尔雅》："大波为澜，小波为沦。"长江上的水文观测点，大通向来占据重要一席。不论"大通"，还是"观澜"，都需要地理条件支撑。从大处说，大通控制着两湖、江西和安徽的中部及长江下游的物资人文交流；从小处说，大通也是皖南山区商品货物进出口交往处，比方说铜料、铜钱、青砖、茶叶、木、缫丝等从这里出，同时下江地区的物资与人口也从这里进入皖南山区内部。在自然经济为主的时代，这等地理位置，想让它不重要都难。

青通河是经过鹊江再进长江的。青通河汇入长江的入口处，由于泥沙淤积，后来形成了和悦洲。鹊江就是和悦洲与长江南岸之间的夹江。和悦洲外，才是长江主航道。这使大通地理位置更加微妙，既让大通享受了大江的通海便利，又利于船只停泊，得到陆地的实惠，使大通成为水陆路枢纽，大道通衢。大通实际地域也因此变成两块，一在江南，即背靠长龙山的澜溪街，处在长江与青通河的夹口处，腹地深广，进退有据；二在江心，即和悦洲，既左右逢源，也左扼右控，俯察长江，东连吴越，西看荆楚。

大通的精神气质和运转动力，体现在青通河、鹊江和长江上。而澜溪及和悦两条街则是它们身上开出的鲜艳的花。

澜溪街，背靠长龙山，顺青通河和鹊江展开。澜溪街道用青石铺就，但非常宽阔，汽车可以双向行驶，显著区别于其他江南古镇。这种街道，也许称马路更合适。这是民国后，现代化的因素进入大通的最明显痕迹。街道两边建筑新旧杂陈。新建筑多是 20 世纪五六十年代或稍晚一点的机构办公用房，说明计划经济时期这里也曾拥有辉煌。据介绍那时这里驻扎着国营的传统八大公司，比县城还齐全。当然，耐看的还是民国或更远时间的徽派老建筑，都属前店后坊性质。临街的店面大门，大都是排门，排门一开，店面也就全开了。后面则是加工作坊。也有店坊一体的，如白铁匠就在店面里开工。白天，排门依次叠靠在一起，到打烊时再逐一上起。长街二三里，店铺数百家。顺次展开的有百货店铺、服装店、食品店、茶馆、剃头（理发）店、酒馆等。游客们喜欢逛的有一家剃头店。店内家什看去古旧，有散发着古味的手动推剪、油光锃亮的荡刀布，以及让人望而生畏的剃胡刀，还有不少现代工业产品，如镜子、转椅，还是 20 世纪的进口货，应有收藏价值了。市面上主打的当然是地方特产，如铜陵生姜，属白姜品种，块大皮薄，汁多渣少，肉细脆嫩，香味浓烈；小磨麻油，以芝麻为主要原料，色泽清纯，香味醇和，久存不变，质地优良；豆腐干子，形方体薄，质地柔韧，色艳味浓，鲜美耐嚼，买一块，放进嘴里嚼着，不喝啤酒，都有微醺的意思。

然而观赏澜溪街，最好的地点并不在街道上，而是在鹊江上。澜溪街临水的房屋，并不受店家住家重视，却留有往昔的相对完整面貌。在通往和悦洲的渡轮上回望，参差不齐，斑驳杂乱，尽显时代变迁的沧桑之感。全镇制高点长龙山的西瓜顶，天主教堂及钟楼的遗迹还在，从另一个侧面印证西方文化曾颇具声势地侵入过大通。晚清《中英烟台条约》中提到大通，被英人要求"轮船准暂停泊"，成为专门开放给英轮的寄航港。据说抗战胜利后，有西班牙传教士还试图恢复天主教堂，它作为一个远去的时代见证，却有时刻提醒的时光味道。看得它起，看得它倒，它的残破框架里，藏着无数屈辱和奋争，却不是一般的复古建筑或风花雪月诗词文章能替代的。

和澜溪街相比，和悦洲上和悦街的历史要长得多。现在旅客眼里、口里的大通，很多时候是专指和悦洲。和悦洲为长江中的沙洲，根基不牢，且时时在变化移动中。和悦洲曾叫荷叶洲或杨叶洲，据说都是根据沙洲的形态变化来取名的。南朝庾信《枯叶赋》可作辅证："北陆以杨叶为关，南陵以梅根作冶。"现在的"和悦"称谓，据说是曾国藩的手下大将彭玉麟命名，取的是以人为本、和颜悦色、和气发财的意思。现在和悦洲上，还建有完全自然环境的长江白鳍豚养护场，在人与人之间和谐的意思上，又加持了一层人与自然和谐的意思。

澜溪街与和悦街之间是鹊江，用轮渡相连接。轮船靠上和悦洲，便是大名鼎鼎的大通"清"字巷渡口。和悦洲上有所谓的三街十三巷，三街平行于江流，指商号集中的大街、金融事务的二街、服务行业聚集的三街。街之间以巷连接，分别以江、汉、澄、清、浩、泳、潆、泂、汇、洙、河、洛、沧命名。每条巷子都带"水"，有直通江边的码头。现在只有"清"字巷上的渡口还在，其他除了残存的基础，则既无渡口也无街巷，基本消失了。

街道的路面用长或正方形石板铺设，原来大多设置在路下的排水沟系统，不少已暴露在外了。街道两侧的徽州建筑风格的店铺，倒塌倾圮严重，显示出别一番苍凉味道，让人很难想象和悦街过往时的繁华。在和悦街的繁华时代，在商会注册的商号就有400多家，交纳会费的近千家。清朝时，朝廷在此设有纳厘助饷的"厘金局"、盐务督销招商局，专征两湖、江西和安徽中路的盐税。还有大通水师营，隶属长江水师提督，驻军2000人，由正三品参将统领，并配长龙船和千年头炮。转入近代，大通仍为皖江重要商埠，不仅为《中英烟台条约》里载明的英轮寄航港，英日商还在此开办了轮船公司。民国前期，大通就有了各种现代化的象征，如发电厂、邮局、银行、报社、学校，以及前面提到过的教堂等。据称安徽省的第一份电报就是从大通发出的。

把大通的繁华拦腰折断的是抗战前期日本人对大通的狂轰滥炸，使这里化为一片焦土，并从此一蹶不振。而后，随着交通运输形式的改变，特别是铜陵地区现代工业的崛起，大通地理位置的重要性下降，被日益边缘化，再也没有机会重现往日"繁华"。现在的大通，商务中心已经转移，人口除了迁移外地，其他也多集中住在镇里的新建小区了。

回顾大通小镇百年史，沧海桑田，如同魔幻。20世纪90年代，我曾陪同南美的一个著名青年设计师来考察，和他讲起大通曾经的繁荣，他看着一片残垣断壁和遍地瓦砾，耸耸肩膀，不置可否。他似并不认同这里的价值。没有石头的建筑存世，西方人难以理解东方的民居价值和人文情怀。

近年来，时兴对古镇进行旅游开发。当地政府也对大通镇的澜溪街和和悦街陆续进行了几次整修，对澜溪街做了些修复整修工作，对和悦街则以整理清扫为主，没有费心去做什么恢复重建工作。在和悦街清洁的街道上，看着两边破烂的建筑，不问过去历史、也不问现在如何，只是走走青石板或麻石板的路，任凭自己放纵自己的惋惜与惆怅。这既满足了部分游客访古寻幽、叹息其前世今生的心理需求，也没有糜费财力。这比许多地方生造一些仿古仿旧的东西，吃力却被人讥评的做法要高明。重修重建，无法还逝去的时光和生命之魂。保护应该有限、有边界。其实中国这么大，历史这么久，把地方拿出来都给古人住也不够用。古为今用，从来都是不易之理。

从断壁残垣中出来，沿新修的景观道，乘电动车行不远，便到和悦洲的洲尾。这里的观景台，正是观澜的好去处。大江滔滔，从左边浩浩荡荡而下，鹊江则从右边缓缓融入，蔚成一大观。遥遥前方正是九华山山脉延伸下来的羊山矶。羊山矶坚挺的矶头，生生矗立大江之中。大江遭遇阻拦，水流回转进而北向，在此形成宽阔的水面。长江主航道上，一团一簇的金色水团，不知从哪来，要到哪去的。它们汹涌翻滚向前，使你尽管立在岸上，还是感到自己心旌摇摇。而矶前水流回环之处，则波光闪烁，又让人心中莫名涌起一丝温柔。

直面江河行地，心中胸中，脑中念中，似乎很有些感慨要暴发，但还未张口，就发现那里原来空空洞洞，一无所有。

每年的汛期，中央电视台的气象预报，都有大通水文站通报的水情水汛。窥一斑而知全貌，观澜而知大水。小镇大通，是我们观测长江，也是观察人间世道变化的一个窗口。

弋 之 眼

端午节刚过，江南溽热的夏天味道便出来了。

芜湖古城历史悠久，历史上屡遭焚毁，现在的古城是重修的，并于2020年12月31日对外开放。我们从标有"来凤门"字样的地方，进入芜湖古城。芜湖古城肌理保存完整，主要建筑如皖南行署办公楼、大清监狱、书院、城隍庙、能仁寺等建筑遗存，都得保护，并大部给以修缮。城内街巷两旁建筑多为两层砖木结构的楼房，呈徽派民居风格，街道材料则一律为青石板和麻条石。古城营业时间主要在晚上，现在虽是上午，但大部分店铺已开始营业。看来开张便经受新冠疫情冲击的古城旅游业，大部经营已恢复正常。我们边走边看，经花街、篾匠街、南正街、城隍庙等，走到长虹门城楼时，已是汗涔涔的了。

穿过长虹门城楼，便看到青弋江了。轻风吹过，自有一股清凉气息。这便是所谓的江风了。俯身察看，青弋江一江淡绿水，已没有前几年的浑浊不堪景色。仿佛又回到古时称清水、泠水时候的模样了。

顺青弋江前行，不远处便是长江了。这个夹角上的数平方公里土地，地势平坦，土质良好，适合建市，方便人民生活，尤其是水上运输便捷，可以接纳南来北往、西进东出的人。在农业耕作时代，水运是主要运输方式。人来往的多了，一来二去，久而久之，便形成市、集市、集镇、城市了，成为传统城镇经济核心。

这个夹角，便是芜湖古城所在，也即现在的皖江名城芜湖的起步区、发祥地。以此为根据地，依靠长江连通大江上下，依靠青弋江勾连皖南广阔的农村腹地，在两条江的哺育下，芜湖得以存在和发展，并逐步成长壮大。进入近代社会后，芜湖又有新机遇。清光绪间，芜湖被辟为通商口岸，外来文化逆长江而上，强力的侵入刺激使原来的城市发生蜕变，又更进一步促进了城市的繁华。

有个很有意思的文化现象。长江沿岸城市大大小小有数十座，这些城市在很多方面，"长"得很相似，共通、共同点很多，但各个城市依然有区别，甚至有显著的差异，其中差异的关键因素可能在支流，是支流而非干流决定了城市面貌和性格上的差异性。比如重庆的城市面貌和精神更多的是体现在嘉陵江身上，武汉则是汉江，南京则是秦淮河。如果把长江比喻成父亲，汇入的支流比喻为母亲，那么长江沿岸各城市的性格差异更多是在母亲。

青弋江是长江的一级支流，从来就被认为是长江下游水力资源最丰富、开发程度最早和最高的河流之一。在南方人的认知中，江与河有大小轻重等差别。旧志载（青弋江）"入泾县后，河身渐广，春暖水涨，波涛汹涌，故曰江"。它发源于黄山主峰北麓，黟县的美溪河是为正源。流域跨徽州、宣城、池州，流域总面积 7195 平方千米，整个流域都可称得上是清雅、富裕、宜居。河道全长 297 千米，并不是很长，但汇水众多，可以用密如蛛网来形容。在其下游，它与左侧的漳河水系、右侧的水阳江水系，形成水网圩区。汛期水位高时，青弋江、漳河、水阳江的水可以串通。过去徽商向老家贩米，即经青弋江航道，由芜湖、湾址、西河，溯流而上至泾县、太平（黄山）、石台。后来，河道淤塞，但湾址以下仍可常年通行百吨货船。它的另一条航线，由芜湖经清水，进入水阳江，可至宣城。而反过来，顺江而下的则是皖南山区的住民特别是徽商们，以及他们带出的皖南山货。

顺便提一句，青弋江有一条重要支流"徽水"，即是安徽的"徽"字来源之一，所以芜湖不仅是徽商货运和交易的重要集散地，也是我们拓展对"徽"字理解的重要一极。

青弋江在历史上的作用可能远超今日。淮南出土的"楚怀王赐给鄂君启的节"，是国宝级文物。这节是商贸交通通行证，舟节是水路，车节是陆路。其舟节铭文的水运东线部分记载了鄂君所经过的地点、路线。"庚松阳，内（入）泸江，庚爰陵。"松阳是今铜陵枞阳，爰陵即宛陵，今宣城，泸江为青弋江。说明远在春秋战国时，青弋江已攀上长江，成为重要的商贸线路。此外，古地理中长江下游还有一个"三江"概念。《尚书·禹贡》："淮海惟扬州，彭蠡既潴，阳鸟攸居。三江既入，震泽底定。"《周礼·职方》："周九州东南曰扬州，其山镇曰会稽，其泽薮泽曰具区，其川三江，其浸五湖……"有专家说这里所称三江中的"中江"，就是今天的青弋江、水阳江至太湖。

如果确实，倒可以佐证"泰伯奔吴"时的"吴"，其基本盘相当一部分在今天的安徽。

最有意思的是，青弋江在战国时称泸江（浍江），西晋时称庐江，支流有淮水（今徽水）。如今这些地名都用在了长江北面。长江以南还有南京的淮河，不肯改名，便在前面加了一字"秦"，说明秦时淮河在我这儿。至于皖南皖中，甚至苏徽本来一体，现在人为划分某省某市某县，主要是现代行政概念，而不是基本地理概念。"拥江发展""长三角一体化"，是由来有自，原自有源，堪称有大来头的。

芜湖古时也称过"弋江"。青弋江的"弋"字，古意是有带子或绳子的箭。这种箭，射中猎物后，可依靠带子或绳子将猎获物方便收回。依今天地理看，"青"同"清"，颜色青碧，应指青弋江，当然也包括汇入青弋江的各条支流清水。那芜湖就是有带子的箭之箭头，凝聚了青弋江流域所有的精力、精华与希望。再缩小比例看，那芜湖古城就是这支箭头的尖端或尖锋部分了。既要凝聚，也要回馈。既要前指，也要回头。必须中的，亦要收获。

如今的芜湖交通发达，水陆空齐活，水有亿吨级大港芜湖港，陆有三大高铁干线、"十"字形高速公路，空有百万客流量的芜宣机场，万P级的智算算力中心，货有奇瑞汽车、海螺水泥，以及一众智能制造厂商，势在弦上。

但古今不易之理，还在地理。一盘大棋局，芜湖古城依然处在棋眼位置上，笑看双江清碧。

"玉人"说

初夏的时候，江淮大地到处喷吐青翠。油菜结荚了，麦子抽穗了，还有星点的蓝色蚕豆花在开放。高大的樟树也开花了，微白的米粒大小的花蕊，一簇簇拥满枝头。

在一片青绿和清淡的花香中，他玉树临风，静静地立在那儿，含着笑意，似乎还有些腼腆，正身、正面、正视着我们。

他在长江边的凌家滩这儿，已经 5500 年了。他没有姓名，也不知其是酋长、是主祭、是司仪，还是乐俑。因其通体美玉、文质彬彬，我暂称他"玉人"。

"玉人"头戴圆冠，束腰。头冠饰方格纹，冠上有一尖顶，顶上饰一小圆尖纽饰。腰带束在细细的腰上，有细条纹。干净利落。

他头大，脸宽，身长，半蹲的姿态显得腿短，脚趾张开。这让我视觉倒错，总觉得自己站位不对。可以仰望他，也可以俯视他，就是难以平视他。他两臂弯曲，小臂上各戴八个玉镯。双手抚胸，做虔诚、虔敬的姿式。

最吸引注意的，当然是他的脸。方脸，修长眉，细长眼，双眼皮，直鼻梁，大嘴紧闭。上唇留八字须，已翘到颧骨那儿了。大耳上镂着两孔，不过佩环不在了。

这是一张生动、令人着迷、具有无限的解读可能的脸。他没有戴面具，坦露着不拘变化的表情，任你解释它所具有的社会文化属性符码。他表情是威严的庄重的，但弯弯的眉毛、细细的眼睛，加上抿着的大嘴，整体却给人以通透的、理解人意的笑意。若有若无的笑意，使他具有了列维纳斯所言的"他人的面容"。他的眼睛实际上只是一条线，看不到眼珠，看不到瞳仁，并不像古希腊雕塑那样，在眼睛部位留下一个空洞，有眼无珠，有眼无瞳。他只是眯着眼，不是没有眼珠、没有瞳仁，仿佛只是把窗户关上了，但外面的阳光仍在那里，仍在那里照耀。无论你们看与不看，知与不知，他都在那里。那是一种生命的灵、性和气。

这里，我又一次深刻体会到中国古人、中国文字的博大精深：面目。脸的外边是皮，里边是目。拒绝皮对目的隔离，拒绝死对生的凝望，拒绝过去与今世的时间鸿沟。拒绝表面与肤浅，这是他的真面目。他以真面目示人，因此显得亲切。就像我们现在常说的"场景"，他一直在场，也在期盼我们进场，他要带领我们，或与我们一道，去共同穿越时光。

"玉人"蹲踞着的姿态，也使他像在祈请，他已准备好去远行。他似乎要告诉我们，他会跨过长江，向南到磨盘山去、到良渚去；他会溯长江而上，向西到薛家岗去、到屈家岭、石家河去，甚至到宝墩去；也许会北上，去辽河红山与情人幽会。他将带着居住和祭祀的信息，带着制玉、制陶、制鱼猎工具的技术，带着江淮地方的土色水味，带着文化的火种，勇敢开辟一个又一个全新的生存空间。他走的路，远比我们想象的更远、更艰难、更辉煌。

不过，无论他走多远，他都会回到这里。或许，他一直就在这里，从没有离开。

"玉人"在这里，使我意识到江淮大地上的有巢氏传说不会是无中生有。我们今天找不到有巢氏的遗址遗迹，可能是时间久远，更可能是我们的认知水平、科技能力有限。

当今考古界有三大泰斗。李伯谦指出："将三皇五帝加以神化，固然不可取，但对文献中的这些记载彻底否定，也不是实事求是的科学态度。""大体来说，传统史学的三皇时代大致对应于考古学上旧石器时代至新石器早中期，五帝时代大致对应于考古学上新石器时代晚期和末期。"李学勤说："炎黄二帝以及其后裔的种种传说都不是虚无缥缈的东西……中华文明的形成与炎黄二帝的传说应当有密切的关系。"苏秉琦提出古国、方国（邦国）和帝国三阶段说。古国和方国可以分别对应三皇和五帝。

有巢氏为古国"五氏"之首，五帝时代则以黄帝为尊。这"玉人"与有巢氏同处江淮肥沃之地，共饮长江不绝之水，其为有巢氏之子嗣耶，或有巢氏为其后裔耶，皆有可能。莫说远古事无凭，渺茫难征信。

"玉人"似乎在印证：我到这世上来，就是"使那些看不见的能够看见"。

浮槎山喝水记

一

浮槎山距离巢湖不远，区划上属肥东县。乘秋天气候高爽，我约了学友荣山等，去爬浮槎山。我们从市区包河口上绕城高速，半个多小时车程，便到了浮槎山脚下。

肥东县正在开发浮槎山，新铺的黑色柏油路面，蜿蜒到山顶，沿途还可看到一些工程项目正在施工。浮槎山并不高耸，属典型江淮丘陵地带，公路随山势起伏，而无急弯险坡，非常适合我等这样普通人自驾。进一步想，如果体力支持，这段路的高度和长度，也非常适宜秋日"毅行"，不知合肥的俊男美女可认同。

车在尚未竣工的大山庙前广场停下。这大山庙也叫甘露寺，但好像没几人这么称呼它。我以为合肥人喜欢称庙而不称寺，反映的是地方文化中的那种混搭风，如庙称谓就是掺杂混合民间信仰、家族祠祭与宗教信仰于一体，并不是单纯指某某教建筑。大山庙位置很好，距离浮槎山顶不远，游人接下来可步行上山。

我管这儿叫浮槎山顶，不愿叫浮槎山主峰。主要是因为这浮槎山整个属江淮丘陵地，说峰未免太高耸了点。这浮槎山整个看，大多被厚厚的土层覆盖，乍看就是个土包。这大山庙直到山顶的大片山地，多已开辟成了茶园，茶园顺着山势绵延，正好把山体的曲线完整地显露了出来，有种特别的妩媚感。茶园里有专门为游客修建的木栈道，虽茶园芜蔓，但并不妨碍我们从容登达山顶。

山顶有些奇特，孤突地露出几块巨头，仿佛是从天外凭空而落。这些巨石被数棵杂树包围，在山顶形成了景观。仔细看，树缠石，石生树，不知是树撑开了巨石，还是巨石天然有缝隙让树傍生出来。一块巨石上，有新刻的"浮槎山"字样，被涂成了鲜艳的红色。在字样旁边，还专门标注了此地高程：海拔418.58米。

浮槎山原是合肥第一高山，后来区划调整，便让渡给庐江的牛王寨了。但这里是观察江淮丘陵形胜的好地方。环顾张望，群山绵淼，逶迤无尽，山岚地气，弥漫充溢，远山近水，尽收眼底。令人如据船桅，随波浮沉，御浪乘风，顿开胸廓。想到这浮槎山何以名之"浮槎"，或曰浮巢山、浮山，真的是形象，不得不佩服古人智慧。浮槎即木筏子。浮槎浮于海，是隐逸文学的重要对象，这浮槎山则是形象展示。

有人遥指远方，说那迷离之处为龙池山和龙池山岭水，曾号称"天下第十"。这就与浮槎山紧密关联了。

二

从山顶下行，不多远，就可看到几栋孤立建筑物。走近看，门楣上有已褪去鲜艳色的几个字，"肥东县王铁浮山茶厂"。这几幢建筑都是用大片石筑就、水泥勾缝，显得特别厚重结实。几十年过去，风吹雨打，又给其平添了几许古拙味道。

房前有标牌，上写有"清浊二泉简介"：清浊二泉为两个相连的泉水池，一池泉水清澈见底，一池泉水呈浮白色，水味甘美，当地人称八仙水。宋代欧阳修饮后，称此山泉和无锡惠山水不相上下，写下《浮槎山水记》，誉之为"天下第七泉"。

进得门去，见几幢房子自然围成了一个院落。迎面又是一块新立的石碑，上书"天下第七泉"，旁边有小铭牌，上书"县级文物保护单位清浊二泉（合巢泉）"字样。牌铭背后，盖有一玻璃围合的亭子。亭内，便是泉眼了。亭子玻璃上，全文抄录着欧阳修的文章。亭内用片石和水泥修了两个池子。池壁上，也壁立着一块青石，上面书写着与亭外铭牌上一模一样的文字。两个池子并列，左圆右方，都是水泥砌就。过去地方志书上说，"北池水深而清，名合泉，南池水浅而浊，名巢泉。水位稳定，取之不落，不取不涨……水味甘美"。我目测，并未发觉二池泉水颜色有差别，也看不到泉涌，水面都是清澈如镜。我循水泥台阶下到池边，用手掬一捧，有清凉凉的滑润润的感觉，是那种矿泉水的骨感。有人看我疑惑便说，现在反腐败力度大，所以南池水现在变清了。大家不由得哈哈大笑起来。

虽然没看到清浊之别，但想在这高山顶上，有这两只泉水，且取之不尽，汲之不涸，始终保持恒定之力，其中必有一定道理。其铭牌括号中的"合巢泉"，似乎还暗示这两泉并不同源。为泉水修砌的方池、圆池，也可能不只是为区别清浊，更可能表示天圆地方，寓意这二泉得天地之精华，有通天接地之用。

三

浮槎山管理部门利用老茶厂厂房，在里边新开辟了小卖部和茶室。我到浮槎山，主要目的是喝水、喝茶，而这喝水喝茶，又主要是冲着欧阳修《浮槎山水记》来的。

嘉庆《庐州府志》载："浮槎山山上有泉，味甘。宋欧阳文忠公作记文，载浮槎泉下。"嘉庆《合肥县志》载："浮槎山，在城东八十里，为邑名山。一名浮巢，又名浮阁，山顶有甘泉，宋嘉祐中，郡守李谨以遗欧阳修，修为作《记》。"

这《记》指的便是欧阳修写的《浮槎山水记》，此处略写是有不言自明的意思在。欧阳修是宋朝文坛的"扛把子"。其一言出，四海应。唐宋八大家，其中有五是他的门生。欧阳修与安徽有不解之缘。他曾在安徽不同地方做官，晚年退休，也坚持回安徽终老，自号"六一居士"。在滁州写有《醉翁亭记》，在阜阳则写有《采桑子·西湖好》等，都是千古名篇。《浮槎山水记》，全文不过六百多字。该文是他任翰林学士兼龙图阁学士权知开封府时，受赠郡守李谨浮槎山水后写的。

> ……其上有泉，自前世论者皆弗道。余尝读《茶经》，爱陆羽善言水……及得浮槎山水，然后益以羽为知水者。浮槎与龙池山，皆在庐州界中，较其水味不及浮槎远甚，而又新所记以龙池为第十。浮槎之水，弃而不录，以此知其所失多矣。羽则不然，其论曰：山水上，江次之，井为下。山水，浮泉、石池漫流者上。其言虽简，而于论水尽矣。

固不知水的保质期如何，但自合肥到开封，李谨是千里送水，怎么看也是一桩雅事。且不谈宋时文人喜欢润笔，但受此雅物，著文答谢，也属文人常情。但欧阳修把普通的答谢文章写成了历史名篇。

《浮槎山水记》，主要评说对象是水，涉及人物则是张又新，兼及陆羽。

张和陆都是唐代人。张又新距欧阳修约二百年，历史上留名主要是因为他写了部《煎茶水记》。在这部书里，他借陆羽之名，将天下水分为二十档，其中庐州龙池山岭水列为第十。陆羽是《茶经》作者，公认的"茶神"。作为神一级人物，他是后世论茶的标准和依据。喝茶离不开水，所以他的《茶经·五之煮》，有一段专门论水。欧阳修也以陆羽的评水原则批驳了张又新，并认为浮槎山的水胜于龙池山，甚至认为龙池山水"不及浮槎远甚"。龙池山在庐江县柯坦镇境内，属大别山余脉。其唐时名号可能蛮大，所以被张又新写进自己的书里。但后世却湮灭无闻。到清朝，嘉庆《庐州府志》："康熙志：在县北三十里，有龙池。东数里为龙隐巷一洞，深不可测。"编志者没费心思，是直接引《康熙志》了事，根本没有提及此地有泉水。到近现代，更是少人提及。现在在网上查"龙池山"，基本是被江苏同名山头霸屏。我想这与欧阳修绝对有关。名人也是公器，一句话贬抑，导致一地一事一人上天入地，并不鲜见。只是这后事难料，超出本人意趣，也是名人力不能逮的。

但毫无疑问，欧阳修是懂水的。他还有篇文章《大明水记》，也是名篇。"水味有美恶而已，欲举天下之水一一而次第者，妄说也"，就是公允之论。更无疑义的是，继欧阳修之后，才有大量文人墨客，借其眼、用其心，以浮槎山为题吟诗作画，生生把浮槎山变成了江淮间的人文名山。

当然就文章论，欧阳修的文章意思重在后面的议论。他是借题发挥，处庙堂而羡山水，感慨人生无可选择也。

四

茶端上来，服务员专门强调这是用浮槎山泉水泡浮槎山云雾茶。

古人云，精茗蕴香，借水而发，无水不可与论茶也。又云，真源无味，真水无香。名泉泡名茶，我们一下兼得了欧阳修讲的"山水之乐"和"富贵之乐"。斯其美矣！

我又要了一杯煮开的纯泉水。待其冷却后观察，总体清冽清澈，似还有点淡淡的白乳色。我不能借到古人的眼光，只好胡乱猜测，也许这就是陆羽、欧阳修们所谓"乳泉"称谓的由来吧。在传统文化中，"乳"色是吉祥的。回想房前石碑上说的"八仙水"，估计与民间传说"八仙"有关，意思是喝了此水即使升不成仙，或可落个仙风道骨也未可知。

我问这清浊二泉水是否检测过成分。答没有。水中通常都含有处于电离状态下的钙和镁的碳酸氢盐、硫酸盐和氯化物。我们俗称的软水硬水，实际是指水中这些物质的含量多少。古人的评介，今人不一定认同。但古人的智慧，有的今天也还不能用科学仪器分析。但做次检测，或对这浮槎山深度开发有用。也许这清浊二泉是指软水硬水兼有呢。

在这浮槎山上，种种思虑并不妨碍我们喝水喝茶。毕竟已不是在喝泉水，是在喝文化。套用"庐陵欧阳修也"的话，"醉翁之意不在酒，在乎山水之间也"。文化的功用是将好的东西及时储存起来，以资后人，以备后人，以厚后人，远甚酒水。

太白，您在哪

扬波喷云雷落笔摇五岳

举杯邀明月光辉映千古

这联是赵朴老为李白墓园题写的。李白墓园在当涂青山西麓。高大牌坊上镌刻着"千古风流"几个大字。墓园内，有照壁、石碑长廊，有李白举杯邀明月雕塑像、享堂、李白祠等。李白祠的后面，就是堆成圆形的李白墓了。墓前石碑上镌有"唐名贤李太白之墓"字样。墓前有一长条石案。我们去时，石案上面还醒目地放着二只红酒瓶。介绍说，每每有得趣之人会带酒来祭奠。不知李白在天上可能收到如此好礼。他的生命之花凋落在当涂，估计他是心不甘的。

在淡淡的秋阳下，墓堆上的青草随着微风轻摆，夭娇生姿，萋萋透着鲜亮的绿。一切天然纯真，但仍然让人不禁想起白居易的诗："采石江边李白坟，绕田无限草连云。可怜荒垄穷泉骨，曾有惊天动地文。但是诗人多薄命，就中沦落不过君。"

李白 25 岁出门，次年仗剑东游。立志报效君王，渴望建功立业，猎取功名富贵。但空置念想，一生只应诏侍宴一次，就再无得意之时。后来甚至急中生乱，跑错路线，投错主子，差点落得身首异处。此后三十余年，以长江安徽段为经，遍游皖南，晚年投亲，寄寓当涂，于 762 年卒，蒙亲人、友人相助，葬于青山脚下。

李白是中国文学史上一座不可企及的高峰，引无数后人竞相折腰。他一生创作了一千多首诗，其中五分之一是在安徽写的，其中又以皖南为多为优。

天门中断楚江开，碧水东流至此回。

两岸青山相对出，孤帆一片日边来。

抽刀断水水更流，举杯销愁愁更愁。

人生在世不称意，明朝散发弄扁舟。

李白乘舟将欲行，忽闻岸上踏歌声。

桃花潭水深千尺，不及汪伦送我情。

我爱铜官乐，千年未拟还。

要须回舞袖，拂尽五松山。

几乎篇篇珠玑，都是千古传诵的名篇。据说李白墓上原产芦如笔，似乎是他笔意未尽，在天上仍要续写华章。

历代以来，不知多少文人墨客、达官贵人、才子佳人，络绎不绝，来李白墓前赋诗抒怀，以致成为一种现象。采石江边一抔土，李白诗名传千古。来的去的写二行，鲁班门前掉大斧。不过估计没人有胆有才，真的来敢与李白争诗名，多数不过是借李白大名发个人感慨罢了。

与李白墓相映衬，李白还有一个衣冠冢，在采石矶。传说李白因追月而坠江后，因念青山之好，身体溯江而上漂至青山。经当地百姓协商，青山与采石矶各保留遗体与衣冠，分别安葬。李白墓一虚一实，也是李白一进一出的身世隐喻。

李白一生饮酒赋诗，指斥人生，他的精神医药，一个是宫殿。他渴望登堂拜相，在应诏侍宴后，更是食髓不知味。余亦能高咏，斯人不可闻。他对功名的急切超过很多人对一个诗人的想象。但后人对此并无诟病，甚至没人关注这个。在那个人性勃发、诗意纵横的时代，一切都是顺理成章的。做官就是实现理想的一个平台，并不仅仅是为了稻粱谋。除唐之外，这在其他朝代再难看到了。另一个则是山水。其执着与向往也非常人可以想象，如同他向往永生的天堂。山水也许就是他的天堂。他遍访皖南各地，求仙访道。求之不得，也从不松懈。甚至在歙县，与仙人许宣平当面相逢而不相识，失之交臂。

宫殿和山水在李白身上是完美结合，完美体现，后世跟随模仿者众，却差之毫厘，失之千里，根本不是一个俗字可以概括的了。

从李白墓到采石矶，车程不过半小时。经唐贤街，过锁溪桥，便是采石山，又名翠螺山。与滕王阁、黄鹤楼、岳阳楼齐名的唐李公李青莲祠即谪仙楼，静静地坐落在采石山的南麓。楼前后三进，雕梁画栋，飞檐翘角。内有李白木雕像，原为翰林学士形象，现为白衣高士之风，更符合人们对李白的想象。据说楼上可以看到长江。

但我更想站到采石山上去看长江。山上植被很好，有曲折小径通往山顶。林木荫郁，葱茏匝地。意外发现有星星点点红色彼岸花，在岩石旁、树木下，亭亭立立、欲飞还驻地，幽幽地开放着。这种花又叫蔓珠沙华，据说只在天堂门口开放，却不知为何在这不是神道仙佛的诗人名山开放。采石山临江一面，崖壁峻绝，崖下风涛汹涌。长江浩浩从山脚下淌过。有一突兀巨石，从崖上伸展出，上有朱红色的大字：联璧台下还有一行小朱字：捉月台。据说李白就是在此饮酒，看大江浩荡，明月如旧，起而掬水捉月，坠江仙去的。距石不远处，有一不锈钢材质的李白雕塑和以红色着色的蛾眉亭。

登高远眺，长江裂地面跃出，斜日映之，有如银刃。俯江观察，长江溶溶泄泄，大块漂移，不是由高处往低处淌，而是在涌动，是被地心里的无名力量推拥着前行，虽没有壶口瀑布那般咆哮，但浑厚磅礴，更具威势。至此，方可体会为什么人们形容长江为雄伟。

"敆于江者"，谓之矶。采石矶为采石山崖突出部，更有砥柱中流之气概。采石矶与岳阳城陵矶、南京燕子矶并称长江三大矶，且为三矶之首，名至实归。

古往今来，矶头从来就是临江怀古的地方。大江居上，塑造多少人文品相，进而成就今日文明风貌。

"我欲乘风去，击楫誓中流。"《晋书》载，祖逖统兵北代，从此渡江至中流，击桨宣誓，不能清中原而复济者，有如此江，有进无退，如同大江流水，有去无回。采石矶对岸的和县，有刘禹锡的陋室及《陋室铭》，还有霸王项羽自刎之地及项王庙。诗仙是李白，武圣是项羽。"生当作人杰，死亦为鬼雄。至今思项羽，不肯过江东。"一个失意文人，一个失败武士，却成为千年来称颂对象，构筑了中华文化脉流的一道独特风景。中国人向来并不单纯看成败的。那是藏在人心底的一点英雄气、侠义气、正气，是宁折不弯、不曲、诚信的君子人格。

不过，相映衬的还有《五杂俎》。和州人杜默至乌江王庙，抱神像哭诉：英雄如大王而不能得天下，文章如杜默而进取不得官，泪如泉出。庙祝恐神怒，扶其出庙，回来则见神像亦泪水涟涟未已。唏嘘。

李白经安史之乱，错投主子，天下人皆曰可杀。一代诗名也差点没有保住他性命。从此，李白与宫殿渐行渐远，宫殿只是醉酒中的些许回忆，把人生的足迹与诗篇，更多地给了皖南这一片广大区域。仅在马鞍山一地，就有关于姑孰溪、丹阳湖、凌歌台、灵墟山、牛渚矶、天门山等名篇。李白的诗捕捉到了皖南山水最诗意的那一面，他吟诵着大自然无处不在的美妙以及作为人的无奈和无力。他以一个最伟大的行者与歌者身份，成为永恒。他以他的诗篇，充实了民族的灵魂，也丰富了人类的情感。

　　作为个体的人，对人类文明的贡献，都是以一本书、一闪思想、一句诗文、一个公式、一套模型，或一项工艺为基本形态的吧。没有历史著叙，帝王将相争来杀去就只是屠戮了。姑溪居士李之仪"我住长江头，君住长江尾，日日思君不见君，共饮长江水"，若把长江置换成时间呢？"可怜千古长如昨，船去船来自不停。"突然有种无力感。李白之后似乎再无人能肆意描绘大自然了。

　　采石山上，登眺的另一个目标是东西二梁山。但它们隐匿在迷雾中，渺不可见。"青眼故人携酒共，两眉今日为君开。"我们根本没有李白的眼睛。看不到正常，就是看到了又如何。诗仙更接近于天地人心。他展露的天机一角，和触目所及蓬勃的生命提示，够滋润人间几千年了。

　　长江似削，竟入梦中。

俯仰之间

根据潮汐作用的范围，枯季时，东海潮汐对长江作用的上界在安徽铜陵大通。这里距离长江入海 620 多千米。大通水文监测站，是长江干流下游最后一个径流控制站，也是唯一一个向联合国教科文组织提供长江水情信息的径流控制站。长江入海径流量测算就是以大通站断面测量的流量为准的。所谓"长江拐弯"，是指长江在大通受阻于羊山矶，转折北上；"大海回头"，是指东海海潮上溯长江的最远点在大通。

从大通始，长江进入河口段，通常意义上，这以下都是长江下游区域了。然而，长江下游还可以细分。大通是长江枯季潮界，镇江是长江洪季潮界。不论枯季还是洪季，都还是指属于河流作用占优势的江段。再往下游，就是河流与海洋优势参半的地段了。长江可以望见大海了。

在轻飏的民乐《茉莉花》旋律里，汽车越过扬州的瓜洲，再经润扬大桥，我们到达长江南岸的镇江。

> 京口瓜洲一水间，钟山只隔数重山。
>
> 春风又绿江南岸，明月何时照我还。

这首《泊船瓜洲》，是北宋王安石在瓜洲写的。京口故址即是镇江。在长达 600 多千米的长江下游江段上，历史上有无数的渡口。但瓜洲与西津渡无疑是最出名的。它们隔江相望，一北一南，两点一线，扼守在京杭大运河与长江交汇口的要点上，是古人南下北上，争战、商贸、旅行，不得不经常路过的地方，自然也成为历朝历代文人喜欢游玩和歌咏的地方。

用"沧海桑田""天翻地覆"来形容这瓜洲和西津渡，是再恰当不过了。而且这种变迁，都在俯仰之间，是人类的肉眼可见。

"汴水流，泗水流，流到瓜州古渡头。""瞰京口，接建康，际沧海，襟大江。"扬州瓜洲，不同甘肃瓜州，在历史上的地位远比现代重要。它是长江及大运河的运输包括漕运的中枢转运站，同时还是长江下游最重要的出海口，国际贸易码头，是所谓"烟花扬州"的物质基础支撑。唐时鉴真和尚从这里起航东渡日本，明时"杜十娘怒沉百宝箱"的故事也发生在这里。但那个充满故事的瓜洲，早已不见。清康熙末年，由于长江在仪征、瓜洲间涨出了北新洲，致使长江江流北移，镇江、扬州段长江开始出现南岸淤涨、北岸坍塌的情形；到1895年，瓜洲全城坍入江中，一同付诸江流。现在的瓜洲是民国以后新建的，可以说是长江地理变化的鲜活见证。我们现在见的瓜洲，布满大大小小的水利工程，成为扬州最重要的水利枢纽地。其新中国成立后建的节制闸等水利工程，因其因地制宜和高质高效，吸引了大批人士来此观光学习，其中还包括数位外国总统和数千外宾。

西津渡始成于三国，在相当长的历史阶段里，它都比南京（金陵）附近各渡口重要，甚至其本身也曾被人称为"金陵渡"。六朝永嘉南渡时期，一半以上的北方难民从这里渡江南奔。溯源安徽徽州移民，有不少就是从西津渡渡江过来的。

今天，西津渡是镇江文物古迹保存最多、最集中、最完好的地区，是镇江作为历史文化名城的文脉所在。从六朝到清朝，古街救生会，昭关古塔，观音洞，英国领事馆……西津渡保存着相当丰富的历史遗存。它与瓜洲完全坍塌入江底不同，清代以后，由于江滩淤涨，长江泓道北移，曾经喧嚣的古渡码头，渐被淤沙淹没，脱水变成了陆地。现在的西津渡离长江江岸已有300多米距离。所幸西津渡脱水成陆时间并不久远，便自然成为长江上最好的、真实无欺的渡口标本。

我想找一处可以看到长江的地方，但触目所止，到处都是高楼、绿树和陆地。

据说，镇江江面已由宋朝时的四十余里缩小为十多里了。哪里还会有"江风白浪起，愁煞渡头人"的诗词意境。据说，以孤篇压全唐诗的扬州人张若虚《春江花月夜》，开篇的"春江潮水连海平，海上明月共潮生，滟滟随波千万里，何处春江无月明"的江海浑茫景色，就是当时扬州长江的实景。现在镇江地界上还保存有许多古海蚀穴，它们指明的都是曾经的海岸线位置。据说，秦汉时期，扬州还有"广陵潮"，人们并不需要像今天那样，每到中秋跑去杭州看钱江潮。据说，两千年前，楚考烈王的贤相春申君黄歇沿长江下行找封地，最后在长江与黄浦江间的大片泽地上疏浚造地，为最终形成今天苏州、上海等陆地打下了基础。上海脱海成陆，其地理形态直到 20 世纪初才最终形成今天我们看到的模样……

科学研究告诉我们，长江三角洲的形成靠的是长江输送的无穷尽的泥沙。大通水文监测站有项重要工作，就是在监测水位、流量、水温的同时，还要监测长江的输沙量。但长三角并不单纯是大自然运作的结果，它无疑也是人类活动的结果。人们围绕长江，日复一日、年复一年地造田围地，极大地改变了长江的河流形态，加速、加强、加固着长三角的陆地形态。如今，长三角是中国最富庶繁华、经济最发达的地区之一，但它令人印象最深刻的并不是高楼大厦，而是纵横的水网和良田，特别是那些大大小小的水闸、泵站所构造出来的天人合一的"江南"印象。从根本上说，长三角的富庶与发达，从来就是人民与天斗、与地斗，在斗争中求与天地和谐共处的精神体现，是"一万年太久，只争朝夕"的形象写照。

千年一瞬，沧海一粟。在长江三角洲，长江巨变，长江不变。变的是长江外在形态，不变的是此地人民的"不服"、勇于拼搏、善于拼搏基因。

不能不感慨，当年是下游想努力变成上中游的样子，现在是上中游努力想变成下游的样子。大道通天，混一宇宙。

"马蹄特特无断时，老尽行人路如故。"我们走在西津渡古老的街道上，虽然没有嘚嘚的马蹄声音，但脚底空泛的踢踏声音，却是长江的千年风雨回响。

"千古江山，英雄无觅、孙仲谋处，舞榭歌台，风流总被、雨打风吹去……凭谁问：廉颇老矣，尚能饭否？"距离我们不远处，辛弃疾写下了如此诗句。我们被他感动着、感动了。

怎知春色如许

昆曲无疑是长江流域生长出来的一朵戏曲奇葩。其影响，地域上超出长江中下游，时间上超出明清两朝，行业上则超出戏曲、戏剧界。

安徽文艺出版社曾承担国家"十一五"和"十二五"重大出版工程项目——《昆曲艺术大典》的出版任务。该大典"卷帙浩瀚，积蕴丰赡，前无古人，后启来者"。全套149册，涵盖自明代中叶到21世纪初昆曲的主要典籍和研究资料。摆放出来，可整整摆满两大书柜，对中国传统文化的传承弘扬，可谓厥功甚伟。该书责任总编辑裴善明，是我大学同窗。他温文尔雅，面色红润，头发疏朗，看去是个典型的传统君子人设形象。已近七旬，还微微发胖，但走起路来，依然自带一种韵律。历时8年的《昆曲艺术大典》编辑生涯，让他深谙昆曲之美。他夫人戏称其为"昆虫"，其实他已是"昆大虫"级别了。

传统佳节端午节前，适逢江苏苏州昆剧院来肥演出。他专门弄了票，约我去欣赏。他在现场，指导、辅导我看了全本青春版的《牡丹亭》。

我对戏曲没有研究，过去只读过茅盾封面题字、1981年出版的《中国戏曲通史》。三卷本，总价才4.85元。其中中册讲昆山腔和弋阳腔，但把大部分篇幅都给了昆山腔。但读过就过，并未读懂，不甚了了。

在剧院里看戏，对我来说还是比较"奢侈"的。我对戏曲的了解，主要源自剧本文学和戏曲电影。说剧本文学或文学剧本，主要是读过一些戏本，特别是元杂剧本子。那文字功夫了得，有的甚至比唐诗宋词还耐读。20世纪80年代出版的元明杂剧本子，我能买到的差不多都买过，其中包括《牡丹亭》。把戏曲搬上银幕，这是20世纪六七十年代的一大工程。我就是通过看电影，才了解戏曲，和获得些许知识的。我看过《梁山伯与祝英台》《十五贯》《红楼梦》《朝阳沟》《卷席筒》《天仙配》《女驸马》，当然还有那些"样板戏"，等等，恐怕有几十部之多。甚至一些戏曲戏种的名称，如吕剧，我也是通过电影才知道的。

《牡丹亭》是明朝汤显祖的作品。汤显祖著有"临川四梦"，这《牡丹亭》是其中一梦。汤显祖现在具有世界声誉。他与写《堂吉诃德》的赛万提斯、《罗密欧与朱丽叶》的莎士比亚同时（1616年）辞世。2016年，有关方面为他们搞过400年纪念活动。那时我恰巧在西班牙，看到过活动广告。汤显祖对我们安徽人贡献很大，他写的"欲识金银气，多从黄白游。一生痴绝处，无梦到徽州"，已成了传播最广的徽州和黄山的宣传词。

《牡丹亭》叫昆剧。据善明讲，昆山腔、昆曲、昆剧是昆曲在不同的发展时期产生的概念。昆山腔是元末明初产生于江苏昆山一带的声腔艺术，明代中叶经身居太仓的魏良辅在昆山腔的基础上，融合了南北曲的特点，创制了流传至今的昆曲，又称水磨调。昆曲有剧曲和清曲之分，剧曲演出于舞台，清曲清唱于案头。用昆曲演出传奇剧本，则称昆剧，也可称为昆曲。所以昆曲与昆相剧比，昆曲是个更大的概念。青春版《牡丹亭》是在舞台上演传奇，当然称昆剧。但说其是昆曲，也没错误。

《牡丹亭》的故事很惊艳，是汤显祖那个时代的"传奇"。因时代转换，其情节现代人喜欢的恐怕不多了。但传统戏曲流传到今天，多数已不在意情节，或情节是否已被观众熟稔。

昆剧的主要魅力之一在曲词典雅与曲调优美。其曲词的文学味儿简直可以说是浓得化不开。"不到园林，怎知春色如许""原来姹紫嫣红开遍，似这般都付与断井颓垣。良辰美景奈何天，赏心乐事谁家院？朝飞暮卷，云霞翠轩，雨丝风片，烟波画船""这般花花草草由人恋，生生死死随人愿，便酸酸楚楚无人怨"……这都是诗词殿堂里的极品，和我们今天的一些戏本和流行歌曲词儿，简直有天壤之别。

这些极富文学味儿的曲词，用明代官话中州韵唱出，别有一番韵味。这主要是因为昆剧兴盛在明朝，受皇帝老儿朱元璋家乡话的影响。我们的江淮方言中至今还遗留有中州韵的痕迹。剧中角色，只有小丑、副丑、副净在念白时用地方言，如苏州白、扬州白等。话虽如此，但特浓、特雅文学味儿十足的曲词，我不借助提词器，要听明白还是困难的。是谓真正的看着戏文在看戏了。

昆剧被推崇，其曲调优美，"好听"，是重要原因。"昆山腔音乐的艺术成就，在那一个历史时代中可以说是史无前例的"。乐器配置主要是笛、箫、笙、提琴、鼓等典型中国传统乐器，现在还加了西洋乐器大提琴。但"竹肉相发"，关键还是演员的唱功。过去用"勾魂"两字来形容昆曲唱腔的流丽悠远、雅致慰帖。现场听，一板三眼，高下宛转，疾徐协和，清音亮彻，便觉得看戏最好还是到剧场来，光听音响是欠缺很多的。

稍显遗憾的地方，因我对昆曲生疏，其旋律节奏唤不起记忆，情绪价值便折损不少。昆曲是曲牌连缀体。《牡丹亭》所有的唱段，都是由不同的曲牌串成，都有固定的格式和套路。这些格式和套路，都对应着相应的情感情绪表达。想当下流行音乐那么多，若有人把流行音乐串起来，仿照古人填词手法，给流行曲子填上新词，或能火上一把，亦未可知。

昆曲表演以写意为主，舞台简洁，不求纷繁，据说传统昆剧舞台上只有一张桌子、两张椅子而已。所谓青春版《牡丹亭》，主要是指其以青年爱情为主线，起用年青演员，突出青春亮丽颜色，在舞美上也加了些声光电响，铺陈些书法国画之类点缀，使之更加典雅美观。但和当下塞满舞台的各种舞美道具设备的各种综艺节目和戏剧相比，仍显简朴。

合肥大剧院条件不错，但要在座位上，不借助望远镜，想看清台上演员的"手眼身步"，特别是"眼"，对我来说挺困难。过去的戏院小，现场可看演员扮相之美。现在这乐趣则少了许多。

剧场里，绝大多数观众是年轻人，倒是出乎我的预料。原以为传统戏剧节奏慢，特别是戏剧语境早已时过境迁，那种体察人性人情微妙之处的绞尽心思，曲折回肠，观众不进入特定情境中，慢品细尝，很难得到戏的那种况味。而昆剧恐怕又是各种戏曲中节奏最慢的。我以为年轻人来看，戏剧是一道关，昆曲又是一道关。没承想对现在的年轻人来说，啥关都不是、都没有。据说《牡丹亭》刚开票，就被抢光了。中场休息时，我还听到两位小伙子在讨论舞台上的走步和念白。

在各种场合，我都听到过传统戏曲在衰微、已衰微的言论。甚至有人说，中国传统戏曲迟早会死。到合肥大剧院一看，此论大谬不然。长江后浪推前浪，倒是我们这些年纪大的、高堂上的、专家们看问题有偏颇。

剧场里，有人和善明打招呼。这都是善明身后面的年轻"昆虫"，他们大多是"高知"，很多还是搞理工科的，而非所谓的传统"文化人"。有机会，还真想去掺和下"昆虫"们的活动。

南向北望

一

省政协组织老委员去阜阳考察，我积极报名参加。

阜阳很多年没有去了，不知变化几何。此外，我还有个私心，即是想趁便考察下处于淮河及颍河上游的阜阳与长江的关系。省政协最近在搞长江文化安徽段研究，我参与了其中关于安徽区域文化讨论，觉得很有意思。安徽因为长江淮河的地理分割，经济和社会发展面貌"散装"色彩很浓，文化差异尤为显著，相互间的认同感、归属感很低。有些讨论魔幻，甚至让人仿佛在读上世纪二三十年代沈同芳《江苏省分合问题》："江北公民多不愿附合于江南。"

"千嶂暮云收尽后，一年秋暑洗空时。"车进淮南境，便可看到淮河了，她时在左时在右，若隐若显。淮上的秋色独一无二。大平原一望无际，一览无余，在蓝天白云下，显得更清爽、更辽阔、更高远。大地上铺满了金黄的稻谷、焦黄的玉米和赤红的高粱，鼓荡着满满的丰收气息。甚至高速公路旁种植的意杨、栾树等，也显得高大挺拔，颜色苍黄。

在中国的地理版图上，淮河是个特别的存在。河流是极其特殊的河流，流域也是极其特殊的流域。中国七大水系，即松花江水系、辽河水系、海河水系、黄河水系、淮河水系、长江水系、珠江水系，只有松花江和淮河，是唯二最终没有自己入海口的河流。松花江是黑龙江的支流，其经济意义超过黑龙江。淮河则以废黄河为界，再分为淮河水系和沂沭泗两大水系。这两大水系通过京杭大运河、淮沭新河和徐洪河贯通。泗沂沭等河流原来都是淮河支流，后因与大运河相通，进入淮河的水量便受限了。大运河的主要功能是漕运，河水也主要来自南方，特别来自长江，而北方只有黄河一段资用，为大运河补水有限。从这个角度，把大运河视为人力做成的长江支流也未为不可。

然后是淮河干流本身。中国历史上有所谓"四渎"，（长）江、淮（河）、（黄）河、济（水），淮河是其中之一。依古人理解，渎，发源注海者也（《尔雅》）。这意味着"四渎"当年都有自己的入海口。今天，长江、黄河的入海口清楚明白，济水已经消失在黄河三角洲里。淮河本来也是独流入海，但现在在流淌 1708 里后，却进入了洪泽湖，进入了"说不清楚的淮河下游"。洪泽湖以东，是平平展展的田畴沃野。古时海岸线逼近镇江、扬州、淮安一线，这一片原应是海洋或海岸沼泽地，如今的平原土地大多是黄河、淮河冲沙带来，加上人工屯田所致。洪泽湖号称亚洲最大人工湖泊，成湖原因主要在黄河、淮河入海遇阻，尾闾部人力促成汇潴，最后在明朝时才定型成湖的。洪泽湖兜不住源源不断的淮河诸水，被逼分散突围，并因此造成历史上的多次灾害。如今洪泽湖的入海通道分为三条，其中的两条即淮河入海通道和苏北灌溉总渠，都是当代从防洪防灾、灌溉耕作角度出发建设的人工杰作，洪泽湖主要的水流还是通过高邮湖，在扬州三江营进入长江再入海，这条自然或半自然状态的入海通道，水利上称为"淮河入江水道"。

参照济水的命运，若不是淮河本身够大够长，加上长江的更大更长，它很可能如同济水消失在黄河三角洲一样，消失在长江三角洲里了。从这里看，从现在看，淮河入江不是借道，也不是"携手"，而是自然而然的归顺，如同湘江进洞庭湖再入长江、赣江入鄱阳湖再入长江一样，自应视淮河为长江的一级支流。

二

车出淮南境，便可看到"颍河大桥"标牌了。但见一泓碧水，温文娴静，优雅从容，自西北向东南蜿蜒而来。

"颍"，是专有名词，指颍河，或称颍水、颍川，至于其他如颍州、颍阳、颍姓等，都是由颍河派生出来的。颍河发源于河南登封，流经河南周口和安徽阜阳大地，最后在寿县正阳关注入淮河，是淮河最大支流，或可算作长江的二级支流了。它上抵黄河，接通洛阳，下连淮河，通江达海，自古便是中原地区的一大交通要道。阜阳是颍河要冲，颍州就是阜阳的古称。

地理是历史的子宫。而离开历史，文化不能存在。

中国地理历史文化的鼻祖当属上古《尚书》中的《虞夏书·禹贡》。《禹贡》把天下分为九州，"海岱及淮惟徐州。浮于淮泗，达于荷"，"淮海惟扬州。沿于江海，达于淮泗"。这"淮"字跨了两大州。按今天地理，这徐州，包括今山东南部、江苏、安徽北部。扬州更大，包括了今淮河以南的江苏、安徽两省境，还有江西、福建、浙江三省和广东北部等。与阜阳地理相关的还有"荆及衡阳惟荆州"。大体上阜阳在这三州之间。"豫"州（荆河惟豫州）当时可能离阜阳还远点儿。

进入春秋战国，楚国崛起。楚本先秦位于长江流域的诸侯国，楚勃兴于楚成王之世，奄有江汉，开始不断兼并周边各小诸侯国，最鼎盛时期的疆土，领有西起大巴山巫山，东到大海，南起南岭，北至河南中部的广大地区。包括阜阳在内的淮河流域基本在其版图之内。而江淮地区和皖南地区纳入楚国版图时间还稍晚，在其破吴破越之后。

对楚国，历史上有所谓"三楚"的划分。按司马迁意思，大体是："夫自淮北沛、陈、汝南、南郡，此西楚也……彭城以东，东海、吴、广陵，此东楚也。衡山、九江、江南豫章、长沙，是南楚也。"今天的安徽，特别是淮南、阜阳等地为三楚交集处，是800年楚国、尤其是后半400年的重心所在。楚国最后迁都淮南寿春，是从江汉平原起步东进，然后沿颍河和淮河一站一站、一步一步走过去的。除了淮阳等地，有人推测，太和或阜阳古城遗址或有可能是楚国国都"钜阳"。阜阳故地与中原地区对称，交流频繁，"旧传妫氏女，将适楚人时……因为楚宫賸，来与使车期"（梅尧臣）。中国哲学文学的开拓者、思想巨擘、涡河庄子，就是生于楚、长于楚，且在楚国为官的。

很多人以为跨过淮河，便自然进入北方了。其实并不尽然，还应细细剖看。

下至明朝，朝廷设置江南省，阜阳、亳州一带，均为江南省属，凤阳府管辖，且为王畿（南京）之地。而鹿邑等地则划归北方府治管理。及至清朝，撤江南省分设江苏、安徽省时，阜阳、亳州等地自然划属安徽省属。无论从政治、军事上讲，朝廷的意思都是十分明确，这里是江南或东南的一部分。或者说，期望这里成为江南或东南的一部分。

楚国以长江为轴心发展，在800年时间里，为南中国地区奠定了厚重的楚文化底色。地域文化表现并不限于名人和名著，文化落地主要表现在人情风俗上。楚地风俗，管仲谓"楚之水淖弱而清，故其民轻果而贼"。司马迁《史记·货殖列传》："夫自淮北沛、陈、汝南、南郡，此西楚也。其俗剽轻，易发怒，地薄，寡于积聚。"张良提醒刘邦："楚人剽疾，愿上无与楚人争锋。"太尉周亚夫说："楚兵剽轻，难与争锋。"及至后世，"淮南衡山，亲为骨肉""荆楚标轻""颍川剽轻""吴越剽轻""临淮楚之剽轻""人颇劲悍轻剽""俗本剽轻""其民骁悍而剽轻"等，对楚人"剽"性格的特征表述，历朝历代都用大类相同词语描述，不绝于史书簿册。而"剽"适用范围大体覆盖了楚国旧地，特别是淮河两岸直到长江流域地区。

著名地理学家张其昀先生是我国现代文化地理学的先驱人物，他在划分全国文化分区时，划了黄河三角洲、大江三角洲、珠江三角洲、秦岭汉水区、黄河上游区、海河流域和白山黑水等七个。他没有把淮河文化作为一块独立出来，但也感觉淮河特殊，所以他又将大江三角洲区再划了江南和淮南两个亚区。但重要的是，他是将淮南区域归在长江大文化圈里的。

中国南北地理和气候分界，以秦岭—淮河划线。秦岭—淮河以北为北方，以南为南方。但细察，却山水有别。秦岭南北差异巨大，而淮河两岸风物却阻而不隔。我到淮南正阳关，看那里的淮河，就是细细的一条线，抬抬腿就可以到对岸了。不同于军事行政地理，淮河流域文化，两岸并不能切割，再把淮南、淮北分开，没有必要，也难以做到。

三

多年前，我还在做旅游工作那会，曾到杭州，他们很多广告词都用了欧阳修的《采桑子·西湖好》。我觉得很憋屈，因为这本来是欧阳修为颍州西湖写的。后来，我来阜阳，专门看颍州西湖，并以李白诗句"看君颍上去，新月到应圆"为题，写了一篇小广告文章，算是为阜阳宣传尽一点心力。此番再来，别有感触。

"天下西湖三十六"。中国称名西湖的地方多，安徽境内就不少，如寿（春）西湖、铜陵西湖、霍丘西湖等。但颍州西湖不一般，在唐时就是著名风景区，北宋时与杭州西湖齐名，并称"杭颍"。它还与杭州西湖、惠州西湖、扬州西湖并称为中国四大名湖。

但后来在历史的很长一段时间里，因为黄河夺淮等原因影响，颍州西湖湮灭无闻。新时代，阜阳人开启颍州西湖修复，希冀复现当年辉煌。如今宏大修复工程已初见成效，包括苏堤、飞盖桥、湖亭、兰园、怡园、撷芳园等主要历史景点都已得到修复或重建。

颍州西湖在阜阳文化发展史上意义很大。阜阳历史上的很多名人雅士都与颖州西湖有牵绊。其中最著名的当然是欧阳修和苏轼。现在颖州西湖里专门辟有"欧苏文化园"。

阜阳的文化鼎盛时期在北宋。当时苏轼称阜阳"士风备于南北,人物推于古今","文献相续,有晏殊欧阳修之遗风"。细细考察,可以发现其汇聚的人物多是江南人物,遗风也是江南文风。比如北宋七大名人知颖州,晏殊(江西)、欧阳修(江西)、吕公著(寿春)、苏颂(福建)都是江南人氏,范仲淹世居苏州,苏轼四川眉山,他们俩其实也可算作江南人。在阜阳留下诗篇的黄庭坚(江西)、许浑(江苏)等都是江南人。他们所遗诗文,特别是描写阜阳山水的,现在去掉标题和注释,拿出来给人欣赏,如不加特别甄别和说明,直接套用给江南景色,至今还完全适用。

欧阳修对阜阳贡献最大,为阜阳写的诗文最多。他自扬州改知颖州后,便彻底爱上了颖州。《正德·颖州志》卷之六,保留了欧阳修的表文、诗文、祭文、书简若干,还保存了大量欧阳修关于阜阳的诗作。欧阳修《采桑子·西湖好》十三首,分春夏秋冬、晴雨朝暮,连用十个"好",来对颖州西湖反复咏唱。"轻舟短棹西湖好,绿水逶迤,芳草长堤,隐隐笙歌处处随""春深雨过西湖好""画船载酒西湖好""群芳过后西湖好""何人解赏西湖好""清明上巳西湖好""荷花开后西湖好""天容水色西湖好""残霞夕照西湖好"……他致仕后要求退居阜阳,自号六一居士。"焦陂荷花照水光,未到十里闻花香,焦陂八月新酒熟,秋水鱼肥鲙如玉。"这其中当然有欧阳修个人偏爱,但也不容否定阜阳那时的山水、气质等同或接近于江南,以致今天杭州人借用他的诗句对外打广告,没有人觉得有违和感。

对阜阳贡献大的还有苏轼。他从杭州改知颖州,迟于欧阳修20年来到阜阳。他"作三闸,通焦陂,浚西湖",自称"出典二邦,辄为西湖之长"。"西湖虽小亦西子,萦流作态清而丰,千夫余力起三闸,焦陂下与长淮通",感叹"大千起灭一尘里,未觉杭颖谁雌雄"。他后来自颖州改知扬州,又感叹"二十四桥亦何有,换此十顷玻璃风"。把杭州西湖、颖州西湖、扬州西湖混一大同,相提并论了。

值得提醒的是,这扬州地处长江以北,但向来被视为江南的核心区。并没有被江苏人或苏南人士异议。

欧阳修从扬州移知阜阳,苏轼从杭州移知阜阳,再移知扬州。这三地在他们心中,自由切换,并无区别。如没有相通、相同的自然景色和文化意韵,很难做到。这既反映宋朝的江山版图所限,更反映了当时的官僚和士大夫们内心，早已把阜阳看作是江南一部分。

而那时，淮河还有自己的入海口呢。

现在阜阳城西北隅的老城墙基上，建有纪念南宋抗金名将刘锜的刘公祠。刘公祠建在垒起的土台上，进院右侧是株高大的枣树，树枝上结满了红布条。树上还挂有熟透的红枣，使得满院充满浓郁的枣香。大殿为砖木结构，单檐硬山重梁起架。大殿前是硕大的盛满香灰的镀铜香炉，大殿旁另有住持房灶房等杂屋。大殿里是典型的混搭风格，正中案上是苹果和矿泉水等，刘锜托柄宝剑端坐中央。左右是当时协助他的八位有功将领和义民等。另还有送子观音等民间神祇。各尊塑像都是穿红披绿，甚至让人看不清他们到底着了啥装。这种混搭风，可能也是当地老百姓称刘公祠，也为刘公庙，也为大观的缘由。祠是清末年间重修的，1980 年列为市级文物保护单位。

在百度上可以查到，刘锜在阜阳指挥了的"顺昌大捷"（1140 年）。

顺昌是阜阳的曾有名。顺昌战役是阜阳历史上的著名战役之一，这场战役以以少胜多、以弱胜强入史，军事意义自不待说，站在南北交融交汇角度看，它还是南方与北方争锋在皖北区域的最后倔强。从这场战役也可以看出，那时的阜阳与长江及江南的关系是超出今天人们认识的。绝不止于风雅，它还有最铁血的一面。

明《嘉靖·颍州志》卷六"过宾"记载，"（刘）锜自临安溯江绝淮二千二百里，至涡口，方食，暴风拔坐帐，锜曰，此贼兆也，主暴兵。即下令兼程而进。未至。五月，抵顺昌三百里，金人果败盟来侵。锜与将佐舍舟陆行，行趋城下"。"所部不满二万，而可出战者仅五千"。他与众人合议后，"凿舟沉之，示无去意，置家寺中，积薪于门"，以动员将士同心协力，以死报国家，誓于阜阳共存亡。还原基本事实是，他带的兵主要是南方兵，他们是从杭州出发，乘船走水路抵阜阳的。还原成今天的路线，大抵可以推测他是从大运河进入长江，再经邗沟（运河）入淮河，又经淮河入颍河，最后来阜阳的。

数万人连带军需辎重物资，是超大的运输工作量，且一气呵成，中间并无阻碍，没有强有力的水运基础设施支撑支持是不可想象的。

这印证了中国历史上的一个说法：守江必守淮。这个江指长江，淮则指淮河。还同时印证了，淮，不仅仅是淮河一条河水，它也应包括支撑淮河的流域水系。江淮一体，淮域一家，自古已然。把江淮分割，把淮南淮北分割，文化上说不通，在最能体现冲突分量的军事上也行不通。

悲催的是，经过数百年时间酝酿，黄河夺淮（1194—1855）正式登场。此后800年，皖北、苏北及至鲁西南、豫东成为黄河洪水经常泛滥、兵灾匪患高发频发的地区，淮河流域变成了南北之间的"隔离墙""隔离带"。从此，阜阳整体地位急剧衰退。经济失重，不再是国家倚重角色。军事失要，随着元明清中国大一统国家稳定定型，南北对峙局面减少，地缘战略地位下降。文化失真，在800年的楚文化以及其后千余年以楚文化为底色的文化涵养上面，覆盖了800年的黄泛区文化，其面目日益混沌、粗糙了。

到了当代，长三角的西北部分与东南部分差距如此悬殊，再没有人"忆江南"，谈什么"未觉杭颖谁雌雄"了。再提淮上与长江、江南关系，倒让人感觉在作天方夜谭了。

四

泉河是颖河的一级支流，或可算作淮河的二级支流、长江的三级支流。"老城东三里之三里湾"，为颖河与泉河交汇处。古"颖州八景"之"新渡波光"即在此处。

正是秋高气爽时候，水流平稳，水量充沛，水质清冽。站在望波亭上，看天高地远，双水汇流，"渔歌声动聊清乐，本色光摇揽胜迹"，自有一番心旷神怡。一艘重载轮船，正划着弧线，缓缓驶向阜阳闸。对面岸上，竖着块蓝底白字的"水牌"：阜阳闸至耿楼闸56公里，阜阳闸至颖上闸79公里。啊啊啊，阜阳到颖上水路距离只有79公里呀！我暗惊，原以为起码要百公里甚至更远呢。

陪同我来的阜阳文化学者王秋生、李援朝说，这两河交汇处及望波亭一带，就是古新渡码头，过去官人文士迎来送往都在这里。北宋时，从开封下来的人，多会在阜阳逗留，再顺颖河淮河东南行；从淮河颖河上来去开封的人，也会在阜阳逗留，再继续西北行。我不知苏轼和梅尧臣当年是否从这里上船，经淮南前往杭州和宣州。"我行日夜向江海，枫叶芦花秋兴长……波平风软望不到，故人久立烟苍茫。""夜发晓未止，独行淮水西。"读他们的诗，取向都很一致。

阜阳历史上有"双头郡"之称，原意指南北朝时阜阳有两个郡治，一为汝阴郡，一为弋阳郡。弋阳郡原在河南潢川，侨置在阜阳。侨置是中国政治治理的发明创造之一，并不仅是安置和保留个行政名称而已，它还有念想和希冀有朝一日回归的实质意义。近代国际政治关系史上，俄罗斯有个"双头鹰"绰号，一般解释是俄罗斯人东顾西盼，要兼得欧洲和亚洲。这东西两种"双头"做法，反映的是不同民族的思维方式差异，给人以很大想象空间。

当下国家正在推进长江经济带发展战略，涉及 10 个省，均是以省为单位，并不以单纯的流域为界。国家还在推进长三角地区一体化发展三年行动计划，强调重点在科技创新、产业集群、协同开放、生态环保、中华民族现代文明、城市合作、安全发展等方面一体化发展。

经济高质量发展离不开文化助力，文化发展在促进社会凝聚力、向心力，激发社会成员的奋斗精神上具有根本意义。安徽因为地理关系，不东不西，不南不北，体现在文化上，是区域色块丰富，总体包容性强，但中心意识不强，东西南北都有，但唯独少中缺中。但没有中，东南西北则无意义。长三角一体化发展战略正全力推进中，不仅在经济上要向东南靠，文化上似也应向东南靠。

把淮河文化作为独特文化进行深入研究，符合历史大势，毕竟随着社会发展加速，社会管理范围人口增多，区划趋小，文化研究也需要愈益精准。但我觉得，把淮上文化的独特性揭示出来，更把其与长江文化、长三角文化的相关、相似、相同点揭示出来，强化文化认同，提高安徽文化向心力、凝聚力、归属感，为高质量发展提供精神力量和价值指引，无疑具有紧迫性。

我们在颍上县管子文化园结束全部旅程。管仲为中国历史上最伟大的政治人物之一，"九合诸侯，一匡天下"。其治国理政思想至今仍深具影响。他有《黄鹄》之歌存世：

> 高天何局兮，厚地何踏！丁阳九兮逢百六……黄鹄黄鹄，天生汝翼兮能飞，天生汝足兮能逐，一朝破樊而出兮，吾不知其升衢而渐陆……

第二篇 那时花开

那时花开

一

今年暑期，各地研学游火爆。位于铜陵市狮子山的铜官府不出预料又出圈了。

铜官之名是有来头的。大汉朝时，朝廷曾在丹阳（铜陵）任命过专司铜采矿、冶炼、铸造的铜官，这是世界冶金史上的唯一铜官。新中国成立后不久，新铜陵建市命名，就是铜官山市。当然，这里以"府"名之，是指将铜之事物集中集聚之地，不再指有铜官镇守的政府衙门了。

铜官府占地110亩，由3栋办公楼、1栋研发中心、7栋工业厂房组成。核心建筑是幢铜房子，名为"铜官金府"。铜房子采用徽派建筑形式，但没有粉墙黛瓦、木格窗棂、楠柱杏梁。它为全铜建筑，用全铜装饰，是目前世界上面积最大（5000平方米）、用铜最多（500吨）、运用工艺最多（37种制铜工艺）的单体建筑。

铜房子覆盖了铜艺术品、生活用品、建筑装饰等品类，并载有各类传统文化元素。触目所及，铜的地砖、铜的墙壁、铜的屋瓦、铜的壁画、铜的穹顶、铜的家具、铜的廊柱、铜的瑶池、铜的花卉，基本把铜板、铜柱、铜棒、铜线、铜片、铜箔、铜粉、铜钉等各类型塑材料用了个遍。

如此复杂的铜房子，差不多用上了模压、钣金、焊接、电镀、抛光、着色、打磨、錾刻、锻打、浇铸、切削等十八般工艺技巧。为形象展示奇妙独绝的铜工艺，它还将世界上的制铜工艺，收集起来做了集中展示，如焚失法、景泰蓝、失蜡法、精密锻造、錾刻、斑铜、彩铜工艺等。在工艺如此众多繁复、种种制备条件和加工方法下，铜或抻或折，或绕或曲，或直或弯，既如金石硬，也似绕指柔。更为让人惊异的是，尽管通过种种加工程序，但铜的物性并未丧失，反而使铜品质特性更加突显，更显高贵大气。

铜是最基础、最普通、最常见的贵金属物质。它有看得见的特质，如强度、韧度、硬度、透明度、与其他金属融合度；还有看不见的性能，如导电性、导热性、磁性、耐腐蚀性、反应性。铜的应用极其广泛，包括航天、建筑、能源、医疗等；还是一些新材料研究的基础，包括纳米材料、生物材料、智能材料和能源材料等。在可以预见的将来，铜在人们的生活中不仅不会消失，还将发挥越来越多、越来越大的作用。

站在铜房子前，端详着它，愈加感到"铜同金"。我这里不仅指铜房子自身的建设和装饰充满文化元素，更指铜本身所具有无与伦比的美学性。与其他许多重要物资不同，铜本身还是重要的文化符号。它与人类文明发展的各个阶段都紧密联系在一起，证明着人类发展进步的标识和标高。即使站在纯粹的物质材料角度，铜建筑或装饰，绝无与土、布、木、石、砖，或者玻璃、钢铁等比较的可能，其典雅、高贵、堂皇、温暖、富丽气质，自带自备，浑然天成。

我查了下资料，果然，铜官府已初步实现了其打造学生研学基地、科研实验场所、国内外同业同行交流平台等目标，成为中国古铜都、当代铜基地的铜标志性符号的目标。

铜官府已经建设七八年了，还在建设中。我觉得留个"开口"挺好，这样的项目需要永远在路上，不断吸收新信息，研发新材料，开发新产品，展示新成果。

二

铜官府内最受欢迎的研学项目地点当属大师工作室及大师作品展览馆。

我来铜官府之前，脑子里想的都是青铜器。中国青铜器制作历史源远流长，灿烂辉煌。我们在各地的博物馆里，看到过大量的古代青铜器，不论商周时期，还是春秋战国时期及以后，中国青铜器以精良的铸工、繁复的纹饰、宏伟的造型而闻名，是东方艺术瑰宝中的瑰宝，是皇冠上的明珠。青铜时代，青铜文明，不论时间过去多久，都具有永恒的魅力。自然，古代青铜器及当代青铜艺术品，铜官府里多有收藏，可谓是琳琅满目。

然而，让我惊艳、充满新鲜感的是"写真铜艺"。这"写真铜艺"是铜官府的独门技艺，简单地讲，就是用天然植物或合适的动物标本，如花、草、树、各类编织物或昆虫等为模，铸成形态自然、独一无二、不会重复的物件，再辅以当代着色技术，使之成为高度仿真的全新艺术作品的一种独特的铸造技艺。这些物件将天工人意相融合，形态准确、逼真，纹理细腻、清晰，既保留了动植物原件的生命气息，又增添了贵金属的新品质。"写真铜艺"技艺实际是在2500年前青铜焚失法铸造技艺的基础上边传承、边创新，特别是利用现代条件，在超大、超薄物件上实现了超越，并在工艺和艺术性方面取得较大提升。

2021年初，我就在铜陵市博物馆看过"匠自天成——赵敏写真铜艺展"。当年在上海举办的第十八届中国国际铸造博览会上，"写真铜艺"《根语》系列一举获得博览会艺术铸品金奖。还有《荷花》系列，无一不形态准确、逼真，植物天然的纹理清晰细腻，金属厚重的质感可感可触。

铜官府赵敏团队把焚失法铸造的过程打开了，让你观察、细品。焚失法是比失蜡法更古朴、更古老的铸造方法。从焚失法到失蜡法，是个伟大的时代进步。这些远古技艺，有许多我们今天仍然研究不透或难以复原的东西。焚失法给我们的启示之一，就是技术并不只是线型发展的，它还是螺旋的、回旋的、复式的。古人包括远古人，他们直接观察自然、模拟自然的工艺，可能有我们现代人不知晓、不能企及的地方，并不能以古代现代、先进落后一言以蔽之的。现代精密铸造，我们更讲究那种产品精密、复杂、接近于零件最后形状，可不再加工或很少加工就直接使用，近净成形的工艺，其追求的目标，仍是以理解自然、顺应自然、模仿自然为最高境界的。取法自然，并不仅仅限于艺术美学，工业、科学包括铸造业，莫不如此。例如现代"仿生"，从来都是军事、生物、医药、智能所追求的目标。

花儿永不凋谢，是人类的梦想之一。林黛玉唱："花飞花落飞满天，红消香断有谁怜……明媚鲜妍能几时，一朝漂泊难寻觅。"即使花有"千日红"，其实也只是一年生草本植物。即使把它做成干花，也不能保证其千日不坏。至于用其他材料，如石头、钢铁、土、石等，只能做出花的形状，绝难有花的颜色与质感。但"铜为物之至精"，铜官府赵敏团队用焚失法制作的铜花，却是完全的"写真"，完全是当初这世界上曾经真实存在的那一朵花，且栩栩如生，万年不败。

三

铜官府突破了当下研学活动或博物馆"多识鸟兽草木虫鱼"的固有圈子，也不仅囿于现代化成果的展示，而是给我们灌注了所需要的现代化因素，生动诠释着工业、科技的存在。

铜的运用，有无限大的想象空间。它是生活用品、装饰品、基本建筑材料，更是对国家、民族的生存发展具有战略意义的基本物资材料。它的应用远未到头，不仅可造铜狮、铸铜鼎、做皮饰，更可用于航空、兵器、电子、石油、制药、能源、纺织、泵阀、化工、交通、运输等行业。特别对铜陵人来说，没有什么比背靠在一个永不干涸、可以永续利用的资源基础，更能激发和坚定以铜立市、以铜兴市的自觉与自信了。

铜的开发远未到头。即便是焚失法，也不应将其局限在艺术铸造或只研究古青铜铸造技术上。如果这种艺术铸造方法应用到工业或军事上，会是什么样的景象呢？当年普京参观珠海航展，一句无人机能不能挂炸弹，惊醒了多少梦中人。这种高度仿真技术，将来有没有直接颠覆铸造业基础的可能，也未可知。它是工匠与艺术的完美结合，将来也可能是工艺与工业的完美结合。

学术界有个著名的"齐尔塞尔论题"，认为科技革命本质上是一种操作性的知识，而不是纯静态的知识。而当初资本主义工业革命的兴起，是源于大学学者、人文主义者和高级工匠三大智识阶层之间打破藩篱、走向结合的文化运动。还有个著名的"李约瑟难题"，他在研究中国古代科技史时，也让我们把目光投向被历史忽视的工匠群体，笃定工匠对近代科学技术的重要作用。

中国人讲"以器明道"，即通过具体的器物或事物来阐明或体现抽象的道理或原则。

铜房子正是工匠、工程师、科学家、艺术家、专家、企业家共同努力的结晶，现代科学技术、工业原理和现代企业制度结合的样板。它所体现的物质文化、工业文化、科技文化，也是铜陵地域文化现代性的精髓。

过去已去，未来已来。哪时花开，那时花开。"四季花开花不败，万里山河君常在。"

漫游铜官山

一

有钱没钱，回家过年。回家过年，除了吃饭喝酒，百心无用，百事不做，最是轻松快活。兔年大年初六，天气晴朗。在家里吃过午饭，看白蒙蒙的太阳照在雾蒙蒙的铜官山上，便起心思再去大铜官山公园逛逛。

我听说，环笔架山路已经可以通行，从平顶山村可以直接到铜官山公园。于是我们选择顺宝山路，往铜官山公园方向走。

我多年没有走过这条路了。笔架山背后，原来极脏极乱极差。这里曾是金口岭矿的一个工区和附属设施，后来被废弃。部分场地改建成铜陵啤酒厂，曾生产名播江淮的"白鱀豚"牌啤酒，啤酒厂后来被关闭。再后来，事实成了城市流浪人口收集垃圾的隐蔽地。现在春节期间，尽管无人干活，但道路两边有建筑围栏，能看出不少地方正在整理修复的痕迹，特别是在原啤酒厂的地方新建起了几幢几十层的住宅楼。不经意间，倒成了山景房了。再往前，即到了原铜官山矿的露天采坑大洼宕。这大洼宕，原来是小铜官山、老庙基山等若干个小山峰，在 20 世纪 50 年代被平掉，形成的一个露天采矿场。在我上小学记事时，这里已经挖成了大洼宕。如今，又被填埋成了平地。今天的小学生来，恐怕会以为这里天然就是这样子了。

已填平的大洼宕内部道路还未修好，但勉强可以通行。路边新竖起了几个地质勘探架，不知在做什么。但肯定不会是探矿了，应该是做公园设施或房地产开发的建设准备。从这里，道路分岔，往左拐接正在建设中的斜街，往右便是通向大铜官山公园的路了。

很快我们便到了铜官山公园的游客中心。尽管是正午时分，太阳还发着白光，但山上气温仍然偏低，游人寥寥。这倒正好对我脾胃，可以按图索骥无障碍行动，也可以漫无目标地四处兜兜转转。

大铜官山公园，当然是建立在铜官山这座山体上。按铜陵行政区划图标记，铜官山海拔 493 米，是铜陵市的最高山，也是镇山。早在汉朝时，朝廷即在丹阳（辖铜陵）设有铜官，但这是官职。什么时候把铜官转化为地名，而且把此山命名为铜官山呢？清乾隆《铜陵县志》提供了一种说法："铜官山，在县南十里，即利国山……（五代十国）杨行密袭宣州，进兵铜官，铜官之名始见于此。"旧县志还专门加了个"按，唐书：僖宗文德元年，杨行密袭宣州，进兵于此"云云。这"始见于此"的铜官，显然是指地方，而不是官职了。虽然还是有点语焉不详，但我还没查到其他说法。

这铜官到底是多大官，古代官制上没说明。他应该是中央政府专事监督的督察官。我想，其职级大体相当于今天的市长，或是中央直辖时的有色公司总经理，只是管辖的地盘比较大而已。铜官是朝廷任命的，而铜官山十有八九是当地老百姓叫出来或命名的。对民间地名，不可小视。地名很多就是百姓口碑，是跨越历史的纪念碑。老百姓给本地最大、最高山岭命名，当然因为其位置重要、声名显赫，更为重要的是对本地生民生养有贡献，而且必须贡献最著者才有资格。铜官是个职务，并没有特指某个英雄贤良人物，以职务冠名，说明铜官山指代的是物质财富及它给整个地区带来的利益。这也可以从另一面证明铜官山曾有的繁荣昌盛。

二

深冬的铜官山，肃杀中透着清朗。站在山腰上，四面瞭望，可以很清楚地看到铜官山的显赫地理位置。它鹤立鸡群，除掉已被平掉的小铜官山等，周边簇拥着白家山、笔架山、天鹅抱蛋山、天马山等。这些山头，大都有程度不同的开采痕迹，因为它们都蕴藏着极为丰富的金属和非金属矿藏，除了铜之外，还有金、银、硫、铁、石英石、石灰石、黏土等。铜官山端坐在宝盆中央。

近几十年里，全国各地专家学者在皖南，特别在铜陵铜官山、凤凰山与南陵大工山一带，发现了大量的铜采冶遗址。考古挖掘结果实证了皖南古铜矿采冶在中国文明史上的重要地位。毫无疑问，在漫长的历史里，铜官山一直是区域里扛鼎的龙头老大，完全当得了"铜官"这个名头。在 20 世纪 50 年代恢复开采时，老铜官山矿一带曾发现过众多遗址遗迹，而且很多是多个朝代叠压在一起的。铜官山北麓的"罗家村省级古冶铜遗址",就曾出土"中国之最 世界奇观"——重达 6 吨多重的大炼渣。遗憾的是,在现代化大规模的采矿中,铜官山矿除极少数文物得以保留外,大多数古采冶遗迹都灭失了。所以看当代一些考古资料,铜官山矿这里的古遗迹,反而似逊于凤凰山(金牛洞、万迎山)、大工山等处了。

对铜官山矿的这种历史轨迹,我们必须理解,一是囿于时代和资金实力,二也"怪"它自己,老天爷为什么把那么多宝藏埋在这里呢,世世代代都有新发现,挖也挖不完。"虽然可惜,但却无能为力。"真正遗憾的,恐怕是 20世纪 50 年代后新开辟矿山的遗址遗物,多数也没有保存下来。以今天的眼光看,它们也是妥妥的文物了。

如果从物质层面跳出,从社会层面看,铜官山在皖南采矿业中的地位也无可置疑。汉唐以后的铜官治所,虽无实锤证据,但设置在铜官山附近的概率很大。清朝时还有所谓唐朝古迹"利国监"可寻,说是在"在铜官山之下,去县四里许"。有官衙设置,其影响力就不再是一个矿点了。近代史上著名的"铜官山护矿运动",不仅牵动了皖江,还牵动了长三角乃至全国的收回路矿利权运动。这些都可证明铜官山矿在区域内、在行业内的龙头老大身份与地位。

交通是区域经济社会发展的关键要素之一。过去我对大通为什么千年以前就成为长江上重要码头颇为疑惑。大通如果单纯靠青通河里的米粮木革运输,很难支撑起它的名头,这只要看看皖江段的皖河、秋浦河、黄浒河和青弋江就知道了。大通停泊条件当然好,方便长江里上下游的船只停泊,但并未显得绝对的必要,皖江里的江心洲就不止和悦洲一个。能够托起大通盛名的一定有刚需,这个刚需,就是自古以来国家最重要的战略物资之一的铜,铜矿和铜料的交通输送。

站在铜官山上,或可看到这种解释。在铜官山与天门山之间,是地势相对平坦的一条长冲畈,包括了今天钟鸣、新桥、顺安、天门与新建诸乡镇,集中了古今铜矿开采的主要开采点,铜官山、鸡冠山、狮子山、凤凰山、铜井山、木鱼山、万迎山,直到南陵县境内的大工山,等等,更重要的是,这条长冲与青通河无缝对接,与梅根冶和大通交通毫无障碍。既无高山阻隔,也无沼泽圩田限制。古人没有蒸气机械,交通运输、特别是运输大宗物资材料,全凭人拉马拖,平坦地势当然最需要。各铜矿要向长江运送铜料,这是最为方便的一条路。如同现在开采的铜矿古人大都已开采过一样,今天宁安高铁、铜九铁路、沿新大道、陵江大道等，还是集体选择从这里经过，在这里形成了一条交通运输长廊，走的也是古人走过的路。我觉得，大通靠铜料或铜矿中转运输，进而成为加工中心，从而成为长江上的千年大埠的可能性较大。至于到近当代，新的生产、生活方式兴起，大通的荣衰，则是另外一部叙述史了。

三

公园里有个"大铜官山公园简介"，上面说，公园还计划建设灵佑王庙、惠溪河接待中心等。我便想找这惠溪河和灵佑王庙。

旧志书上说，其（铜官山）麓有灵佑王庙，庙后有惠泉，绕山十余里，为惠溪，从矾港入江。我对惠溪一点记忆也没有，便下山先向南，直接到了天店路，然后折回，沿途并未发现什么溪流或河流，倒是发现了成片成片的芭茅。在冬日寂静的午后，它们连片立着，已成焦黄的叶片，和直串出的茅花，构成了独特的景观。这让我想起了韩国济州岛上的茅草。那里的茅草，被人力用黑色的火山石围成大块大块，做成了一道特别的风景。每到花开时，它是全世界的游客、特别是年青男女到济洲时，最喜欢的打卡点之一。但那需要强大的基础设施支撑，才能吸引游客。而这里山体破损程度颇高，要打造济州岛那样的景点，也只能是想想，而已而已。

我从脑海中搜索，想这铜官山周边，只有沿今石门路，即大倪村小倪村一带，过去有条小溪流，但那是惠溪的可能性不大。在铜官山大倪村的这边，还没有发现过大规模开采铜矿的记录或遗址。再说惠溪最后是至矾港入江的。旧县志说矾港在县南三里许，已近县城关了。老铜陵县的北城门曾叫惠泉门。左思右想，我觉得最有可能的惠溪就是今天的黑沙河。沧海桑田，江山变易，非要找到历史上曾经是什么什么，或存在什么什么，多数已无必要。但想到"溪上寻幽绪，轻风引日长"的惠溪变成了黑沙河，我的兴致忽然就没了。

四

古时到过铜陵最大的官，可能是唐朝宰相裴休。他写过《铜官山保胜侯庙》："浔阳贤太守，遗庙古溪边。树影入流水，石门当洞天。幡花迎宝座，香案俨炉烟。若到千年后，重修事宛然。"这个保胜侯就是灵佑王，唐朝那时他还是侯，没有升为王。

铜官山矿过去有个"老庙"名字，估计即与这灵佑王庙有关。但当今铜陵鲜有人知道。

旧地方志载："（灵佑王庙）在铜官山麓，神张姓宽名，为浔阳太守，萧齐时，庙食兹土。唐中和间，阴有助战功，观察使裴肃奏封保胜侯。乾贞三年，加公爵。宋绍兴元年，赐庙额，名昭惠。咸淳八年，增爵封灵佑王庙。屡圮。崇祯十六年，左兵薄城，相传神显灵异，知县郑允升命张鸣鸿等移庙面惠溪，有巨木浮江自至，资造梁栋，亦一异也。六月十日神诞，有司亲祭，矢（猪）一，羊一，爵三。九月九日，土人为龙烛会以赛。"

对于山野庙宇，历朝历代毁誉不尽。但民间总有人捐资重建复建，而官方对这些庙，似乎态度也各不相同。但总体上，多"以俗固然也，天亦仍其俗，而无拂其情焉已耳"。可以确切的是，官方不仅对这些山野庙宇，就是对佛道历来也不做祭祀的。官方祭祀对象是正统儒学，如孔子等才享有由官奉祀的待遇。然后，才以山川社稷第一，关公第二。地方神祇，因攸关地方治理，官方也只是参与，并不主持。现代西学东渐后，连孔夫子都在被打倒之列，地方神祇更是被百般打压，如 1928 年"国民政府"就颁布了《神祠存废标准令》，距今也快一百年了。迷信的帽子，给这些地方神祇戴上并不冤枉，但奇异的是，它们却依然顽强存在。我想这与它们和老百姓关系密切，大多属聪明正直、捍灾御患、保一方平安者有关。至于其存在的合理逻辑和时代要求之间、人的理性诉求与心理渴望之间，到底什么关系，我却是作不了回答的。

现在搞公园旅游，光靠传说故事文字图片等明显不行，需要一个实物实景让人观赏凭吊，拍照打卡。但在铜官山麓，塑造个铜官像，作为铜官山的标志，或许比灵佑王庙更靠谱。让市民或外地游客来此凭吊一下，纪念一次，玩赏一回，缅怀下这个城市的过往，思衬下当下，展望下未来，不无意义。

我想铜官府"铜房子"里那尊高达 2 米多的铜官像，放在这里更和谐。当然，再铸一尊也可，而且这铜官也不一定要着汉服或唐服，铸个当代铜官着中山装或矿工服的，也很不错。

对当代，我们要有自信。我们创造的，同样也会成为历史。

笔架山飘移

溽暑盛夏，爬山是不适宜的。但回想起小时候钻草丛刺棵的情形，现在走笔架山公园的青石板山道，也便释然了。笔架山半山腰建有望云亭，也称赏心亭，二层六角式，飞拱斗角，涂金抹彩，上覆琉璃瓦。山顶则是不知何年建的碉堡，大片石基础，红砖墙，水泥平顶，四周开有大的瞭望孔。这里视野开阔，全市面貌尽收眼底。山间或有微风吹来，甚是感到享受。

前有笔架山，辈辈出高官。

全国叫笔架山的地方不少。比如南方的深圳笔架山、北方的锦州笔架山。传统中国人给山头命名，一方面，喜欢用笔架山或插笔峰这样的名字，表现一方水土教化斯文，崇文重教；另一方面，也喜欢直白地表达心中诉求，用金山、银山、宝山、官山等这些大雅又大俗的名字。不论怎样取名，都有寓意美好、追求幸福生活的意思。

有人说铜陵笔架山，就是古书上写的石耳山。旧时"铜陵八景"之一"石耳云根"，指的就是这座山。这事儿，我一直没有搞清楚。但从我有记忆始，笔架山就是笔架山，而且也不认为它是做学问的山头，只是一座名副其实的铜矿山。笔架山的东面与螺丝山相对，南与铜官山、天马山等相对，是铜官山矿山组团的核心成员。其地下矿藏可能与铜官山同属一脉，不可分离，地上行政管理也长期与铜官山矿一体化管理。

笔架山的东头原是铜官山矿的一个采区。当时是地表和地下同时开采的。现在从外观看，最显明的标志，是笔架山的尾部因采矿崩塌了，形成了一个峭壁。距离不远处，是远近闻名的露天采矿遗迹大洼宕。这里大部分现已被划入铜官山矿遗址公园。西头，也有一个采区，原来是铜官山矿的，后来划属给了新成立的金口岭矿。不过这个采区主要是地下开采，地表只有一个出矿井。出矿井附近便是倾倒矸石的堆场，现在也已爬满了青藤和杂草。我小时候喜欢待在井口，看矿工推着矿车出来；然后推到堆场，"翻矿笼"，即用脚在矿车底部踩下机关，那矿车便整个翻过去了。看去挺好玩，后来才知道那是工人发明的翻斗车，属于小发明，在今天申请个国家专利，肯定没问题。

隔个山凹，是几个矿山共同的矸石堆场。后来几个矿山都资源枯竭，除了回采边、难、残、小矿外，上面又注意到废矸石中的残存铜铁矿，便组织矿工家属成立"五七"大队，进行回收利用。这种聚沙成塔、集腋成裘、"吃干榨尽"的做法，大约延续了矿山10年左右的生命。再以后，市里提出"走出资源优势的误区"，求生存，求兴矿，抓转产，搞以厂代矿，兴办了一批化工和机械厂，曾经以"白鱀豚"牌出名的啤酒厂，就办在笔架山下，可惜最后被市场淘汰了。转眼几十年过去，这矸石堆场，现在已有一小部分被平整出来，并在上面新盖了居民楼。

沿笔架山东南麓，是系列矿工新村。现在基本被改造过了。铜官山1978文创园就是利用原和平新村的矿工民居，选择性保留、修复、改造和复建等，对当年铜矿工人真实的生产、生活场景进行了保护和再现，将这些见证了我国当代工业不同寻常的发展历程和中国工业精神的矿工生活遗存，转化为城市的文化符号。现已成为市委党校实践教育基地、中小学生研学旅行基地、新时代职工文明实践基地、青年教育培训实践基地、社会科学知识普及基地、爱国主义教育基地、长三角党建共育共享资源基地、国家AAA级旅游景区。

笔架山，是国有大型企业艰难转型的形象展示，也是看得见、摸得着的城市变迁见证。回想不过几十年时间，笔架山由单纯开矿转为民宿和园林，植被草木由薪柴林转为景观生态林，山下的住宅由平房转为楼房，顺利实现了乾坤大挪移。

脑子里忽然想到了"飘移"这词。周杰伦有首歌《飘移》："……所以风呼啸而过刺激，所以我在转弯飘移……我用第一人称，在飘移青春，输跟赢的分别，计算得很精确，我踏上风火轮，在飘移青春。故事中的我们，在演自己的人生……"这里的飘移是指一种特别驾驶技巧，车手以过度转向的方式令车子侧滑行走。现代地质科学中也有飘移学说，即板块构造理论，如今在军事、地形、海洋运输、地磁学等领域，被广泛运用，甚至已成为我们的世界观之一。我觉得飘移也可以用在社会学研究中，当代最伟大的飘移实践莫过于改革开放了。当然有老天眷顾的因素，但驾驶员或舵手，和全体乘员的共同努力更重要。这远比驾车复杂得多，难度大得多。尽管有很多的不如意，很多人身上沾满了泥，衣服破了洞，甚至身体还受了伤。但真的是比较幸运，都走过来了。

有些人以苦难炫耀，有些人以苦难为耻。苦难不一定成就伟大，但为摆脱苦难的搏命过程本身一定伟大。在中国的改革过程中，逆袭成功者不计其数。细数我及身边的同学，原本都是赤贫，如今基本上都从赤贫中走出来了。姑且不说有办企业实业的，全体现在都有家、有房、有车，一日三餐不愁，一年四季有衣物，都是在一代人的时间里，就把自己变成了所谓成功人士。想起当年在美国学习"美国梦"，对照一下，其实际标准也就如此这样。当然，每个人都还不满意，因为改革还要继续，孙辈们还有更多的要求。

时代的洪流下，个人的幸福是小事，同时也是大事。幸好我们这一代，大多数人的结局还是喜事。

山　下

　　每次我自驾从合肥回铜陵，都喜欢从"山水之门"大型雕塑那里调头，拐上沿江路，然后沿江从上往下，一直走到天井湖公园。

　　今年长江雨水多且大，各地频遭大雨暴雨袭击。网络上，不时有哪里哪里破垸破圩、山体滑坡或城市某地下水道漫溢、交通受阻的消息，也有不少哪里哪里组织多少人力物力，干部带队上一线，抢险救灾消息。可一个汛期过去，鲜少听到铜陵这方面消息。这绝对是无声胜有声，不禁感到十分欣慰。

　　从横港到扫把沟再到老县城关，长期以来都是防汛的重点地段。1980 年代，我随单位来防汛，曾被困在横港油库二楼办公室，进出都需要小鱼船划子。后来江堤全线加高加厚，并将道路打通了，这里的防汛就变成了日常，水情特别严重时，这里才能看得见值班工棚和应急沙袋什么的。不仅长江防汛，也包括城市防汛，市民日益变得无感，正是城市建设和城市管理水平提高的见证。而对我们来说，走过路过，都是熟悉的景物，最怕的就是失去感觉。

　　我印象中的横港、扫把沟地区是以铁路为界线的，指的是铁路与长江之间的那一长溜狭窄的地块，与行政区划上的横港、扫把沟街道不尽一致。过去，长江客运还通时，横港站是铜陵的门户。但扫把沟的名气却要大许多。"扫把沟大烟囱"，在皖江甚至整个长江流域都赫赫有名，是被广泛认可的铜陵标识。

　　新中国刚成立、刚开始建设那会，铜陵市还是铜官山矿务局，只有两个建设点，一个是铜官山矿，一个便是扫把沟的第一冶炼厂。可能是地理上的差异，民间还有一个称呼，把前者叫山上，后者叫山下。直到今天，叫山上的人不多了，但叫山下的还大有人在。

铜陵有色公司曾征集过不少老同志的口述史或文章，编纂出版《创造成就未来》一书。其中，接管国民党政府资源委员会华中矿务局铜官山矿保管所的陈智祥记述："那天，艳阳当头。我由马鞍山乘火车到芜湖，改乘小火轮至大通，再搭小划子抵扫把沟，穿过一人多高的芦苇丛，走过弯弯曲曲、高低不平的黑沙河，才到了铜官山矿。"曾任铜陵有色中共党组织第一任书记的田凤记述："山下这块，就是扫把沟，那是 1952 年开始建设电厂的，还是那一年开始筹建冶炼厂了，那个时候冶炼厂 120 米的烟筒在整个华东地区都算是高的，那时出入铜官山的交通工具就是小火轮，只要在小火轮上远远地看到这个烟筒，就知道到了铜官山。"

扫把沟展现的是铜陵的开发史，有许多故事可讲，无疑是学习党史、新中国史、改革开放史、社会主义发展史的好教材。有色第一冶炼厂是当年苏联援建的 156 个工业项目之一，它见证了铜陵工业化的进程，新中国第一块铜锭产自这里，后来的化工总厂和金隆铜业都是它的派生。在它身上，凝聚了城市的许多记忆和诸多文化符号。数十年下来，它积累了大量坡屋顶、红砖、青瓦、大跨度的钢筑混凝土结构厂房，特别是那高达 120 米的大烟囱，按今天的说法，都具有较为典型的、具有珍稀性和特殊性的工业遗产特征。但很可惜，因为时代局限和识见，扫把沟大烟囱被炸掉了，只保留了烧结车间等历史建筑。

现在时兴旅游，时兴休闲，但说去扫把沟旅游休闲，恐怕大部分铜陵市民没有想过。其实我们大可不必过度窄化旅游休闲的概念。去外地、去风景名胜区、去从未去过的地方，当然是旅游休闲。但旅游休闲是多层次的，去身边的地方、温习身边过去的事，也是一种形式的旅游休闲，而且更带色彩、更富情感、更具温情。前段时间我去景德镇陶溪川，看着那到处林立的烟囱，不仅没有被炸掉，反而被开发成景观了，很是有点感慨。它们之所以变成景观，完全是当年一批老陶瓷人的坚持。

从供给侧来说，这也得到全域旅游理论支持。不仅工业，就是地名也可成为旅游内容。地名是一个地方文化传承的载体和文明进步的重要见证，若说历史建筑是硬件，地名就是软件。像扫把沟，是个土得掉渣的地名，但也是非常有特色的地名，类似于公主坟、夹皮沟。"扫把"，现在在大城市已不多见了，扫把通常由一个长的柄和一个竹梢或草茎的头部做成。它对打扫大的庭院或操场之类大的空间，非常实用，既可以扫除，也可以蒐集。但为什么此地叫扫把沟，我却一直没有找到来由。此地出过"扫帚星"；或地形地貌像扫把；或这里炼金炼银，遍地都有，扫扫就来？若有人对扫把沟地名的概念、范围、由来作一趣味探究，再做个纪念性标识物，估计也好玩。

日用而不觉的日常，被提示出来，或许就会产生新的意义。对具体的历史地理的认知和运用、具体的人与事的挖掘和整理，或是积累城市文化、延续城市文脉的一部分吧。

当然，扫把沟最大的观光点还是长江。从横港到笠帽山，过去满是污染的小工厂、小码头和堆场，脏乱不堪。现在经过整治，已改造为滨江生态公园了。今年水大，公园也被淹没了一部分。汛期被淹，让出河道，也是生态建设的一环。部分地段，临江一侧，还拉上了警戒绳索。芦苇和江柳大多泡在水里，有的只露出个梢儿，随着水波起伏摇曳。但洪水浩浩荡荡，行人来来往往，仍有不少人来此玩耍和看水。

我看的时间长了，都不知是风动还是水动、树动还是心动了。

扫把，扫除的是过去，蒐集的是未来。对扫把的功能，不妨多从两面看。

突"圩"

一

梅雨主要发生在长江中下游地区。一到梅雨，到处是潮乎乎、水淋淋、湿哒哒，而圩区尤重。过去家在圩区的亲戚每每邀我去玩，我都很是忌惮。一想到一脚踩进泥里，拔不出脚来的情形，先自在精神上狼狈起来。现在，圩内村庄都修通了水泥路，进出方便，并不需要挑晴朗日子，随时可去。

说长江文化，不能不说江南和江南水乡。而所谓江南和江南水乡，圩则是最鲜明的标识。《史记·孔子世家》说孔子生而圩顶，故名丘。圩顶就是头顶凹陷的意思。长江边的圩，则指取江边漫滩地，四边用土或石垒起堤坝挡水，在里边围出来一块地。挡水的堤坝叫圩，圩内土地叫圩区。日常表述，则把堤坝及堤坝内的田地和村庄，一概通称为圩。从景观角度看，大多圩堤修筑得较长较高较宽，其顶部通常作为公路在使用，比堤内高数米，甚至十几米。堤内主要是水田、鱼塘、荷塘等，少部分是旱地。堤内、堤外通过多条沟渠和水闸连接。堤内的村庄通常修在地势相对较高的地方，少部分房屋直接盖在圩堤上。如果圩区过大，圩内还会分割成若干小地块，主要以沟渠为界。沿沟渠还会修小的堤坝，这些堤坝因被圩内居民经常使用，且多为土石筑成，基础较牢，大多会演变成连接圩内村庄的道路。圩区内水土条件好，圩民还会密植适宜水环境的植物，如杨柳、水杉、枫杨等，这使得圩堤和圩里的村庄，形成一条条绿荫大道和一个个绿岛。总体来说，圩的基本结构形态是以坝堤、河渠和闸堰为经纬，以圩田和村庄为棋盘和棋子的水利生态共同体。

圩的形成，是长江流域河流、湖泊自然演化的结果。过去由于长江不时泛滥，江水漫流，使得农业生产难以稳定开展，筑圩堤挖水渠，化淤泥为良田，当然成为人类求生存、求生活的最好选择。据有关专家考证，圩在先秦时代就有，唐中叶以后发展迅速。盛唐时，皖江地区和长三角平原已是圩田纵横了。圩田多为长江的滩地所致，富含腐殖质，土壤质量很高，且水源充足，沥水性能好，收入可达一般农田种植收入的 3 倍，天生就是粮仓和菜篮子。除了农业产出，圩田还有蓄洪防旱、滞洪排涝、补充地下水、降解污染、调节气候等功能，自然也成为最重要的或最主要的江南农业景观。过去所谓"湖广熟，天下足""苏湖熟，天下足"，大体都离不开圩田的基础支撑。

放眼看，安徽江南圩多，江北也多。安徽长江段从安庆以下，直到合肥东面，基本是圩的天下。与此相对应，江河湖沟汊塘等也特别多。合肥旧县志上说，"合肥有圩八十多个"。肥西有"淮军圩堡群"，如大圩、刘老圩、杨柳圩、亚父圩等。合肥唯一国家 AAAAA 景区三河古镇对外宣传，也用"河湖通航，河圩相连，所谓枝津回互，万艘可藏"等语。

再放眼看，长江流域，特别是中下游地区圩最为普遍。在网上搜索，全国在地名中带圩字的居民点有 16000 多个，主要分布在江西、安徽、江苏和浙江 4 省。江苏的圩比安徽还多。如扬州"十二圩"，100 年前即蜚声海内外，民国地图甚至给了它一席之地。安徽上游的湖南、湖北，也存有大量的圩，只不过他们叫垸不叫圩罢了。2024 年汛期，长江中游的湖南华容县团洲垸洞庭湖一线堤防决堤。那个垸，就是下游人讲的圩。

二

圩深度嵌入了长江文化，特别是江南文化里。很多圩子，都承载着当地城乡的悠久历史。我的家乡铜陵，位在长江南岸，那里人喜把圩区与山区相对着说，到圩上（玩）去，到山里（玩）去。一个"上"字，一个"里"字，显然意境是不一样的，参透着浓浓的文化范儿。

铜陵县旧志上并未将"圩"单列条目。但在各段落和篇章的叙述里，提到圩的地方很多，如凤心圩、仁丰圩、江村圩、万兴圩等，还有"诸圩"字样，甚至还有"圩夫"。"义行"条目中，就有些人是因修圩留名地方志的。"艺文"条目中，涉圩的文章也不少，如明朝参政李万化写有《徐公堤记》、教谕张骏业写有《新筑防卫圩记》，推官唐文灿写的《重修凤心闸记》说"铜陵人谓里曰者，者十有五，而土田居圩乡者过半"。清朝张懋鼎写有《筑堤碑记》，马教思写的《马邑侯新建仁丰下圩斗门碑记》说"天下之赋出于东南者，十之八九，其濒江一带为圩田，设堤防而立斗门，以司吐纳，盖往往称沃壤焉"。

圩也进入了各朝各代文人诗人文章诗词歌赋里。宋诗人杨万里写有《过广济圩》诗三首，其一说"圩田岁岁镇逢秋，圩户家家不识愁。夹路垂杨一千里，风流国是太平洲"。这太平洲指的就是长江安徽段南岸地域（治所在今当涂）。他甚至还专门写有《圩丁词十解》，其中一首写道："圩田元是一平湖，凭仗儿郎筑作圩。万雉长城倩谁守，两堤杨柳当防夫。"另一首写道："年年圩长集圩丁，不要招呼自要行。万杵一鸣千畚土，大呼高唱总齐声。"诗中这场景，我觉得是说我们小时候干过的活，"挑圩"。

"挑圩"，就是利用冬闲时挑土建筑新圩，或对旧圩堤进行修补养护，以保护圩内田地和村庄。杨万里诗里的杵、畚（箕），当然还包括锹、扁担等，都是"挑圩"用的工具。这些家什，即便进入近代现代当代，都还在我们的生活中，并未远去。20世纪70年代，我上中学那会，还去过铜陵县胥坝、安平等乡镇"挑圩"。90年代，安平曾"破圩"，我们也曾连夜赶去救灾。现在工业化、城市化，以及大规模的基本建设，彻底改变了圩区的生产生活条件，防汛抗洪能力显著增强，我是多年未见"挑圩"，也很少听闻破圩消息了。

圩是人类与水抢地的产物。正面看，谱写的是人定胜天的壮歌。古代中国科学史上最强大脑、《梦溪笔谈》作者、北宋沈括有《圩田五说》，详细论述过圩田的设计、施工和运营管理等，对当时和后世的农业生产提供了重要的借鉴和指导。他的《万春圩图记》，讲的就是地处江南的芜湖万春圩的事，包括绘图和文字描述。"开沟渠，建水门，修道路，栽杨柳，其利甚丰"。但今万春圩在芜湖，只是一个历史地名了。

江南文化的根在长江。看长江三角洲的居民，其基因里就有顺应自然，也有抗天逆命精神，圩或许是其渊源之一。圩本身是人与水争地的结果之一，体现的就是人类敢于并善于与天斗、与地斗的精神，同时，圩区生产生活还需要特别的精细勤奋操作，讲究实际和实利。大大咧咧，马马虎虎，虽不一定会有灭顶之灾，但在圩区很难生存。

然而圩也是双刃剑。圩多了、圩大了，就有可能损害原本的自然肌理，加速河漫滩水系与湖泊淤积，造成洪涝灾害频发和生态失衡。旧铜陵县志就载有，官府曾主导疏浚工程，平夷一些圩埂和塘坝。现在呢，对圩区的过度开发，带来的一个后果就是传统的乡村景观越来越少、越来越弱了。近年，有人关注江南水乡的消失，其实指的就是圩及与圩紧密相关的水田、荷塘、鱼塘、传统集镇等景观的消失。前几年，我去声名远播的沙家浜，一路看去，在现实与想象之间，便有许多不适应。

现在国家不鼓励江湖滩地的围垦了。甚至有些地方还厉行退田还湖，退田还湿，平圩行洪，移民建镇，以建设更多自然保护区、湿地公园等。人与自然如何和谐相处，需要在斗而不破中不断探索。

三

近些年，旅游市场上有个类型产品古镇游，屡屡出圈。再细分古镇，其中相当一部分，也是所有古镇中最有鲜明特色的，就是长三角的江南小镇。这些小镇原本多是古时候的圩区商贸集散地。铜陵近两年也有一个爆火出圈的新旅游景点犁桥水镇。它在市场上树立形象，其核心要素有二，一是江南，二是水乡，其基底颜色就是圩。

江南小镇的爆火，说明在传统农作区特别是圩区，内部发展动力十足。突"圩（围）"，并不只有传统农业或城镇化、工业化一条路。而外部力量运用不当，一个可能的结果就是"破圩"。诗和远方，就在我们自己的脚下，就在我们自己的身边。发展全域旅游空间广阔。

2023年，铜陵白姜种植系统被联合国粮农组织列为全球重要农业文化遗产。联想到圩，它是长江两岸先民根据自然生态条件，创造发展出的传统农业生产生活系统，是人类适应自然、利用自然、改造自然的伟大创造，蕴含着丰富的历史文化、知识技术，具有重要的文化价值、生态价值、景观价值和经济发展功能，至今仍然具有显著的生态效益、经济效益和社会效益，当然是不折不扣的重要农业文化遗产。

现在各地文化建设热情高涨，哪里若能建个"圩"博物馆，系统介绍下圩的前世今生就好了。

风过犁桥

一

大暑休闲，去看犁桥水镇。清晨，犁桥水镇褪去了夜晚虚幻的色彩，显出本我的真容，特别的洁净，也特别的安静，完全看不出头天晚上的热闹与喧哗。

我乘电瓶车深入巷子里，曲里拐弯地逐个建筑看去，明塘、朱文公祠、火文化馆、钱币博物馆、状元楼、官渡、古戏台、犁桥、圆楼、万丰塔……沿途布置的杏黄旗、深红旗，标明着缤纷业态，铜匠、打铁、当铺、糖人、戏曲、手作点心、绣楼……水廊萦绕，亭台楼榭，翘角飞檐，繁复雕刻，粉墙黛瓦，灰调条石，凌霄花、蔷薇、爬山虎，细密编织着诗意画面。这种处处显露刻意而又随意的风格，往往不是现代专业的设计院或某某设计师的作品，而往往是民间人士用爱、时间、经验与金钱堆叠起来的，体现的是建设者的用心用力。今天看皖南很多古村落，往往令人感觉巧夺天工，大多是基于这个原因。

万丰塔是犁桥最高建筑和标志。大清早，没有游客，正好登上去，透过塔上的窗户放眼看去，犁桥水镇不过是整个圩区中的一个点，而万丰塔便成整个圩区的"眼"。

虽然冠名犁桥水镇，但它并没有依托原村落基础，而是傍着犁桥村，专门为当今游客打造，游客知道并乐意自己被设计进去的旅游项目。其占地310亩，总建筑面积达43700平方米，移建明清古建110余栋，建有8条古建街道。它反映了旅游观念的一个新变化。它要做的，是通过隐藏的文化精髓和张扬的文化表征，符合并满足人们对历史文化的想象和期待。这一点，我们在进入犁桥水镇的途中就体验到了，当穿过渠沟、稻田、蔬菜地时，我们就对即将到来的景点，想象、期待的江南水乡概念，已经有所认定了。"投一处闲庭，研一缕墨香，捧一壶清茶，听一曲清音，忘记喧嚣与纷扰"。

二

下了万丰塔，我让电瓶车顺着水镇外围小路走一圈。在更大的范围内看犁桥水镇，格局上似乎更清楚一点。犁桥水镇的白天与夜晚，如同梦幻与现实，对比强烈，但呈现的都是江南水乡特色。

盛夏，正是各种作物疯长的时候。圩区沟渠纵横，水源充足，阳光灿烂，更是特别适合植物生长。水稻在湿热的水汽里，憋着劲儿在长穗。丝瓜花南瓜花，与已长大成熟的果实一起，挂满了菜架。芝麻已结籽了，但绿莹莹宝柱般的茎秆顶上，还开着一朵二朵花，仿佛在提醒人们记着"芝麻开花节节高"的俗语。玉米、桑树、黄豆、毛芋、荷叶，白墙红瓦的房舍，沿着沟渠种植的绿树，与田野完美融为一体。

与犁桥水镇连在一起的是犁桥村，近几年蹿红的美丽乡村示范点。犁桥搞过田园艺术节，利用当地资源，包括搜集的一些建筑物料，依托田间地头、村庄道路、房屋墙面，设计制作了造型各异的雕塑、艺术小品、绘画文化墙等，把自己打造成了"网红"，吸引了四方游客来打卡，实现了农民的收入增加。

走过红旗渠，绕过明塘，站在绿油油的稻田里，隔开一点距离看犁桥，更能体会传统江南的核心特色：水乡。水乡，就是由众多的天然和人工交错的湖泊河流，以及沟渠、圩堤、水田、集镇组成。

建在圩区里的小镇，与平原地区、山区里的小镇景致差别很大。圩田如同棋盘，河道内堤是经纬，池塘村落则是棋子。水乡小镇，建构紧凑，都在经纬线的交点上。它们以服务四乡八邻为主要任务，从事农业生产服务业和农村生活服务业，聚集着以贸易为中心的手工匠铺和手艺作坊，如同圩田次生湿地一样，具有丰富的生物多样性。这是一种独特的经济和文化资源。

近几十年来，随着工业化进程的加速，铜陵具有矿产资源优势的山区经济崛起、发展迅速，改变了地方经济地理，甚至颠覆了区域传统贫富格局。农业特别是种植业的比较收益下降，使得开发圩田的动机日益衰弱。从这个角度分析，犁桥水镇还原了江南水乡小镇的本来面目，或可以修正、深化我们对资源问题的认识，为圩区的发展提供一种新的模式。我甚至觉得，这大概率是踏上长三角一体化的节奏了。在传统江南圈子里，现有一大批充分体现古人生态智慧和美感、凝聚农耕文化传统精神、凸显江南文化精髓的明星水镇，有的已具有世界影响，如乌镇、周庄、南浔等。它们不仅是旅游市场上的明星，还蝶变成吸引企业和文化创意产业的磁极，在长三角一带经济增长和社会发展中显得特别灿烂夺目。

犁桥水镇若以"圩"为主题，做点文化博物研究，想来也会很有趣。国以民为本，民以食为天。粮食文化及水利文化历来是农耕文化的核心。历朝执政者必须把粮食和水利抓在自己手上，这是国家治理历史经验的重要组成部分。乾隆《铜陵县志》记载："犁耙桥，在仁丰中圩南、再兴圩北，跨大河居两镇间往来要冲，贡生查凤翔等倡建。"查凤翔是明代人，大河即指钟仓河。"钟"是姓氏，也是量具，一音两义；而"仓"，意思一般都指粮仓。把"钟"与"仓"两字合成起来作地名，富于意义。粮仓，从来都为官方公建设施，过去除了储存国家赈灾、军饷、交兑赋粮的漕粮仓外，直接关系本地百姓的有常平仓、社仓两种积贮之法。常平之设，防岁歉而平谷价，社仓之设，资贫农以助力耕。常平仓常随县署旁边，而社仓则在产粮重点区和交通要道上。明清时铜陵县有社仓共计八间，"在城二间，大通二间，顺安二间，犁桥二间"。这表明犁桥当时即为圩区粮食生产及交易中心，这是犁桥后来形成商贸小镇的基础。

此外，犁桥红色故事也很丰富。不是沙家浜，胜似沙家浜。犁桥的战略地位重要，东北去十余里，便是大江之滨的坝埂头，跟无为县的江心洲遥遥相对。西边直通汀洲，汀洲对岸便是叶家洲。东有水路向繁昌的荻港，南靠"宽广约数十万亩"的东湖。所以抗战时，共产党就在这里建立了稳定的基层组织。皖南事变后，被打散的新四军就有不少人是从这里渡江北上的。我在铜陵工作时，曾阅读过地下党在犁桥进行斗争的故事。那一代人，今天仍活着的人恐怕所剩无几了。但他们的事迹、他们的精神，相信仍会在地方流传，需要有人去收集整理。

三

"种草"，是当下网络用词，泛指把一样事物分享推荐给另一个人，让另一个人喜欢这样事物的行为。这实际是流量红利后，意图长期占领消费者的心智。

犁桥水镇开发商朱总留着长发和长髯，看上去不像企业家，倒更像个艺术家。他曾在铜陵隔壁的青阳县开发过文化旅游项目——"天下粮仓"，并不十分成功。他一直在总结经验教训。犁桥水镇项目爆红后，他的忧虑反而更深了，还在思考探索深度留客的方向和方法、文化追求与健康财务、产品创造与品牌建立、终极目标与阶段能力，等等。这千头万绪，种种磨合，真正把"草"种下去，还有很长的路要走。

时近中午，犁桥水镇浸没在一片白亮亮的阳光里。气温愈发高了。风吹过，不论在曲折的巷子里，还是在绿色的水波上，卷起的都是一阵阵热浪。谁人手机里正在播刀郎的《山歌寥哉》。词听不清楚，但那浓浓的民间小调旋律却熟悉。刀郎对民间音乐的重新认识和挖掘新用，唤醒了潜藏在中国人心底里的传统文化基因和审美本能。这与复兴传统小镇有同工意义。

对犁桥水镇，我觉得前景可期，但需要我们抱有小心的呵护态度。

铜官红素手

一

时维九月。我们顺着 G3 高速公路南行。

一到长江，远远地就可以看到铜陵的镇山——铜官山巍然卓立。环绕着它的是一圈低山，宝山、团山、天鹅抱蛋山、伞形山等。这一群大大小小、高高矮矮、若连若孤的低山之间，是土壤肥沃、溪流密布的谷地。这里便是国家地理标志产品——铜陵白姜的保护地。

我们继续深入，把长江边灰蒙蒙的水泥厂抛到身后，进入山明水净的另一个天地。拐过双龙洞，把车开上依长冲河堤修的黑色县乡公路，往东南方向行驰，遥遥看到天际线上逶迤的天门山了。那是铜陵与青阳的界山，翻过去，便正式进入皖南山区了。路两旁，是人工与自然混成的檀、檫、枫香、女贞、楮、椿、竹等植物。透过葱茏的树叶间隙，一片片平整的田畈里，要么是已抽穗泛黄的稻田，要么就是罩着一片片黑色遮阳物的姜田。

经过铜陵生姜协会驻地"中华白姜文化园"，我们直达田头。曾夺过铜陵"姜王"称号的种姜能手老朱正在等着我们。他引领着我们直接进了姜田。天朗气清，和风吹拂。一片片的稻田和姜田交错铺陈，是那种丰收或即将丰收的景象，令人心情愉悦。如果抛开高度和茎秆粗细不论，生姜外观上很似甘蔗或苇草。它们密密实实，尽管纷披修长的茎叶在风中摇曳，却给人以厚实的绿色地毯感觉。

同行的老同事、原铜陵生姜协会会长纲英先生说，铜陵人收生姜叫"拔"生姜，而外地人收生姜叫"挖"生姜。一字之差，显出铜陵白姜的优异来。他给我做了示范。他走进姜田，弯下腰去，用双手抓住姜的茎叶，一发力真把生姜拔了出来，而不是像收山药、山芋、马玲薯之类，须用铁锹或镐头挖，也用不着机器。我看了看，认为这主要得益于土壤，生姜埋藏浅，其覆土层并不厚。老朱告诉我们，生姜原是种在田沟中，然后在生姜生长的过程中，不断地为其培土，最后使本来凹下的沟成了凸出地面的垄。这不同于种植山芋，种山芋是直接种在垄上的。姜田土壤质地为中壤土或沙壤土，培土过程实际也是培施肥料过程，培土包含着大量人畜粪肥和草木灰，所以生姜的覆土看上去格外蓬松。将生姜拔出来，再轻轻一抖搂，黏附在姜根茎上的土便纷纷掉落，现出完整的姜块来。

铜陵生姜的外观形象，完全颠覆了我对生姜的认识。超市里卖的生姜，多是那种粗壮、缩成一团的土黄色，外观上像是茯苓或略有些变形的马玲薯。铜陵白姜则只有根部略呈淡黄，总体上是白色的。形状则是直立，一排或数排，乍看像排箫一样矗立着，细看更像是美女伸展开的手掌。掌部厚实，手指玉直，润如凝脂，说得上是珠圆玉润。每根姜指指肚饱满浑圆，肥厚而不油腻，接近指尖部分，白色甚至变得清亮了，给人以晶莹剔透、脆嫩得吹弹可破的感觉。指尖部则如戴了染色的指套，介于胭脂红与朱砂红之间，呈嫩红色，明亮而不尖锐。它亭亭而舒展，健康而优雅，既像大家闺秀一双保养得很好的富贵手，也像农家少女被凉水浸泡过的劳动手，简直就是《诗经》"手如柔荑"的形象图示，或者就是古人盛赞的红素手，或红酥手。

我想，仅仅把这铜陵白姜看作经济作物，是种食材，是不是有点可惜了。它如不在土层中生长，而在可视的真空环境中生长，完全可以成为绝妙的观赏植物。

纲英摸起一块黑乎乎的东西，递给我看，说这是"姜种"。它基本完好，只破了一个小口。就是从这个小白茬口，生发出那么一大块生姜，抽出那么高、那么绿的茎叶。我捏了下，感觉仍很饱满。纲英补充说，它还可以用来烧菜，是烧鱼最好的佐料。然后他又捧着刚拔出的生姜，凑到我的鼻子前，对我说，"你闻一闻"。实际上已不需要专门提醒，空气中除了新鲜的泥土味，已经弥散着一种特别清新的味道，似是早春的青草味，也似未成熟的水果味，还有种说不出的花香味。但我以为它更类似樟木新枝折断时，折断处散发出的那种香味。清新而不青涩，鲜甜而含有辛辣，虽然味道极淡极细，却鲜明存在。它绕过了你大脑感官信息处理站，根本不许你思考、分析、辨别，便直抵人心。

这应当是铜陵生姜的特征之一。此地白姜品质优异，地域差异很大，其"隔夜留齿香"的特点，是其他任何地方生姜所不具备的。

二

我查《辞海》（上海辞书出版社，第六版，彩图本），其1084页，载：

> 姜，植物名，姜科。多年生草本，作一年生栽培。须根不发达，根茎肥大，呈不规则块状，灰白或黄色，有辛辣味。地上茎高60～70厘米。叶披针形，互生。花下有绿色的苞，层层包围，花黄色，唇瓣紫色，散布白点。在温带通常不开花。喜阴湿温暖，忌干旱、霜冻。蔬菜用姜宜栽于壤土或黏土。原产印度尼西亚，中国中部和南部普遍栽培。根茎作蔬菜、香辛料，并供药用。

《辞海》是最权威的工具书之一，但它说姜原产印度尼西亚，好像中国姜是后来引进的品种，我觉得很可疑。

姜不同于西红柿、辣椒等，它应是中国本土最原始、最古老的植物之一。

生姜的姜原写作薑。成书于汉朝的《说文解字》中就有薑字。姜字是汉语通用规范一级汉字，始见于甲骨文，其古象形字是头戴羊角的女人，意思应该是高贵。中国自古有"姜"：地方有姜寨，是中国新石器时代的重要遗址，年代可追及公元前4600年前。民族有姜戎，这是古戎人之一。河流有姜水。作为姓氏，姜是中国最古老的姓，黄帝为姬，炎帝为姜。炎帝生于姜水（在陕西），因水命姓为姜。至于"姜水"名字从何而来，是不是一定指戴着角的女人，还是指哪条河流边遍布"薑"而来，我就不得而知了。

姜与薑原是两个不同的字，而后来的汉字，姜与薑是通用的。这两字外形上差距甚大，单从笔画论，不易混淆，但后人依然将姜与薑混用，我想其中应该有所考究。

炎帝即神农氏，其姓氏，指（姜）水为姜是一种说法，另一种说法则是"生"姜。神农是中华农业和医药的始祖，他遍尝百草，中毒的情况总会发生。有一次，他因为中毒，差点丧命，当他在昏厥状态下，无意识地将薑放在嘴里嚼后，竟奇迹般地清醒过来了。薑对神农氏有再生之德，所以叫薑为生姜。还有与神农氏一个谱系的著名人物，是中国人都知道的姜子牙。老百姓也是把他这个姜与薑捆绑在一起的。"跌倒姜子牙，挖出牙子姜"，说是薑给了他另一个生命。

上古秘境中，生姜也被视为"还魂草"。黄帝与炎帝在中原争战，后来休兵合并。从此炎黄子孙，共享天下，绵延万世。当天下太平，黄帝从中原到黄山（轩辕峰）起灶炼丹，修炼成仙，炎帝也紧随黄帝，从中原到黄山脚下的铜陵，伏地潜藏，种姜供其兄使用，保其生命无虞。兄弟俩结伴行走，彼此照应，也不是不可能的哟。

神农氏的传说，因为没有文字记载，有些历史虚无者可能不认账。那我们也可从现有的文字记载看。

孔子是"大成至圣先师"，是中国人最尊崇的人物之一。记录孔子言行的《论语》，成书时间基本与孔子是同朝代。《论语》向来被列入中国人必读书录，是经典中的经典。圣人所谓道者，不离乎日用之间也。孔子之所以能成为万世师表，绝对不仅仅靠几句名言警句。《论语》记录了孔子生活的方方面面，包括饮食，要求严格。即使以今天的标准看，大多也很科学和卫生。值得生姜从业者自豪的是，《论语》中唯一提到的蔬菜就是姜。《论语·乡党》，说孔子：

> 食不厌精，脍不厌细。食饐而餲，鱼馁而肉败，不食。色恶，不食。臭恶，不食。失饪，不食。不时，不食。割不正，不食。不得其酱，不食。肉虽多，不使胜食气。唯酒无量，不及乱。沽酒市脯不食。不撤薑（姜）食。不多食。祭于公，不宿肉。祭肉不出三日。出三日，不食之矣。食不语，寝不言。虽疏食菜羹，瓜祭，必齐如也。

《史记》也说，千畦姜韭，此其人与千户侯等。经营大面积菜圃者，其收益之丰，可以想见。是不是把生姜搞得很高级很高贵了？《说文》也云，姜，菜名，御湿之菜。这是不是对生姜的认识很深入很细致了？魏晋后中国佛教徒不食荤腥，荤包括了葱、蒜、香菜、韭菜等，但并不包括同属辛辣之物的生姜。是不是也从另一个角度，肯定了生姜的非同侪类、不同凡响之处？

宋朝朱熹，与孔子、孟子及王阳明一道，被后世中国人并称为"孔孟朱王"四大圣人。朱熹最著名的著作是《四书章句集注》，他在《论语·乡党》"不撤薑（姜）食"句下注："薑，通神明，去秽恶，故不撤。"对生姜的认识也很高，甚至认为它通神明。这与上古文化一脉相通。

无论什么说法，汉文字的历史记载，都有几个基本点：一是中国人食用姜的历史很长，早在春秋战国时就食姜；二是较为高级，是像孔子这样较为讲究人士的案上必备食品，而且与肉、鱼、酒、蔬食、菜羹并列，或单列；三是古时中国人对姜是直接食用的，也可以与药等同，但并不与佐料"酱"一样。

这样一个源远流长的生姜，说它原产于印度尼西亚，我可真有点不服气哟。

虽然生姜是中国本土的原生品种，但孔子那时食用的姜是啥样，我不知道。今天我们日常食用的，是不是印度尼西亚生姜的改造或改良，我也不知道。今天的生姜虽然也是普遍食用，但多切成块或打作粉末，作烹调的佐料，已退化为调味品在使用；若要作蔬菜直接食用，必须千挑万拣，特别选取那些新发的姜芽才可。

从"直接食用"这个角度看，特别是站在铜陵人的角度，我倾向铜陵白姜是铜陵本土野生或原生品种。不仅如此，铜陵白姜可能还是中华姜中唯一没有退化的品种。

三

种姜能手老朱热情邀请我们去他家。他现在不仅种姜，也搞生姜加工。

他家在兴化村部旁边。显著特征是在正房外廊，用玻璃做了一间挺大的阳光房，这是在阴雨天时晾姜用的。进入院子，空气中弥漫着鲜姜那有点甜丝丝的微辛味道。老朱雇了十多位中老年妇女，正在他家两房间的檐棚下刮姜皮。已剪去茎叶的姜块浸放在大塑料盆里，满盆清水中，一排排生姜，白中透红，红中透白，颜色愈发鲜艳起来。妇女们那些游离于红白相间的生姜中的手，与姜之间形成了颇有刺激的色差。院落里有十多张竹匾，晾晒着刚刮去姜皮的姜块。它们一块一块，白生生的，在太阳下耀着炫目的光。晾晒过的姜，再拿去腌制、装瓶。再看这刮皮、晾晒、腌制过程，让我想起在黄山猴坑看他们采制猴魁，一枝一片，都包含了巨大的劳动强度，真是每片生姜都来之不易。也难怪，现在干这拔姜、去皮、晾晒、腌制活的年轻人几乎看不见了。也许，这昭示着铜陵白姜传统生产方式，也包括其传统食用方法，有着亟待升级的需要。

中国人视姜为日常生活必备，由来已久，而铜陵人更视生姜为精贵物品。铜陵白姜以块大皮薄、色白鲜嫩、汁多渣少、肉质脆嫩、香味浓郁、味辣而不呛口著名，可加工成糖冰姜、盐渍姜、糖醋姜食用，属多功能食用产品。铜陵人认为，把铜陵白姜作烹调佐料，那是暴殄天物，大材小用，浪费可惜了，所以基本是直接食用生姜。

冬天吃生姜，赛过吃人参；冬吃萝卜夏吃姜，不用医生开处方；家备小姜，小病不慌，四季吃生姜，百病一扫光；男人不可一日无姜，女人不可一日无糖；早吃三片姜，胜过人参汤；饭不香，吃生姜；早上吃姜如人参，晚上吃姜如砒霜……不论是外地流传的谚语，还是古已有之的，或是自编自创的，铜陵人都运用自如，融会贯通，成为家用日常指南。这种特殊的生姜文化氛围，应有利于保护铜陵白姜的品种纯正和高贵吧。

我们辞别老朱，找到一家农家乐，把我们从地里拔来的生姜交给后厨，专门交代，鲜姜用来做清炒姜丝，姜种做红烧鱼的佐料。端上来的姜丝，口感纯正，脆中有绵，辣中带甜，清爽提气。红烧鱼则鱼腥全无，鲜味倍增。

在等菜的当口，我们用姜佐茶。我估计这是铜陵独有风气。

中国人喝茶时多有茶食，嗑着瓜子喝茶，或就其他小食喝茶。讲究的多为坚果酥糖，最普通的是茶干，大多是豆腐制品或变种，如干丝、臭干子等。西方人喝茶，也喜欢用些茶点，多是烘焙食物，如饼干、蛋糕之类。而铜陵人用姜佐茶，一是在早餐前，泡上一壶绿茶，就着生姜，轻轻啜茗，惬意逍遥之外，既提神醒脑，又补一天阳气；二是在中晚正餐前，先来上一小碟生姜，让人用牙签插着吃，一小块一小块，或者一小丝一小丝，就着绿茶来吃，既清淡开胃，又无其他小吃吃多了压肚子之忧，别具时尚感。

随便说一下，用姜佐茶，如同嗑瓜子儿，纯粹是中国范儿。我反正从没看到过有人用姜佐咖啡的。

四

我们回到中华白姜文化园。现任铜陵生姜协会会长的敬明先生给我们介绍，并播放了专题片，说这专题片是为铜陵白姜争取世界文化遗产专门拍摄的。

铜陵素有"八宝之地"之称。所谓八宝，是指金、银、铜、铁、锡（后以硫指代）、生姜、蒜子、麻。据说早在春秋时就有种植姜的，北宋时已被列为朝廷贡姜，当时姜的产量"每岁不下十万担"，但我没有查到这个说法中"当时"的出处。元代农学家王桢，是山东人，他对姜有评价，说"白露后，则带丝，渐老，为老姜。味极辛，可以和烹饪，盖愈老而愈辣也"。他曾在铜陵县旁边的旌德县当过县尹，他在县尹任上写过一本在历史上有极大影响力的书——《农书》，对各种农作物从播种到收获都给予了记载描述和指导，但不知他说的姜是山东的生姜还是铜陵的生姜。

地方物产，能够记载入地方志的，都是相当成熟、得到社会公认的，其实际存在一般远远超过志书编撰时间。我手头有明万历十五年和清乾隆间编纂的《铜陵县志》。这两本不同时代的地方志，都详细列明了当地的税赋物产。税赋中列明了贡赋各个品种，包括米、麦、豆以及麻、生漆、皮毛等，但没有姜进贡的记载。但两志无例外，都将姜列为"蔬类"第一，青菜、白菜位于其后。苎麻则排"枲类"第一，有白麻、黄麻、葛麻等。牡丹则列入"花类"第一。可以看出，姜、麻、牡丹等在铜陵的栽植历史悠久。乾隆志还记载了农作物的市场情况，说"邑产姜、蒜、苎麻、丹皮之类，近亦间有服贾者，但远人市贩者居多"。看来姜、蒜、麻，当时都是地方大宗特色交易产品。"八宝"之说并无虚妄。

值得提出的是，随着世事流转，现实生活中的"铜陵八宝"境遇差别拉大了。麻，已基本消失。铜陵过去有第一、第二麻纺厂，规模都很大，但都倒闭了。皖南一带原本也产麻，为自制土布所用原材料，如徽州黟县就产麻，但今天也很难看到了。蒜，过去主要在太平等洲头上生产，不知因为种植的技术还是其他什么原因，今天品种多已退化，虽然还能见到，却也不是传说中的个大汁多之物了。市场上，也鲜有人再打铜陵老蒜招牌揽客了。唯有生姜，近年来风生水起，成为铜陵的一张名片，也成为铜陵除"铜"之外，名气最大的地方特产。

铜陵白姜历史上有点名气，但今天铜陵白姜的名气，靠的是今天铜陵生姜人的持续努力。

2008 年，铜陵白姜加工制作技艺被列为安徽省非物质文化遗产名录。

2009 年，原国家质检总局批准对铜陵白姜实施地理标志产品保护。

2017 年，铜陵白姜种植面积达到 3500 亩，亩产约 2600 斤。

2021 年，铜陵白姜开始启动申报世界文化遗产工作。

敬明说，他们正在筹备今年的生姜文化节，后考虑到相关要求，他们裁撤了相关大型公众活动，转而开展系列小型活动，弘扬铜陵生姜文化。现在民间对铜陵白姜有不少期许，每到收获季节，都会有许多人自带车辆，一边郊游，一边观看生姜的收获加工流程，甚至亲自参加拔姜劳动，再在自己车里装满新鲜的生姜带回去。

生姜的用途应当非常广泛，铜陵目前还没有专门的科学研究机构和大的生产企业对姜进行研究和开发。运用现代科学技术，对生姜进行药用开发、食品及保健开发、日化用品开发等，潜力应无限大。我在市面上见过一种生姜洗发水，是用生姜的提取物与其他植物提取物混合制成，广告说，能控油去屑、止腻止油、防脱育发、强根健发，让人头发乌亮浓密、弹性蓬松，等等。生姜生津，但能不能生（头）发，我不知道，但这昭示了生姜开发的一种潜力。

我说建一座铜陵白姜博物馆，对种植者、馔肴爱好者、旅游观光者，可能是一件有意义、有趣味的事。过去铜陵搞"文化搭台，经济唱戏"，时光流转，今天或许到了"经济搭台、文化唱戏"的新阶段了。

蒜，是个啥事

一

在"合—铜—黄"高速公路的驿站里，有专卖铜陵生姜和大蒜的商店。店内小广播里不间断地推送着"铜陵八宝"的广告，店内则陈列着糖醋和酱油泡制的姜蒜产品。

我留意主要因为自己是铜陵人，铜陵在外地直面消费者的农产品极少，见到铜陵产品当然亲切。其次是对"铜陵八宝"，我自然感到亲切。记忆中，真正把"铜陵八宝"喊出来，是从20世纪80年代末开始的。那时铜陵刚开始做铜文章，打文化牌，深入挖掘地方文化底蕴，"铜陵八宝"之说便应时而出了。

"铜陵八宝"概念，传说是名叫"佘合宗"的人创造的。传说他是铜陵佘家大院人，因为康熙五十大寿写了副寿联"四万里皇图，伊古以来，从无一朝一统四万里；五十年圣寿，自今而后，尚有九千九百五十年"而获召见，并赐进士。康熙见佘是铜陵人，便问及铜陵在哪、有何独特之处。佘回禀说：铜陵虽小，八宝之地，金银铜铁锡，生姜蒜子麻。

这个传说，是市里从民间征集到的。此副寿联是名联，谜底是"万寿无疆"，在全国各地流传甚广，但多未确认作者是谁。传说的主角佘合宗，我未在清进士名单中查到，但明朝进士中有个大通人佘合中（1549—1630）。在明朝时的铜陵，佘家是大家，曾一门中了三进士。中国戏剧史上有本《量江记》，作者佘翘就是佘家人。这传说中的佘合宗与现实中的佘合中，应该不是一个人。佘合中死在康熙登基前，差了好几十年。但传说毕竟是传说，并不是考古，需要把每个细节考证得严丝合缝。

几十年过去，随着经济社会的发展，特别是随着铜产业的发展，"铜陵八宝"之前五宝——金、银、铜、铁、硫，都是矿藏，除了用硫替代锡，各"宝"的发展，包括其内在潜质与实力，已为世人所熟知。

"八宝"后三宝，生姜、蒜子、麻，都是农产品、农作物，却命运殊异。麻，尤其苎麻纺织，曾发展成为全市工业支柱行业之一。但如今连工厂、手工作坊和麻种植，基本消失了，甚至连痕迹也难觅，仿佛这曾红了铜陵半边天的产业从来就不曾存在过。这个现象很奇诡。生姜，近年发展得风生水起，前些时候还被联合国粮农组织认定为中国三项全球重要农业文化遗产之一。

而蒜子，是个啥呢？

二

铜陵"域等弹丸，而屹然有表里山河之势，地舆得矣"。平湖绿野，山川清旷，山区、丘陵、平地应有尽有。

铜陵沿江一带，多是圩区平原。过去圩区与山区之间夹着丘陵地块，是市县两级经济技术开发区的主要用地，结果是中间开花，把圩区和山区连成一体了。从市经开区出发，不多远，便到汀洲了。从地图上看，汀洲是个半岛，是由南夹江和钟仓河两条河水冲刷出来的。

汀，平也。水平谓之汀，因之洲渚之平谓之汀，水中小洲或水边平地谓之汀。汀上散布着十来个行政村庄，包括汀洲、钱湾、老观等，现属西联镇。与汀洲隔南夹江相望，是胥坝乡。胥坝乡是江心洲，大约在明朝崇祯年前形成。

冬至日。天气晴朗，视野广阔。凛冽的寒风中，远景中坝埂头上脱光了树叶的杨树枝丫，中景中滩涂地上的些许芦苇、沟渠中的野草和残雪，近景中的白色大棚、绿色青菜油菜和大蒜，构成了一幅和谐的图画。

汀洲地方过去独立建制，名太平乡。凡事相辅相成，相反相成。取名"太平"，估计与这一带地形复杂、河汊纵横、水网密布有关。这里紧临长江，军事价值很高。过去抗战时铜陵有"沙洲游击队"，就主要在这一带活动。另一方面，更可能与这里地质不稳有关。江心洲似一直在"涨"，处于扩张之中。而南岸汀洲，则经常崩塌。过去防汛，我们乘船沿江巡视，经常能看到崩江，即堤岸崩塌。据说汀洲街即老太平街，已沉入江底。现在的太平街则是后退再建的。

汀洲和江心洲土地都是由江水冲击形成，土地平坦平整，土壤深厚疏松，腐殖层丰厚，富含有机质，沥水性能好，并且排、灌两便，从来就是种粮食和蔬菜的上选之地。过去铜陵地方特产名产，很多产自此地。铜陵大蒜，亦称汀蒜，或太平大蒜。铜陵大豆，也称为汀豆。因应丰富物产和临江便利，汀洲街历史上还曾一度与大通和悦街相媲美，烟火繁盛，成为铜陵县七镇之一。宋朝时杨万里途经这里，留有"乌居鱼笑三百里，菜把活他千万人"诗。诗有原注曰："丁家洲阔三百里，只种萝卜，卖至金陵。"所以汀洲历史上就是重要的蔬菜基地。铜陵建市后，这里也一直是铜陵城市的蔬菜基地。

正史上说，大蒜的原产地在地中海和中亚地区，最早是被西汉张骞带到中国的，距今已有2000多年。但何时被引种进铜陵，却无法考证了。我小时候吃过一种水味很重的"小蒜"，我想可能是古书上讲的"薤"。"小蒜"不是"蒜"，作为蔬菜，它现在已经被彻底淘汰了。

铜陵种植大蒜历史悠长，是无须怀疑的。清乾隆《铜陵县志》"物产·蔬菜"名下有26种，姜列为第1位，"蒜"列在24位。在"风俗"中，说"邑产姜、蒜、苎麻、丹皮之类，近亦间有服贾者，但远人市贩者居多"。把"姜、蒜、苎麻、丹皮"4项单独提出来，说明清初这4项作物产量可观，并且是外销商品。考虑编写地方志的延时性，铜陵这4项物产在前清、明朝甚至更早时，极可能就蔚为可观了。

"大江南"蔬菜种植专业合作社的汪社长是个50多岁的汉子。他穿着冬季迷彩服，骑着小摩托来接我们到他的田头。他介绍说，他家现在种的大蒜主要是嘉定白蒜和成都二水早。铜陵蒜他只种了12排，不过他强调目前在铜陵只有他种的这12排是正宗铜陵蒜了。我没听清12排啥意思，到了田头，才明白，12排即12行。它们夹在大包菜和嘉定白蒜之间，论棵算，才约莫6000棵吧。这一点数量，只是满足保留种子的最基本需要，并无打算上市售卖。铜陵蒜看上去长势也不如旁边的嘉定白蒜。汪社长说，这是因为铜陵蒜还没到发棵时候。铜陵蒜一般在头年9月下旬至10月上旬播种，在次年的5月收获蒜薹，6月收获蒜子，整个种植时间要比其他蒜晚一到两个月。而这会影响下一茬的农作物播种，所以农民不大愿意种铜陵蒜。

他还介绍，铜陵蒜是白皮蒜，与其他蒜比较，主要是蒜衣多重，晾晒后蒜头趋紧，绝不会散开，蒜子个头与其他蒜差不多大小，但单个蒜瓣大，质地较脆，更重要的是辛味重，烹调时蒜香浓烈。至于独蒜，那是挑拣出来的，并不是种出来的。能不能单独种出独蒜，他也不知道。

陪同的农科站李工说，铜陵汀洲、胥坝、老洲等地，土地肥沃，适宜各类植物生长。铜陵蒜过去是骨干品种。老观村的李书记说，她20世纪80年代从钟鸣嫁到老观时，这里还成片种植麻，现在都没有了。但蒜还是在种，主要集中在村里的几个大户，而品种基本上是外地的。

汪社长补充说，种大蒜等蔬菜，对土地等条件以及耕作技术要求都很高。对土地要深耕，精细整地。他现在有50亩地，雇用了两三个人，还是觉得忙不过来。但再多雇人，成本也大了。我过去听说，汀蒜种植要用大量的草木灰熟地，才能使蒜头长大、长丰满，蒜味浓重，便问现在是怎么解决的。他笑道，过去播前要撒基肥，基肥主要使用充分腐熟的优质有机肥，最常见的是焚烧秸秆，既能松土，也能杀菌杀虫，草木灰本身作为很好的肥料，也可避免田地化肥用量过大。但现在禁烧了，秸秆本身还成了问题。他并不闭塞，说到美国国会近期炒作的中国大蒜危害美国国家安全问题，他笑道鬼才知道他们怎么想的。

前段时间，美国共和党参议员里克·斯科特称，因为用人类粪便做肥料，中国大蒜不安全、不卫生，对美国的国家安全、公共安全和经济繁荣构成严重威胁，要求美国政府展开调查。加拿大麦吉尔大学科学与社会办公室还对此作出回应，称人类粪便和动物粪便没什么不安全。这实际在说种植方式。不能小瞧种植方式，不经意间，种植方式也能成为国际政治问题。熟肥料、草木灰之类，中国人延续使用了几千年，尤其对特色品种作用效果更是明显。

这个消息，或类似消息，屡屡见诸新闻，总是让人啼笑皆非，用一个字评价是"蠢"，若再用一个字评价是"坏"。

但这个消息，也透露出这个"蒜"，并不是说说就可以"算"了的事。蒜不仅仅是种蔬菜，也能成为一个产业，甚至成为一个引发国际关注的大产业。

钱湾村的汪姓老主任说，现在种蒜的人少了，主要是太费工。种蒜成了副业，农民只是早起或晚归，顺手拾掇，挣点时间和劳力钱。大蒜亩均可收益一万多元人民币，单独看还可以。但与外出打工综合计算，还是打工每月挣几千元合算。换个语言表述，就是工业比农业挣钱，城市比农村挣钱。

搞农业难！以工哺农，在所难免，也是必需的。

三

"铜陵八宝"之生姜指其根部块茎，麻指其茎秆，一般理解均不会有错。而蒜，专门指出是蒜子而不是大蒜，其中还是有讲究的。

　　大蒜应指整棵植株，包括蒜子、蒜叶和蒜薹。蒜子应是地方叫法，蒜子就是蒜头。中国传统讲食蒜，主要是指食蒜子。但饮食风尚一直在变，对大蒜的深度开发也一直在进行。钱湾村的老主任还说，去年，市场行情变化，蒜薹价格好，汀洲这一带，包括汀洲、钱湾、老观等，都主要卖蒜薹，部分卖蒜叶，附带才卖蒜子。

　　这说明目前大蒜的蒜叶和蒜薹的价值比重显然提升。其实在我的记忆里，吃蒜首先也是吃修长、厚实的蒜叶。咸肉炒蒜叶，适当加点酱油，我一直以为是人间美味之一。我还喜欢闻炒蒜叶的蒜香，先放上菜油，烧热，再加进蒜叶，腾起菜雾，那是一种爆蒜香味。一家炒菜，可以香半栋房子。春上吃肉炒蒜苗，老人说那还可以防疫防病。只是蒜叶、蒜薹的保鲜和运输难度，要比蒜头大太多。我去过山东寿光，他们的大蒜长大得如同大葱。鲜叶采回来后切整齐，再用塑料封装，然后冷藏出口。

　　但无论怎样变化，蒜子还是大蒜的核心和主要商品形式。它便于贮存，方便运输，产量比蒜叶、蒜薹稳定多了。

　　蒜子使用最广泛。从中医药来说，将蒜称为"大"蒜，本身就表明蒜的适用性、适配性强。蒜子中含有丰富的蛋白质、低聚糖和多糖类，还有脂肪、矿物质等。现代药理分析表明，蒜还具有多方面的生物活性，有抗菌消炎、防治心血管疾病、抗癌、降血压、降血脂、降血糖、降胆固醇的功效，好处众多。从饮食来说，"吃肉不吃蒜，香味少一半"。蒜子更多是做佐料，增香，消膻味。蒜子肉质本身很嫩，烧熟了的蒜子，软糯生甜，但本身辛辣味儿没有了。曾有餐馆推送烘烤的独瓣蒜，作为助菜待客，也比较受欢迎。

　　西方人吃蒜主要也是吃蒜子，有些地方人们甚至食蒜成癖。他们还把蒜子做成各种蒜蓉酱，摆满了超市，很类似我们的辣椒酱般普及。菜肴中蒜香焗蜗牛是法国经典名菜。西班牙有种大蒜汤，名气很大。我去西班牙，怕那味儿浓烈，根本不敢吃。

　　在佛门，蒜子被列入荤菜。而同样辛辣的生姜，却是素菜。确实，单凭蒜之强烈气味，也不适合佛门集体生活。铜陵地区有和尚把牛肉包子埋进土里最后长成大蒜的民间故事，可以算是大蒜文化了。

　　铜陵人封蒜子为"八宝"之一，当然主要是吃蒜子。最常见的吃法是选用新鲜的白皮大蒜，用清水浸泡以后，加入白糖、白醋、盐等多种调味料腌制。腌制好的蒜口感咸咸甜甜、脆脆生生的，蒜味儿已不是十分重。高速公路驿站出售的铜陵大蒜，基本都是腌制品。

现在铜陵市面上卖的大蒜，蒜叶蒜薹基本是本地产的，而蒜子基本是从北方贩来的。而本地生产的蒜子，其品种除了上面提到的嘉定白蒜、成都二水早外，还有矮大头、二月苗、无苗蒜等，都是外地的种，并无本地种。在已形成的复杂市场情况下，想要回归传统，恢复铜陵本地蒜的生产，面对的压力不说是压倒性、毁灭性，也绝非轻易。即使铜陵人对蒜的单纯吃法，能不能支撑起"铜陵八宝"的一片天，也很难说。

蒜子列为"铜陵八宝"，我想可能与20世纪中叶后，国家组织铜陵大蒜出口、为国家创汇有关。过去国家为实现工业化，抓出口创汇是重要基础工作。而为了创汇，我们都是用自己出产的最优最好的农产品来出口，特别是出口给发达国家。出口产品，在一定意义上，代表的就是优质、特色，是国家的信誉和保证。

当代编写的《铜陵县志》记载：清末至民国年间，县内蒜子年产量约720吨。当时大通经营大蒜的私营行商有6家。新中国成立初，仍由私营商户经营，供销社收购。20世纪六七十年代，年收购量在50吨~65吨。这一时期，年收购量最多的为1975年。20世纪80年代初、中期，除供销部门组织收购外，县外贸部门也组织收购，出口港澳地区及东南亚诸国，1981年出口大蒜116.49吨。铜陵大蒜出口，是本地种子生产的，还是只是在铜陵生产的大蒜，我没有查到资料。但铜陵地产大蒜品质优越，应是得到上下左右、国内国外一致肯定的。

国家发展迅速，形势变化快，铜陵大蒜出口似乎没有铜陵凤丹时间来得长。1996年后，我任职铜陵市外经贸委时，蒜的出口已经被忽略不计。甚至在本地市场上，随着外地蒜特别是山东蒜的强势进入，铜陵蒜也慢慢不见了。但无论如何，"铜陵八宝"之一的名头，铜陵蒜子是实实在在扛在肩上了。

现在市、区政府对复兴大蒜生产很重视。市农业局有材料说，为复兴大蒜生产，成立了基金和公司，组织力量展开了一系列工作，如理思路，做基础性工作，提升种植基地标准化、科技化水平，增强自动化设备生产能力，制定"汀蒜"的种植标准、质量标准、腌制标准，重视文化品牌的打造，申报绿色食品有机农产品、著名商标，等等。还推动农旅结合，结合长江和江心洲风光，打造农旅+旅文体验基地，等等。

但若按"铜陵八宝"定义大蒜发展，显然任还重、道还远。比如将相关政策和措施落实到基层农业合作社和种植户身上，就有相当长的路要走。普遍种大蒜和用本地种子种大蒜，确立铜陵蒜子的市场认可度和美誉度，更需要系统规划设计。我和同行的市政协委员说，或许可以为保留、保护好铜陵蒜子种子写份提案。

铜陵生姜的发展可为铜陵大蒜的发展提供借鉴。铜陵生姜的复兴，便主要得益于对社会"铜陵八宝"的认识、舆论，和强有力的组织、领导，以及一批以振兴生姜为使命的企业，包括种植与加工大户的积极参与。

当底层逻辑开始变的时候，机会就会来到。

苎舞秋风

一

6月，在网上看到则广告，江西某地拟7月末开办苎麻织物研学班，开展割麻（刈麻）、泡麻、刮青、剥麻、绩线、绕麻团、自制小织卡、整经（牵梳）、纺织结构、穿筘、刷浆、平纹斜纹缎纹、织布（絣）、絣的染织等实践课程，并组织缫丝、纺棉、绩麻等不同工艺环节的横向梳理和理论探讨，还表示要请日本的工艺大师现场教学。

这又让我想起铜陵的八宝：金银铜铁硫，生姜蒜子麻，便请市文旅局和市农业局有关同志帮我查查，铜陵还有没有种植苎麻和办苎麻纺织厂的，结果是野生苎麻还有，种植的没有了；麻纺织厂还有，但已不织苎麻了。

8月，单位组织休假，我在绩溪"汪华出生地遗址"附近，发现大片野生苎麻，它们一蓬蓬地散生在山脚旯旮里。都立秋了，但这边的苎麻茎秆还是碧绿碧绿的，显然还不能收割。它们细条直立，呈心形的绿色叶片粗糙，在风中泛着一会浅绿一会淡白的色彩，一看就是那种生命力顽强的主儿。回头再去查江西那个研学班，那个班确实如期开班了，有参加的学员说很有收获。

皖南地区阳光雨水充沛，土地宜麻，产麻历史悠久，本地人对麻的认识也较深入。宣城、黄山、池州等地，都曾有种植。但把麻称为"宝"的，可能只有铜陵。

铜陵称为"八宝"之一的麻，主要指苎麻，并非大麻、亚麻、丝麻等其他麻品种。清乾隆《铜陵县志》讲"物产"，一是把苎麻放在"枲类"，与白麻、黄麻、木棉放在一起。二是把苎麻放在"货类"，与柴炭、石灰、麻油、铁炉、茶等放在一起。而在"药类""木类"或"草类",都没出现"苎麻"字眼,说明那时认定麻仅是衣裳等织物的原料,还没关注到苎麻的医药、食用和生态价值。苎麻是味中药,根茎入药,具有清热利尿、安胎止血和解毒功效。其根茎还可做酿酒原料,嫩茎可做饮料,鲜叶味清香,可做糕团。刘安《淮南王·万毕术》中的"麻、盐肥猪食豚",是说动物也可食用。现代科学研究还发现苎麻由于其枝繁叶茂,根系发达,治理水土流失的效果,比一般经果林、水保林都好。

对苎麻的使用,该《铜陵县志》在"风俗"中则称"邑产姜、蒜、苎麻、丹皮之类,近亦间有服贾者,但远人市贩者居多",说明本地对苎麻的加工似乎不多,还是作为原料往外地贩运的。

二

"开轩面场圃,把酒话桑麻。"吃和穿,是人类最基本的需要。吃且不论,麻从来就是最基本的,也是最古老的穿着材料。除了化石产品,我们人类穿的衣物来源,一是动物,二是植物。动物主要是动物皮毛,然后是蚕丝,向来是织绸缎等高档纺织品的原材料。植物现代是棉,古代则是麻。男耕田来女织布,这个织布主要指用麻来织。人人都知道茶、绸、瓷是中国国宝。但茶圣陆羽自称"桑苎翁",却没自称茶仙、茶翁。

首先是种。历史学界认定"苎麻织品的产生是人们改造自然的一大突破"(《长江文化史》)。苎麻是中国原生植物,也是世界历史上最早的栽培植物。中华文明五千年,苎麻栽培史至少在三千年以上(4700年)。《农桑辑要》一书中说,苎麻本南方之物。长江流域自古以来就野生苎麻繁茂丛生。历代统治者都明白"生民之本,要当稼穑而食,桑麻以衣"的道理。《淮南子·主术训》:"是故人君者……教民养育六畜,以时种树,务修田畴,滋植桑麻。"麻寿命期长,既是深根型植物,又是多年生植物,再生能力很强。栽麻一次,可多年收益。《草木疏》:荆扬之间,一岁三收……一年可收二到三次。热带地区,甚至有地方一年收十次以上的。有些麻园一两百年不衰。唐宋时,苎麻产业大发展,中国苎麻产品盛极一时,远销海外,被称为"中国草"。而今普遍使用的棉花,原生在印度和阿拉伯国家,传入中国进入内地,大约是在南北朝时期,到大面积推广,已是宋末元初时了。相较于麻,棉花具有产量大、生产成本低、棉制品价格比较低廉的优势。

其次是织。苎麻的制成品有个专有名词,夏布。这个"夏",通常解释是为夏天穿的薄布，我倒以为这个"夏"，不是夏天的夏，而是夏商周的夏，意指从夏朝那时就开始生产的、源远流长的古法布。这与"中国草"的身份相匹配。《礼记》中的深衣即由苎麻所制。《诗经·陈风》："东门之池，可以沤纻。"《说文》："纻，麻属，细者为绉，粗者为纻。"钱山漾良渚文化遗址发现物中便有 3 块苎麻布和苎麻绳。苎麻布为平纹织品，每平方厘米经线为24～31 根，纬线为16～20 根，纺麻技术已是相当的高超。长沙马王堆出土有10 块麻织品，其中细麻布为苎麻，粗麻布为大麻。细麻布的织纹每平方厘米经线32～38 根、纬线36～54 根，有的细麻布，还经过上浆和碾压加工。古人织布的场景，我们还可以在赣湘间的传统手工作坊看到。如江西万载夏布生产，整个工艺过程均为数千年传承，包括最复杂的绩麻。据说日本也保留部分古法工艺，如久留米絣。

再就是用。古代苎麻布是高端衣料，《淮南子·人间训》："冬日被裘襺，夏日服绤纻。"郑玄注《周礼·典枲》"白而细曰纻"。这白细布，历史上长期作为贡布。唐宋间，长江中下游特别是吴地生产的，最为有名。"裁衫催白纻……"在中唐时是时尚，也是官袍的主要原料。进入当代，是家居、文化、旅游、装饰用品的原料。因为手工制作，夏布更为有创意的设计者所青睐。国内很多苎麻生产厂商，主要为日本、韩国客户定向做夏布，国内还有文创企业特别重视苎麻布的应用。苎麻的特别品质，其纤维长度、强度与韧性，使其应用范围广泛，如机翼布、橡胶衬布、包装、纤维板等。蔡伦造纸，"伦乃造意，用树肤、麻头及敝布、鱼网所为纸"（《后汉书·宦者列传》）。中国现存最早的纸，经鉴定，里边就有大麻和少量苎麻纤维。

过去人们凭直感，现代则通过科学技术分析，苎麻是植物中优良的纺织纤维。在各种麻类纤维中，苎麻茎皮纤维最长，比最高级的棉花还要长两三倍，甚至六七倍。强力，韧坚，洁白，有光泽，拉力强，耐水湿，富弹力，绝缘性好，还轻盈，同容积的苎麻布要比棉布轻 20%。纯苎麻纤维纱和苎麻与毛、丝、棉、化纤等混纺的纱，可以制成各种高档的服饰面料，具备更粗犷、挺括、典雅、轻盈、凉爽透气、抗菌等优点。

作为"八宝"之一，铜陵苎麻品质优越。历史上铜陵手工作坊制造土布，大抵使用苎麻。但遗憾没有大规模生产记载。直到改革开放后，铜陵苎麻产业才似乎一夜之间蹿红，被冠上了"苎麻之王"的称号。20 世纪 80 年代中期后，铜陵纺织行业加快发展，先后兴建了苎麻一厂、二厂、印染厂等，其苎麻生产规模与品质都居全国前列。例如铜陵苎麻一厂为全民所有制企业，始建于 1958 年，当时仅具有简易脱胶、织帆布的生产能力。1962 年下马缓建，1966 年恢复建设，80 年代改革开放后建设开始发力，其苎麻生产能力数年内便达万锭。随着生产规模的扩大，苎麻原料价格也节节攀升，极大地刺激了农村种麻的积极性。据称铜陵地区种麻面积历史高峰曾达到 3 万亩以上，是中国乃至世界最大的生产基地。种植范围，也从山地丘陵延伸到了洲圩地区。园叶青、芦竹青等苎麻良种在铜陵也得到进一步优化。我到太平老观村看铜陵"土种"大蒜，村里的书记说，她 80 年代从钟鸣嫁过来，那时候村里还在种苎麻。

物有一长，也必有一短。苎麻初生韧皮纤维的特质，使加工制作难度大，成本、污染、技术是三座大山。苎麻纤维比亚麻、大麻粗二到三倍，而且纤维尖端呈尖锐状，做直接接触皮肤的衬衣，有人便感觉有刺痒感。以手工加工苎麻，不用机器生产，则产量低、价格高。现在苎麻产品主要用在文创上，这可能是原因之一。

三

苎麻作为最古老也最具特色的生活必需品，自然也是文学文艺的重要表现对象。安徽省政协编过《安徽文化读本》，曾专门介绍"白纻舞"。

据《宋书·乐志》，白纻舞最早出现于三国时期的吴国，"纻本吴地所出，宜是吴舞也"。据说，这个舞蹈是因舞者身着白色纻纱舞衣而得名，模拟的就是纺织女工剥麻、洗麻、织麻、制衣等姿态，这与采茶女唱采茶歌、跳采茶舞差不多是同样性质，开始时属于劳动者赞美自己或自娱自乐，后来进入上层社会才被"雅化"。

晋代《白纻舞歌诗》："质如轻云色如银，爱之遗谁赠佳人，制以为袍余作巾，袍以光躯巾拂尘。"说的就是白纻舞舞者着白纻舞衣的曼妙舞姿。王安石有《白纻山》："歌舞不可求，桓公井空在。"白纻山、桓公井今都在当涂县，桓指桓温，是东晋时政治家军事家，他在驻军当涂时蓄养了一支歌舞表演队伍，把本自民间的白纻舞带到了宫廷上流社会。白纻舞流行时间很长，研究表明其持续 1000 多年，与之相应的白纻歌辞数量也有 1000 多首。中国最伟大的诗人李白也曾创作《白纻辞》三首："扬清歌，发皓齿，北方佳人东邻子。且吟白纻停绿水，长袖拂面为君起……吴刀剪彩缝舞衣，明妆丽服夺春晖。扬眉转袖若雪飞，倾城独立世所稀……"

马鞍山前些年挖掘历史文化资源，重现了这白纻舞，还办过白纻舞历史文化展览。

近年来古风大兴，讲究返璞归真，掀起新一轮时尚新潮。如同音乐，表现古风，最佳是用传统的琴、笛子、琵琶、筝等乐器，而对舞蹈，相对于绫罗绸缎的珠光宝气、艳丽妖冶，麻织品或更能表现古老、淳朴、清新的艺术追求，唤起人们对古代生活、远古文化的回忆和向往。站在文创角度，要穿越时空，重拾传统的独特魅力，除了挖掘吸收传统文化的内在优秀思想精华，外在表现上直接把仿古的材料拿来与现代设计理念和流行元素结合，不失为简单、直接、有效的路径。

四

我想找现在的铜陵麻纺企业。朋友引荐我去铜陵开发区看了几家工厂，感觉这些工厂很有生机和活力，而且工厂更精致、更美观、更现代化了。只是遗憾他们不做苎麻产品，其使用的原麻材料基本是从外地甚至外国进口的大麻、亚麻。问及原因，还是技术和污染防治难关未获根本突破。

铜陵苎麻产业发展，其兴也勃焉，其亡也忽焉。我思考，这或与兴办企业的初心只为解决妇女就业、而非商品生产有关，或与市场竞争激烈、外贸形势剧烈变化有关，或与国有企业活力不足、经营管理水平低下有关。但今天回头再看，或还与地方文化有关。苏南、浙东等发达地区的纺织企业至今也没有完全死亡，有的甚至愈干愈强、愈干愈大、愈干愈好，或与他们善于发掘利用地方资源优势，愿赚辛苦钱、功夫钱、细活钱和创新钱的文化禀赋有关。

我看过铜陵"十四五"国民经济和社会发展规划。该规划提出：大力发展纺织新材料、产业用纺织品及户外防护用品，提升麻纺面料、家用纺织品、服装的质量和品牌影响力。到2025年，实现产值超60亿元，产值亿元以上企业10家以上。按时间节点，现在大约要开始进行"十四五"规划实施评估，并着手准备编"十五五"规划了。我倒希望新规划会提及铜陵八宝之一的苎麻生产。

站在保护地方特色物种角度，苎麻的生产加工一跌倒，必然深度拖累苎麻的种植。这也是无如之何的事。不过，野外的苎麻肯定还有，"野麻刈不尽，春风吹还生"。

苎麻的花期在秋天，苎麻花为圆锥花序腋生。我记忆中的苎麻花好像躲在叶片底下，很低调。但秋风起的时候，心形的叶片翻动，还是很容易看到它的。苎麻花的功用，医书上说它有治心烦、凉血、透疹作用。

江南一枝花

一

铜陵盛度御赐牡丹，在清李青岩纂修的《铜陵县志（乾隆）》中即有记载，其卷九"列传"："宋，盛度，字公量，登祥符七年进士，补济阴尉，历官试学士院直史馆，迁尚书屯田外郎，奉使西夏，天圣间，迁翰林学士，先在陕，得牡丹数本，入贡，上嘉其德，服远人，图容御赞，赐宴宠赠，还赐所贡牡丹一本。今其花蔚然成树，一开数百朵，世世培植不替，图赞珍藏于家，子孙列冠绅者，绳绳不绝。"

关于盛度，这个"传"写得清楚明了，唯一需要补充的是，他是铜陵地区历史上出的职位最高的官。

御赐牡丹现在义安区天门镇双龙村的盛氏人家院内。这是幢普通的二层小砖房，二层的横楣上用隶书写着"御牡苑"三个字。穿过屋主人的堂屋，便进入后院了，院子不大，水泥地面。正对面是若干个为生姜保种催芽的"百年姜阁"，今年的姜种已取走了，留下的是烟熏火燎过的阁壁。左侧是杂货间，右侧是水泥围砌，约有60厘米高，3～4平方米大小的花台，那株千年牡丹便种在里面。花台边是口井，主人正在用井水洗东西。花台正前，醒目地横立着一石碑，上书"牡丹王"；左侧又竖一石碑，上书"御赐牡丹"。而后靠的院墙跟前，则立有天门镇政府的三块石碑，一块是盛度像，另两块分别介绍了盛度和御赐牡丹的基本情况。绕过井口，牡丹花侧后还有一蓝底白字标牌，凑近去看，是省人民政府2018年立的"安徽省名木——牡丹"牌子。

御赐牡丹高大葳蕤，浓荫基本铺满了整个花台。它差不多高有2米，枝繁叶茂，上而缀满了重瓣、红色带粉的奇大花朵。花朵数量我数不过来，数百朵不敢说，百朵还是有的。春风拂过，满院都是花香。今年牡丹开得早，我们来得有点晚了，部分花瓣已有些卷曲，地上也散落着不少花瓣。不过仍能看出盛开时的花团锦簇、雍容华贵形象。

百花丛中最鲜艳，众香国里最壮观。只要是中国人，任谁对牡丹都不陌生。牡丹是中国特有的木本名贵花卉，寓意美好，象征繁荣昌盛，祥和幸福，文明富贵，素有"花中之王"的美誉。有人考证，先秦时中国人就开始栽培，并会利用牡丹的功能——药用和观赏加爱情了。

在隋朝，牡丹就已经成为名贵花卉，唐代以长安、洛阳牡丹为最多最盛，惹得达官贵人、文人骚客、平头百姓争相围观，并成为塑造大唐富贵与宝气形象的要素之一。刘禹锡有名篇《赏牡丹》："庭前芍药妖无格，池上芙蕖净少情。唯有牡丹真国色，花开时节动京城。"中国唯一正宗的女皇帝武则天也有牡丹故事。她写道："明朝游上苑，火速报春知。花须连夜发，莫待晓风吹。"结果百花都开了，只有牡丹不开花，惹得武则天大怒，把牡丹赶出了京城。这个故事贬低女皇，正面褒彰牡丹，说富贵象征的牡丹有特立独行、刚正不阿的品格。不过依我看，还有另一种可能，是武则天借此消除首都的奢靡之风。

到了宋代，牡丹地位依然很高，尤其以洛阳牡丹天下称奇。朝野上下，欣赏牡丹成风，且品位高雅。盛度出使西域，敢将那里的牡丹带回并贡献皇上，这个行为本身即说明这株牡丹确有不同凡响之处。盛度本人似没有留下什么关于牡丹的诗词文章，但比盛度（968—1041）稍晚点的欧阳修（1007—1072）写过《洛阳牡丹记》，苏轼（1037—1101）写过《牡丹记叙》，都说明那时社会风气还是崇尚牡丹的。只不过，欧阳修、苏轼他们还发掘牡丹的社会意义，借牡丹规劝世人，当然主要是对皇家。前者说牡丹代表了中和之气，"有常之气"，后者则说"草木之智巧便佞者"，似乎已有微言大义在内，不纯是歌颂了。

及至明后，特别是清朝，江南一带士人似乎有意疏远牡丹，转而欣赏梅花，已是另外的故事了。但牡丹始终在花的舞台中央，从不曾退却，也是事实。

二

人间最美四月天，春天最美在江南。铜芜公路，特别是九（榔）凤（凰山）公路沿线风景如画，充分体现了四月江南的美色、美景。

铜芜公路边有杏山，山上有葛仙洞公园。传说道教大宗师、晋人葛洪曾在此炼丹。《铜陵县志（乾隆）》"卷十三·兵氛·古迹"记载"仙牡丹"："长山石窦中，有白牡丹一株，高尺许，花开二三枝，素艳绝尘，相传为葛稚川所植。"志上同时记载的"杏山花堰"，今仍存，据说就是葛洪植牡丹种杏之处。

葛洪作为化学家、求仙道人，传说他在此修仙炼丹之余，为山民治疗天花、狂犬病等，活人数百。还据考证，葛洪的"仙牡丹"与今天铜陵大面积种植的牡丹，特别是其中的一个品种"凤丹白"极为相似。不管怎样，以葛洪的身份论，他种植牡丹估计药用可能比观赏的可能性要大。或许是他真正开创了铜陵种植药用牡丹的先河。

药用，才是牡丹的原始价值。毕竟，远古人们的生产生活条件都很差，培植观赏物、提高审美趣味没有那个心性和环境。人们认识植物、动物、矿物等，都是从服务人类自身生存实用开始的。汉朝《神农本草经》将牡丹皮作为药用植物，认为它有除症结、去瘀血的疗效。东汉张仲景《金匮要略》、唐朝孙思邈《千金方》都有将凤丹皮作为配药用料的记载。明朝李时珍《本草纲目》将牡丹皮归为芳草部芳草类药材，说它"虽结籽而根上生苗，故谓之牡，其花红色，故谓之丹"。而后，随着社会的发展、牡丹观赏价值的提升，其药用功能被人关注少了。宋代苏颂的《本草图经》也说"牡丹又名木芍药，近世人多贵重，圃人欲其花之诡异，皆秋冬移植，培以粪土，至春花开，其状百变，故其要性殊失本真，药中不可用，其品绝无力也"，则认为观赏牡丹改变了牡丹的原始本性与药用效果，牡丹没有药性药用，反过来会影响牡丹的观赏效果。

铜陵牡丹，可能是牡丹传统药用价值的唯一传承者。铜陵人种植牡丹主要是取其根茎，而非观赏。葛洪开始栽培药用牡丹虽无实证，但从时间线上看，或有可能的。因为到明朝崇祯年间，铜陵凤丹的生产种植已具有一定规模。在清朝，环绕凤凰山的广大区域，已发展成为全国著名的牡丹皮产区。《铜陵县志（乾隆）》载："邑产姜蒜苎麻丹皮之类，近亦间有服贾者，但远人市贩者其多"，将牡丹列在"花类"，将牡丹皮列在"药类"，开始分类表述，更科学、更接近实际了。发展到今天，铜陵牡丹已与白芍、菊花、茯苓并称为安徽四大名药，也是中国 34 种名贵药材之一。

铜陵牡丹称凤丹，依据《中药大辞典》记载，是指安徽省铜陵凤凰山所产丹皮质量最佳，故称"凤丹"。2006 年 4 月，国家质检总局批准对凤丹实施地理标志产品保护。凤凰山地区种植出的牡丹皮，圆直粗壮，肉厚粉足，根条圆直，表皮细薄，油润光洁，具有一种特别的浓郁香气。专家说，那特别的香味，主要是因为凤丹皮富含牡丹酚，其牡丹酚含量为 1.9%，远高于药典规定的 1.2% 的标准。牡丹酚有镇痛、镇静、解热、抗过敏、消炎、免疫等作用，可用作抗心血管系统疾病的治疗用药，也可以制成抗病毒药物。过去铜陵县有药厂专门提取牡丹酚，不知现在怎么样了。用天然植物提取有关元素制药，符合世界潮流，具有无限的商业潜力。

当然，铜陵凤丹的观赏性也很强。我们站在凤凰山上，放眼四望，蓝天白云、春风浩荡之下，漫山遍野的凤丹，绿意葱茏。其枝干高大挺拔，花朵健硕，花姿秀丽，花形飘逸，花色纯正，花香四溢。置身天地间，吐纳自然之气，极目所止，与在公园里、厅堂中、花台上、花盆中欣赏牡丹，具有完全不同的审美情调。我觉得这里更真、更野、更怡人、更有情趣、更接近人的本心本性。

观赏养心，药用治生。凤凰山地区近年也引种了多种观赏牡丹。那里现在游客人头攒动。他们现在网上发的照片，多是观赏牡丹，而非药用凤丹。至于凤丹皮，更没有人去拍摄了。

三

铜陵虽小，八宝俱全：金银铜铁硫，生姜蒜子麻。不知什么缘故，铜陵牡丹并未列入铜陵八宝之列。然而，从全国范围看，铜陵牡丹特别是凤丹，其名气显然要比"生姜蒜子麻"要大。

作为一种文化现象，公认牡丹国色是三分天下：洛阳牡丹、菏泽牡丹和铜陵牡丹，铜陵牡丹是江南牡丹品种群的主要代表。这个江南一枝花的"公认"度，在铜陵地区，除了矿藏资源及铜工业之外，于其他的农副特产中很难找。

春色三分，二分尘土，一分流水。与其他品种不同，铜陵牡丹从来都是属于天地山川的。它没有趋宫殿、偏柔媚、玩精致，仍旧野性、阳刚、大气，是本性、本真，也是本尊。它与洛阳牡丹、菏泽牡丹的差异，有欣赏趣味取向问题，也有影响如何扩大问题。

铜陵牡丹属于山川自然，所以它从来不局限自己。历史上，铜陵就曾多次调出牡丹苗和牡丹种，供人大面积种植。前几年，铜陵"海云居"民宿主人将铜陵牡丹引种到江北无为市，获得了栽培成功。铜陵牡丹的时兴与它的药用价值的被发现、挖掘关系极大。但作为药用，铜陵牡丹必须经受市场的炙烤。比方价格，这几年牡丹皮价格似过山车，每斤从几元到几百元，反复横跳，让丹农苦不堪言，很是受伤。就经济论，从保护地方名特优产和农民利益角度，确实有政策供给之需要。而作为观赏，也需要人力加持、推动。如巢湖银屏牡丹，婺源、黟县等地油菜花的宣传经验都可以引鉴。巢湖一株牡丹让人看了几十年，且年年有几十万人前往，说明宣传推广的作用巨大。把御赐牡丹的院门打开或扩大引种范围，我觉得都是可以研究的。而将牡丹的药用与观赏两个功能兼顾，现在凤凰山地区的文化旅游发展，似也提供了有益经验。

现在高层强调，要探索文化和科技融合的有效机制，推进文化和旅游深度融合。这会给铜陵牡丹带来巨大机遇。姑且不说牡丹本身就是一个巨大的文化现象，铜陵牡丹更有自己的独有文化。铜陵牡丹作为药用和观赏兼具的植物，现在必须融入科技新元素。屠呦呦从植物中提取青蒿素，是一个科学故事，也是一个文化故事。用科技点化铜陵凤丹，既是科技，也是文化和旅游，还是民生，前景不可限量。

游杏山记

杏山在铜陵至芜湖的公路边。

清乾隆《铜陵县志》载:"杏山,在县东二十五里。"《广舆记》:"昔传葛仙翁留此种杏,下有溪,落英飞堰,昔花堰耆以此得名。山上产硃,其穴土人以为丹圹也。"宋郭祥正诗云:"传闻花落流堰水,每到三月溪泉香。"

市里正在搞马拉松比赛,我们一行避开人流,在唐同志带领下,专程去看杏山。还没有找到出行感觉,车子就已到目的地了。现在铜陵城市扩张很大、很快,古人讲的"城东二十五里",现在几乎全部成为市域了。看来,杏山马上就要成为市内的景观山峰了。

车子从车水马龙的铜芜路上驰出,不几步,经过一个高大的牌楼后,两耳便豁然清静下来,感觉进山了。从20世纪90年代开始,这里就开始断续建设,最近似乎又有新动作,石子铺面的小径和新植的花花草草,都整饬有序。游人不多,正适合清静优游。我们循径,绕过拥湖亭,过丹井,过花堰泉,一路慢慢向上攀登。天有薄雾,蒙蒙的太阳穿过来,照在满山苍苍的翠色上,竟然是白花花的一片光亮。仔细看,发觉这里多生长葛藤,它们到处攻城略地,布满了大小沟壑,甚至爬满了大大小小的杂树,在山岭间形成一片如波浪般起伏的景致。

这杏山虽不高也不大,但在铜陵县史上,一直有一席之地,并不是籍籍无名之辈。其丹井、花堰、丹圹等,与太白书堂、荆公书堂、利国监、富览亭、仙牡丹等并列,都进入了地方志中的"古迹"篇。过去地方文人雅士,逢春度秋,也常呼朋唤友,携酒带食,来此赏景,甚至还留下不少诗词歌赋。虽无特别名人、特别佳作,但仍能给杏山增添一抹特别的妩媚色彩和人文光辉。

　　我们此行的目的地，是葛仙洞。葛仙洞的洞口在杏山半腰。现在在洞口做了水泥护坡和铁门等设施。这葛仙洞为石灰石溶洞，地质形成距今约有一万八千年。我们此番来，不巧正碰上停电，便打开手机照明，一步一步小心翼翼往洞内走。好在这葛仙洞并不只有一个洞口，它还有一个洞口，透进些许天光，所以洞内并不是一团漆黑。而两个洞口带来的另一个好处是，空气对流，使洞内空气并不阴霉浑浊。因是石灰石溶洞，所以里边石头形状丰富，因应旅游开发需要，不少已经被命名了，如仙翁石床、八卦道台、洞天胜境、龙戏瑶池、万古灵芝、擎天一柱、烧石炼丹等。我们借着手机照明，糊里糊涂也只能看个大概。印象深的是洞窟深部的"大厅"，怎么估摸着，也有个几百平方米，若再将周边延伸部分纳入统计，恐怕有上千平方米了。这么个大厅，聚众聚会或搭个灶台炼丹之类，不仅面积绰绰有余，而且既安全又保密。据说里边还有景点，如千秋海眼和群仙会等，甚至仔细点，还可以发现酷似十二生肖的石乳像。

　　这杏山有名，主要得之于葛洪和葛洪在此洞炼丹。杏山何时得名，现已不可考。清朝时有人在此修庵，就撰文说"铜之杏山，先此未有是名，自稚川葛仙翁结庵修炼，名始炳琅"，说明那时就没考证出结果。

　　葛洪虽名列《神仙传》，但并不是虚构出来的，历史上确有其人。他是东晋时的丹阳人，即今江苏句容人。他本出身豪门，后逢八王作乱，便栖息山林，炼丹服食养性，遁世求仙。他约公元 283 年生，363 年卒，享寿 81 岁，在那个时代，无疑是高寿者了。这年龄，增添了他的知名度和修道可信度。他是著名的道教理论家、炼丹家、化学家和医药学家，著有《抱朴子》内篇及外篇。他精研医学和药物学，他的《抱朴子》对许多药用植物的形态特征、生长习性、主要产地、入药部分及治病作用等，都作了详细的记载和说明，对后世影响极大。中国屠呦呦因青蒿素发明，获得 2015 年诺贝尔生理学或医学奖，据说她就受到了葛洪临床急救的中医方剂"肘后备急方"的启发。

　　葛洪作为半人半仙，一生游踪极广，有案可稽、有名可查的地方就难以计数。今天对他的游踪，无论证实或证伪，都极其困难。

　　但葛洪到铜陵来炼丹我还是相信的。一是铜陵、句容都在秦汉时，先同属鄣郡，后同属丹阳。丹阳的治所在宣城，区域内行走当然方便。古时地广人稀，行政区划设置都很大。后来随人口增长，为管理方便，行政区域才愈划愈小，但实际地理并没有变化。顺带说一句，丹阳绝非今之江苏丹阳市。古丹阳的地域性特征，后来江南地方都有，譬如《天仙配》上之"家住丹阳姓董名永"，并不好落在某市某县某乡某村或其他什么具体地方的。二是古时炼丹，有"五金八石"之说，五金即指金、银、铜、铁、锡，而八石指朱砂、雄黄、云母、空青、硫黄、戎盐、硝石、雌黄等。这些炼丹所需要的主要材料，铜陵都盛产。把葛洪炼丹的基础原材料拎出来一说，铜陵人都会会心一笑，"铜陵虽小、八宝俱全"，这说的不就是铜陵八宝嘛。葛洪研究，对丹砂即硫化汞加热，可以炼出水银，而水银和硫黄化合，又能变成丹砂。丹砂提炼需要汞、锡、铜、金、银等物质配合。在葛洪的著作中，还记载了雌黄三硫化二砷和雄黄五硫化二砷加热后升华结晶的现象。他提到的这些名物，即使是今天的铜陵人也不陌生。三是看葛洪的归终之处，是广东的云浮。这广东云浮硫铁矿和铜陵新桥硫铁矿，都以盛产硫铁矿著名，其产量曾分列全国第一、第二位置多年。葛洪晚年选择云浮之罗浮山，或许就有他青壮年时在铜陵的炼丹经历和经验。

自从西学东渐，现代物理、现代化学引入中国，今天人们普遍对炼丹持负面印象。葛洪和他那一套炼丹法门，不论是在理论上还是现实实践中，都被抛弃了。其实，中国古代炼丹，并不是可以用三言两语说清、说透的东西。其中，是否有合理的因素，还需要人们重新甄别拣择。葛洪《抱朴子·登涉》中写道，"谚有之曰：太华之下，白骨狼藉"。对人类初幼年时期进行的自然探索，对他们付出的巨大牺牲和执着精神，我们还是应当抱有尊重和敬意才好。淮南王刘安炼丹，不小心把石膏洒进豆浆里，创造了豆腐，我们至今还在受惠。上文提到的屠呦呦也是一例。

望仙阁看上去是个新建筑，被漆成丹红。在杏山一片苍翠中，格外夺目。它旁边还盛开着几株月季，花朵奇大，在这初冬天气里，分外妖娆，分外吸睛。望仙阁正面对东西湖，视线平展，丝毫无碍。站在这里，胸臆扩张，感觉不是"望仙"，而是"仙望"，是我们这些"仙人"观察、瞭望铜陵形胜的好地方。

杏山应属黄山山脉余脉一部分，是铜陵这一带最靠近沿江洲圩地区的一个突出部。葛洪时代，或许这里还是万顷碧波、一片汪洋。葛洪炼丹之暇，走出洞穴，站在这里游目骋怀一番，感叹下人生苦短、长生不老愿望难达，亦未可知。沧海桑田，现在杏山下是平畴广阔，良田无数，更有隐隐栉比的楼房，正呈蔓延之势。那是一种新生活的启示。

忽然想到在杏山上还未看到杏树。问起来，说山上近年种植了六七十株杏树，都还没有长成材。"山以杏名今鲜杏，山鲜杏兮名仍杏。"这是清朝人游杏山时的感叹，看来直到今天也还是"（杏）山鲜杏"。我不禁哑然，不知为什么在名号为杏山的杏树却长不起来。中国传统，还是很推崇杏的。桃李梅杏、楂梨姜桂、桃李枣栗杏等，都是进入老百姓日常生活语言的。杏树是好材，杏子是好果，杏仁是好药。杏坛、杏林，不仅是史上美谈，还是今天教育界、医学界最高、最好的象征符号。"数年之中，杏有十数万株，郁郁然成林。"其他地方的经验，似乎也不特别难学习。不论从哪个角度，在杏山上大种杏、特种杏、好种杏、种好杏，似乎都是理所当然的事。然而，但是，竟然，奇怪……数百年下来，杏山还是缺杏！当然这是缺杏而不是缺"芯"，并不妨碍杏山将来发展成为一个美丽的城市公园。杏林，即使在想象中，也会成为特殊的景观。

我们循山上小径下山，在一隐蔽的山坳里，看到有个新建的厂房设施，介绍说是化工废料处理厂。我们相视一笑，20世纪八九十年代，大力发展乡镇企业时，提倡"有水快流"，杏山周围曾大规模采石，至今还能看到当年开采的痕迹。幸亏后来被紧急叫停了。

在杏山没看到杏树，回城里无意中发现了不少银杏。深秋的银杏树叶全被镀成了金黄，有一枚叶子脱离开枝干，像美女般摇曳着舞姿，在空中打着旋儿，然后静静地落下。叶生，叶落，又开始了一冬的证悟，又在默孕着下一个流年，又是一个轮回。

栖心独照，不悲不喜。

铜 草 花

我写了铜陵八宝之生姜、大蒜、苎麻以及凤丹后，便想到铜草花。旧《铜陵县志》载地方植物，在"药类"中，可以查到香薷。这香薷便是铜草花。

安徽铜草花现代农业科技有限公司落户在义安区，即原铜陵县。我想既以铜草花命名，肯定种有铜草花，便约去看。

公司并未成片种植铜草花。公司创始人周红和她的合作伙伴燕子都是本地人，她们白手起家，自己创业，兴建了有1200亩地的创业实践基地。她领着我们在院子里转了一圈，然后指着小路边和散落在墙角地头的铜草花，说，她就喜欢铜草花的本色相，对环境不挑剔，山坡地、乱石丛、沟边坎等，随处可以生长。

已是处暑了，天气仍然炎热，但秋的气息已掩盖不住了。铜草花一簇簇，密密地丛立着，三四十厘米高，略呈方形的茎干直立，基础部分的茎干部分呈黑红色，似已木质化，不甚规则的卵状叶片对生，则开始发黄了。折断茎顶端的嫩枝，可以嗅到挥散出来的微微辛味。还不到花期，现在它一颗花蕾也没有。

我生长在笔架山脚下，那里铜草花随处可见，但我却从未关注过铜草花长什么样子。记忆里，铜草花生长在山坡石缝里和田埂小路旁，混杂在杂草里，毫不引人注意。只是在深秋，它蹿出的紫红色小花，成为凋敝旷野上唯一的一抹亮色时，才会引人注意。我们会在它枯萎时，当作柴火，有当无的顺手把它砍回去。作为草本植物，它易燃但燃烧没什么火力，比不上灌木类柴草。

查《辞海》，有"海州香薷"词条，说得很明确："海州香薷，亦称'铜草'。唇形科。一年生或多年生草本，有香气。茎方形，多分枝，暗红色，秋季开花，花唇形，紫红色，聚生于枝端成偏向于一侧的假穗状花序。是铜矿的指示植物。全草入药，称香薷，亦称江南薷，性温，味辛，功能发汗、解暑、利湿，主治夏令感寒伤暑、发热恶寒、无汗头痛、胸闷呕吐、小便不利、水肿等症。"云云。

用"海州香薷"冠名，这应是近代建立植物学体系时，按西方标准对植物重新识别归类的结果，并不能指这种植物在国内某地是首次发现。清朝地方志《铜陵县志》都载有香薷，说明我们的老祖宗老早就发现它了，对它的基本特性就有认识，并给它取了如此漂亮、优雅的名字。

《辞海》条目的复杂解释，很难与我头脑中的特定草花对应起来。"聚生于枝端成偏向于一侧的假穗状花序"，说白了，是指其花形状很像牙刷。所以老百姓称其为"牙刷花"，更为形象。而铜草花，是在这种草花前面直接加上"铜"字，虽不够雅化，但直截了当地表明它的基本特性，也易被人接受。而铜草花的学名"海州香薷"，并没有在社会上传播开来。

对铜陵人来说，铜草花不仅是种草本植物，更是一道独特的人文风景。20世纪八九十年代，作为塑造城市精神的一部分，铜陵有一批文艺青年，开始用铜草花为题材，创作诗词歌赋，使它逐步进入普通市民眼中，使人们对这花有了初步认识。后来，政府也在积极倡导，有意识进行文化塑造。铜草花便成为城市精神和铜文化的标识之一，影响进一步扩大。市里还曾筹划推广成片种植铜草花，建设铜草花公园。前几年，听说有政府单位还专门搞过"铜草花与铜文化"的活动，获得了不少铜陵人的积极参与。

铜陵人喜欢铜草花，一方面是因为它分布广，在铜陵随处可见，为人们所熟识。另一方面，更是因为它与铜深度挂钩，与我们这个城市息息相关。通过它能找铜矿，这就涉及铜陵立市、建市的根本了。"铜草花，铜草花，哪里有铜哪安家"；"牙刷草，开紫花，哪里有铜，哪里有它"。铜草花喜铜生长，铜陵人则爱自己的城市，那铜陵人自然在感情上与铜草花亲近。这不是其他草花，如大丽花、孔雀草、万寿菊、美人蕉等能比拟的。

可利用植物探矿，我们老祖宗老早就发现了这个自然界的秘密。中国唐朝《酉阳杂俎》记：山上有葱下有银，山上有薤下有金，山上有姜下有铜锡……不同植物可以吸收不同矿物元素，不同矿物对不同植物生理有不同影响。某一地区特别生长某种植物，或某种植物生长特别旺盛，大多与该地区所蕴藏的矿物之间存在一定联系。铜草花依附铜元素的能力特别强大，铜草花生长多的地方，往往会有铜矿。即便矿藏埋得很深，铜草花也能探测到，在地表长出二三棵来。有人做过试验，粉干的铜草含铜量达千分之一还多。用铜草花来找铜矿，自然也为人所运用。据说，湖北大冶古铜矿遗址的发现，就是大片铜草花给提供的线索。赞比亚的卡伦瓜地区的超级大铜矿，也是因为在那里先发现铜草花，然后顺藤摸瓜找到的。

有人说，新中国成立以后，在不同的历史阶段，有色地质队、812、321地质队等都曾利用过铜草花来找铜矿，个中曲折坎坷肯定不少。但我们却不善于讲故事，铜陵没有人物、情节、丰富细节的找铜故事传世，这是非常遗憾的事。

因为喜欢，铜陵人更愿意赋予铜草花精神层面的意义。周红曾在网上与创业的年轻人分享《面朝蓝海·铜草花开》的创业故事，展示的就是自己立志做棵铜草花的心路历程。周红说将铜草花注册为自己的公司名，就是寓意有铜草花的地方就有丰富的铜和金，公司会创造财富，更因为铜草花的草根性和顽强，代表着她的志向和性格。这里面有眼力见儿，更有心劲儿。

周红与她的团队正在筹备建设"皖南中药材仓储物流加工基地"，要立足皖南，深入挖掘本地药种，如牡丹、白芍、黄精等，实施皖南道地中药材产地、加工、配送一条龙运营。

其实，从当下"务实""实际"的社会风气看，撇开铜草花的植物"指示"作用不谈，对铜草花本尊的物理开发利用，拓展提升其药用价值和景观价值，也是续写铜草花故事的一个方向。

旧《铜陵县地》把铜草花列入了"药类"，其传统药用价值毋庸置疑。民间至今还有煮铜草花水喝防治夏月乘凉饮冷伤暑的。现代医药也将铜草花全草入药，其开发空间巨大。延伸一步看，人们对铜的医药医疗价值认识也在逐步深入。此外，铜草花本名香薷，说明它具有芳香物质。铜草花开时，还能吸引大量蜜蜂，说明它也是一种蜜源植物。铜草花或还有食品、香料、化妆等领域的开发价值呢。

铜草花还可作为景观植物。铜草花易于生长，在城市道路、公园、广场、居住小区及城市其他造景上，都能培育种植，其自身的观赏性及花期时间也不成问题。但它尚未被人完全驯化，大面积地培育、推广种植，或在技术、成本、商业模式上还有难度。但对城市环境美化来说，塑造"调性"，造就统一、谐调、均衡、风情和韵律的城市特色，远比具体草花造景技术重要。铜陵以铜立市，铜陵人种铜草花，或最能体现城市特色、本质了。从这个角度，帮助其冲出商业化草花"重围"，或是有意义的。铜草花即使枯萎了，还是较好的室内装饰植物。

我希望未来，能在铜陵看到更多的铜草花，看到更多铜草花那样的人。

走 枞 阳

一

　　清明，几个朋友约到枞阳踏青。陪同我们的是几位枞阳"文化地保"。我说"文化地保"，主要是指他们对地方情况非常熟悉，虽然各有一份工作，但工作之余，他们把大把时间、精力，乃至金钱，都用在挖掘地方人文历史掌故上，绝对没有不尊重之意思。到地方游玩，有他们作伴，经常会有意外收获。

　　我在铜陵工作期间，曾遵奉省领导指示，谋划过行政区划调整。因为涉及枞阳，便对枞阳做了些了解。枞阳地方首度置县，可追溯到汉代，历史上曾分属安庆、庐江、舒州，并与桐城互相隶属过。在 1949 年，政府析桐城、庐江、无为县等地置桐庐县。因与浙江桐庐县重名，1951 年改为湖东县，1955 年定名为枞阳县后，为安庆市管辖，2012 年改为铜陵市管辖。所以，枞阳说来历史悠久，但现代区划意义上的枞阳存在不过 70 多年。那时，谋划多是纸上谈兵，我并没有去枞阳。直到枞阳改变隶属归铜陵时，我因工作调研，才真正踏上枞阳土地，专门走访拜谒归葬在枞阳的桐城派著名文人，包括方以智、姚鼐、刘大櫆等，后来写了篇《谒贤记》作为纪念。

　　我们从 G3 高速公路浮山出口下，地势层叠起伏，明山秀水，春和景明，春暖花开，枞阳优美的山水姿态，尽显无遗，明显兼具江南和江淮地区特点。古人对枞阳地理的描述为"表里山湖，周环山泽。淮服之屏蔽，江淮之会冲"，这个描述我认为甚是精当。

　　这次是假日踏青，时间从容，而且可以漫无目标，想看啥看啥，所以我在看了遍地金灿灿的油菜花后，便提出去看枞树和枞江。

枞是生僻字，与颍、亳、歙、黟等一样，不查字典，很多人根本不敢读出声来。用这些字作地名，不用猜想，肯定是有历史底蕴的地方。查字典：枞字读 zōng，《尔雅》释："枞，松，松叶柏身。"《本草纲目》："柏叶松身者，桧也，松叶柏身者，枞也。"查百度：枞是冷杉，属常绿乔木。仅靠文字表述，还是难以理解什么是枞。再说，古人的植物学知识体系，与今天通用的西方植物学体系有差别，这古人说的与今人说的枞，是不是同一种植物，我也不笃定。

以眼前可见的动植物，给地方山川命名，再给地方命名，比较符合古人的思维演进逻辑。我提出想法，却被告知，县城附近没有，还需要到某处去看。但那里是不是古书所指的枞树，也不能肯定。我只好作罢。无论枞阳还有没有枞树，但一二千年下来，这枞树在枞阳并没有形成什么规模，成为地方标识，则是肯定的。

枞阳上码头，位于枞阳老城。枞阳老城正在改造，我们停车处，正在拆迁，一片凌乱。稍深处，围着长长的栏杆，透过围栏，可以看到新修的水泥小广场，还立了块新石头，上面繁体黑字写着"古枞阳上码头"。临江的江堤加固工程似乎刚竣工不久，长长的青石砌就的防洪堤坝看上去崭新。坝顶上，建有休憩凉亭，甚至还建了彩色的健身步道。登上堤坝，顿时觉得天地广阔。正面河滩宽阔，一湾清流缓缓而过，右前方是连城山隐隐的山峦剪影，左下是引江济淮工程的长江取水口闸站。正所谓北倚青山，南滨大江，平湖烟水，河网交错。

这就是枞阳长河，源出枞阳桐城交界处的菜子湖，自双河口入境，东南流，入于江。菜子湖、嬉子湖、白兔湖三湖连成一体，面积很大，湖泊总面积达 220 多平方千米。这条枞阳长河实际长度不过 20 余千米，明明不长，却用了"长河"名字。是不是更看中其连接长江和江北内地性质，不得而知。

但枞阳长河是不是枞江呢？也不能肯定。它太短了。山之南，水之北，谓阳。枞阳，当然是指枞江之北地方。如以今天的地理看，只有长江能扛起枞阳这片土地。这枞江指长江在枞阳界之一段，或有可能。长江分段有不少别称，如川江、荆江、楚江、皖江、扬子江等，如果这样，单独的"枞江"称谓，也意味着枞阳的历史地位非同一般了。

沧海变桑田，这在枞阳表现得最为明显。两千年来长江北岸的地理变化，很多已不是我们今天所能看到的。从历史看，长江北岸向来河湖沟汊纵横，还有大片沼泽地、洼地。人类一直在长江北岸修大大小小的圩，大范围围田，压迫着长江逐步南移。过去我们经常听江北闹水灾，而每一次水灾，都留下了大面积的泥沙淤积，这些淤积最后都变成了土质肥沃的良田，成为重要的粮棉油和水产养殖基地。枞阳的大部分土地就是这样积聚起来的，从根本上讲，枞阳就是长江，包含枞阳长河这样大大小小河流培育出来的，是它们汇聚、不断进行能量积累的一个结果。这也预示着将来，它奔注大江、奔向大海的历史宿命。

"郡县山川之古迹，朝代变更，陵谷推迁，盖已不可复识。"然而，纠缠这些地理和文字意义，并非毫无意义。它本身就是地方文化史的一部分，是我们应当继承的一笔文化遗产。

二

枞阳历史上最著名的事件，恐怕是公元前 106 年，汉武帝南巡到枞阳。当时，司马迁作为扈从，随汉武帝来到枞阳，并作了记录。

《史记·孝武本纪》："其明年（即前 106 年）冬，上（汉武帝）巡南郡，至江陵而东。登礼潜之天柱山，号曰南岳。浮江，自寻阳出枞阳，过彭蠡，祀其名山川。"

后来的《汉书·武帝纪》在司马迁的基础上，又作了细节补充和丰富："（元封）五年，冬，行南巡狩，至于盛唐，望祀虞舜于九嶷。登潜之天柱，自寻阳浮江，亲射蛟江中，获之。舳舻千里，薄枞阳而出，作盛唐枞阳之歌。"

上面的两段话，几乎字字都有公案，被世代枞阳人反复求证，以致今天的射蛟台，地理上的意义远小于其人文上的意义。射蛟台事实成了枞阳文化的源头。

射蛟台在原县政府背靠的达观山上。

春天的山坡上，不规则的田垄里，白色的豌豆花、蓝色的蚕豆花开得正艳。可能城中气温高，这里的油菜花开始谢了，星落的金色花朵中，涌出碧玉似的荚。山脚下还有一片倾圮的房子，说是过去有名气的枞阳县毛巾厂，其不少屋顶都坍塌了。我们循小路往上爬，穿过一片没踝的青草和密密的荆丛，到了山顶上。山顶是平坦的一菜畦，周边是用荆棘围起的篱笆。在菜畦和荆棘间立着一高一矮两块碑，凑进去看，矮的碑上字迹尚清楚，上面写着：

全县重点文物保护单位

射蛟台

枞阳县人民委员会

一九六一年七月公布

高的那块碑，乍看像个墓碑，顶上用二层青砖砌了个碑帽，碑文凹进去，阴刻着不少文字，字迹已模糊，我们辨认了会，应是对射蛟台及立碑的说明。

射蛟台是制高点。枞阳老城落入眼底，陈旧斑驳，充满着沧桑感。"地保"要我闭眼想象一下，回到大汉朝，独立射蛟台，挽弓搭箭，环顾周边，江水苍茫，江风浩荡，会是什么意气景象。过去苏辙有"万骑巡游遍，千帆破浪轻。射蛟江水赤，教战越人惊"诗句，但我不知怎么去想象。

《史记》说得清楚，天柱山即是南岳，汉武帝是到这里搞封禅仪式的。至于《汉书》上讲他还遥祀九嶷，可能是阿谀汉武帝媲美虞舜，当然也无什么不妥。秦汉时从九江以下，北以大别山为界，中到天柱山，东向直到巢湖，整个这一大片，可能都是一片泽国。"九江"这个称谓，过去应泛指这一大片区域的复杂水系。茫茫九派，洪水时江湖一片，枯水时洲汊分歧。今天长江北岸的鄂之源湖、皖之龙感湖、大官湖、雷池等湖泊，多是长江岸线变动后江水潴汇而成的遗存。古代"彭蠡"，现经考古确证，先秦时也在江北，并不是在江南。错讹在《汉书》，它把"彭蠡"称谓给了鄱阳湖。

汉武帝南巡，进出都在广义的长江上，倒是一个合理的巡狩路线。至于巡视地点次序，也不必过于计较。本来古今地名变易极大，考证甚至成了专门学问。例如"盛唐"，在汉代并无盛唐地名，到唐朝却设了盛唐县、盛唐郡、盛唐山等，全部在汉代的庐江郡范围内。一定要把《史记》《汉书》上的盛唐落在今天一个确切的地点上，比如说霍山，即使考证准确，我觉得也得不偿失。

盛，端正、盛满、繁荣、极点、非常、美好等。唐，本是夸大，大话。"唐，大言也"（《说文》）。古代打仗，受远古巫术遗风影响，有个"阵前骂阵"形式，唐唐、唐皇，表达的就是威武雄壮、道德高地、气势磅礴，以期兵戈相向前，先在心理上压倒敌人。后转变为实义，但它意象却仍是盛大、高大、宏大的。讲排场的汉武帝出巡，当然阵势强大，而且汉武帝这次巡狩本身意义重大，对后世的影响深远。汉王朝崩溃后的三国时代，王粲《随军浮淮作赋并序》中还用了这一掌故。"秋七月，始自涡入淮口，将出泗水，经合肥，旌旗之盛，诚孝武盛唐之狩，舳舻千里，不是过也。"盛唐，作为地名已淹没在历史长河中了，虽然可惜，但无需努力挽回。把"盛唐"作联词，不再拆开解读，使人自然联想大唐王朝的盛世气象，也没什么不好。

文学意味最足的是这个"薄"字。但很显然，这不是轻薄失重，而是喷薄而出、气势雄壮、生命力旺盛的样子，迫近、接近，压不住，充满了力道，它是出现在地平线上的喷薄而出的一轮太阳。一个薄字，把汉武帝南巡队伍的宏大气势充分表现了出来，当然也充分展示了汉武帝独立船头，一副睥睨天下、志得意满的样子。

很遗憾的，汉武帝作的《盛唐枞阳之歌》，抑或《盛唐、枞阳之歌》，这首于地方意义重大的歌至今没有找到歌词。人们都知道汉武帝的祖上汉高祖刘邦，作过一首著名的《大风歌》："大风起兮云飞扬，威加海内兮归故乡，安得猛士兮守四方。"直出胸臆，物我两忘，气象万千。汉武帝应是仿效其祖作歌。秦皇汉武，作为有雄才大略的至尊皇帝，其歌绝对不会太俗。差错可能出在司马迁身上，他比较讨厌汉武帝，可能故意忽略记录他的歌词。

古人惜字如金，字里行间，留白太多，有许多不确定性。这是考古学家、训诂家们要做的事。但在众多不确定中，唯一确定的则是"枞阳"。这就够了。"薄枞阳而出"，是满满的意象、满满的寓意、满满的气象！

迈盛唐，出枞阳，大江东去，长风浩荡，众乡亲，意气壮，唯我乡邦啊！

三

当然，枞阳古代文化风流远不止汉武帝南巡一事。

距离射蛟台不远，是逶迤的凤凰山。虽然葱茏郁秀，但并不高耸。环山已密密盖满了民宅。旧时的县委党校也掺和在其中。我们循枞阳镇二大街行走到凤凰山路。"地保"说，这条路就是过去史书上写的"百步云梯"。山不高耸，自然路也不陡峭难行。所以今天的百步云梯，没有石阶，只是倾斜度较高的柏油马路了。两边依旧是密密的民宅。

从一居民楼的门洞里穿过。迎面是一低矮的围墙，围墙根里，立着一块字迹模糊的石碑。上面刻着：

> 全县重点文物保护单位
> 惜阴亭洗墨池

落款是枞阳县人民委员会，一九六一年七月公布。最下还有一行字，上面刻着枞阳县人民政府立。这个说明它是块新石碑。"惜阴亭洗墨池"几个字落满了灰，还被人用鞋底擦拭过，估计是前不久有人来此探看过。

我这才发现，自己站在几幢楼之间。正前方、左前方和后面都是楼房，只有右前开阔，是一片小菜园，远处视线内是凤凰山。正前方的楼房基础在下面，与我们视线平齐的约是三层楼。楼房被不高的围墙围合着，围墙上开了一小门，但门锁着，我们只好探头去看。小门后是一溜小石阶，底部有一不规则的三角地，约有四五平方米，应是块菜地，在茂密的杂草中，可以看得见几株大蒜。菜地东侧是石壁，有石碑立着，石壁上应该也刻有字，只是我们看不见。

"地保"指着三角地说，这就是陶侃的洗砚池。

《大明一统志》："惜阴亭，在枞镇。晋陶侃为枞阳令，曰大禹惜寸阴，我辈当惜分阴。后人慕之，为建此亭。"陶侃不是枞阳人，但他对枞阳文化的形成有巨大影响。陶侃是大文人陶渊明的曾祖父。《晋书》有他的传，说他对部下非常严厉，经常劝人珍惜光阴："大禹圣者，乃惜寸阴，至于众人，当惜分阴，岂可逸游荒醉，生无益于时，死无闻于后，是自弃也。"书中还记载了他"运甓"自励典故。这是个带点"自虐"意味的故事：陶侃当县令那会，每日清晨搬砖百块，从斋内至斋外，暮时再从斋外搬回斋内。人们很奇怪他的异常行为，而陶侃的回答是："吾立志收复中原，若于安逸，何以担当重任。"

枞阳人尊崇读书。围绕陶侃，枞阳人建了陶公祠、惜阴亭，命名了洗墨池。询问陶公祠，说屡废屡建，最后的陶公祠和惜阴亭，都在抗战中被日本人所毁。如今，只剩下缩小版的洗墨池了。但枞阳人显然得到陶侃的真传，世代以来，书读得好，尽出才子。即使后来与桐城合并建制，也是"桐城出名，枞阳出人"。

这陶侃还是个武将，机神明鉴似魏武，忠顺勤劳如孔明。所以枞阳才子身上也流淌着尚武的血液，枞阳文人身上的强悍和坚忍性格也极其鲜明。著名的如左光斗、方以智。左光斗，枞阳横埠人，明末东林党人，誉为铁面御史，因抗权宦魏忠贤被下狱折磨致死。一代大儒方以智则落发为僧，自号浮山愚者，表达不合作态度，卒后葬于浮山之麓。过去安庆地方有"怀宁易，桐城达，望江悫，潜山毅，太湖诤，宿松直"之说，对其中的"桐城达"，友人尚友考证说，实际是指枞阳人，而非今桐城人，但我觉得用一个字来表达枞阳人的复杂性格，可能是件难以完成的事。

枞阳文化文武兼备，包容并蓄，原来是深植于传统血脉中的。我少时在铜陵，就经常听枞阳东乡周潭故事，好斗敢死，奇丽惟精。也许这种文化传统，造就了枞阳人文而不弱的性格。也是因为这个原因，多少枞阳人"薄枞阳而出"，只是近当代教育西化，把安土重迁视为小农思想、落后观念，鼓励层层选拔，递次向上、向外推送，在本乡本土作贡献作牺牲的人才太少了。过去搞科举，还有个制度补充，即乡绅制度，有成就的达官巨贾，老了还乡，发挥余光余热，为桑梓父老做贡献。

但今天，还可以这么期望吗？

四

鲟鱼镇以地形酷似鲟鱼的嘴而得名，是桐城孤独落在枞阳深部的一块"飞地"。枞阳长河贴着它流过，然后注入长江，入口处，由淤沙形成了江心洲。

过去桐城有旧八景，其中之一即"枞江夜雨"，大体上说的就是这个地方。江滩地，遍是水柳和芦苇，江声浩荡，雨打芦苇，孤寂行船，心思邈远，特别能满足酸腐文人的小情绪小情调。但今天，因为引江济淮工程长江取水口落地在这里，堤岸全部用水泥片石护了起来，加上工程所用的现代建筑和长虹般的水泥钢筋桥梁新景观，根本难觅旧景的调调了。这里，恐怕需要文人取个新名字了。

"昔白龙下清冷之渊，化为鱼。"查书，鲟鱼是鱼类中最原始的类群之一，为白垩纪残留下来的种类。吻长，体呈梭形，横断面呈近五角形。口小而尖，背部和腹部有大片硬鳞。长江里的鲟鱼，有个专门名称，叫中华鲟。最大个体身长可达3米，体重能达600千克以上。看照片上鲟鱼头，就是活脱脱的蛟龙形状。不论是从文化意义还是生物意义上，中华鲟都会让我们想到龙。长江边上人说的蛟龙，我以为十之八九就是鲟鱼。长江枞阳江面一带，历来是鲟鱼活动场所，汉武帝射的"蛟"，我相信就是鲟鱼。

这鲟鱼镇虽不大，却有个社区博物馆，里边陈列着小镇的历史。小小展陈室里，有众多的渔家工具。在解放战争中，中国人民解放军在枞阳设了"前指"，鲟鱼镇是渡江突击作战的首发地。展陈室收藏有"渡江第一船"奖状，上面用毛笔写着：奖给水上英雄 渡江第一船，船工某某，于四月二十日，协助我突击部队一〇六团三营七连渡过长江。签发人为师长某某、政委某某、副政委及参谋长和主任某某。因为有数张标明"渡江第一船"的奖状，我才明白"渡江第一船"，是指第一批出发的船只，并不是第一到达南岸的船只。人民战争是千百万群众的事，这样颁发奖状，符合实际，符合人心人情。

这比我们后来啥事只排第一、第二名，方法科学多了。

大军渡江有射蛟的意思，引江济淮工程也有射蛟的意思，新时代亿万人进行新长征更有射蛟的意思。"今天长缨在手，何时缚住苍龙？"指向都是大江和大海。

回想汉武帝的《盛唐枞阳之歌》，应该有新人填词了。

浮山旋回

在安徽，浮山是与黄山、九华山、天柱山齐名的历史文化名山。头顶有国家地质公园、国家森林公园、省级风景名胜区、国家 AAAA 旅游景区等诸多桂冠。但近年落寞，鲜少有人关注。

沿 G3 合—铜—黄高速公路南行，从合肥驱车到浮山，才一个多小时。现代通信技术和交通便利，这样的距离算在家门口了。

一

元旦，很多地方都会举办群众性迎新年登山活动，图个开年吉利。一大清早，浮山上便插满了红黄绿旗，指示着路径。

陪同我们的网红"安行天下"说，浮山每年新年第一天，都会举办登山活动，也不知今年是第几届了。她是重庆人，长年生活在上海，近些年跟着夫君在外投资创业，业余时间拍了大量关于浮山的短视频，并因此博得了浮山周边群众的高度认同。

售票处人员看到她，就直接免了我们的门票。

我们要去的第一个景点是"海岛雪浪"。这是一组由火山熔岩构成的岩壁，包括海岛岩、雪浪岩和野同岩等。它们像是被天兵神将用刀劈开，山脉横断面整个暴露在外，结构肌理纤毫毕现。岩壁上布满火山砾石脱落后遗下的石孔，仿佛近海区浮起的一片泡沫。这些石孔，有大有小。小者如蛋，大者却如屋，甚至屋内还能起层阁。依着岩壁，还能看到开凿的灶台和蓄水的水池，都是过去来此穴居修行人的遗迹。

更有岩面上经雨水长期浸淋腐蚀形成大量黑褐相间的条纹，若竖起的波涛雪浪，层层叠叠，汹涌澎湃。仿佛浪涛多次反复或循环往复后，突然之间凝固下来，便形成了现在的这般模样。这是火山灰流自然剖面，每个火山灰流代表一次火山喷发。说什么沧海桑田，分明是时间在玩的凝固艺术。

浮山是个天然的地质博物馆。虽不高耸，但各种地形地貌丰富多彩，称得上是应有尽有。特别是由于火山作用，各种重力影响崩落下形成的千奇百怪的各种石景，观赏性很强。火山口天池，火山钟檣山，火山渣浮石，以及岩浆侵出与溢流、龟裂纹路和断层裂隙均为全国罕见。

学术界认为，浮山"在地质学中具有立典的意义"。它在地质构造上位于庐—枞火山岩盆地西缘，其庐江—枞阳中生代火山遗迹是中生代火山的典型代表。浮山古火山循环往复，共有五次喷发，五次喷发的岩石，一层一层叠在一起，被称为"浮山组"地层。这些以数百万年，甚至数千万年时间为计的时间轮回所遗留下的遗迹，至今仍保留其完整性与典型性，被"中国地层典"命名为"浮山旋回"。

人在"海岛"的洞中，能对洞外的风景远观俯察。

远看，浮山如巨舟，檣山则一峰独立。它既如帆檣之檣，将浮山系泊住；也像巨钟，陡峭笔直，拒绝人类攀爬。在它周边，则是火山盆地。这里的肥沃田畴，均是一亿多年来地壳运动和大自然风霜雨露的产物。为了就近观看，后来我还专门走到檣山旁边，踏上了由熔岩流形成的一条长达数百米的石棱。这硕大无间的巨石，如果完全裸露出来，将是令人震撼的特别景观。巨石上铺满了石华，它们浅浅地趴满了岩面，透露着地心的消息。

近观，眼前的峡谷，茂林修竹，风吹影摇。身边岩壁上的众多石刻，大多字迹如野同岩、行窝、止泓等，都清晰可辨。这些题字都出自古老，且意在追求古老，与修行、归隐、易学等相关。显然，这些题刻都出自饱学鸿儒之手，不是流浪僧道、村野樵夫所能为的。

登山的迎新年队伍，一波一波上来了。他们提醒我们，要看浮山形胜，还必须更上层楼。

二

我们爬到妙高峰时，登山的大队人马已开始折返回来了。

妙高峰是浮山最高峰，海拔 165 米。峰上有文昌阁，阁高敞轩亮，阁内还有古籍陈列，四壁上画满了有关浮山的图画与文字。我对其中一幅画颇感兴趣，说是范仲淹在欧阳修的劝导下，来浮山拜访远禄和尚。远禄举起一块浮山石，说人生若要举重若轻，当像此石一样，要空，要放下。海能容万物，此石能容海。范叹曰：远公真高僧也！请将此石予我，作为纪念。后来范仲淹为远禄和尚写塔铭，应事出有因。

浮山石，玲珑多窍，箩筐大的石头，也能在簸箕大的水凼中浮起来。不过时至今日，浮石山需要保护了，应禁止赠予和买卖。

登上文昌阁，天开地阔，群山环拱，大地苍茫。四顾之下，令人胸臆阔开，豪气充溢。这可能是常登山的好处之一，既可训练人的意志，更使人胸襟扩大。

文昌阁原名望江阁。旧志上说，浮山，一名浮渡。自地视之如滀，自江视之若浮。桐城派三祖之一刘大櫆说："登（浮）山而望之，盖东西南北皆水汇，而山石巉峻空虚，几欲乘风而去，故名之曰浮山。"而今，长江已退向远方，连结浮山和长江的白荡湖，虽水净如镜，可已如一条带子，没有了苍茫浩渺，哪来"山浮水面水浮山"。想望江，但张望眼，目光所及，大抵都变成村舍桑田了。极目处，都是一片炫目的白光，看不到长江，更别说什么九华山、天柱山了。

浮山从来就是靠长江滋养着的。浮山靠湖濒江，土肥水美，适宜安居，又交通方便，进退有据，过去是南北各地，包括江南徽州等地的世家大族迁徙的目的地之一。枞阳历史上称雄一方的方家、何家、周家、姚家、刘家等，基本环浮山而居。过去说，桐城派文人"多居于桐城东乡"，实际都是在今浮山周边。桐城派核心人物戴名世、方苞、刘大櫆、姚鼐、吴汝纶等均受惠于浮山。浮山方氏学派，是我国明清时期最大的家族学派。方以智本人在浮山成长、读书、写作，浮山到处是他的游踪和题刻，戴名世有《浮山游记》，刘大櫆有《浮山记》，姚鼐有《左仲郛浮渡诗序》。作为中国人人生中最重要选择，他们大都也把自己的归葬之地选择在浮山周边。方以智死在江西万安惶恐滩，但他的肉身墓选址在浮山北麓"金牛架轭"。他们都很清楚自己的来龙和去脉。

这些都不是所谓"桐城出名，枞阳出人"，可以人为用行政区划化大而化之、简单归纳了之的。以今天的眼光看，这桐城派称为"浮山派"可能更为精确。

后世有大量文人攀登过浮山。虽无确切考证，但从留下的诗文来看，他们大多是从长江上坐船过来的。他们来此是为了汲取滋养，以求文章。而客观效果之一，他们把长江的灵秀之气带给了浮山，同时也把浮山推向了更为广阔的世界。

　　如今山川地理还在继续发生变化，浮山与长江之间形成了大片湿地和陆地。现在社会发展迅速，地理变化，往往肉眼可测。比如从铜陵到合肥，现在的高速公路比水路畅快多了。但也不可否认，我们也因此失去了许多美景和人生趣味，失去了许多观测山川地理的机会。地质变化，却以万年计，其深层变化和联系，并不易被发现。比如庐—枞火山岩，谁也不知道它长啥样，但却实实在在地牵涉到我们人类卑微的生活。

　　有人说枞阳是江南的一部分，我觉得并不是凭空捏造、完全瞎说。比如江南铜陵铜矿多，枞阳铜矿其实也不少。以铜铸钱，从来都是国之大事。唐时铜陵设有利国监，宋时怀宁县置同安监，其具体位置在今枞阳县会宫镇的大凹里。它们的业务没有承继关系吗？浮山上有大脚印，传说是地藏菩萨有意驻锡浮山，一脚没踩稳，另一脚遂去了江南九华山，那还能有多远？

三

　　在石头上刻字，由来已久。中西方都有，但以中国为甚。这也是观察社会的一个窗口，善刻石、刻碑的地方，民风多淳朴、刚劲。当然，它更多提供的是摩挲、观赏历朝历代的书法及其变迁的平台。

　　浮山景观，大抵可分为峰、岩、洞、石。峰是高而尖的山，广穴深而形如龛、如厅者称岩，小而幽而曲者称洞，此外还有石，应是裸露在外，没有遮挡的。浮山有36峰、36岩、72洞、42石。它们都是刻字留印的最佳载体。

　　会圣岩在翠盖峰下，深广可容数百人，可楼可屋。会圣亦作会胜。会圣以人为主，会胜则以景为主。圣者亦胜，胜者亦圣。会圣洞广阔深邃，最著名可能是"因棋说法"传说，远禄和尚曾在此会欧阳修诸圣贤。陆游的父亲陆宰来此会友，遗有陆子岩雅集传说，则是群贤毕至的意思。

　　会胜也可简单理解为长达500米的岩洞摩崖石刻。摩崖石刻是中国传统文化的重要载体。安徽有两大摩崖石刻集群，一个在休宁齐云山。据说现有538处（2012年），其中碑刻有232处，几近一半。名人题刻有朱熹、唐伯虎、徐霞客、黄宾虹、郁达夫等。另一个就是浮山，483块，遍布全山。最集中的会圣岩，字数少的2字，多的达千言。最早的唐朝孟郊的"烂柯亭"，最近的当代，据说刻的是"一九五四大水至此，浮山立记"。前后延续1100余年。年代既久，自然五花八门，各种风格都有，是真正的书法艺术宝库。

　　刘大櫆说："金谷岩类宫廷，会胜廊成列肆。"这是说会圣岩大小岩洞罗列，如市井街坊。醒目的有陆子岩、枕流岩、九带遗踪、因棋说法等诸石刻。

135

既然如同市井，这里的每一石刻并非无声，它们的背后都有一个长长的故事待讲述。一般摩崖石刻多是状景、命名类，这里却大量是诗词歌赋，甚至还有记事。如"远观不见寺，入寺不知山，屋在石之里，树在檐之间。个中真境至，即此悟禅关"。自有不少吐露心声的。如王阳明"见说浮山麓，深林绕石溪。何时拂衣去，三十六岩栖"。但王阳明没来过浮山，只是心向往之。

在中国书法史上，有临碑与临帖之分。临碑多刚劲，而临帖多柔媚。不知安徽的诸多书法家和书法爱好者，是临碑的多，还是临帖的多。我在齐云山和浮山，没看到有多少人来临碑学习。但无论如何，浮山都是参观、临摹历朝历代书家书法的好去处、研学的好基地。

会圣岩前有新盖的几幢建筑，细看，是纪念中共安徽省委第一任书记王步文烈士曾在此办过农民讲习所。我觉得这才是真正的圣贤之士，那些费尽心思把自己名字刻在火山岩上的文人雅士，似乎并不明白，名字都是最终写在水上的，只有真正为民请命的人，才能够真正永垂不朽！

会圣岩旁有会圣古刹。寺额匾由赵朴初题。门柱上是"会心不远，圣域同登"藏头联。寺前有银杏树，标识有 500 年了。树旁近年生有两株小银杏树，这是银杏特有的群生现象，也是民间称道的盛世表现之一。

站在寺前张望，空山寂寂，竹木森森，可充分体会"大抵浮渡无岩不树，无径不竹，无石不苔，无润不花"（钟惺）的胜境。

四

金谷岩里有金谷寺，寺藏于岩，岩寺一体。岩寺相依相存。人说"深山藏古寺"，这里则是更进一步，岩中藏古寺。金谷岩也是浮山石刻集中的地方之一。

陆游父亲陆宰的题刻"胜集岩"便在这寺里的岩洞壁上。"胜集岩"三个大字下面，还有一版陆宰的说明。它们后来被描红过，但字迹仍不清晰。大意是浮山胜景，但取的名字却鄙俗不经，他就将金谷岩的原名"大通"易为"胜集"，还将会圣岩的名字题刻陆子岩。不过他改的这两处名字，并没有传播开来，倒是改名本身，成为浮山的文人雅事一桩。给这个雅事蒙上谐虐色彩，倒是"胜集岩"一片红的石刻字迹上，有后来的黑字"更上一层楼"字样，分明可辨。这黑字似乎被清洗过，但清理不干净。这个有点背反的玩法，有逆向的一代胜一代、取笑文人酸腐自大的意味，叫人唏嘘。

从金谷寺出来，右转是"天珠石"，此石上丰下敛，上面长满石苇。石上也有许多石刻，多漶漫不清，但方以智的"吴观我先生指天处"几字，仍清晰可见。有意思的是这石也叫"撑腰石"。巨石下方悬空处，有人用树枝草棍支撑，似乎用这些树枝草棍就可以撑起巨石似的。但其用意却不是说用树枝草棍支撑起岩石，而是期冀硬朗自己的腰杆子。这需要有奇特的想象力。我在全国多地看过"撑腰石"，却没有听到好的解释。

转过"天珠石"，就到"滴水岩"了。"滴水岩"前有一方石刻"进一步"。旁边的指示牌上，有"指君进一步，认真这条路；着力向前行，自得无穷趣"小诗，富含哲理，但我却没发现此诗的石刻。

过了"进一步"，就是"一线天"。两边岩壁紧逼，壁顶现出一缕天空。再前行，便是"滴水洞"了。前人的描写是"狭而曲，内深广而圆，倒悬如旋螺状，岩巅一窍见天日"，我以为精准且形象。

引人注目的是，这洞并不简单的是个窟窿，它内部还有层阁楼，那里似乎可以栖身、打坐。阁楼背后岩壁上，有巨大的"洗心处"石刻字样。洞底还有石灶和蓄水池。一望便知，此处自古就是修道人的处所。其次是从洞顶上散落下来淅沥雨滴，古人为此取名雨花天、悬天、天河队王（坠玉）、滴水飞瀑等。介绍说洞顶上是龙湫池，有近千平方米，是池水流注入"滴水洞"中。我不明白，为什么近千平方米的水池不会一倾而下，而如龙涎一样，散成雨花状淅沥而下。还不明白的，是这些水滴，看去一颗一颗，白亮白亮，晶莹剔透，落在洞底的石头上，却把石头淋得乌黑乌黑的。

洞穴在中国传统文化中，一直具有非常的象征意义，并不能简单地被寺观所取代。道家有"三十六洞天"，既是体现要与自然相合、与自然同体的愿望，也表明在洞穴中最易与自然保持一种深层的连接，从地心里汲取能量，犹如人在母亲的子宫中一样。或许，只有在地心深处，人才能洗心，获得与山林、与天地对话的资格，获得与自己内心对话的能力。

登山的队伍散了。他们横曳着旗帜，三三两两，零落地撤下山去。瞬间，全山只剩下我们几个人。

我们望着山下的浮山中学，久久无声。冬天的浮山，林木萧索，虽显得清爽怡人，但也让人感到寂寥。没有什么游客，甚至连鸟儿也没有。刘大櫆在《浮山记》中写道："山中有青鸟，其声百啭，独时时往来于白云、金谷之间，他山未见也。"

青鸟是传说中西王母的使者，见者视为吉祥和好运。"蓬山此去无多路，青鸟殷勤为探看。"殷勤青鸟归何处，知否传书报主人。我们期望下次来能遇到青鸟。

地质上有"旋回"一词，航海中也有"旋回"一词，指船舶操作，停车、进车加速，正舵、减速，转过船首，将落水者捞起。简单地说，就是机动，转个圈，回到初始出发点。人类运动比如登山，登上一次，然后再来一次，旅游我来了这一次，下次我还来，是不是也可叫"旋回"呢？一次旋回，是数百万年，还是几十年、几年？

期待下次机缘，再旋回浮山。

家在"远方"

诗与远方，近年来一直被人吹捧，很有些"套路"味道。但什么是诗，什么是远方，每个人的理解却有所不同。

每逢节假日，我从现在定居的城市合肥到铜陵，有时连自己也感到困惑，我是到远方去吗？还是回到出发点？这个国庆节，我又双叒叕回到铜陵，当我触碰到更为久远的存在时，那种既熟悉又陌生的感觉便愈益强烈。

一、铜渣

过铜陵长江公路大桥，从"山水之门"大型城市青铜雕塑旁绕过，便进入铜都大道了。大道两旁，依托地形山势，精心规划设计了以铜为主题的系列大型雕塑，如"汉置铜官""蚕廉折金""盛唐炉火"等。外来的人们在欣赏系列雕塑时，却极易忽略另一组天然"雕塑"：铜渣。

顺铜都大道到铜陵实验高级中学，在其斜对面行道树的绿荫下，有块红色的大理石碑："安徽省重点文物保护单位　罗家村大炼渣（汉—唐）"。碑设计很精致，在大理石中专门镶嵌铜渣作为装饰。旁边还用大理石做摆台，在上面并排摆放了大小不一的四块铜渣。大的高差不多半米、长一米多，小的也有半米见方。这些铜渣块天成，但因是特别挑选出来，其造型也别致，很有点"卷石底以出，为坻、为屿、为嵁、为岩"的样子，比一般雕塑作品耐看。其背后，是看台以及铜渣遗址公园。遗址公园面积不大，里边散布着一些露出炼渣的渣坑。渣坑周边用草皮进行了装饰，渣坑间则用青石板小径连接，便于游客就近观看。经过一个春夏，渣坑里长了些杂草。在午后的秋阳下，黑色的炼渣与青色的草皮，发出温润的光辉。在车水马龙的铜都大道旁，静享着自己的安谧时光。

罗家村大炼渣于 1986 年发现。当时在这里发现数十块大型铜渣、和面积数千平方米、厚达几十层的炼渣堆积。这些暴露在外的渣坑，其实是整个炼渣堆积的冰山一角。发现这些铜渣时，震惊了许多考古人，当年即被评为全国十大考古新发现之一。而跨过铜都大道，则是 2009 年被棚户区改造工程作业揭露出来的露采古铜冶炼遗址。罗家村与露采遗址本应是一体的，但铜都大道在中间占压了部分铜渣堆积，表面切断了它们间的联系。

我小时候，这笔架山的西北一侧，从罗家村、露采新村和杨家山一带，炼渣遍地都是。人走在上面，特别硌脚，废鞋。很多小路，都是人绕着渣堆摸索着下脚，久而久之走出来的。那时我们知道这是炼渣，但不知道这是汉唐时代的古炼渣。

发现它惊世的美，全靠专业眼光。"铜井炎炉歘九天，赫如铸鼎荆山前。"何以证明古代采铜冶炼历史悠久、规模宏大、技术先进，其实物见证不过是铜锭和炼渣。铜锭化为各种青铜器具后，还会有人质疑其可能是外来品，而铜渣作为实物资料，更从另一面反应历史的原初性和真实性，让人无可置疑。罗家村铜渣，就是中国古代冶炼的实地实物，是铜陵乃至长江流域历史发展发达的遗物。更为重要的是，铜陵炼渣还证明了更为宏大的中华文明主题。国家文物局科技专家华觉明说，"以前，学术界都认为黄河流域是中华民族文明的起源地。二十世纪四十年代郭沫若则认为华夏文明起源于江淮流域。现在看来，郭老很有远见。80 年代，苏秉琦先生认为两河同时起源。铜陵古矿冶遗址的发现意义十分重大，它对探索中国冶金史和青铜文化的起源、发展都有着十分重要的价值"（《铜陵文史资料·第七辑》）。

记得 1992 年，市组团去参加海南第一届椰子节，带的礼品就是铜渣。当时把那里的领导吓着了，说这是文物，如何能作为礼品。经解释说铜陵地区有数百万吨铜渣，是老乡们日常用的铺路石、墙基、院墙材料，才勉强相信收下。铜渣作为礼品别具一格，关键是它具备其他任何礼品所不具备的远古品质。仅从炼渣本身形状看，也不逊色于许多铜工艺品。不少炼渣，因为冶炼工艺差别，最后呈现出的形状确实充满艺术感。如有的渣块呈菌状，有的渣块像流体，有的渣块像水滴，有的表面皱褶纹理清晰、组织结构致密，有的渣块里边还嵌进了石砂等物，仿佛后天人力作为，颜色也是铁锈色、灰黑色等多种，看去厚重古朴，也是美感满满。

铜陵市政府前面广场上，也摆放着块"炼渣王"。我去看时，有游客围绕着它在拍照。从文化旅游景观角度，铜渣或铜渣遗址公园，当然属于小众产品。但铜陵人独标一格，把铜渣视为独特景观物，把它做成了城市魅力和独特风采的标识。确实，铜渣展现的不仅是古老历史，也是区别传统农耕文化风花雪月的工业浪漫。而这，是专属铜陵的。

我想在遗址公园里找几片铜渣，留着纪念。但想想它已作为城市公园了，不好坏规矩，就作罢了。

二、大沟

穿过罗家村炼渣遗址公园，便是与铜都大道呈十字交叉的宝山路。宝山路实际修建于铜官山与笔架山之间的狭长山冲间。其上通往铜官山脚下的大洼宕，下与金山路连接。现在这山冲形状已不明显，从铜都大道下的涵洞穿过，都是密集的高层住宅楼了。

陪同我的小学、中学同学季学道对这一带的地理变迁了如指掌。他说从上往下走，右手是笔架山的山脚缓坡，原是稻田和矿工工棚区，工棚区中央的高坡地上是铜矿职工子弟小学，即今天的露采小学。左手冲地面积较宽，除了稻田，然后是二栋集体宿舍和二栋工棚，接着是铜矿工人俱乐部、矿卫生所，紧贴着俱乐部和卫生所的是整个山冲的最低线，是被山水冲出来的一条大沟。跨过大沟，还有稻田、旱地和职工工棚，然后是连续的几个黄土山包。当年的六中，即今天的铜陵实验高级中学，是硬将黄土山包去高填低，从黄土中挖出来一块地，然后在上面建起的学校。露采小学到六中间，有一条土路连接，这条路的路基形状今天还在，只不过现在实验高级中学的东门被封住，不让从这里进校园了。

印象中的大沟，约莫七八米深、十来米宽。沟沿和沟底全是巨石，一看就知道是发山洪时的大水激冲所致。但平时沟里水量一般，可以通过垫脚石横跨。沟上原来无桥，后来是因为学生上学，才在连接露采小学和六中的那条路上建了桥。当时顺着沟畔，基本都是堆放的炼渣。所谓稻田，大都是在渣堆之间，依靠漫长时间里积存的薄土上形成的，非常贫瘠，面积也很小。堆积的炼渣各朝代可能都有，顺沟再往下游走，在大办钢铁年代，还曾办过"小钢联"，也遗有炼渣。过去我们分不清炼钢炼铜之间的差别，更不清楚这些渣渣，对我们和我们的城市有什么意义。

现在这条大沟基本上被填埋了，季学道说，不过地下可能还留有暗沟。我想，这说明来水量不如以前那么大了。这条沟的水源地是铜官山、笔架山，还有部分宝山来水，过去还有一部分是铜官山矿或金口岭矿的井下开采排出的地下水。我们小时候，这沟里的水是被家长反复叮嘱绝对不要喝的。它很清冽，但富含硫等矿物质，跳进去洗澡，则滑溜溜的，并能防止生痱子。将来生态环境进一步好转，也不知道这条沟还能不能恢复。

大沟，是我们的俗用名。它有无其他名字，我不清楚。但从其深、宽、长角度，称它为河，可能更符合习惯认知。

从铜官山流淌出的水大体汇成了三条。一条在山的西南侧背面，经大倪村、小倪村、812队、铜山村、原焦化厂，进入狼尾湖后通江的。因为城市建设，沿此水现在修了条路，被命名为"惠溪路"。但这条路的修建时间才十来年，原来并没有。另一条是铜官山与天鹅抱蛋山之间，从天马山矿选矿厂流出到长江的，其下游便是赫赫有名的黑沙河。从来水面积考察，这条河应是铜官山流出的最大河流。特别需要指出的是，铜陵旧史志上没有"黑沙河"，望文生义，估计是后来采矿、选矿给原来河流带来污染，才被人改称为黑沙河了。这条河横贯市区，现在也变成暗河了。第三条便是这大沟，铜官山笔架山之间，经罗家村、露采新村、杨家山原布衣市场、朝阳市场，再过胜利桥，最后流入长江的。

铜陵历史上有名的一条河叫惠溪。旧志上有记载，惠溪，"在铜官山庙侧，源自惠泉，流十余里至矶港入江"。"矶港河在县东五里，源自铜官山，过周家桥，合流入江"。这条惠溪，具体指铜官山下来的哪条河流，现在难以求证。历史上标明惠溪位置的主要是唐裴休留下的一首诗，《铜官山保胜侯庙》："浔阳贤太守，遗庙古溪边。树影入流水，石门当洞天。幡花迎宝座，香案俨炉烟。若到千年后，重修事宛然。"

这首诗留下的信息有限。保胜侯庙即后来的灵佑王庙，其具体位置在铜官山的东边，还是西边，中间有没有搬迁过，史书上都没有记录。还值得提出的是，在铜官山、宝山、笔架山之间，原来还有若干小山峰，在20世纪中叶开采露天铜矿时，被平掉了。其最显著的成果是在山东侧形成了大洼宕，西侧靠近宝山的形成了小洼宕。大洼宕今天已成为铜官山矿遗址公园的一部分。但大洼宕小洼宕今天都被填平了，很快将消失在历史的烟尘里。

有人考证，这大沟即为历史上的惠溪河，但惠溪路的命名，似说明有关部门认定惠溪河是铜官山西南侧的那条河，而我倾向于黑沙河即为历史上的惠溪河。但考证归考证，论说归论说，关键的是，将河流与矿山紧紧梆定，这是铜陵的独一份儿。

往事越千年，古迹多变迁，历代兴废事，游者留诗篇。但类似铜渣和大沟这样的事物，甚至像冶炼采矿这样有宏大场面的事物，古往今来，看客少，留下诗文的更少之又少。仅见的只有李白、梅尧臣等几首。这可能是我们传统农业社会的特征之一。离开渔樵山水、风花雪月，我们没有语言来描述那些硬巴巴的岩石矿山、钢铁机械。甚至传统江南市镇也有自己的语言、有自己的意象。最近大火的刀郎神曲《豆蔻盒子》，"盘门外的几条马路，两家纱厂，那城内仓桥滨的书寓，城外的菜馆戏院书场"，歌词中江南古城那种幽幽的发霉的味道，被刀郎唱出了诗意。而这些在铜陵这样的纯血工业城市，却都是不存在的。

缺少传统语言支撑，但并不意味铜渣和大沟无诗。只是它深埋在我们的记忆深处，在更遥远的远方。它显示的兴衰继替的脉络与规律，本来就是长诗、长歌，相比风花雪月之类，它更具现代人文意义。铜陵城市文化，需要那一渣一石、一砖一瓦的文字、文学、文艺积累。

三、子华墩

回程时，我路过枞阳县，本想去看汤家墩，却阴错阳差去了省级文物保护单位——子华墩遗址。

"悠久的年代是崇高"（康德）。"土墩遗址"是考古界的专有名词，指长江下游选择建在临近河湖旁边的土墩上，土墩地势比周边高数丈，不被水淹的新石器时代的人类生活遗址。子华墩是坐落在浮山向阳村的一处商朝文化遗址，出土过鼎足、陶器足、口沿残片等。遗址上层为商周文化层，下层为新石器文化遗存，属良渚时期文化晚期。它的辈分比罗家村、露采炼渣要大许多，甚至比义安区的狮姑墩、本县的汤家墩还大。

子华墩大体上呈长方形，东西南三面为农田，墩地高出平地约三米。墩上种满棉花、山芋和黄（毛）豆。墩的周边则是圩田，待收的晚稻，沉甸甸地垂着穗子。还有不少水凼，满是茂密的苇草。不远处还有条白亮亮的河流，说是可以直达浮山脚下。

站在墩上，极目远眺，在肉眼看不到的地方，是周潭、会宫、钱铺等乡镇，是汤家墩、同安监（宋）等遗址遗地。枞阳古矿冶遗址 16 处，其中采铜遗址 15 处，炼铜铸造遗址 1 处。这些无不揭示着枞阳大地的古老悠久、曾经的繁荣与发达，同时还揭示了枞阳与江南、枞阳与铜陵的关系。其密切程度，可能远比我们知道的、想象的，要多得多。

庐江—枞阳和铜陵都处在长江中下游多金属成矿带上，两个矿集区紧密相连。枞阳井边遗址的支护木和汤家墩的炉渣分析，也可追溯至西周甚至更早。汤家墩还有一定数量的冶铸一体化遗址，表明此地曾同时存在采矿、冶炼、铸造活动。枞阳的罗昌河—柳峰山一带可能是采矿中心，拔茅山—白荡湖一带可能是采冶中心、井边—枫沙湖一带可能是冶铸中心。时代上至先秦，下至有文字可考的历史时期。枞阳出土的青铜器和炉渣检测，证明庐—枞地区可能存在一条江淮间"金道锡行"的路线（安徽大学张爱冰教授的研究）。那时对外铜料输出多以铜锭的形态输出，作为一江之隔的铜官山冶铸的铜锭，有无可能也通过枞阳对外运输呢，"金道锡行"的内涵意义是否更为丰富呢？

对此我们只能猜测。我们不做宏大叙事，比如铜枞地区铜矿资源的开发和控制、冶铸技术的进步与垄断，以及冶金活动的生产组织管理，对早期国家的形成和演进起到哪种重要推动作用，等等，且交给专业工作者去做。但在局部细微，它给我们提供了故事挖掘的契机。集体记忆的核心要义在于自我发现，其精确轮廓在于它被不断重新创造、重新强调、重新制造，以适应当下、适应现实人们的需要。子华墩、汤家墩、罗家村、露采、铜官山矿等，它们可以提供一个有关城市如何诞生发展、涉及市民自己过往的故事，可以帮助我们重塑记忆，唤起群体的强烈认同。

陪同我们来子华墩的是坡上村79民宿的主人。正在墩上收棉花的大娘看到我们，便热情地打招呼，还现场采收毛豆让我们带走。这里的村民基本都认识坡上村79民宿主人，他们夫妇俩在此开办民宿、经营生态农业多年，与周边农民真正打成了一片。他们刚办完第六届农民摄影节，这节不是农民拍摄的照片展览，而是他们为当地农民拍摄的照片展览。每到这时候，农民们都兴高采烈前来参加，并认领有自己形象的照片。今年他们选择国庆节时间来办，农民们都穿着整洁，甚至换上新装，胸前佩着五星红旗图案，挥舞着五星红旗来参加。他们中很多是老人，一些人还带着孙子，兴奋之情溢于言表。有大爷现场展开歌喉，唱"一条大河波浪宽"。不难想见，这对平时沉默寡言、腼腆羞涩的农家汉来说，是多么大的突破。他们中有人在回忆前几届的场景，再过去若干年，他们也许会回忆起今天。

这样的农民，在这块土地上已生活了几千年了。考古考据，现实场景，看上去风马牛不相及，但在人性和生活细节上，我想还是有很多相通相同之处吧。每个时代都会留有自己独有的东西，不仅是概念性的宏大叙事，更多是日常生活的情形、场景、细节和器物，比如那些房屋基础、陶片、瓦罐、铜渣，等等。生活之树常青，意思是一代一代无穷已吧。

如此上下几千年、江南江北地横跳一番，我忽然心中有了诗意，有了人在远方的感觉。古人说身遥心迩，也说身迩心暇。有"心远地自偏"，也有"心在景自生"。诗与远方，还是需要在自己的内心和故乡去找。

第三篇　把风留住

老子怎么说

一

由东向西，我们从淮北百善镇上了盐洛高速，顿时感觉视野宽阔起来，连车子发动机也更轻捷快速起来。

初夏的黄淮平原风景如画，一行行崭新簇绿的杨树柳树，在平原上划开一道道绿色隔离带。平展展的大块田地以最舒展的姿势坦呈着永恒的奉献景象。小满已过，成片的小麦垂着沉甸甸的穗子，等待收割。但车窗上不时落下的雨滴，让人心情阴郁。正是收割季节，最喜艳阳高照，风吹麦浪，洒金流银，那才真正是风景如画。想连着几天阴雨，农家人一定很糟心煎熬。"天边乌云遮碧日，唯恐阴雨抢收粮。"

这一带，自古便是华夏的膏腴之地、核心产粮地带。说其自古，并不是应景客套话。比方说春秋，有影响的诸侯国十二，这里就有鲁、曹、宋、陈、蔡、郑、楚诸国，如果两头再展开，加上齐、秦，基本就顶起了华夏一片天。春秋五霸，齐桓公、宋襄公、楚庄王三霸与此地有关。战国七雄，楚、魏、齐与此地有关。同时，这里还颇为诡异地存续了一系列小国，如宋、卫、滕、鲁、邹等。不是膏腴之地，当不起这等生人养人责任。

当然，事物总有两面。正因为是富饶膏腴之地，也成为各方豪杰必争之地。春秋末，礼乐崩坏，在这里表现、表演得也很充分。中国政治、社会、经济生活中的许多智慧、技巧，特别是生存技巧，很多都有春秋战国时代的痕迹。当年孔子周游列国，大体上也就是在这些国家间游走。

我这次不是寻找孔子的周游路线，而是寻找老子，目的地是河南鹿邑的太清宫。孔子也寻找过老子。孔子问礼老子，众说纷纭，有说一共三次，分别是孔子17岁在家乡问礼来鲁地的老子、26岁到周朝地观光、51岁时到老子故里问学。也有说只有一次。还有根本否定的，说是汉代人吹捧老子或孔子，硬编出来的。但汉朝时"孔子问礼"故事传播已极有规模，甚至稍微像样点的汉墓葬里都有。到徐州、淮北、宿州等地去看博物馆藏汉砖石雕件，很多都绘有"孔子问礼"图案。

我相信"孔子问礼于老子"的故事是真实存在的。据《孔子家语》：孔子欲去周求教，鲁君准行，遣一车二马一童一御，由南宫敬叔陪同前往。他那时的装备肯定没有我们的好，道路更不必说。他走的只是乡间小路、土路，甚至无路，要在杂草庄稼地里硬趟过去。我们可不用牛马代步，而是机械制动，汽油燃烧，一路高速，过亳州后不过十来分钟，就到鹿邑"老子故里"出站口了。但有一点我们是相同的，方向相同，都是从东向西。

早已过了饭点，我们被接到一家饭馆，喝了一碗"妈糊"或"妈妈糊"，鹿邑特有的一种小吃。它是用小米和黄豆做的，成品像豆腐脑，也像果冻，上面撒了些黄豆面。好看，好吃，还管用。配上一烧饼，就完全是一正餐了。不粘嘴，不粘碗，人转着碗喝，最后喝完了，碗底还是干净的。它色香味俱全，色是油亮的淡黄色，香是正宗的豆香米香，而那味，竟有一种高古的味道呢。

二

太清宫就在太清镇上。太清镇是河南省政府命名的"中州名镇"。宫镇同名，名镇称谓的来历在太清宫身上。

太清这称谓，是专门给老子的。我以为，道家，恢宏而清澈透明，其思想如湛蓝天宇；而道教，恢宏却庞杂混沌，其神仙体系叠床架屋，恐怕至今也无人能完全搞清楚。但老子超出三界，以太清称谓，可谓德位相配。

玉清、上清、太清是道教的三位最高尊神，分别指玉清元始天尊、上清灵宝天尊、太清道德天尊。这是所有道观中皆需供奉的，玉清元始居中，以二指捏混元宝珠。上清灵宝次之，唐宋时称太上大道家君或太上道君。太清道德天尊，即太上老君，是道家人物老子的化身。道教以老子为道祖，因此太清宫是道教祭祀或者说是供奉道祖老子的道场。全国各地有道观的地方，大多建有太清宫。

鹿邑太清宫，依照唐宋太清宫旧貌修复重建。它坐北朝南，中轴对称格局。山门前有"太清宫遗址——全国重点文物保护单位"碑。

进入山门，在由神道构成的中轴线上，各类建筑依次分布。望月井，灵溪池，太极殿，三清殿，是为前宫；然后是后宫，洞霄宫牌坊，圣母殿及娃娃殿，太一元君殿。前宫与后宫间，以静河相隔，以会仙桥沟通。印象仿佛，涡阳天静宫似也是这般布局的，甚至多个建筑，如三清殿、圣母殿、会仙桥等，名字都是一样的。

触目看去，大都是新建筑。可以说道说道的是主体建筑太极殿。太极殿，是用历朝古建构件建设的，本身倒没什么，有意思的是殿前两株古柏，极其奇异。据说是老子所植，但不知可真实测过树龄。西柏树干略有歪曲，扭结上耸，东柏粗壮，枝繁叶茂，阳刚气十足。一瘦一粗，一矮一高，裸露的树干纹理清晰可辨，一左旋，一右转，隐然是太极一阴一阳"阴阳鱼"的实物图解。但介绍其名是"丹桂古柏"，却让人一头雾水，不明白为什么把丹桂给嫁接了进来。殿前还有一铁柱，为唐时遗物，有象征老子在周朝做图书管理员，"柱下史官"的意义。

太清宫的镇宫之宝，是20世纪90年代发现的唐玄宗亲自作注的道德经碑刻（立碑年代应是唐朝），以及宋朝的"大宋重修太清宫之碑"和《先天太后》之赞碑。唐玄宗的碑刻，奠定了鹿邑太清宫的历史地位，说明至少在唐朝，鹿邑太清宫已作为老子的主要祭祀场所了，而且是皇家特供。

而这种种，基本与老子出生地的确证无关，只是唐以后朝廷的"认定"和隆恩盛誉。细究起来，恐怕只有北宋真宗皇帝到鹿邑太清宫是信史，因为有明道宫遗存作证。若查史籍，"唐高宗乾封元年二月如亳祀老子"等，都没说清后面具体的地点。这给亳州管辖地相互之间"打架"留下了充裕的空间。

此外，令我感兴趣的是导游的解说。景点导游词都不是导游自己撰写的，大多经官方，这官方也包括景点所在地的学界审定。导游见我们是从安徽过来的，除了景点及各景物的介绍外，还就有关问题作有针对性的解释，其中之一是说鹿邑与亳州在历史上曾互为隶属。这实际是在争老子出生地的名分。

三

为老子出生地，历史上，鹿邑与涡阳"打架"就打得凶。依我看，这是"兄弟"打架，打架过程已成为当地文化的有机部分，其衍生物包括一些建筑和传说，则成了物质和非物质文化遗产。

国史和地方志中，一般都有"疆域·沿革"一章，专讲古今舆地沿革，虽偶有缺略，却因这属正史内容，必须可考可证，所以志书的这章内容都较可靠。如亳州沿革，各史志均可相互印证。高辛氏建都，虞夏为豫州地，商亳都。春秋时，亳为陈国焦邑，楚成王三十六年，楚伐陈，为楚焦邑。秦为谯县，属砀郡。汉时属沛郡。亳历朝历代多为郡治、州治，甚至一度成为陪都，也短暂做过红巾军所创大宋龙凤政权的首都。《旧唐书》说，苦县，隋为阳谷县，唐乾封元年改为真源县，载初元年又改仙源县，神龙元年复名真源县，有老子祠，属亳州。真源县故城，在今亳州西南鹿邑县城东十里。光绪《亳州志》梳理了亳州的历史沿革，唐谯州，领县有七，其中就有鹿邑和真源县。宋置集庆军，置节度使，州领县七，仍包括鹿邑，但真源消失了。鹿邑与真源县的合并，是个重要节点。这两个县的合并，是用了鹿邑的县名，但主要用了古真源县的地盘，并在真源县境内设置了新县治治所。《鹿邑县志》也载明，元时，鹿邑属河南江北行省归德府亳州，直到明朝嘉靖归德升州为府，鹿邑属之。这在太清宫保存的各类石碑上都有明确记载，如《金·续修太清宫记》之"亳之太清宫"、元太清宫执照碑，后立的太清宫圣旨碑等，均有"为亳州西有圣祖太清宫观""亳州太清宫住持道人"字样。

虽然长长历史时间里鹿邑属亳州，从无亳州属鹿邑的记录，但鹿邑与亳州"一家亲"却无疑问。以更大眼光，长长历史时间里，鹿邑归亳州管辖，而亳州则归豫州管辖。直到宋代以后，全国政治经济中心东移，亳州才稳定地向东看、向东靠，先后为淮南路、凤阳府、南京（直隶）、江南省等地管辖，直到安徽建省。而鹿邑与亳州分开，归属归德府后，面目更渐清晰，转为纯北方县城了。

从县域再论到老子出生地，乾隆《亳州志·古迹》中有两条：一是"苦县旧治"，谓"在州西四十里，春秋陈国地，楚灭陈，遂属楚。汉为陈国苦县。晋改谷阳，隋改仙源，属亳州谯郡。宋省入鹿邑。今洛河太清宫，即苦县之濑乡也，老子所生。汉桓帝延嘉（疑熹之误）八年遣中常侍左悺往苦县祀老子。唐高宗乾封元年二月如亳祀老子。虽属鹿邑，实亳接壤"。一是"天静宫"，谓"在州东福宁镇，近流星园，汉延熹八年因老子于此受生，建以奉老子"。不知当时志书的编纂者，怎么考证解释这两个"延熹八年"，一个去苦县祀老子，一个在涡阳建老子庙。若是同时进行，说明那时就有老子出生地之争了。到光绪年再编《亳州志》，"苦县旧治"条已被删去，则是亳州地方确认了鹿邑管辖权剥离的事实而已，附带伤害是连同老子也一并被剥离了。

对古亳州来说，涡阳和鹿邑或真源，是左手和右手的关系，本不需要搞清楚的。现在这局面，根本就是朝廷平衡的结果。而这朝廷，主要是指唐朝李家朝廷。后面各朝各代，都是因袭。大唐李家把老子奉为先祖，这可是天大事情。但朝廷似乎并不想把"老子故里"坐实，毕竟老子已非什么乡贤名人，而是得道神仙，甚至是创造诸神仙的太上老君。一旦坐实，可能就不是老子个人的事了，更可能会贬低皇家血缘，有损皇家威权。必须把老子的太上老君位置突出出来。

过去，祭祀是最重要的政治活动之一。比如祭祀社神、稷神、风云雷电之神、境内山川之神、城隍神等，这些祭祀活动，原初地方多设在城内，后来逐渐转移到城郊。这些大神，当然得需专门地方供养，放在城内与老百姓争地方不好，但也不能放在远离权力中心的地方，既不方便百姓，又不方便官员往来。所以，这些需官方办的大型祭祀场所，一般都选在州府衙城的附近，不会把地方搞得远远的。当好地方官，特别是皇帝来祭祖巡视，当然是天大之事，选个安全、方便、适中的地方很关键。于公于私，亳州当权长官把"老子故里"放在自己身边，符合常规惯例做法，也没有丝毫欺君之嫌，不会有任何问题。而把管辖地界内的具体地点考证而且本就争论纷杂的事情摆上台面，决出是非高下，恐怕只是傻瓜才会去做了。只是不成想，后世区划会越划越小，管辖权也会屡屡变更，演变到今天，除了名义还有利益了。

我们要注意的是，中国历史上，依据传说和书籍来搞建筑建设，屡见不鲜。甚至历史，也是后世追述，"作"的成分很多。现鹿邑太清宫遗存，可见可信的几件基本是唐代以后的。而亳州涡阳也曾组织过考古活动，考古发掘出一些遗存遗物，其中"古流星园"，看上去与许多古书记载的老子传说相吻合，但我觉得后世遗物的可能性很大，虽属文物，但并不足为凭说明是老子时代的。倒是在古流星园遗址周围，相继发现的"九龙井"很有意思，其中瓦圈井，共十七层，据专家鉴定，这口井为春秋时期，与老子基本同时代了；其余八眼，其中三口为汉代修整，五口为宋代修整。从这点看，涡阳的古遗存，特别是唐以前的遗存，似比鹿邑多且可信度更高。

有个问题很有趣，即东太清宫、中太清宫、西太清宫之辨。中国传统，中为正，东大，西小。当年慈禧就是西宫娘娘，后来才逐步上位的。如今这中太清宫在涡阳，东太清宫也在涡阳，西太清宫在鹿邑。历史上这名分怎么演化为西为上，似也需要人去厘定。

其实问题还很多，并不一定要逐一辨个是非出来。比如《史记》讲老子是楚苦县厉乡曲仁里人，就有陈国苦县与楚国苦县之别。而同为一县地名，其管辖区域本来应历朝相沿相袭，但事实是经常发生改变，最典型的就是

"侨置"，非常富有中国特色。苦县、阳谷县、真源县，其管辖地方是不是恒定不变，甚至其实际所在，也多有疑问的。然而，"天下地名，错乱乖谬，率难考信"（沈括《梦溪笔谈》），不深入探究也罢。

以我今天的眼光，最准确的说法是，"老子，亳人"。

四

在太清宫游览时，还是零星小雨。待我们再出山门，零星雨变成连绵雨了。导游问要不要去对面的老子文化广场。从太清宫山门到老子文化广场，中间隔着一条马路，还有一座高高耸立的牌坊。牌坊后，有一巨大的石雕像，应该是老子像。但遗憾的是，老子像的整个头部，都被牌坊横额遮挡住了。我想拍张照片，但换了几个角度，都没看见老子的脸。这种设计，不知可有什么寓意，是不让老子看太清宫里纷纷扰扰的人间俗世事情吗？道可道，非常道。

我们开始返程，由西向东。一路上，各种标牌从车窗外闪过，我惊异地发现，鹿邑还有陈抟故里、虞姬墓园等"历史遗迹"，其中有"张巡精忠祠"指示牌。张巡是唐名将，与许远守睢阳（今商丘），保护江淮地区不受"安史之乱"的祸害有功。为张巡建祠，在古徽州也曾十分普遍，是仅次于汪华的世代祭拜人物。张巡曾任真源县令，鹿邑为其建祠，理所应当。但将陈抟、虞姬拉到这里，不知缘何？我们未及去看。但此行，却让我感到，一切皆非，也一切皆有可能。

老子一直是西行的。他先西行到周做小官，然后再西行，著《道德经》，出函谷关。时移势转，如今人们一切在向东看。安徽于康熙六年即 1667 年建省，因为安庆府当时是政治中心，徽州府经济发达，取两府首字为省名，整个省的重心南下，对北部明显失衡。这包括经济，我想也包括文化。即使到今天，皖北如此丰富的历史文化，也依然不能成省城学界的重点关注对象，比较河南，甚至可以说完全不在一个层面上。这样地方在涉及有关话题的话语权的争夺中，自然会落入下风。这也是亳州"吃亏"的表现之一吧。好几年前，我来亳州写了篇《涡河边走走》，目的也是为亳州敲边鼓。

如今，省上正施行"皖北振兴"战略，光是产业振兴，要实现新型工业化、交通现代化、农业现代化等，就课题极多，任务极繁。但文化振兴是其题中应有之义，而且从一定角度认识，它更是具有根本意义的振兴。

晚宿涡河边。雨愈益大了，还有大下的意思。雨打在竹叶上，簌簌地响成一片，落在水面上，溅起高高的玲珑水柱。想来平原上的土壤已被水浸透了。正是麦收的节骨眼上，遇到这连绵大雨，真叫人无如之何。

临涡河，看水涨，试读曹丕的《临涡赋》："荫高树兮临曲涡，微风起兮水增波，鱼颉颃兮鸟逶迤，雌雄鸣兮声相和，萍藻生兮散茎柯，春水繁兮发丹华。"却发觉情绪完全不对光，了然乏味。

又读《道德经》，想看老子怎么说。可堂皇五千言，没有一句适配当下自己的心情。空空荡荡，一无所有。

拜谒子张

一

有机缘到淮北，便想去拜谒子张。我对子张没什么研究。过去读《论语》，知道子张被提及多次，但并未特别关注他。后偶然看到一个材料，说子张墓地在安徽，其子孙后辈的主要聚住地也在安徽。这子张埋葬在安徽，自己作为一个安徽人，竟然从未听说，孤陋寡闻，真的惭愧！

现在人出行有汽车，确实方便很多。但坐在车里的人，很显然不如过去骑马或坐牛车，能够在颠颠簸簸中更真切地体验地理风土、识别方位。车子过一个牌楼，便停了下来。我回首望望，牌楼上写着"徐楼村"字样，并不是行前材料上所说的刘屯村。

我仿佛掉进了绿意蒸腾的海洋。正是 7 月末，已经进入中伏，大热天气。这季节也正是各类植物疯长的时候。玉米有人高了，密密实实，似乎连兔子也钻不过去。小路一边扎着篱笆，上面攀爬着密密的豆角和南瓜，透过金灿灿的南瓜花和蓝茵茵的豆角花，可以看到篱笆内的葡萄和各色蔬菜。据说这里的葡萄特别甜。另一边是果树，石榴长得已如小孩拳头大小，已然泛红，显见的是一个丰收景象。还有桃树上的桃子未摘，缀满枝头，看去都成野桃了。再就是淮北常见的杨树，高高大大，干直叶展，一副招风的样子。让人感觉这淮北的夏天田野，比皖南夏天田野的闷热溽湿，要通透些。

不远处，是一溜青砖砌的带檐的围墙。近看，立着两块碑，一块上书安徽省人民政府立"安徽省文物保护单位——颛孙子张墓"，另一块是淮北市人民政府立"淮北市文物保护单位——颛孙子张墓"。细看落款日期，市政府立在先，2009 年公布、2017 年立碑，省政府是 2019 年公布、立碑。

围墙内是两个颇新的大坟堆，坟堆上长满杂草，四周种了稀稀拉拉的黄豆。转到坟前，竖着两块碑，标明这里是子张和其子申祥的墓。看到这两个坟堆，我有些意外，因为来之前看到一个材料，说子张墓园占地 1.2 顷，"墓高丈余，广圆一百二十弓"。清嘉庆《萧县志》载，刘屯村村头，即今杜集区朔里镇，尚有颛孙子张及其子颛孙申祥墓。这个"尚"字，显示其已衰落。后又有说墓园在"文革"中被夷平，只是没有被挖掘而已。我曾想，这是不是冥冥中符合了"墓而不坟"的古制。《礼记·檀弓上》："孔子既得合葬于防，曰：'吾闻之，古也墓而不坟。今丘也，东西南北人也，不可以弗识也。'于是封之，崇四尺。孔子先返。门人后。雨甚。至墓崩，修之而归。孔子问焉：'曰尔来何迟也?'对曰：'防墓崩。'孔子不应。三，孔子泫然流涕曰：'吾闻之，古不修墓。'"当然，墓不起坟头，也是现在的时尚。我本来还在猜测，这子张墓没有坟头，如何创意设计标识。现在堆起了坟头，倒是简单明了，凡中国人一看就明白就懂的。

子张是孔子的重要弟子之一。司马迁《史记·仲尼弟子列传》云："颛孙师，陈人。"颛孙师，即子张，陈即陈国，在今河南安徽交界之地，主要是颍河流域，地盘应该不小，后来被周边几个国家侵吞。在公元前 479 年孔子殁时，陈国亦被楚国所灭。颛孙子张跟随孔子学习，大多时间应在鲁国。直到孔子逝世，他为孔子服丧三年，期满后，在公元前 476 年，颛孙子张举家迁到萧国的堀坊村，即现淮北市杜集区朔里镇的刘屯村。至于他为什么没有回陈，也没有留在鲁，后来人猜测不少。但他最后到萧地，则是肯定无疑的。

子张的生平事迹不详。但其特立独行的风格极其鲜明。"子夏既除丧而见，予之琴，和之而不和，弹之而不成声，作而曰：哀未忘也，先王制礼，而弗敢过也。子张既除丧而见，予之琴，和之而和，弹之而成声，作而曰：先王之礼，不敢不至焉。"可谓"师也辟、师也过"。其口碑相当不错。"子张死，曾子有母之丧，齐衰而往哭之。或曰：齐衰不以吊。曾子曰：我吊也与哉！"

当然，子张的名气是依附在孔子身上的。《论语》中有他与孔子的多段对话，其实也不是对话，而是问答，分别在《为政》《公冶长》《先进》《颜渊》《宪问》《卫灵公》《阳货》《子张》及《尧曰》诸篇章里。基本是子张问，孔子答。淮北市有子张文化研究会，正从文化角度，想从子张留下的只言片语中挖掘出微言大义。但若要更进一步，提炼总结出子张独立的一套理论体系来，是个非常艰巨、几乎不可能完成的任务。子张在时或其后不久，世有

"子张之儒"，这个任务似乎就没有完成得好。现在已过了两千多年，更是难以再继了。

但这不妨碍我们欣赏子张，并把他视为安徽的名人。仅从《论语》看，我们可以得知，子张是与孔子走得最近的学生之一，是孔子比较喜欢且能对话的学生之一。这本身已非常了不起。虽说孔子学生三千，贤人七十二，但在《论语》和其他史书中，子张名字的出现次数是最多的。孔子与子张每次问答篇幅都较长，与其他人有些不同。看来孔子乐于回答他的问题。有的地方子张问得较多，就有了相互探讨的意思。此外，子张的问话水准较高。虽说是子张在向孔子请教，但儒家向来把"问"看成是学习的起始，极为重要。"舜好问而好察迩言，隐恶而扬善。执其两端，用其中于民，其斯以为舜乎！""故君子尊德性而道问学，致广大而尽精微，极高明而道中庸。"同时，"问"本身反映的也是学生思考问题的深度。当然，这些问和答，并不是阐述子张的思想，都是在阐述孔子的思想。

出了墓园，问刘屯在哪。他们把手一挥，我目力所及，并没见到村庄，只是绵绵玉米地和高高的杨树。

二

所谓学田，是过去朝廷为鼓励办学所划拨的土地。这块土地免征官税，不纳皇粮，田地收入供子孙读书之用，故称学田地。子张家族的学田是明朝万历年皇上赐的，面积很大，约540亩地，暗合五经四书的意思。同时，子张家族还世袭博士学位。这反映了历朝历代对孔子的尊重，并荫及其弟子，也是广而扩之对读书博学之人的敬重、对文化教育的重视。现子张后代子嗣若干，聚落居住在杜集区石台镇学田村。

据说，子张以下，颛孙家族至今海内外有10万之众。算起来，其繁衍的直系子孙已有78代了。现代通信发达，通过颛孙家族网络，我们在汽车上，几分钟就联系上子张的第77代颛孙明勤。他正在家中，欢迎我们去参访。

我们经过朔里煤矿和朔里镇，看见公路中悬着一横幅："子张故里欢迎您"。车子进入石台镇地域，沿着两边植有高大的杨树公路，继续前行。不久，远远看到一老汉在路边张望。

正是颛孙明勤。颛孙是个近七十的老汉，精神矍铄。虽然显得黑瘦，但一眼看去，就是个识字断文的人，并不是传统意义上的农民。我们下车，他便引着我们去村口，村口竖着块"子张故里"的石碑。我说我已在路上看到一牌匾，说是"子张故里"，怎么这里又竖了个石碑。老人家说，这里是学田行政村的核心祭田自然村，是书圣府旧址，是真正的"子张故里"。至于"子张故里"名称，刚才看到的是镇里竖立的，绝对正确，但村归镇里管，所以镇当然是"子张故里"；而且，镇里归区里管和市里管，杜集区和淮北市也可以叫"子张故里"。我很钦佩老人家的这种认识。笑道，是的。

村口似乎要建文化广场，还在建设中。颛孙指着一块也是刚立的石碑说，这里是祭田村的核心，书圣府旧址所在地。我没问这里的书圣府由来。我觉得，中国用这名字的地方，可能不止这一处，但用在"子张故里"这个特定地方，或应为"书绅府"更为确切。《论语·卫灵公》："子张问行，子曰'言忠信，行笃敬，虽蛮貊之邦，行矣。言不忠信，行不笃敬，虽州里，行乎哉？立则见其参于前也，在舆则见其倚于衡也，夫然后行'。子张书诸绅。"绅就是衣带，估计子张听了孔子的话，生怕忘记，便把孔子的言论速记在自己衣服的带子上。只不过孔子时代用的是刀子和竹简，没有纸、墨，也没有毛笔，不知他是怎么记录的。但"书绅"这两字，从此成为标明学生勤奋用功的专有名词了。

应无疑义，子张好学深思，是孔子弟子中的佼佼者。这一点，虽然我们只能从《论语》等著作的只言片语中去了解，但我想这已足够了。孟子说，子贡、子游、子张皆得圣人一体。《韩非子·显学》说："世之显学，儒、墨也。儒之所至，孔丘也。墨之所至，墨翟也。自孔子之死也，有子张之儒，有子思之儒，有颜氏之儒，有孟氏之儒，有漆雕氏之儒，有仲良氏之儒，有孙氏之儒，有乐正氏之儒……"子张之儒排在第一，说明当时子张的影响之大。有人引用荀子的话，说荀子骂"子张氏之贱儒也"，是指斥子张下贱。我倒不这么看，荀子是将子张氏、子夏氏、子游氏并列说的，我以为荀子绝对不会贬低他们，把他们都说成下贱。荀子本人也是儒家八派之"孙氏之儒"一员。若荀子把子张、子夏、子游等孔子的得意门生一并痛骂，那等于是在直接骂自己的祖师爷孔子了。这于荀子来说，是万万不敢的，也是万万不可能的。通读上下文，这"贱"更可能是通假字，与"践"通。"弟佗其冠，神禫其辞，禹行而舜趋，是子张氏之贱儒也。正其衣冠，齐其颜色，嗛然而终日不言，是子夏氏之贱儒也。偷儒惮事，无廉耻而耆饮食，必曰君子固不用力，是子游氏之贱儒也。"子张氏、子夏氏、子游氏应指子张子夏子游的那些弟子们，并不是子张他们本人。荀子是说他们的这些弟子们，都在以自己特别的思想和行为方式来宣示、标记、标识所谓儒，实际是糟践、糟蹋了儒名，距离真儒愈来愈远了。他只是痛心，一代不如一代。我们细细想想，是不是有很多思想学派，创始人都是伟大的，其原始初心都是好的，但流传几代之后，门第之见，往往会变形为偏见，最后就等而下之，无如之何了。

颛孙明勤又领我们去看子张祠堂重建工程。子张祠堂始建于明万历四十八年（1620），清康熙年间重建。祠堂向来是宗族的核心标志，只是像孔孟这样"大儒"大家族的祠堂，因为社会地位的不断上升，渐次转变为事实上的公建了。据说，过去子张祠堂这里，一年春秋两次祭拜。历代县令到任第一件事，便是祭拜子张祠。子张祠堂原祠于"文革"中被毁，不知道被毁的原祠是不是清康熙年建的。我问土地规划情况，他马上说土地规划均已批复。从图纸上看，这一次是重建，不是复建。现场正有一台推土机在工作，在一片绿色庄稼地中，推平的一大片土地，露出黄黄的土壤颜色，显得很显眼。看来土地平整工作快要结束，很快可以正式开建了。

中国宗族制度，追根溯源，源自儒家倡导。宗族以血缘为纽带，通过修谱、建祠、祭祀、团拜等活动，从思想上、组织上加强成员管理。宗族制度对中国人的政治、经济、思想、文化以及社会生活、风俗民情诸方面影响极其深刻。然而，现实世界中，世代赓续、繁衍不绝的大家族稀若星辰。公认中国四大家族，是孔、孟、颜、曾，得到历朝历代君主关照，枝繁叶茂。从学田村看，颛孙子张家族，实际也是得到诸般关照，维系得很好。皖南徽州有"千年之家，不动一抔、千年之族，未尝散处，千载谱系、丝毫不紊"之说，并以此雄视海内。徽州的大家族的学习榜样，就是孔孟颜曾这些超越时代、地域、身份限制的家族。

我目测了一下，这学田村与徐楼村，虽属两个乡，但直线距离似乎并不远。颛孙明勤解释说，子张墓地那儿过去被水淹过几次，以前朝廷赐的学田也不是紧靠子张墓，颛孙家族因为居住及学田农作原因，并没有围庐（墓）而聚。

子张墓地与颛孙家族居住地分离，没有影响"子张故里"的地名头衔使用。这勾起我前些年去涡阳武陵河参访上清宫的回忆。我对"老子故里、河南鹿邑"一直耿耿，不能释怀，觉得这"老子故里"，被人变来变去，已于历史事实并无多大关系了。在当今商品经济的发展环境中，"名人"，已现实地变成一种可资利用的经济发展资源。"争名人"，是当下文化一大景观。其中利害讨论已经很多了。我觉得这种争论不能说一点意义都没有。所谓"慎终追远"，珍惜血脉传承，所谓自豪感、荣誉感，向来都不是空洞的概念。儒家的道统意识是落实在实际操作上的。据说山东邹县，颛孙家族在那里发展很兴旺，但从未有人质疑"子张故里"。子张其第 55 代颛孙栋，仕元，后退隐河南西华县，就专门交代："萧，吾故土也，先人之坟墓在焉。不可流离忘归，子其旋返世守，无失烝尝之祀。"当然，朝廷赐给子张氏的学田都在萧县，更是强化确认。时间在流逝，祠堂毁了又重建，坟墓平了又垒起，循环往复中，看得见的是赓续、是更新。

颛孙明勤家有个挺大的院落。院子中央是一古槐，浓荫匝地，据说还是明朝时种植的，距今有四五百年了。它身上缠绕着的凌霄也是茎粗叶壮，红艳艳的喇叭状花开得正红。颛孙明勤说，要借当下弘扬传统文化之机，深入研究子张，包括其生平、思想、行为等。期待挖掘出当下能用、管用的资源，努力使子张走出家族的范围。

我想起子张留下不多的几句话语，其中之一是："子张病，召申祥而语之曰：君子曰终，小人曰死，吾今日其庶几乎？"

"满地凌霄花不扫，我来六月听鸣蝉"（陆游）。突然发觉，在这徐楼村和学田村转了半天，我似乎还没有听到知了鸣叫。

把风留住

一

　　楚风来袭。楚风真的来了，且是台风级别的。

　　国家文物局"考古中国"重大项目重要进展工作新闻发布会，初步提示了武王墩的真面目。此后，线上线下便铺天盖地刮起楚风，给人脑补了大量有关楚国、考烈王、楚文化以及考古上的细节，图画出一个远离我们的先秦战国时代的图景。

　　我已来过武王墩多次。武王墩北依舜耕山，南为开阔平地，西距寿春城十余千米，西侧为南北向的瓦埠湖。瓦埠湖北端西侧即为千年古城寿春。这一带，自古便是淮南的粮仓。正是小满、芒种时节，小麦收割，瓜果成熟，绿荫密布，怎么看，都是如锦如绣，画里山河。也许，武王墩最大的看点，还是淮南这大范围的地理环境，而不是具体的物件。

　　武王墩考古发掘工作正在进行。封土堆已平整完，墓道也清理了出来。经墓道，下到墓圹开口层的围栏边，便可俯视正方形的挖掘现场。墓圹为规整方形，墓坑底部面积超过 400 平方米。墓圹四壁有逐级内收的台阶共 21 级，这些台阶原都是夯土层，现用麻包垒起。墓圹开口层位距木椁室顶部十来米，有铁栏杆围着。为便于参观者了解考古发掘工作全貌，专门在此展示几幅照片，展示墓园的全景及墓圹未打开之前的模样。

　　墓圹四角为填土，底部正中是多层木椁室。除了正中的主墓室之外，其余椁室顶部覆盖的竹席及之下依次交替摆放的枋木与薄板也已取走。椁室盖板总计 443 根，总重达 153 吨。介绍说，这体现了一种高超的结构技术，枋木相互错位拼压，使墓室稳定，紧固，利于防盗防侵犯。整个墓室平面大体上分为东西南北中，中心为主棺室，四周各有一个偏室，一主四偏，共 5 个。

有报道说，木椁室平面呈"亚"字形。但它并不是规则的对称排列。我觉得这不规则并不是简单的工程施工需要，或施工不细所致。它更像是按一定方向在旋转运动的北斗七星图或璇玑图。如果是个"亚"字，它也是呈现在旋转之中的姿态。主椁室正在紫微星座的中心位置上，其伸出的偏室仿佛北斗七星，围绕紫微星即北极星宇这个宇宙的中心、天帝的居所、帝王之星，而各司其位。斗柄指南，天下皆夏；斗柄西指，天下皆秋；斗柄北指，天下皆冬；斗柄东指，天下皆春。璇玑既稳，四方皆知，天南地北，尽收眼底。我相信这更符合大王墓葬的要求。中国古代天文学知识极其丰富，且深度影响社会生活的方方面面，别说宫殿格局、土木营葬、职官礼仪、文学艺术等，就是日常饮食起居出行等，都要符合天道天意。否则，事不遂行。这与西学东渐后，科学不科学，迷信不迷信，并无瓜葛。我们不能责怪古人不懂今人，只能责怪今人不懂古人。

现在五个椁室上的盖板已揭走，下面则是国内首见的结构清晰明确的九室楚墓。这是因为各偏室内部又以枋木构筑墙体，一分为二，这样墓室便从一主四偏的五个墓室，变成了一主八偏的九个墓室。按"九"，谓阳爻最高，"五"，第五爻，指卦象自下而上第五位，居正中，且五为奇数，为阳。此一主八偏的"九"与上面的一主四偏的"五"集合，就暗合了"九五之尊"的意思。"九五之尊"这个说法来源于《易经》卦爻位名。《易乾》："九五，飞龙在天，利见大人。"孔颖达疏："言九五阳气盛至于天，故云飞龙在天。此自然之象，犹若圣人有龙德、飞腾而居天位。"故"九五"之数象征帝王的权威。例如故宫，就是正面横向开间是九间，纵深即前后是五开间。这是大王墓葬的要求，更是地上所有人事得依天道天理天象的要求。

棺椁用的枋木，即粗大的方形木柱。查字典，枋，是方柱形的木材，枋子即指称棺材。另一个有意思的是古时枋同柄，枋有权柄的意思。按古意，所有权柄均来自天。

这样看，尽管武王墩墓主是不是考烈王还要进一步确认，但墓主为"王"却是毫无疑问了。它浑身上下醇熟的楚文化气息，只有王者才具备。

二

我们过去常说楚风汉韵。但"风韵"细究起来，却不甚明了。"风动虫生"，风是实实在在的存在，但它又是空气流动的自然现象，很难量化或数字化。楚国宋玉作《登徒子好色赋》："东家之子，增之一分则太长，减之一分则太短。著粉则太白，施朱则太赤，眉如翠羽，肌如白雪，腰如束素，齿如含贝，嫣然一笑，惑阳城，迷下蔡……"几千年了，人们仍然没有弄清楚，包括被她迷倒的淮南（下蔡）人，这东家之子到底高几尺几寸，重几斤几两，三围是多少。

武王墩的横空出世，或可形象演绎什么是楚风汉韵。楚汉一体，风韵一致。

比如其王者的堂皇之风。这体现在武王墩的规制、营建在遵循周制基础上的新企图，还应包括这背后的墓主事迹。墓主目前基本锁定为楚考烈王熊完。大虑行节曰考，秉德不回曰考，有功安民曰烈，圣功广大曰烈，是对熊完一生言行事功的美谥。毛遂自荐、窃符救赵，歃血为盟，其他还有脱颖而出、一言九鼎等成语掌故，都与之有关。他不仅有煊赫军事争霸，更有深机谋略的风采。

楚风，当然还有楚辞的文学之美。"屈宋诸骚，皆书楚语，作楚声，纪楚地，名楚物，故可谓之楚辞"。《诗经·曹风·蜉蝣》："蜉蝣之羽，衣裳楚楚。"楚风，就是要用自己的语言，清晰、整洁、生动、楚楚动人地记录下本地的事物，发出自己的声音。屈原宋玉的辞赋是，"四面楚歌"与《大风歌》《垓下歌》是，武王墩里的椁板墨书、木简、竹简上的鸟书也是。

楚风，还寓于无与伦比的技术工艺上。考古专家们尽管事先有预计，怕武王墩多次被盗，里边的文物流失过多，但仅清理的 8 个偏室，已出土文物即有 4000 余件，仍是个天文数字。典型代表如青铜器、青铜大鼎、成套的编钟、青铜虎座、系列铜制供器，展现的是精益求精的高超工艺；如漆器、凤鸟虎座鼓架、漆座屏、漆盒、漆耳杯，展现的是极致抽象和浪漫；如数量极多、工艺极致的乐器，展现的则是楚人的风雅情怀、生活情趣。

与武王墩遥相对应的寿春古城，既是技术工艺讲究，更是楚风的大气奢丽、气度排场的形象阐释。汉朝的桓谭《新论》："楚之郢都，车毂击，民肩摩，市路相排突，号为朝衣新而暮衣蔽。"那时古城面积即达 25 万平方米，人口 35 万，是个超大的社会建设工程。至今依然风采斐然。

毋庸讳言，奇幻的布局，狰狞的兽面，迷离的纹路，艳丽的色彩，还透着股隐秘的、从未割断消失的"巫"风。"楚人信巫鬼，重淫祀。"不过，上古时候，巫绝对不是装神弄鬼，故弄玄虚。巫含有早期的科学探索和艺术形式。他们最重要的工作是释读星象，以天文解释、指导地理人事。打开各地地方志，差不多开卷都是"舆地志"，第一节基本是"星野"。王勃著名的《滕王阁序》："豫章故郡，洪都新府，星分翼轸，地接洪庐，襟三江而带五湖，控蛮荆而引瓯越。"就是天文地理的结合解读。再比如《史记·日者列传》引贾谊云："吾闻古之圣人，不居朝廷，必在卜医之中。"《论语》记孔子云："南人有言曰，人而无恒，不可以作巫医"，对巫的要求简直高极了。

有意思的是，武王墩里迄今仍未大规模发现兵器。这与我的想象形成了巨大反差。即使出土的一些木俑，似也不是士兵俑，而是乐俑。"楚王好细腰，宫中多饿死。"恐怕主椁室里的楚王，如有佩剑，也只是身份标志或装饰品了。楚风去武尚文，退化若此，面对虎狼之秦（可看秦始皇兵马俑），输掉秦楚战争，怕也是天注定的了。毕竟荆条（楚），挡不住长戈锐剑！后世所谓"汉制"，恐怕就是分别汲取秦亡和楚亡教训，将"周文"与"秦制"结合起来，方才体现出强大的生命力，并影响此后中国数千年的精神文化和制度塑型。

"大风起兮云飞扬。"八百年楚国，结穴在淮南，精华在淮南。

不妨呼喊，让楚风来得更猛烈些吧！

三

考古的目标是还原或再现过去的面貌，历史研究的兴趣多在古今对比，现实的人们却在关心如何利用好古人的资源过好今天的生活。

当下，淮南的出租车、餐馆，甚至街头，武王墩都是中心话题。淮南人正在讨论如何把握和利用武王墩挖掘的机遇，促进城市建设和经济高质量发展。武王墩这座堪称迄今规模最大、等级最高、结构最复杂的大型楚国高等级墓葬，其墓葬形制、营建工艺、出土文物代表着楚文化最高成就，不知藏有多少故事等待我们发掘。其每一帧反映楚国的政治、经济、文化、技术、社会的图景，都值得被记录、评价和分享。它将是一座取用不竭的超大型能源"煤矿"。

当下全媒体社交平台正以高强度"爆款"武王墩。但如何持续保鲜，将网络流量转为旅游流量，再将旅游流量转为可持续的游客留量，无疑是促进本地经济高质量发展的重要课题。面对武王墩超值的内容和淮南丰富的地方文化内涵，始终保持对中华传统文化、对历史、对专业的尊重，不浮躁，去虚名，唯实际，图市场，看长远，优环境，不论楚风劲烈，还是楚风依依，那又如何？

"风眼"之处，云淡风轻。

凤舞斯台

一

淮南潘集区处在淮河以北，与淮南隔淮河相望。它原本属凤台，因前些年跨河而治、两岸共同繁荣的美好愿景，单独设立行政区。这里属淮北大平原的最南端，跨过孔集大桥，便进入淮河之南八公山区了。

正逢"大雪"节令，隆冬季节的淮河两岸，林木萧索。但脚踩在淮河水滋润的土地上，有种奇妙的感觉，就是非常滋实，且富有弹性。它仿佛在时刻提醒你，脚下有几米甚至几十米富含有机质的土壤，是个春种、夏长、秋收、冬藏的好地方。如果没有GDP之类数据困扰，单纯从人类生活繁衍角度，这里可能是地球上最宜居的地方之一。

我们顺着淮河冲积出来的沙洲平地往西行，在刚看到凤台淮河大桥的悬索时，道路拐向南了。我们进入了八公山风景区的内部公路。

一弯清冽冽的水，如玉似带，绕八公山而行。八公山茅仙洞，是观赏淮河的最佳位置。淮河的百里淮南段，仿佛集中展现了千里淮河的所有妖媚娇态。我曾乘船溯流而上，从田家庵经凤台、峡山口直到八公山南麓，深为两岸景色叹服。

然而，打开地图，以"上帝视角"看淮河，感触又不一般。

淮北大平原上，数十上百条河流像蓝色的筋脉，密布在肌滑肤润的皮表之下，基本是平行地向南奔流，没有任何拦阻。这些河流大多数是雨源型河流，都不甚宽广，彼此间距离都很近。其分布及流向特征，说明淮北平原下并无大的山脉或岩层。七十二水归正阳。淮河上流流域诸水，主要是淮北诸水，在正阳关聚集后，浩浩荡荡、洋洋洒洒挥旌东向，直到迎面碰到八公山，把八公山冲刷得凸凹有致，尽显身姿后，转而顺山势西折，至峡山口，继续顺八公山山麓北行，遇阻凤台县城关，又折向东，刷出黑龙潭后，再折向北，在两岸冲出平展的滩地，便飘然东去。已然是大绕八公山、小绕凤台县走了一圈。

河水不会骗人。能改变河流方向的，一定有非常非常坚实的基础支撑。从地质上看，峡山口两边应是一体的，只不过是被淮河剖开了。淮河在峡山口并没有被改变方向，是凤台改变了其流向。凤台县与八公山，隔着淮河相望，因八公山和凤台这两个突出部的作用，淮河才在大地上画出了优美的 S 形曲线。八公山是寿淮屏障，但凤台背后却是广袤的淮北大平原，其地理意义是在淮北吗？妙的是，大清王朝置凤台县时，将八公山一部即其突出部并置入了凤台县，将其存在意义横跨了淮河两岸。其深层考虑想来不会单纯简单。

1733 年，即雍正十一年，清王朝分寿州地置凤台县，属凤阳府。先是府县同治，然后县治就迁入现在所在，也就是古州来国所在。州，应是水边平地的意思；来即莱，也就是麦子。说明凤台自古以来就水丰草美，盛产粮食。至于后来在此改置下蔡县，是移植河南的地名，上蔡中蔡下蔡，则完全是政治地缘关系了。这没有一点文化味道，不说也罢。

《大清一统志》："（凤台）县有凤凰台，相传尝有凤凰至，见明一统志，今废，因名。"光绪重修《凤台县志》释县名由来，以县北之凤凰山，名县曰凤台。今八公山四十余座山峰中，确有名凤凰山的。考虑凤台设县时，与寿县同城而治，凤凰山确在县城北。光绪《寿州志》记载，凤凰台在州城南门外，相传常有凤凰至此。城南，就不知其所指是寿县还是凤台的县南了。今寿县城南有无凤凰台，不详。凤台县里有没有凤凰山或凤凰台，我一直也没搞清，问了若干好友，也莫能准确作答。

而"台"，在当代淮河语境里，具有特殊含义。在《淮河流域图》上，沿淮密布着淡蓝色斑，串葡萄串似的。这些地方多是行蓄洪区。今天淮河上的"庄台"，指的是老百姓躲避洪水的专用设施。筑台而居，是沿淮人民在特定的历史条件下，通过人工垒起台基，或以天然形成的高地为基座，村庄建于其上，为民提供栖身之地。紧临凤台的颍上、阜南的庄台因几次抗洪泄洪而闻名。如果从高空看，庄台可能是淮河流域除人工河流外最大的人工景观。将来这些庄台，或许会成为淮河旅游的一道风景。

八公山茅仙洞进口处有个凤凰雕塑。它立在淮河之南，望着淮河之北。

作为一个具象的凤凰，它与史书上说的"常有"或"尝有"，意义差别大了去了。

二

淮河与八公山相比，其年龄相差巨大。我曾把淮河比作绕膝撒娇的乖乖女，双臂缠绕着爷爷的颈项，絮语着东去。也有很多人将淮河淮南段比作飘扬的彩带，或像一首从半天空飘落的歌。但我读地图，有了新的角度，觉得它也类似凤凰那长长飘逸的尾翼。

凤凰寓意好，代表吉祥。在古人的信仰体系中，"麟凤龟龙谓之四灵"。其中龙凤呈祥，以龙和凤为重要角色。至于龟鳞虽都是吉祥物，并没有龙凤那样强的象征意义。《尚书·益稷》："箫韶九成，凤凰来仪。"中国最伟大的文学作品《楚辞》中"凤"字出现了二十四次。孔子："凤鸟不至，河不出图，吾已矣夫"（《论语·子罕》），是反向的说明。

中国人崇尚凤凰，以致以凤凰取名的地方非常之多。以凤凰命名，是从士大夫到浑蒙百姓都是乐见的。仔细分析，以凤凰取名的地方，大多地处南方。说南方比较笼统，实际上主要是指战国时楚国的地盘。凤凰是楚地神鸟，被视为"羽虫之长"，向来是楚人的图腾。寿淮一带就属于古东夷、东楚之地。我的家乡铜陵就有凤凰山，是著名的铜采治基地。南京也有凤凰台。李白有诗《登金陵凤凰台》："凤凰台上凤凰游，凤去台空江自流。吴宫花草埋幽径，晋代衣冠成古丘。三山半落青天外，二水中分白鹭洲。总为浮云能蔽日，长安不见使人愁。"扩展一点看，南京秦淮河，就是秦时淮河、汉时淮水，唐以后才称秦淮河。金陵凤凰台与淮南风台，秦淮河与淮河，它们之间有没有血脉上的联系，这我就不知道了。

俗语说，栽下梧桐树，引得凤凰来。高贵的舞者向来对舞台都是挑选的。凤凰台，在古代语境里，是养高士和美人的。高士在高台上吟咏，想来更易激发诗情。美人在高台上跳舞，差不多就类似凤凰，或与人们想象中的凤凰形象相吻合了。凤凰来仪，最能引人绮思的当然是凤凰翩翩起舞的样子。按鸟兽率舞的叙事逻辑，凤凰是当然的主角。可能其寓意更多更深，如说音乐的起源就是模仿凤凰歌唱的结果、律吕之别就是受其启发才产生的。听凤凰之鸣，以别十二律，其雄鸣为六、雌鸣亦六，以比黄钟之宫适合。《周礼春官·大司乐》："凡六乐者，一变而致羽物"，是说这音乐像凤鸣一样曲折婉转吧。

我们这些今人凡人，当然无法见到真的在高台上舞蹈的凤凰，也不会听到高山旷野中的凤鸣。但这是不是意味着当今凤舞、凤鸣完全无迹可寻呢？维舟亭下偶登临，下蔡风流古至今。想象中的凤凰，羽毛色彩鲜艳，五彩备明，而淮河流域流行大红大紫；想象中的凤凰，声音嘹亮长空，激越喧响，再看流行于淮河流域的凤台花鼓灯，是不是有上古凤凰遗风呢？《登徒子赋》："迷下蔡"，迷什么呢？经济繁荣，社会安定，男人健壮，女人漂亮；再有，恐怕就是这可能脱胎于凤凰的各种歌舞了吧。有一次，我去八公山看廉颇墓，在封土堆上听一老农吟唱。虽然没听明白唱词是啥，但那旋律却久久不忘。游伴说，那叫"四句推子"，每四句唱词即有拖音，然后再推上一句长腔。声音在空中旋转，既像羽毛一样轻舞又滑落，又像山间流水曲折而跌宕。除了优美之外，还别有一番淳朴和高古苍凉。我不得不怀疑这里有古楚音的底子。

凤凰在什么地方落脚，向来也是人们比较关心的事。吉祥之物，落在哪里，多半会有好运。但事物总有相反的一面，凤凰被圈养，也就类似麻雀了。凤凰台，随之也会变成铜雀台。铜雀台，我不知道这是不是皖北人曹操的创造，但它却反映了中国人的逆向转化能力。中华传统文化就是这么神奇厉害，把这世界真实、真相表述得如此完备。

三

李兆洛曾任凤台县令，他像只凤凰，在凤台留下了翩翩起舞的倩影。李兆洛自己说他在凤台及寿州府当了七八年的官，学习范仲淹，兴水利、兴学、靖安等，事功卓著，我觉得这有自我标榜之疑，不可全信。毕竟在清王朝那个年代，干不了什么事的。但他修纂的《凤台县志》，却是公认的地方志编修范本，它保存了地方许多历史记忆，不仅给淮南，也给安徽留下了十分宝贵的财富。仅凭这一本书，李兆洛在淮南历史上就应该取得一定位置。

我在淮南工作时，专门细读了他修纂的《凤台县志》。他对凤台山川地理风土人情的描述精到客观，文字也精练优美。比如："夫左缩颍口，右睨荆涂，控长淮之上游，扼南北之津渡，阅以峡石，带以复肥，平畴足以耕垦，陂泽饶于畜牧，郊原四野，方轨并骛，指顾徐宿，飙驰陈宝，此自昔下蔡之形胜也。"读着读着，会让人不自禁地摇头晃脑起来。

端详着八公山上的凤凰雕塑，我发觉不知道自己应该作如何想。我对成才于淮南的韩美林为东方航空公司设计的凤凰标识比较欣赏。但对依据历史传说故事，一些地方兴建的各类有形有象的所谓文化旅游设施，从心底里有些排斥。把一切历史故事传说搞得真真切切，会削弱文化的趣味，也限制了人的想象。但看着八公山上的凤凰雕塑，看着其高高扬起的尾翼，又觉得有个有形的东西，让人追思凭吊有个去处，也未尝不可接受。

忽然有所悟，这凤台的"台"在哪里，作为文化趣味寻思寻思可以，其实并不重要。一定要找一个台子，可能正应了"缘木求鱼"的老古话。凤凰台，如同凤凰，实际是在人心里。在新时代，淮南现正举全市之力，大力"双招双引"。"凤凰鸣矣，于彼高岗。"凤凰来兮！

我眯着眼，凝视着充满雪意的淮河两岸。无端，互不搭界的几句诗浮上心头。

"有一美人兮，见之不忘，一日不见，思之若狂。凤飞翱翔兮，四海求凰。无奈佳人兮，不在东墙。将琴代语兮，聊写衷肠。何日见许兮，慰我彷徨。愿言配德兮，携手相将。不得于飞兮，使我沦亡。凤兮凤兮归故乡，遨游四海求其凰。"

"紫金山下水长流，尝记当年此共游，今夜南风吹客梦，清淮明月照孤舟。"（注：紫金山即八公山）

"轻轻，落在我掌心，静静，在掌中结冰，相逢，是前世注定，痛并把快乐尝尽。我慢慢地听，雪落下的声音，闭着眼睛幻想它不会停，你没办法靠近，绝不是太薄情，只是贪恋窗外好风景。"

寿春"四句推"

淮河以南、八公山下这一块地方，历史上称呼不少，如寿州、寿春、寿阳、安丰、淮南、寿县、凤台等。地名不断变化，甚至名字可以互换，行政区域边界也时而清晰时而模糊，但指的都是这一块膏腴之地。而今寿县古城，则是这块土地的眼位。

为避免行政区划干扰，引发歧义，我下面统称这块土地为寿春。这名字有青春不老、青春焕发的意思，我喜欢。

冬月，借考察宗教建筑之机，再次看了茅仙洞、八公山，特别在寿县城内用脚丈量，看了报恩寺、东岳庙、孔庙、清真寺、旧州署、总兵署，以及留犊祠巷和淮上唯一状元孙家鼐的叔祖孙蟠故居等。

我们穿行在寿县古城里，按目标逐一去"打卡"。我被棋盘状的路绕得头有点晕乎。寿县城面积不大，只有 3.6 平方千米，各景点之间实际距离都很近，但因不少地方在搞小巷改造，平增了不少弯路。不过也好，可以偷窥下寻常百姓家的普通日常。

谁家收音机里在播地方戏。我听不出那是什么戏，觉得既像花鼓戏，也似四句推子。

整十年前的冬月，我第一次爬八公山。在先为赵将、后为楚将的廉颇将军墓那里，第一次听到这种民间小调。我不懂戏曲，歌词也没听懂，但那旋律似淮河水般，回旋激荡，既粗粝又细腻，既慷慨又委婉，把对生活的那种恨与爱、幸福与抱怨的土味，倾诉得淋漓尽致。它四句一反复，永不断、永不息，且不断有推高，如同一把无形的锥子，被一股无形的力量推着，一寸一寸抵到心里。问及才知道，那是淮南的稀有剧种——推剧。它由花鼓戏等发展而形成，因为每四句唱词即有拖音，推上一句长腔，故名"推子"。

这里借用四句推子之名，取其推广、推开之意，作"寿春'四句推'"。

一、历史悠久血脉长

自从盘古开天地，三皇五帝说到今。但真要找个地方，从盘古开始说，恐怕偌大世界，只有寿春有这个资格了。

距今五亿年的寒武纪时期，寿春这块地方，就出现了生命。它的证明，就是"淮南虫"化石，包括被命名的淮南中华皱节虫、震旦安徽虫等系列，是世界上发现最早的古生物化石，已被国际地质学界誉为蓝色星球上的生命之源。此外，还有距今三百万年的古猿化石。估计盘古开天地时，八公山还不"山"，淮河也不"河"，这些东西都隐伏在寿春的某块沼泽地里。

寿春不仅让古生物学家头痛，也让考古学家头晕。这块土地上还有青莲寺、斗鸡台的新旧石器，禹王山上大禹开峡石山的"疏凿旧迹"，舜耕山上重华（舜）耕耘之地……

远古事情，说起来太缥缈。但实锤的中华文明五千年历史，寿春也可以给我们一个"摩挲青史"的机会。

寿春是能争取"中国古都"名头的地方。无须谦虚，因为除了"六大古都"之外，其他称古都的地方，与寿春争排名，谁在先谁在后还真有一辩呢。古州来国在寿春留下了名字，而可考的蔡国曾是西周十二大国之一。当然，楚考烈王带着国之重器和王公美女东迁，来到寿春时，则确定了这里的古都地位。此后，西汉淮南国跨州兼郡，连城数十，与京师同制，更以文学著名；东汉袁术在寿春胆大称帝，只不过他本人肉身寿命不长；东晋宋国刘裕建天子旌旗，出警入跸，还改寿春为寿阳……与此相仿佛，是寿春长期的郡治地位。秦置寿春县，汉初置淮南国，后汉置扬州治所；此后，晋隋唐宋元明清，无论设州、设府、设军、设路，寿春均为治所，直到1912年州废改县，后来又进一步设区……其实，这也可以视为一种特殊待遇，让寿春啥都经历一下。

故考察中国沿革志、舆地变迁史，寿春就是现实现成的活资料。

其中，最丰富、最可说道的莫过于楚、汉文化。寿春绝不限于楚文化，更是包容四方的汉文化。

特别标识应是"淮南王"。它是一个职务概念，也是一个地域概念，更是一个历史概念、文化概念。淮南王原指刘安，这个写了《淮南子》、发明了豆腐，还带了一批人成仙的才子，后来则变成特殊用词，成为一个以"融合"

171

为特征的文化符号了。淮南国不仅在寿春，淮南王也不仅在有汉一朝。淮南国东可至扬州，南可到长沙，淮南王则有赵、齐、宋、魏等诸淮南王。譬如北魏淮南王拓跋他，他对孝文帝的支持，可是为中国各民族融合、汉文化的确立立下了汗马功劳。

寿春历史并不只是载诸史籍、流于众口，它更有"地下博物馆"大量实物支持支撑。1933年李三孤堆出土了楚大鼎，是我国第二大大鼎，虽说时代、重量、通高不及后母戊大方鼎，但"天圆地方"，怎么着也体现了楚人争霸的意志与雄心。鄂君启金节，引来郭沫若等大家围观，才有了对楚国、南中国史乃至中国交通史、商贸史、金属史等的再研究再认识。楚金币"郢爰"，居然口表也是"银圆"，古今本质相通，就是钱、金融啊。

蹚过历史的青苔，步入现代，寿春的辉煌也没有消失。近代中国工业史，甚至包括长三角城市群的崛起，同样能看到寿春的力量。现代工业的发端，是化石燃料能源的发现和大规模使用。而寿春恰恰站在了这个时代的顶端。谁也没想到，老天爷、老祖宗会给淮河南岸这一片土地上的子民们留下如此之多的财富与宝藏，无论风云如何变幻，让他们都能在各个时代节点上踏上节拍，从不被历史甩脱，离开正确的轨道。

二、从来河山赋文章

我相信中国人的"天人合一"道理，绝对不会凭空而来。什么都"由来有自"，人类不过是在大自然给定的条件下、许可的范围内，进行活动的先进生物罢了。

所以到一个地方旅游，我喜欢一看天文，二看大地，以及其山脉和河流，然后看依托山川地理当地所发生的大事件场景，以及其中产生的大人物事迹。

说到"天"，中国有一条"胡焕庸线"，即著名的从东北到西南的瑷珲—腾冲线，既是人口分布线，也是气象上的降雨线（年降水量400毫米）、地貌区域的分割线、文化转换的分割线，甚至与民族居住界线高度重合。另一条更为著名，就是秦岭—淮河"秦淮线"，是区分中国北方和南方的地理与气候分界线。在此线的北面和南面，自然条件、地理风貌、农业生产以及人民的生产生活习俗，多有不同。这条线是暖温带和亚热带分界线。2500年前的《晏子春秋·内篇》中"橘生淮南则为橘，生于淮北则为枳"，说的就是这条线南北之间的差异。

我在八公山上，想到这个问题时，便看下手机。今天（1月10日），淮南的最低温度是 0 摄氏度，正是冬月的最低月平均温度。

从地质上看，八公山地区地质构造处于南华亚板块和北华亚板块碰撞边界，东邻太平洋板块的碰撞带郯庐深大断裂带。在漫长的地质历史过程中，方形成现在的地形地貌景观。东西向的八公山巍峨，围护着蜿蜒的淮河东流。往西南看，是大别山，朝北则是一望无际的黄淮平原了。

八公山是大别山余脉。"峻极之山，蓄圣表仙，南参差而望越，北逦迤而怀燕"（吴均）。八公山原来也叫北山、楚山、云条山、肥陵山。每个名字都耐咀嚼。例如北山，《诗经》中即有"北山"："陟彼北山，言采其杞，偕偕士子，朝夕从事。"至于它与不与"南山"相对应，"如南山之寿，不骞不崩"，并不须深解。例如楚山，楚地山脉山陵众多，但古人并不在乎人说八公山气场太大。

八公山之所以成为八公山，彰显的是文化的力量。

"八公"之名最早见于汉朝。"昔淮南王安博雅好古，招怀天下俊伟之士，自八公之徒，咸慕其德而归其仁"（王逸）。一人得道，鸡犬升天；斗粟尺布；淡泊明志，宁静致远。而"八公山"则要到晋代了。

真正让其出名的是淝水之战。八公山上，草木皆兵。

"坚与苻融登城而望王师，见部阵齐整，将士精锐，又北望八公山上，草木皆类人形，顾谓融曰：此亦劲敌也，何谓少乎？怃然而有惧色。"（《晋书·苻坚·载记》）。

作为中国历史上著名的大战，淝水之战是改变中国历史方向的一次战争，还是以少胜多的经典战例。中国历史上最伟大的战略家毛泽东曾在《论持久战》中点到过淝水之战。毛主席的人民战争思想曾受淝水之战启发，或许也有可能。

淝水之战留下了大量的文化遗产。投鞭断流，疾风扫秋叶，风声鹤唳，围棋赌墅……从此世人皆知八公山，北山、楚山等再也无人提起。

我爬八公山，常惊异于山上长的一种青桐树，它枝干挺拔，树皮青绿，通体看不到丁点儿沧桑疤痕。我询问过，它还是八公山的本土树种。岁月轮转，它似乎看惯了山上四时之花轮开，听惯了四季之鸟更啼，在杂木野灌之中，永远保持着青春朝气，卓尔不群。这是种与时光相克相悖，却是修炼到了不留岁月痕迹的境界，绝不会给人留有"树犹如此，人何以堪"的感慨。这与"八公"们的仙丹有关吗？

淮河比八公山年轻约两百万岁。钟鼓锵锵，淮水汤汤，钟鼓喈喈，淮水潗潗……

淮河古时与长江、黄河、济水并称"四渎"。黄河、长江当然光芒万丈，但也无意遮蔽淮河的光芒。作为当代中国七大河流之一，她是沿淮河两岸人民的母亲河。淮河长约一千千米，流域人口将近两亿，特别是她所孕育的黄淮海平原，是中国最重要的粮仓之一。在她身上，既有区隔，又兼容并包了中国南北方在气候、农业农事、社会活动、人民特性等诸多方面的差异，最能代表中国的博大广阔、兼容并蓄的泱泱大国的品格和身份了。

就是常被人指责的淮河水灾，虽加剧了其下泄不畅的地理特征，但也是形塑长江中下游平原的重要力量。甚至淮河文化，也是今天江南文化的基因之一。遥想当年，是楚相春申君放弃寿春封地，到长江下游展开新开发，才有了今日江南的雏形。两千多年过去了，江南俱是繁华地，至今犹忆春申君：把黄浦江称为申江、上海称为申城，苏州还有春申君庙。而春申君的墓葬仍静静地矗立在寿春大地上。不知他在九泉之下，看着这山河的变与不变，是神采飞扬，还是黯然神伤。

八公山与淮河相互依托，"控扼淮颍，襟带江沱，为西北之要枢，东南之屏蔽"（顾祖禹）。过去多以军事战略地位说寿春事。但就是国家大一统，不再有南北对峙、军事抗争形势下，寿春依然是连接南北东西而居"中"的重要经济、商贸、交通枢纽。

今天有人说中部凹陷，也有人说中部崛起。怎么说不重要，它就在那里，它一直在那里。就如人体下腹部，是上部伸张、下部立起的关键，是生命的丹穴和渊薮。

"楚有三户，亡秦必楚。"古有三楚之说，西楚、东楚、南楚，三楚的结节点、融汇点、生命点就在寿春。

"暮春三月，江南草长，杂花生树，群莺乱飞。见故国之旗鼓，感平生之畴日，抚弦登陴，岂不怆悢。"在蛮远的建康写给寿春的《与陈伯之书》，具有永久的魅力。为什么呢？

三、构建丰富年华铸

所谓文明文化，都是人类活动的结晶。人有所活动，都会努力在地表留下遗存。但在地球上留下什么东西，留多长时间，有时候要看因缘巧合，非完全依赖人力。但只要能留下来，都弥足珍贵，最值得纪念把玩。毕竟人类的延续靠的是自己的基因，特别是文化基因。人类在地球上留下的痕迹，便是文化的有形载体了。

人类想在地球表面留下痕迹，归纳起来，不过城、墙、房、道、河、沟、塘，以及半地上半地下的陵等形式的构建。这些经过大自然的考验、经过时间的检验、数量极少、不过了了尔尔的东西，经常惹得考古学家、人类学家、史学家们终日奔波操劳，希望能多发现一些，挖掘一些，以让人类的历史更丰富一些，不断拓宽人类生命的宽度和延展生命的长度。

非常稀罕，非常珍贵，这些古建，寿春基本上都保留有。

寿，年纪大，活得长久，吉祥之辞。谁为淮南这一块地方取名"寿"，似已无法考证。但古人对取名字极为讲究，绝不会无缘无故，而且往往一语成谶，特别应验。

寿县古城，屡建屡毁，屡毁屡建，至今还是一座棋盘式格局肌理均在、古城墙保存完好的"大宋之城"。寿县城墙，为国家级重点文物保护单位。1991年，中国乃至全世界老百姓都在电视上目睹了寿县城墙的风采。寿县城墙上限可推到战国时期，比平遥古城要早100年以上。它东南有濠，北环淝水，西为城西湖，砖壁石基，四方围城。全长7141米，高8.3米，底宽4～10米。墙体以土夯实，外侧贴大块青砖，通体向下欹斜，层层收分。城开四门，东宾阳门，南通淝门，西定湖门，北清淮门。门门设有瓮城，太平天国的天才将领陈玉成就是在东门宾阳门瓮城折戟的。

我们看到的，远不是寿县城墙的全部。比如，其隐藏的科技含量，寿县古城墙基脚特设石堤护脚泊岸，瓮城内外门错位处理，特别是在水关涵洞之上建筑月坝，这个砖石结构之圆筒状坝墙，与城墙等高，既能对外排水，也可阻止外水灌城，有效解决内外水位差的问题。前人的题刻"金汤巩固""崇墉障流"，并不是胡乱吹嘘。今天，它已被写入中国乃至世界水利史，成为构筑寿县古城"永不沉没"的城堡传奇的要件之一。此外，古城墙还是若干历史大事件的见证，如寿县城防中首次使用"突火枪"，这可是中国四大发明之火药演变中的质变事件。这些成就，我觉得足以让鄙薄中国科技、黑中国历史的人闭嘴。对这个，寿县古城墙也有警示，南门通淝门瓮城内东壁紧贴门后有一石人像，是"门里人"。看景得知识，中国也要防"门里人"哟。

道。秦朝为对外用兵和国内交通，曾大规模修筑"驰道"。寿春自古以来，就是南北驰道古元康南路驰道的重要节点。当然，这早已让位给今天的现代铁路和高速公路了。

运河。寿春是通过颍水接上古鸿沟。这条通道，对寿春东引西进、北上南下，作用巨大。而今，新时代有"引江济淮"工程，这是彻底改变淮南和安徽面貌的宏大工程，将会随着时间的展开，日益显示出它的不朽与伟大。

塘。天下第一塘——安丰塘，则是一部鲜活的水利史、屯田史、农耕史。

还有"楚王墩"，它将给我们带来什么样的震撼呢？我们拭目以待。

人类不仅在地球上留下痕迹，也会对自身的发展和成长作记录。与世界其他种族相比，中国人在这方面做得最好。而这些，寿县古城可为证明！

城内学有孔子文庙，是安徽文庙中规模最大者；佛教有报恩寺，十八尊泥塑罗汉，个个是精品；道教有东岳观；西方宗教有天主教堂；官有衙署；兵有总兵署……方寸之地，应有尽有，都是"一方都会"才有的排场。似乎也想以此方式，展现《淮南子》的"牢笼天地、博极古今"的气象。

"栏外湖山尽氛垢，斗南人物炳英灵。"寿春对中国制度史、思想史、文化史的贡献，我们也不能忽视。

循吏始见《史记·循吏传》，起首人物便是孙叔敖。如今孙叔敖的庙还在芍陂—安丰塘的北埂上，底层老百姓从未忘记他。现在总有人津津乐道于墨吏贪官，甚至把整个中国历史搞成了一团漆黑。代有循吏，当然代也有墨吏、贪官，特别是吏治混乱、改朝换代之际，墨吏贪官会成批出现，但中国历史上的官吏，绝大多数应该都属循吏。我认为寿春的循吏特别值得我们挖掘与褒扬，除了孙叔敖，其他如李兆洛、颜伯珣等，可能比起海瑞、包公来，更易为为官的人学习，对中国的吏治史、社会治理史的贡献更实在。上文提到的月坝，发明人是寿春知州刘焕，我不知他是不是循吏，但他钻研技术、为民造福的举动，无疑也是值得肯定的。只是舆论喜欢极端，喜欢对那些高标风情的人物给以极大的关注，而较少关注平实的人物，但平实才是建设、积累、能让人看见实在的进步，而不易反弹走弯路。孔老夫子的"隐恶而扬善，执其两端，用其中于民"，说了几千年，好像并未有人真正倾听。

民俗，是历史的沉淀。八公山豆腐，大救驾点心，牛肉汤，也会告诉你一个别样的寿春。这个用文字描述，只能是万不及一，不好意思，最好去实地体验了。

四、经济发展要争强

宋玉《登徒子好色赋》是古典文学名篇："东家之子，增之一分则太长，减之一分则太短，著粉则太白，施朱则太赤，眉如翠羽，肌如白雪，腰如束素，齿如含贝，嫣然一笑，惑阳城，迷下蔡。"

"迷下蔡"，也是当下网络流行语，所表达就是古代社会繁荣、美女如云的城市特征。

这下蔡就是寿春。有人要进一步确认这下蔡是寿县还是凤台，我觉得并不重要。在历史的很长一段时间，这两地本是一体，连办公也是合署的。李兆洛任凤台县令，可是长时间是在寿县办公的。你看地图，凤台孤突，深入淮南地方，硬是把淮河弄成个飘扬的绸带，实在是给寿春地方添姿添色的。

司马迁《史记》说："郢之后徙寿春，亦一都会也。"整个中国南方，能入司马迁法眼的通都大邑，都是商贸、交通、财税豪强，屈指可数。那时，可根本没有上海、广州、杭州什么事的。"迷下蔡"，可能和改革开放初期，千万美女俊男到深圳一样，代表了时尚顶流。当然，它吸引、它圈粉，但它也输出人才、输出繁荣。上海如今繁华中国第一，是国际知名大都会，但其开创之功还是要推黄歇，即春申君。我想春申君去上海，绝不会是孤身一个，至少也会带一批寿春人一道去开疆拓土吧。

"夫淮域所以能独占优势者，何也？其东通海，其北界河，其南控江，其地理之适于开化，盖天然矣"（梁启超）。战国秦汉后的漫长历史年代里，和国家的重农政策相协调，寿春虽以军事重镇地位"吸睛"，但它的经济地位从未稍息。"筚路蓝缕，以处草莽，跋涉山林，以事天子。"具体体现就是整修水利和大规模屯田。芍陂，更是寿春地区乃至整个江淮地区农田水利开发的活化石。这种大规模、有组织、历朝历代继承不辍，且有一定科学理念和技术支撑的屯田开发，造就了发达的农田水利系统，自然也让寿春成为农业生产重镇。"鲂鱼鲅鲅归城市，粳稻纷纷载酒船"（王安石），说的就是寿春粮食实现自给，还有余粮供给城市和社会，满足城市和工商业需要呢。这无论在什么朝代，都是一件值得肯定的大业绩。

转入现代，工业的基础是重化工业，特别是现代工业引擎——化石能源工业，寿春依然领先一步，抢得机遇得到发展。这一次，它惠及的面更加广大，不再是满足自身，更是在商品经济的规律支配下，有力支持了长三角地区乃至全中国的经济发展。

当下进入新经济时代，寿春的经济还在调整中。但我们从历史经验中得到启发，自然会对寿春经济抱有强烈的期待与期许。

寿春可以说是大中国经济发展的精缩版，充分反映了中国经济的发展历程。它顺应着国家和时代的要求而展开，要商时商，要农时农，要工时工，又充分体现了其过程的艰难曲折。繁荣过，衰败过，也有高光时代，更多挫折失败。但那又如何？它仍如同一只不断涅槃重生、永远不死的凤凰。"都会"经济，农耕生产，现代工业……彼伏此起，各擅胜场。

不过近几百年来，被灾害笼罩，士气民风低迷罢了。但三十年河东，四十年河西。风水是不是又转回来了呢？现在淮河水灾明显减少，是不是一个迹象？我们所要做的，就是尽人力、尽人事，改变这"年"的实际计量，或把顺年、幸福努力拉得长长的，或把灾年、苦难尽量压缩得短短的罢了。或如四句推子一样，一句一句地唱，波浪似的不断向前推进，循环往复，永不停息。

我们穿过寿县古城的留犊祠巷—状元巷历史文化街区的成片改造现场。铲车轰鸣。尘土飞扬。小巷道路大部分水泥基底已打好，个别地方已铺上新的石板了。这里曾经是古城中最为繁华的街区，如今呈现的是古城区、旧小区的一片破败景象。曾经被人津津乐道的商店、酒馆、茶馆、面馆，一个也不见了。"孙蟠大夫第"保存得仍很完好，只不过门窗墙壁上都蒙上了一层厚厚的尘土。旁边的路人很热情地和我们打招呼，指说这是状元的长辈，不是状元的儿孙家。有个院落的门开着，里边似乎是家小裁缝铺，穿着厚重棉衣的妇女在里边拾掇着什么。

我拿到了寿县政府工作报告，说 2023 年 GDP 增长 8.5%，引江济淮工程已投入使用，还在已有合阜高速公路、郑合高铁基础上，又开工了新的高速公路，还不只是一条，且有一批超百亿、五十亿的项目在建设。但我依然感觉，这些古老朴实的古街旧巷里的因施工而扬起的尘土，这些大时代下的小叙事、大项目之外的小项目，令人感动。它们意味的是凡人生活的一点一点进步。"主非形形非主主形无疆，无中有有中无真有无像。"留犊坊里清真寺的这副楹联耐人咀嚼。

那不知名，甚至我都不知道是花鼓戏还是四句推子的曲调，还在巷中回荡。我哂然，这曲调，它的生命力、穿透力都在陌上林间、闾巷街区，而在宾馆饭店、剧院戏楼听来，就是嘈杂，就是干嘶。

我想找处地点，搭个角楼，去拍摄和捕捉那生活的韵味。

花开焦岗湖

一

现在网络发达，手机普及。手机有时让人烦不胜烦，但也有好处，即每逢什么事儿，便有各种平台在上面推送信息，比方这节令刚到"小暑"，手机上便满是"小暑"的知识。如，暑，热也，小暑即"小热"，指盛夏开始，即将"入伏"，天气炎热，雷暴增多。看这几天合肥淮南一带，又是雨又是雷的，就十分吻合"小暑"的气候特点。再如，"小暑"这节令，传统有"食新"的习俗，要吃新米、尝新酒、吃伏面，吃藕、黄鳝、绿豆芽，等等。配着"小暑"文字说明的，多是含苞欲放或已绽放的莲花图片。如同冬赏梅花、春赏牡丹、秋赏桂花一样，夏天就是赏莲花的最佳季节。"小暑"正卡在赏莲的关节点上。

淮南正是中国二十四节气的诞生之地。因为最早、最完整书面记述节气的书是《淮南王·天文训》，所以我们通常把节气的发明者归之于淮南王刘安。当然，还可往上溯源，二十四节气肯定源自中华上古文明，刘安不过是个整理记录者而已。后来，刘安的侄子汉武帝把二十四节气正式纳入《太初历》，成为官方指导农事的历法补充。有人说，二十四节气描述的是中原气候，但我宁愿相信它所依托的是淮南的地理物候。从地域来看，淮南处在中国南北地理分界线上，一年四季分明，节气分明，地方非常具有代表性，能兼顾到大中华的各个地区。

节令加上莲花，我便想到淮南的焦岗湖了。从合肥去焦岗湖挺方便，自驾不过一个半小时，还有高铁直达凤台南站，出站后再有十几分钟车程即可到焦岗湖游客中心和临湖码头了。很适合合肥人短途出行。

二

车在码头停下。本想稍作停留，但热浪滚滚，迫使我们快步通过石头水泥做的平台和台阶，直接上了游船。我们剥着新采的莲子和芡实，喝着用荷叶制作的茶水，看着泛着青绿的水，向湖中心驰去。一会儿便到了"荷花淀"。

陪同我们的景区老总介绍，他们根据焦岗湖特别的环境，一次引种了上千亩的观赏荷花，致力打造"长三角"地区最大的荷花观赏地。我们下了船，爬上堤埂，眼前豁然是一大片绿茵茵的"荷湖"，不是荷塘。荷叶密密实实，层层涌动，连绵铺向天际。风吹过，荷叶随风摇曳，泛起青白的流光色彩，带着水味的湿漉漉的熏风里，是浓郁的荷叶香。管理方很细心，为方便游人观赏，特地在荷湖中开辟了两种游览方式。一是在湖中修了木栈道，漆成红色的木栈道，曲曲折折延伸进湖心，本身也成了风景。一是在荷叶中开辟了水道，有类似乌篷船的小船穿梭其中，供游人更为贴近观赏。我们顺木栈道走下湖心。在密层层的荷叶间，散布着盛开的、含苞的荷花，和已结实的大大小小的莲蓬。圆柱形的茎柄，托着大朵的重瓣的花朵，花色有白、粉、深红，特别还有种间色变化的花，花托部位洁白，向上逐步晕染着色，到花瓣尖时已全然变成了粉红。令人惊异的是，这里的花朵儿奇大，不少看上去都有脸盆大小了，花瓣每片都滋润厚实，玉润流光，显得妖妖娆娆，风情万种。有人竟揉着眼睛说，这花怎么看着像"瓷"做的了。栈道上游人穿红着绿，裙裾飞舞，争相拍照。真的是碧荷连天，菡萏妖媚，人倚花姿，花映人面，一派盛世图画。若把这"荷花淀"与杭州西湖的"曲苑风荷"相比，我觉得无论是规模上还是亲和力上，似乎都具有碾压的优势。

毛集实验区的胡书记说，我们还有比"荷花淀"更壮观的景色。跟随他们，我们跨过"荷花淀"的围埂，然后经一座小桥，走一段堤埂……围着这一洼水那一洼水，绕来绕去，最后到达堤边泊着几艘小船的另一片水域。这里有做成竹筏模样的电动船，供游客乘船进入焦岗湖的深部。电动船噪音很小，与周边环境很相宜。它静静地掠过水面，把我们送进别一个清净世界。

船滑进一片莲花中。我向来弄不清楚荷花与莲花的区别，但刚看了"荷花淀"的那一大片荷花，到这里再看这莲花，一比较才意识到，荷花与莲花虽同属一个植物科，叶看上去都是圆的，花形也相同，花期也同步在夏天，但还是有细微区别的，荷花明显高大挺拔很多。李白描写黄山："黄山四千仞，三十二莲峰。丹崖夹石柱，菡萏金芙蓉。"这是以莲花比喻。描写九华山："青阳县南有九子山，山高数千丈，上有九峰如莲华……昔在九江上，遥望九华峰，天河挂绿水，绣出九芙蓉。"这是以荷花比喻。这里芙蓉为水芙蓉，即是荷花。李白显然也是荷莲不分，但他取的意象更偏于荷花的高大挺拔，山峰就像是一朵朵含苞欲放的金色的荷花。"小荷才露尖尖角，早有蜻蜓立上头"，"接天莲叶无穷碧，映日荷花别样红"，都是荷花高标于众的描述。近代作家朱自清的《荷塘月色》，是描写荷花的范本，进入了学校、进入了课本，甚至进入了流行歌曲，很多人甚至会背诵。

而莲花的姿态却低得多。它的叶片和花朵，都是漂在水面上。即使有几朵挺出水面，但也不会像荷花那样亭直玉立，独标风情。"江南可采莲，莲叶何田田……鱼戏莲叶东，鱼戏莲叶西，鱼戏莲叶南，鱼戏莲叶北。"这首汉乐府《江南》，捉取了女孩子家的娇嬉神态，活画了江南水乡景色，也说明莲个儿不大，且是漂在水面上的。徐志摩的诗很得莲花的神韵："最是那一低头的温柔，像一朵水莲花不胜凉风的娇羞。"文学上可以媲美朱自清，但趣味上却明显是各擅其美。莲花的花和叶都躺平在水面上，随着水波浮动，而不是随风摇曳。这番风韵，一摇一摆之间，荡去了水上蒸腾的灼热湿闷空气，真的让人有"花开见佛"的清凉意思了。

这几年我做民族和宗教工作，有机会进过一些宫观寺院。其中，佛家寺庙里莲花触目皆是，很多雕塑绘画看上去亦莲亦荷，并不区分，很适合大众对莲荷的认知。佛家把莲花看得无比高贵、神圣与美好。释迦牟尼出生时就会走路，他脚下步步生莲花。佛经里描述的西方极乐世界，就有大如车轮的莲花。中国佛教最大宗派之一，主张以修行来达到西方极乐世界的净土宗，又称"莲宗"。九华山的别称叫"莲花佛国"。进入学校课本的周敦颐《爱莲说》："予独爱莲之出淤泥而不染，濯清涟而不妖，中通外直，不蔓不枝，香远益清，亭亭净植，可远观而不可亵玩焉"，也是篇深受佛学思想影响的文章。焦岗湖也有"五大怪"的传说：茭白不长后代，红莲不能采摘，渔民游泳比走快，船上灶门朝外，生个孩子吊起来。我不明白这红莲"不能采"是什么原因。是宗教上红莲圣洁，只能远观不能采摘？还是红莲生长于湿地淤泥深处，人走不进、船划不到？我张目四望，焦岗湖并未给出答案。

但我却深切感到，这处在淮河之滨、中国南北地理分界线上的焦岗湖的荷（莲）花，其大气与舒展的气质，与中国人的精神品质深为契合。中国地大物博，各地风土人物差异甚大。比如北方人赏花倾向牡丹，南方人赏花倾向梅花。而荷（莲）花，则藏有为南方人和北方人、全体中国人共同欣赏的秘密。

三

估计世界上的湿地最大的共同点，是都拥有大片大片的芦苇。古诗里"蒹葭苍苍，白露为霜"，指的就是芦苇。

我们穿过莲花区域，顺着由芦苇构建的航道继续前进。这焦岗湖内，水系纵横，湖网交错，相互缠绕，并不存在"纬一经二"那样的方向路径。但湖里东一丛西一丛的芦苇和适宜水生的柳树等，却像路标或指示牌，划出了水面区块和水道。看得出管理比较到位，航道两边整饬有序。壮硕的芦苇已完全长开，与还未倒伏的去年芦苇，黄绿相间，编织成密实的"苇墙"。水浅处，夹杂长着各色宜水的柳树、榆树、楝树等，勾勒出半拉子工程的堤埂雏形。这里是各类鸟的天堂。成群的鸟儿在苇叶上、树枝间，上下翱翔，甚至直接亮着白肚皮，在游客的镜头前做起了表演，丝毫不怕人，充满着野趣。问起来，我才得知，三十六湖归焦岗，这焦岗湖是因应淮河形成的湖洼陂塘群，冬缩夏扩，富集各类生物食物，自然成为南北候鸟迁徙的重要通道和越冬地，所谓中国三大候鸟迁徙路线，焦岗湖就是其中之一的节点。眼下，这些都成为经济开发，特别是旅游开发的重要资源和对象了。我想起杭州的西溪湿地和阿根廷的伊贝拉湿地，比较起来，焦岗湖要与时俱进保护开发利用，任务显得更加艰巨而复杂。

四

历史上，似乎从没有人把焦岗湖当作景观之地。甚至连"焦岗湖"的名字，乍听上去也挺土，不够雅训。但这并不意味焦岗湖没有"来头"。

李兆洛是清朝名宦，他曾任凤台县令。他在任上编纂的《凤台县志》，广受好评，公认优秀，对后世影响巨大。他写道："焦冈（应同岗）湖，滨湖为杨家脑、长湖湾、双桥集、黄家坝诸坊之下流所汇，即《水经注》所谓椒水也。"想在《水经注》上都留有名称，还有个雅名"椒水"，这焦岗湖确实是不能让人小视的。椒，古时多指花椒，属芸香科植物。椒房、椒风、椒酒、椒浆等，都是褒词。《诗·唐风》："椒聊之实，蕃衍盈升"，寓意更是美好。这些起码证明了焦岗湖祖上曾辉煌过。只不过"椒水"何时变成焦湖或焦岗湖，就不清楚了。若爬梳下去，或许还可得一部淮河流域的环境变迁史，亦未可知。

李兆洛把焦岗湖编在了《凤台县志·沟洫志》"堤防"条下，既未列入"形胜"，也未列入"游观"，甚至未单独列目。他在《凤台县志》里留下自己两篇文章，一是《丰湖闸碑》，一是《焦湖沟闸始末》，还保留了萧景云的《焦冈湖考》。我想这些都是今天研究焦岗湖不可多得的史料。这些文章反映了他主政凤台时曾大兴水利、为治理焦岗湖花的功夫，也反映了那时人们对焦岗湖的基本认识和治理焦岗湖的基本出发点："秋冬泄水以种麦，刈麦后引水灌之以种稻。"这与今天人们对焦岗湖的要求、期望、定位已大相异趣。这个历史也说明，今天焦岗湖的保护开发利用完全是崭新的探索，需要全新的思路和举措。顺带说下，李兆洛与修芍陂（安丰塘）的颜伯珣这二人，不仅在淮南留下了事功，也给后世留下了很好的为政思路，教人如何在地方当官。比起包公、海瑞等，他们俩的人和事迹，虽然戏剧性不强，但我觉得对我们完整地理解中国历史，特别是国家治理史和吏治，更富于意义。

手机上搜索，焦岗湖的全部面积都在毛集实验区境内。这毛集实验区2000年成立，是安徽省唯一的国家级可持续发展先进示范区。实验区完全是改革的产物。历史上的泄洪泛洪区，今天的生态旅游度假区，传统的社会治理范式与今天的现代治理探索，无疑加强了焦岗湖的质感，丰富了我们对焦岗湖的多维认识。

听闻前些年毛集办淮南牛肉汤文化节，专门仿铸了口"天圆地方"的楚大鼎，我想去看，但又望望明晃晃、热辣辣的日头，无奈只得留待下次了。

秘色阊江

一

一年一度，省徽学会应时而开。我会前才得到通知，需去云南出差。原来怕时间太紧，赶不上会议，但我下午 3 时从西双版纳驻地宾馆出发，经合肥到达祁门时，才晚上 10 时多一点。这大大超出我的预料。

第二天上午大会发言任务完成后，我约了祁门红茶集团董事长姜红、资深徽学专家张建平和祁门县文旅局长叶华芬三人作游伴，去寻找祁红踪迹。茶是徽商的主营业务，也是徽州人的日常，是构成徽文化的支撑因素之一。再说，这次云南之行，几乎被接待方搞成了"滇茶之旅"，心里还是有些戚戚的。

冬天的祁门，依然是山翠水绿，但却去除了春夏间的燠热溽湿之气，显得特别山明水净。弯曲的大北水，完美诠释着什么是山川秀美、什么是生态优良。我来过祁门多次，但每一次都有新感受。这一次我不知道祁门会带给我什么，心里并无托底。但就凭这满眼风光，也是不虚此行。

芦溪在祁门县最南端，历史上有祁门"小上海"之称。徽州以溪字命名地方特多。仅祁门汪氏一族，分支派就有七溪、舜溪、文溪、石溪、和溪、棹溪、润溪、芦溪。这些溪流多半汇入了阊江和大北水。阊江在倒湖汇入大北水后，便进入了江西境。阊江在芦溪村前绕了个弯，形成了一个极佳的船只停泊地。祁门的茶叶、木材、瓷土从这里运出，而大米、食盐、布匹亦从这里运入。芦溪产一种"安茶"，历史比祁门红茶更长。我十几年前曾参观过芦溪安茶厂，当时正遇见几个广东人在买安茶。打听后才知道，这安茶向来被岭南人特别是东南亚一带华人华侨视为圣茶、仙丹。我也是第一次在芦溪观看傩舞，一种原始越人的祭神娱鬼舞蹈，现在已是"非遗"了。

游伴张建平他们对这一带情况很熟悉。我们闲聊着红茶等八卦，很快就到了康达的故居所在地——礼屋自然村。礼屋村的粉墙黛瓦掩映在一片茶林中。康达故居实际上已不存在，只剩下一堵残壁，隐藏在新式的民房后面，已无足观。但其名声还在，村里百姓都知道康达。

康达在祁门是名人，在江西则是闻人、达人。他是个民族资本家。康达是江西瓷业公司的第一任老总，还曾被推荐担任安徽省总督。他因开景德镇瓷业的现代工业化生产之先河，对中国瓷业振兴具有重大影响。康达的瓷器事业，充分体现了徽商的能力和影响力。当时的背景，江西瓷器生产和中国茶叶生产一样，都濒临死亡威胁。外国瓷器与外国茶叶都打到家门口了。以西方生产方式为师，用西方机械设备生产，成为社会精英阶层的共识。为朝廷做事，当然可以不计成本，但要在市场上保命，还得靠物美价廉。而这只有工业化生产才能做到。

"革命精神，维新头脑；英雄肝胆，菩萨心肠。"这是康达自撰的对联。毫无疑问，在思想认识上，他已远远超越了同时代人，而与后来的"茶圣"吴觉农等相龂。康达死在景德镇，归葬在祁门，他被后人葬在倒湖的下雪坑。

据说现在还有江西人过来寻找康达遗踪。我估计这些人大都有徽州情结。当时清朝有个匠籍征调制度，确保官方特别是御窑的工艺水平。历史上在景德镇从事瓷业的祁门人很多。大都是老乡带老乡，一个带一个出去的。这使景德镇众多制瓷人才都有徽州血统。康达的得力助手据说就是一个同乡。"千年景德镇，百年王锡良"，今天被称为国宝的王锡良瓷器大师，就是徽州黟县人。

中午时分，我们赶到倒湖村，并在村老主任家吃午饭。村主任家在河流的堤岸上，目测距离河流中央落差起码在 10 米以上，但墙面上有水迹，说是夏天洪水来时的浸泡线，听着就挺吓人。这山里水来势竟如此凶猛，说明山明水秀、温文尔雅只是这里的一个面相，它还有不可测的另一面相。

祁门置县是唐永泰二年，即 766 年。祁门县辖地主要从浮梁东北地方和黟县六乡划入，主体部分是浮梁。唐代诗人白居易有著名长诗《琵琶行》："门前冷落鞍马稀，老大嫁作商人妇。商人重利轻别离，前月浮梁买茶去。来去江口守空船，绕船明月江水寒……"虽说诗无达诂，但中国诗词的记实叙事功能一直都有，是我们观察古代社会不可或缺的资料。

白居易的这首诗写于他被谪九江司马后，时间是 816 年，即唐元和十一年。此时距离祁门建县隔了50年。祁门辖地，无论建置前后，都是重点产茶区。例如康达，他虽以瓷名显，但出身也是茶商，自家曾有合同康茶号。后来在平里为了办学，他才把茶号卖掉的。现在解释白居易诗中的"江口"，是九江的长江口，但我觉得是阊江入鄱阳湖的口，甚至就是倒湖的可能性更大。因为祁门乃至老徽州地区产的茶叶，从阊江而下，到鄱阳湖，再溯赣江到赣州，再登陆运过大庾岭到广州，和出鄱阳湖，入长江，沿长江上行下走，向来是最主要的两条线路，其集结交汇点是阊江口。

倒湖这名称挺古怪。本是江流一段，却有湖的模样。有说是因其在祁门到镇埠的道路旁边而得名，或者本身就是大道一条，原来名字应该是"道湖"。还有传说是李白到此将酒壶搞倒了，所以后人命之为"倒湖"。呵呵，不过，"倒湖"这名字出现时，李白可能还未出生呢。

站在高岗处，可以清楚看到大北水如何汇入阊江。阊江再往下行，就进入江西境了。

二

午饭后我们转向贵溪，寻找祁门红茶创始人胡元龙的踪迹。

贵溪村是第六批中国传统村落。村里正以胡元龙为招牌，打造"祁红源头、元龙故里"，建设"闻得见茶香、记得住文化"的特色亮点村。贯穿村子的小溪里，红色的挖掘机正在开挖河床，说是正在实施一个关乎阊江的环保项目。前几年，这里还实施了美丽乡村建设部分项目，搞了两岸的水泥花式护坡，溪中还搭建了水泥曲桥，并在岸坡上种植了些看不大清的花花草草，有点像要把城里的景色搬到乡村来的感觉。

胡元龙故居门墙上挂着几块牌子。左上面是"祁门县百村千幢工程保护单位"牌，下面是"黄山市文物保护单位"牌，再下面是"祁门县文物保护单位安全责任公示"牌。右下方则有块蓝底白字的"工地施工　闲人免进"的牌子。白灰墙面斑驳，青石门框，门框上方是新式的方格玻璃窗户，两侧还是老式的木雕装饰窗户。与故居房屋相连的墙上，还有一块用桐油刷过的本色木牌，木牌做成了茶叶状，上面写着"祁门红茶，始于1875，元龙培桂"等字样。这些房子都还在使用，为胡家后人居住着。但此地并不是胡元龙创制祁门红茶的培桂山房。培桂山房今已不存，具体在什么地方，人们众说纷纭。但主流说法是培桂山房距离他的墓地不远。

我想去找胡元龙的墓地。游伴赶紧电话联系村上领导。村里传来话说已请人来带路。来人以一站送一站形式，一人带我们一截，将我们一截一截地往山里送。最后来到一个风雨亭，一位穿着草绿军装、腰间别着砍刀的老者正等着我们，他正是胡元龙的第四代孙胡松龄。这一路上（张建平后来查出，此条路叫麦坦路，亭也叫麦坦亭），扬起的白色灰尘，挂满了路边的杂草灌木。我很纳闷，在这山清水秀的地方，也没见着什么大型施工现场，这灰尘而且是白色的灰尘从哪儿来的，就是有灰尘，我以为也应该是黄土色呀。我已经失去了方向感，只记得背后有皖赣铁路，他们说沿小路再前进的某个地方是郭口。那里有平里茶业改良场陆溁建的好几百亩新式茶园。

我们与风雨亭合了影，便跨下路基，跃过路边的小溪，经过一小片茶地，然后穿过河滩地茂密的杂草，来到山脚。这是一座土山，很陡峭，遍布杂木荆棘。这里已经没有路了。胡松龄便挥舞砍刀，一路披荆斩棘，领着我们来到半山的胡元龙墓地。墓圹呈方形，有三到四个墓碑，是胡家几代人的。胡元龙的墓碑在左下方，被一片枯树枝遮挡着。胡松龄赶紧进行清理。墓碑上已覆盖厚厚的青苔。我们刮去青苔和浮土，墓碑上的碑文依稀可辨：祁山贵水，毓秀钟灵，惟吾曾祖，闾邑之英，通文达武，青史标名，性行方正，梓里怀情，红茶白土，世界蜚声，禁烟戒赌，垂训后生，垦荒力学，造福梅城，敬宗思远，勒石为铭。碑是胡元龙的曾孙立的，墓志铭当然不吝辞藻。

祁门红茶董事长姜红很虔诚地又对墓地进行了一番整理，然后恭恭敬敬跪行了三个礼。这是祁红后来人对祁红创始人的礼敬。

墓志铭说的"红茶白土"，红茶是指祁门红茶，白土则是指瓷土。胡元龙今天是以红茶创始人名显，很少有人注意到他还经营瓷土。茶与瓷，在胡元龙这里是交集的。

胡元龙（1836—1924）于1875年创建日顺茶厂，请宁州师傅舒基立按宁红经验制作红茶，并试制成功。其销售主要在"东方茶港"武汉，后来在北（京）平的同盛祥茶社。北京很多老茶庄，最后都能追溯到徽州，也是件挺有意思的事。

关于红茶，还涉及余干臣。余干臣（1850—1920）是徽州黟县人，其面目、经历至今仍很模糊。据说他曾在福建福州为官，有机会参与外经贸事务，有与洋人打交道的经验，还有机会与茶商及闽茶产地交流，对红茶生产有了解。1916年《农商公报》说，安徽改制红茶，肇始于胡元龙。1937年出版的《祁红复兴计划》中则表述为1876年，有自至德（今东至）茶商余某来祁设分庄于历口，以高价诱园户制造红茶，翌年复设红茶庄于闪里。是他根据闽人经验，建议祁人改制红茶的。而祁人独胡元龙响应，接受了建议，在自办的培桂山房着手制红茶。这个说法弥合了池州与徽州的分歧，是和合的产物。张建平说，以今天的眼光看，余的行为符合其被罢免官员身份，茶是当时朝廷专管商品的实际。这可解释他有家（黟县）不能回，以及后来去九华山出家的事实。我以为然。

制作红茶，对于胡元龙来说是创建，而瓷土却是他的家传生意。

江西景德镇生产的瓷器名闻中外，历来有白如玉、明如镜、薄如纸、声如磬的美誉。但过去景德镇烧制的精品瓷器用的都是祁门的瓷土。《陶说》《天工开物》等著名图书，对此都有明确记载。平里龙凤壁瓷土矿，有坑采和露采两种，就是胡元龙的爷爷胡钦选开的。子承父业，其子胡上祥在同治四年即1865年，依托家传经验和个人具有的鉴别瓷土知识，在祁门东乡庄岭发现矿藏丰厚的瓷土矿，且矿石细结有柏叶花纹，质量上乘。然后设置土碓五所，开始开采。他通过阊江，将瓷土全都用木船或筏子顺江运到景德镇销售。景德镇瓷工则用庄岭瓷土为慈禧太后做了纳凉的"御床"，慈禧太后对这瓷床很满意，据说专门下旨封了庄岭的瓷土，以专供皇家烧制御用，还特许阊江上拉瓷土的小船用小黄旗，免检免查，很拉风的。再传一代到胡元龙，到景德镇毕家弄建造房屋，开设"胡培春白土行"。他还发明了提土凭证、期票等。

至今庄岭村"太后坑"遗迹还在。我在黄山工作时，曾专门探访过"太后坑"，采坑已完全被废弃，坑口已经堰塞，塘不像塘，田不像田。若没有人指点，已难以想象它曾经的荣耀。

现在国际上通用的高岭土学名，来源于景德镇东郊的高岭山。高岭土是祁门瓷土之后的新秀。传说，法国传教士昂特柯莱，在1712年的一份书简中向欧洲专门介绍高岭山瓷土的特点，该书简对全世界的瓷器制造业产生了深远的影响，并使高岭土在欧洲得名，进而成为该类瓷土在国际上的通用名词。遗憾的是这个传教士当年没能来祁门，他若来了，这高岭土或可变成"庄岭土"也未可知。

最有意思的是1915年的巴拿马万国博览会，祁门红茶参加了，胡培春号"太后坑"瓷土也参加了，还获得了银奖。红茶引来了一波制作热潮，瓷土同样也引发了一轮开采狂潮。史载开采瓷土雇的是英山工人。这英山应指英六霍之英，即今六安、英山、霍山及安庆人。这也与祁门一半人口来自安庆、祁门一半人口在景德镇的说法相符。祁门瓷土一直供给景德镇，直到1960年代，祁门自办瓷厂以后才停止。

史实归史实，真正让我感兴趣的是茶与瓷的交结或交集。中国制瓷历史悠久，地方很多，但真正做出名堂的是景德镇。而景德镇之所以能成为今日之景德镇，究其原因，不仅与祁门瓷土有关，也与祁门茶叶紧密相关。当年"哥德堡"号沉船打捞物件，茶叶与瓷器并存。瓷器不论碗、壶、瓶、罐等，多与茶的存贮、使用有关，这是个极其明了的事实。瓷器的价值，虽然在审美领域逐渐独立，形成了自己的特点和历史发展轨迹，但其底层逻辑仍然是其实用价值。茶叶的需要，是瓷器发展的催化剂。即使到现代，瓷器也还是茶叶保管存贮的重要工具。

传统中国的象征物，主要是瓷器、茶叶、丝绸，其中两种都与祁门深度挂上了钩，让人不能不震撼。在祁门，瓷土、茶叶和深层的以宗法血缘为核心搭建起来的人脉关系，如三股线索紧紧缠绕在一根绳子上。这条绳子，就是阊江。这是一个完美的生态圈。

阊江，china（瓷器，中国），地方发音是一样的。

三

阊江穿越丛山从东南而来，在平里自然放慢脚步，再顺山势西北而去，形成了一条宽阔平缓的腰带水。"平里"得名，既因其地至江西边境与到祁门县城里程相等，也因其四围是高大的山峰连成屏障、中间一块平地的地形地貌有关。良好的水利和地理条件，使平里自然成为阊江腹地上的一个重要码头。胡元龙也曾在此设立茶庄。

今日平里，被誉为"祁红故里""红茶圣地"。但这个荣誉并不能简单地归属于祁门红茶创始人胡元龙。

传说，红茶是武夷山的茶农偶然发现。但红茶风靡英国皇室乃至整个欧洲，并掀起流传至今的下午茶风尚，却是后来的事。英国人由于巨大的茶叶贸易赤字，被逼在印度阿萨姆邦试种茶树，生产出少量红茶，并逐年扩大生产。由于其采用现代企业组织制度和机械制茶工艺，极大地提升了茶叶的生产能力，终于在1888年，从印度出口到英国的红茶产品首次超过了中国。中国茶从至尊宝座上跌下来，这个历史过程并不漫长。从西方全面地向中国茶学习致敬，到中国向西方茶的全面学习致敬，由老师变成学生，仿佛弹指一挥间。

例如祁红，它也辉煌过。据说出口的黄金时期，祁红占英国进口的数量比其他所有国家进口的总和还高，1915 年祁红还获得巴拿马万国博览会大奖章。但这短暂辉煌，更多是建立在其他中国茶的一片衰败之上的，它本身也处在持续下行的通道上。在那个时代，整个中国茶叶在市场上被西方人追逐得狼狈鼠窜。在强盗国家、现代化工业生产和企业组织面前，旧中国的茶叶生产如同瓷器一样，一碰就碎，不堪一击。抗日战争前，祁门红茶已泯然无闻。

目睹这个过程，对所有中国茶人或中国人来说，都是屈辱和痛彻心扉的。中国茶人的觉醒和奋起之标志，便是在平里建设了中国最早的茶叶研究机构——茶叶改良场；1915 年，北洋政府在平里设立农商部安徽模范种茶场，1917 年改为农商部茶业试验场，1932 年改名安徽省立茶业改良场。这个改良场，命脉悠长，成为后来祁门茶厂、今日祁门茶叶研究所、安徽农科院茶叶研究所的前生。如同瓷业一样，在与西方包括印度茶的竞争中，可以清晰看到工业化对传统制作的碾压性优势。所以在长达一个多世纪的中国茶叶振兴事业中，绵绵不绝的主旋律就是推进中国茶叶工业化，至今还在进行中。平里茶业改良场仍保留一台 20 世纪 30 年代德国产的机器，云南普洱大益茶厂也有一台 40 年代英国产的机器。作为展陈物，它们都是那个时代的核心代表物。我们后来五六十年代引进大型萎凋机、捻机和干燥机等苏联机器，都是机械时代的标配和顶配。站在这个角度，完全可以将平里看作中国茶叶自我革命、自我救赎的开始，其创业—守业—低谷—自我更新—再辉煌的曲折经历，也生动演示了中国茶的奋斗与辉煌荣光。

特别值得提出的是，吴觉农、胡浩川、冯绍裘、庄晚芳、陆漱等一批知识分子都在这里工作过。这一批人，立志为振兴中国茶叶而奋斗，都从大城市乃至国外来到地处深山的祁门平里，甚至亲力亲为，亲自开荒种茶。他们与近年出现的一些知识分子的反向奔赴，形成了鲜明对比。新中国成立后，他们在中国茶叶公司系统工作，都成为振兴中国茶叶的业务骨干，吴觉农还担任了新中国的第一任农业部副部长。至今，从南到北，在全国各地的茶科研和生产基地，都还能听到他们的名字。"祁门茶业改良场……实系中国茶叶中心"（吴觉农）。因此，人们称平里茶业改良场是茶叶界的"黄埔军校"，平里是中国现代茶叶的摇篮，绝对不是虚言套话。

但优良传统的发扬，还要看今天人的实干。

我们直接来到祁门红茶集团的平里工厂。集团成立于 2022 年 6 月，其主营业务涵盖了茶叶种植、生产、加工、销售、科研、茶生态旅游开发和茶文化传播等。

姜红带着我们仔细参观，自豪感满满。她说她亲自参与或亲自设计、监造了这座工厂。设计和建设时间，连头带尾只用了 8 个月。这个工厂让我耳目一新。厂房外观是"新徽派"，粉墙黛瓦，清爽明净，但最吸引人眼球的是集团自主研发的祁门红茶初、精制一体化、5G 智能化生产线，于 2023 年 4 月联调试机并启动加工生产。今年已生产祁红 200 吨。这条生产线真正意义上实现了从鲜叶到成品茶的全流程不间断作业，代表了祁门红茶清洁化、自动化、智能化生产的新水平。比如说搭建"祁红天路"，将祁红初制和祁红精制两个传统不兼容的制茶部分合成一体；比如说应用人工智能，用大数据解决人工操作问题，特别是解决祁红的拼配问题，拼配向来被视为祁红的独门秘诀、不可替代。祁红泰斗级人物闵宣文被认为是今日祁红的绝对价值，其关键手上功夫就是拼配，号称"闵拼"。但姜红说她引进了人工智能，用大数据模型解决了拼配问题。

如果我们回顾看，胡元龙、余干臣等，应属于祁门红茶的第一代人，他们以手工制茶。而吴觉农、庄晚芳，包括闵宣文等，都可归入第二代，主要以机械制茶。而祁门红茶集团，则由机械制茶跨入人工智能制茶。我想，如果说闵宣文是机械时代将机械与人力完美结合的代表，而未来已来的时代将人工智能与人力完美结合的代表，或许会是"姜拼"。

我们坐在集团三楼的会客室里，品味着"祁香吟""百年祁凰""祁红诗经"和七彩版"你的祁红"等经典茶款。祁红独特的味道在口腔里回旋。祁红特有的似果似兰似蜜香气，融溶在茶汤里，而不是像其他茶，香味会随着茶气一吹而散。汤色红艳明亮，口感鲜醇醇厚，有劲而不糙，这或许是它即便与牛奶、蜂蜜等调和，其香味也不减反而更馥郁的底气。更奇妙的是，喝祁红并不需要清口后再换茶，各款茶在口腔中并不冲撞。

我望着窗外的闾江，又想起我的云南之行。祁门红茶与滇红是师徒关系。抗战时，是平里茶业改良场的冯绍裘、陆溁等去云南，把祁红制作技术带去的。但时移势转，今天云南茶，特别是普洱茶的营销，则需要徽茶去研究学习。尽管他们有些营销手段我并不太认同。如茶组植物，可供人类饮用的是栽培型茶树，而栽培型茶树演化形态是由乔木型向小乔木型，再进而向灌木型演变的。这是茶演化发展的必然路径、基本路径、科学路径、进步路径。而现在被他们弄得好像乔木茶比灌木茶高级，甚至野茶、古茶还更高级似的。要在市场上博知名度和美誉度，非要好好研究宣传工作不可。

我们又说起"镶着金边的女王"。这是 2017 年我为安徽省在外交部活动准备茶艺展示时，为祁红取的绰号。我笑着对姜红说，那是对外交官等高端人士说的，做茶的根本还是要让茶成为老百姓喝得起、喜欢喝的茶。这是茶在西方大行其道的秘密，也是茶实现工业化生产的出发点和归宿。皇家、宫廷、公主、贵族等，都需要特制、定制，而这些产品无须成本考虑，是不能真正把企业做大做强的。初入市场的祁门红茶曾被称为"赤山乌龙"或"祁门乌龙"。如果抛开营销因素，把祁门红茶弄成完全的贵族种，可能真的会成为大"乌龙"了。

四

冬天日短。我们匆匆参观祁门红茶集团的茶园后，便赶往祁山镇，我还想看看茶山公园。

车子沿着阊江曲折前行。夜色如水，或者说，夜色如蜜，从四面八方漫了上来。它是那种既透明清澈，又厚重神秘的颜色，让人澄静空灵，又温润忧郁。

本来我还想去看阊门峡，但想想后就算了。史志载："阊门峡在县南一十里。夹滩两岸，有大坛石，连至中流，对涌相向，是为阊门。"又云："阊门怪石丛峙，迅川奔注，溪险石礨，跳波激射，摧舻碎舳，商旅经此，十败七八。"过去，阊门峡是黟县、祁门往江西经商的必经之路。但现在阊门峡恐怕已看不到了。现在公路、铁路交通大改善，传统的山区水路交通已失去生存意义。换个角度，现代水利工程把传统水运的卡点堵点都清理了个遍，甚至能炸的都给爆破了，其人文意义上也几乎不再存在了。

摇摇晃晃中，我有点"觉悟"，觉得自己过去以黄山为中心看阊江，或有片面。祁门古属越，后属楚，文化基因里就有神秘元素。从上游往下游看，是阊江变昌河，去了门没了约束，是仙落人间，是龙归大海。若调个角度，从下游往上游看，可能更有意义。本来是昌江，进而加个门，叫阊江，然后到阊门。阊门本是指神话传说的天门，或是皇宫的正门。过了阊门，才算是进入了天庭范围。这里的地名命名，顺序是从下往上可能更合理。"阊江""昌河"，这一条河分两段还分开命名，本身也很古怪，"河"向来是北方对大水的称谓，而"江"则是南方对大水的称谓。在南方人心目中，江都是比河要长要大的。但阊江却在昌河上游。这里的秘密应是黄山。黄山或徽州才是阊江流域人们心目中的神仙境界，这与黄山是黄帝之山的传说是一致的。

从阊江到昌河，是从天界逐步下行，进入世俗世界。从昌河到阊江，则是逐步叩拜，一步一步登天的过程。现在，人们也管昌河叫阊江了，都是人间天堂。

倒湖，很可能是"倒影之湖"，倒映的是黄山这个神仙世界、神秘乐园。它是仙界与人世的分界线。当然，对徽商来说，也是他们入世、倒腾江湖的开始。

祁门茶山公园，曾是改良场的一部分，也是新中国成立后祁门茶厂的一部分。中共祁门县委也坐落在这里。

这里还保有好几幢老建筑，如呈品字形的改良场茶叶研究所和原祁门茶厂的一幢办公楼。我觉得若把这里和平里的老厂房连在一起看，就是完美的20世纪中国茶工业遗产。老建筑的背后是两座茶山，山上呈现的是经典的种茶台地和"之"字形小道。不要小瞧这些梯形台地和"之"字形小道，它们如同黄山上的栈道对山岳型景区的影响一样，深刻影响了当代茶叶发展，甚至成为当代茶叶发展的标准之一。若要"申遗"，它们理应成为内容之一。我去云南就发现，台地，是他们大力发展茶种植的主要手段。山坡和山冈上，种植有一排排高大的枫杨树和桐树。稍加注意，便可看出这些也是当年悉心布局和种植的，它们可以给茶园以完美的散射光源，并带来植物本身的芬芳。茶山公园，简直就是一部现代茶史和活的教科书。

我望着青色的夜空，和灯火深处的阊江。忽然想到阊江边的"洪家大屋"。曾国藩曾把江南大营驻扎在这里，从这里来指挥进攻路途还蛮遥远的南京——太平天国。单纯从军事地理上看，这很难解释。可曾国藩是个信命、懂风水的大师，他把自己的江南大营设在祁门，必有讲究。

晚唐诗人陆龟蒙有诗："九秋风露越窑开，夺得千峰翠色来。好向中宵盛沆瀣，共嵇中散斗遗杯。"人们从他这首诗里，挖掘出一个形容极品瓷器的名词：秘色。秘色并无确切颜色。但我觉得这词很奇妙。这秘色，拿来用在祁门和阊江上同样适用。

我们终究是世俗平凡人，成不了仙，也成不了曾国藩那样的国家栋梁。且望着阊江，做红茶、品红茶，放飞一下自己的想象力，或可获得窥见神奥的机会呢。

明夷于飞

一

2024 年省徽学学会暨"徽学研究提升工程的新路径"学术研讨会安排在鸠兹湾艺创共富乡村举办。它位于芜湖市湾沚区花桥镇，被认为是鸠兹的发源地。趁会议间歇，我溜出去看楚王城。

鸠兹是可以追溯到春秋战国时的古地名。一般认为，《左传》记载的"三年春，楚子重伐吴，为简之师，克鸠兹，至于衡山"，指的就是这里。当然，也有人说今湖北罗田九资镇才是春秋时代的"鸠鹚古国"，九资便是鸠兹音转。之所以有争论，肯定那时候的鸠兹寂寂无名，是个彻彻底底的蛮夷之地。"子重于是役也，所获不如所亡"。他征来伐去，也没得到什么值钱的东西，反而拖累了自己的仕途前程。

看到芜湖县人民政府立、黑底金字的"全县文物保护单位　楚王墩遗址"石碑时，我们停下车。石碑旁有小径，我循小径进入，至于红白牙相间的文物保护界址碑。冬雨淋沥，洒落在衣衫上，透着深深的寒意。没有鸠鸟，什么鸟儿也没有，耳边只是簌簌的一片雨声。倒是树木繁茂，枝桠纵横，落叶遍地，荒芜气息浓重。无法想象这里曾是座人声马声嘈杂的都邑。

吴头楚尾鸠兹邑。楚王城是战国至西汉的一座古城遗址，亦即旧芜湖县城、古鸠兹所在，曾出土过多种陶、瓷器及蚁鼻钱、五铢钱等文物，对探索皖南及江南地区城市发展规律、研究皖南地方史具有较高的价值。这楚王城开始建于什么年代，并无确切记载。既然说是楚王城，应在楚灭越、鸠兹为楚地以后。在楚国灭越后，春申君先被赐以淮北十二郡，后"请封于江东……春申君因城故吴墟，自以为都邑"。因此有人猜测这都邑便是楚王城。

若以春申君黄歇（前 314—前 238）来推算，楚王城距今已有 2500 多年了。不过春申君请封的"江东"，是一个很大的区域概念，包括如今的长三角或整个小江南地区。上海的简称"申""黄浦江"等地名，皆与春申君有关。

西汉时，鸠兹设县，并易名为芜湖。东汉末年大一统国家崩溃，天下分为三国，吴国孙权将芜湖县治从鸠兹移至大江之滨、青弋江口，即今芜湖古城地方。虽然行政权力中心的具体位置一直在变动，但鸠兹作为芜湖的古称、别名，却一直保留了下来。今天芜湖的别称仍是鸠江、鸠兹，都是沿用前朝，循例而来。关于鸠兹两字含义，比较南朝范晔《后汉书》之"鸠兹意指鸠鸟栖息繁殖之所"，认为鸠兹是中原人用汉语记录南方古越语的译音（《芜湖通史》）的说法，更为可信。

刘备尝谓孙权曰："江东先有建业，次有芜湖。"芜湖的地理位置，向来极其重要。孙氏政权建立后，为巩固腹心地域统治，便把剿灭山越人作为重要任务。

所谓山越，与徽州的关系密切。今人解释，山越是古代南方百越部落的一支，东汉末年"分布于古代扬州区域内，即相当于今长江以南的皖苏浙赣闽等交界的山区丛林地方"。往上追溯，可追溯到西周早期的干越、干国。《庄子·刻意》："夫有干越之剑者，柙而藏之，不敢用也。"芜湖有干将、莫耶在铁山取铁、神山铸剑的故事。干和莫，应该都是南方地方语音记录。干，古音读工、句、姑、鸠，与攻同音，有水边江畔意。莫姓，至今仍为广西一带少数民族主要姓氏。所以干将、莫耶为山越人的可能性很大。

山越人的活动区域在东吴的腹心地带，包括丹阳、黟县、歙县等地。这里山川险阻，北抗长江，东连三吴，南接豫章，是沟通江东与南方各地往来的枢纽，战略地位十分重要。而山越并未开化，都是松散的氏族武装集团，下山为民，上山为匪，时常与山民、宗部、山贼并称。

孙策、孙权为征服山越，前赴后继，前后历时四十余年、征战三十余次。《三国志·吴书》载，陆逊受孙权派遣，讨伐丹阳山贼费栈，"遂部伍东三郡，强者为兵，赢者补户，得精卒数万人，宿恶荡除，所过肃清，还屯芜湖"。大将贺齐破黟县，在淋沥山斩首七千余人。淋沥山"四面壁立，高数十丈，径路危狭，不容刀楯"，至今入夜或见磷火闪烁，如"流星千百，飞坠满野"，旧时还"时得箭镞，青赤斑驳"。

今天，我们已无法知道东吴大军是从楚王城还是芜湖古城出发的，"还屯"时又在什么地方，也不知道他们的行军路线是怎么规划的。不过，溯江

195

上行，运兵、运物资最可靠、最方便，是最理想的行军路线。从青弋江即可经徽水到绩溪，也可直插黄山仙源镇，从那里翻过羊栈岭，便到淋沥山脚了。

平定山越后，东吴置新都郡，分黟、歙为始新、新定、黎阳、休阳四县，并以贺齐为太守。这新都郡，便为徽州的前身。这也是徽州本土山民汉化、教化的开始。

从历史事实和后来效果看，东吴的这一波外部力量的强力打击，或是打开古徽州大门的第一把锁匙。而芜湖在其中充当了基地和桥头堡的作用。

谁都没想到，数百年后，徽商以另一种形式，循着江水，重新来到芜湖。

二

我们到西河古镇时，雨已渐止。西河古镇街道上游客寥寥。西河古镇原已衰败，近几年全国风行古镇旅游，所以地方上便把西河古镇给以修复，并作为旅游景点向外推广。

所谓西河，是指青弋江的西边。介绍说这西河古镇明时便有模样，至今差不多有六百年的历史了。与其他古镇比较，西河古镇的特色在于它的街道是建在河道的堤埂上，而商铺则顺堤在埂下展开。这样，街道就比两旁的商铺等建筑要高，乍看上去街道的店铺门面飞檐对峙，其实这些店铺的窗户都比街道要低。通常来说，沿河一侧的堤埂内，是严禁建设各种房舍设施的，有的地方甚至连种树都不允许，因为汛期一到，这些建筑都有阻水作用，能制造出各种危险。而西河古镇的沿河一侧，各色建筑墙高陡峭，基部用麻石驳砌，拔地耸立，到汛期时则任凭江水冲击。

青弋江发源于黄山，正源是徽州黟县的美溪河，进入石台县后为舒溪河，再与黄山区麻川河汇合后，进入泾县的太平湖水库。太平湖水库大坝下，便是以李白"桃花潭水深千尺，不及汪伦送我情"著名的桃花潭旅游风景区。以后，河流便以青弋江名之。青弋江在泾县马头村进入南陵县，之后在芜湖与宣城间流淌，最后在芜湖进入长江。青弋江的重要支流有徽水、琴溪河等。皖南这片区域，水源丰富，水系纵横，除了青弋江外，大的水系还有漳河和水阳江，它们像是青弋江的小兄弟，左右相伴，若即若离，最后统统进入长江。整个区域南高北低，山区丘陵平地兼有，是安徽南部最重要、最具活力的经济区域之一。同时，它也是长江中下游获得较早开发的区域之一。淮南出土的楚"鄂君启节"，就有"庚松阳，内泸江，庚爱陵"的话，其泸江即指青弋江。这说明，战国时代，青弋江流域就有大规模的商贸活动了。

春秋战国时代，青弋江边除了爰陵，还有没有其他有名集镇，我不知道。现在青弋江边的一系列古镇，如西河古镇、赤滩古镇、弋江古镇、章渡古镇等，大都是明清两朝时兴起的，都与古代徽州社会及徽商有着千丝万缕的联系。

明顾炎武著《天下郡国利病书》称："徽郡保界山谷……所产至薄。转他郡粟给老幼，自桐江，自饶河，自宣、池者，舰相接，肩相摩也。"其"自宣、池"，即指青弋江。徽州处在深山中，土地稀缺且瘠薄，粮食一直依赖外供。现在徽州发现很多古道，都是徽州人为联络外部世界而开辟的通道。但粮食与木材等大宗物资，光靠人工肩担手提，肯定远远不够，肯定还需水运。徽州水运通道主要有三条，一是新安江，一是阊江，一是青弋江，其中青弋江水运条件最好。而且青弋江流域本身就土地肥沃，盛产稻米，人民生活富庶，不仅可以供应徽州重要生产生活物资，也是徽州商品如竹木柴炭等的重要市场。著名红顶商人胡雪岩的老家在绩溪湖里，那是登源河上的一个节点。当时粮食等重要物资，便是沿青弋江上行，然后进支流徽水，至旌德泊岸后，再用人工挑至绩溪湖里，从湖里再上船，顺登源河行至歙县府衙和歙南等地。而徽州的竹木柴茶等山货，则顺着青弋江漂下，直到芜湖，再分散全国各地。青弋江沿岸的古镇码头及终点芜湖，都是徽商货运和交易的重要的集散地。如西河古镇延续至今的重要手工业，还是竹木手工制品，应该都算是徽商的遗迹。当时，一个小小西河，船只常日达七八十条，相当可观。

芜湖、徽州的双向奔赴，不仅培育、催熟了青弋江畔的一系列的古镇，更重要的是孵化了芜湖。

芜湖处在青弋江与长江的交汇处，节点便是我称之为"弋之眼"的芜湖古城。长江流经安徽八百里，涵盖区域大体包括了长江安徽段两岸的马鞍山、芜湖、合肥（巢湖）、安庆、铜陵、池州，以及滁州、宣城的部分地区。由于水陆交通便利，这里也孕育发展了一批重要古城镇，比如宣城宛陵、当涂姑熟、芜湖鸠兹、铜陵大通、安庆（今铜陵）枞阳、和州运漕等。而对纵横天下的徽商来说，"然足迹多在鸠兹"。徽商到达芜湖，也意味着抢滩世界。芜湖扼长江之要冲，东临苏沪，西接湘鄂，南通浙赣，北达中原，舟车四通八达。即便从内部来讲，青弋江是皖南地区最长、径流量最大的河流，远超秋浦河、青通河、漳河等，其流域面积也是最大，腹地最宽广，有涵养孕育较大规模城市的潜力。

作为宜贾宜居之地，芜湖居民多是汉唐宋元历代迁移而来，来自多个地方。其中，明清以降以经商的徽人居多，芜湖的各种商业活动几乎都有徽人参加。由于有"旁郡商人"的加入，城镇才日益繁华。这旁郡即指徽州，商人便是徽商。明朝时的徽州名人汪道昆说："芜邑地接长江归徽要道，六邑之服贾者，咸以此为冲衢之地。吾乡（徽州）去芜阴四百里而近，乡人贾者，往往居芜阴。"民国《芜湖县志》也说："新安人侨居县境者甚众……"

　　清代中期，芜湖便是徽邦重镇了。一方面，徽商带着整个流域的资源，激活并支撑着芜湖的发展；另一方面，芜湖则托着徽商，从这里再出发，走向长江流域，走向世界。后来徽商创造的所谓"无徽不成镇"格局中，无疑有着芜湖的力量。前些年，在青弋江和扁担河之间，有关方面围绕打造中国首个以徽商为主题的商帮文化旅游区目标，打造了个鸠兹古镇文化旅游项目，里边有个"徽商百杰馆"，很多人物在中国近现代史上都赫赫有名，影响了历史进程。

　　随着传统徽商群体在清季崩溃，大多数徽人在寄居地、寄籍地、经商地落地为安，成为本土人氏。沿青弋江的各古镇，包括中心芜湖，传统徽州、徽商元素日渐式微，以致后来的芜湖城市建设及各类商贸文化活动中，都鲜能看到打着徽商招牌的徽商身影了。但徽商的特征，在城市的很多方面，都能看到。比如徽商身上的那股子不服输、精明的精神，城市中随处可见的徽派建筑等。但比较其他地区，我觉得还有一点要特别指出，即在芜湖的徽商从事的行业，除了传统的盐木茶典外，他们还"募工冶铁，开设染局，贷本经商"，而这些都具有很突出的现代工业萌芽和早期资本主义特征。

　　观察现代芜湖经济的发展，不难看到其中的血脉和薪火传承。芜湖历史上并没有做过郡治，甚至个别时段还曾降格为镇，政府行政的力量和作用有限，后来却发展成为通商口岸和较大城市，这与国内其他城市的发展轨迹有重要差别，其中的商贸力量、市场力量不容小觑。

三

　　鸠兹湾艺创共富乡村，是个包括三十多个农文旅项目的综合体，致力发展生态观光、休闲娱乐、田园民宿、露营团建、研学体验、沙龙会议等系列新场景。目前建设已初具模样，曾承办过 2023 年中国农民丰收节全国主场活动。

　　现代芜湖与传统芜湖已拉开明显的距离。过去芜湖地方志用"五方杂处"来形容芜湖地理优越、人口多元，改革开放以来，更有许多新势力加入城市发展进程，现在芜湖创业就业的，更是五湖四海。我看新闻，现在每年芜湖市都面向全国大专院校，敞开口子招人。所谓徽商，已很少看到徽州人，而是广义的安徽人。鸠兹湾艺创的创办者，祖籍地在江北，而项目策划及文创负责人则来自阜阳，都不是传统意义上的徽州人。芜湖城市发展也更加迅速，城市面貌更为丰富多彩。现在芜湖最大特产已转变为汽车、水泥机械、型材、智能机械、造船、机器人等。

我站在"凤还巢"民宿的二楼大平台上，一边翻看着会议指南，觉得本次省徽学会年会"徽学研究提升工程"主题富饶趣味，意旨深遂；一边瞭望经过修整的村居民舍、远山近水。"吴波不动，楚山丛碧"。本来立定在高压线铁杆上一只黑鸢，攸地起飞，鼓动着双翼在充满水汽的空中巡曳，又攸地划过一道弧线，消逝在青色的远方。

我没有想到鸠兹，却没来由地想到"明夷于飞，垂其翼，君子于行，三日不食"的话。

且行且珍惜

一

　　早些年，我在黄山工作时，因爬山用腿方法不当，致使膝盖受伤。此后，多方求医问药，却一直未见成效。近年随着年岁增长，受伤的膝盖压力倍增。老友永平闻知，说新安医学是徽学研究的一个重要方面，建议我去祁门找新安医生试试，也是亲身体验徽文化的一个机会。

　　祁门在安徽最西南端，与江西景德镇紧邻，地跨长江、新安江两大流域。自设置徽州，祁门即为"一府六县"之一，迄今未有变动。

　　祁门为徽州小邑，却向来以新安医学重镇闻名。它医生多，特别是明清两朝，产生了一批"御医"，统计多达21位，同时医书多，祁门籍作者的医书约占大徽州医书的1/4（徽州本身就是出医书的大郡），而其中不乏名著。如本草学的陈嘉谟著有《本草蒙筌》，处方的徐春甫著有《古今医统》，针灸的汪机著有《针灸问对》等，都在中华医学史上留有名字。站在历史的角度，祁门作为一个真正意义上的弹丸之地、穷乡僻壤，竟有如此之众的医生、医书出世，不能不说是个奇迹。不过，明朝及清初，那也是祁门中医最高光的时候，此后，随着西风东渐，在各种因素作用下，祁门中医与整个中医药界一道，日渐式微了。但祁门中医生命力仍在，如今祁门的三大地方名产，祁茶、祁术、祁蛇，也都与中医药有关。

　　有段时间中医药在社会上争议很大。我有一个搞文化的朋友，对中医很是感冒。与他辩论，很是有点风马牛不相及的味道。

　　我说即使按西方所谓科学理性观点，对待中医药也应公允看待。一是几千年中华文明史，中国人口的大规模死亡，主要是战争和饥饿，而像欧洲

"黑死病"那样因瘟疫大规模死亡的案例极少，其中的关键因素是中医药在起作用，这个历史证明中医药是有作用的。二是中医讲的什么气、理、性、命、经络之类，听上去确实很玄，科学至今很难实证。但人可体证它们是实际存在的。如同"暗物质""黑洞"之类，科学解释不了，只能说明科学发展还不够，还要继续发展。这是"科学"的问题，而不是"问题"的问题。如果没有气、经络这些在现代解剖学上找不到的东西，人不过是堆纤维、骨骼、烂肉、血水或一堆细胞而已。三是中医讲究"因时、因地、因人"看病，我认为这是最人道、最科学的。估计这也是中医药历经曲折，却从未干涸断流的深层原因之一。人毕竟是个体，有不同的基因，有不同的生长环境、天时条件，得病原因不一，不能说治起病来却要一样的。现在是工业化、资本化时代，讲究的是标准化、规模化，最好是几千万人甚至几亿人得病吃一种药，这样无疑是最方便、最经济、最有效益的。在商业化社会，别说看人下药，就是几十人一种药，无疑也是太奢侈了，因为这根本不符合商业规律。四是个人经验，实际上每个在中国农村或在社会底层生活过的人都有中医就医经验，找出例证。我自己小时候左大腿根部生疮，医生说必须截肢，否则有生命危险。可母亲认死理，说孩子这么小，如果截肢，将来没法活下去，从医院把我偷拖回家，找了个土郎中，弄了些草、棍、土混合敷衍，硬是把疮给灭了。结果，左大腿至今比右腿细一圈，但把腿保存下来，总比截掉好多了吧。那个土郎中，按今天标准看，算不算个中医，都很可疑，别说什么科学实验、药理分析、标准药方了。

话虽如此，吊诡的是，现实中我近些年来很少去中医那儿问诊求药。我没认真追问过自己到底是什么原因，是信心不足，还是机会不多？

二

胡永久是祁门地方名医，专攻骨科。他的诊室，很有些新安医学世家的味道，一半是看病的地方，一半却是藏书室。我仔细看了下他的藏书，多是他个人收集的新安医籍，也有他自己撰写的医书和科普读物。他说他的大部分藏书放在另外地方。他对地方掌故也相当熟悉。

我们围绕着祁门和新安医学闲聊，忽然说到明朝时号称为"四大名医"之一的祁门汪机。他说他的坟墓现今还在。我来了兴趣，便提出要去看，这得到了同来的社科学者老杨的积极响应。

汪机（1463—1539），祁门历史名人。基本与李时珍同时代，比李年龄稍长。他历史上有名，《明史·方技传》中说，"吴县张颐、祁门汪机、杞县李大可、常熟缪希雍皆精通医术，治病多奇中"。明万历年间编的《祁门县志》，将汪机列在"人物志"项下的"艺术"："幼尝为邑诸生，母病呕，遂究心医学，凡岐黄仓扁诸遗旨，靡不探其肯綮。殊证秘诊，发无不中，名高人。难致病者，聆謦欬，顿喜有瘳，所全活甚众。著有《石山医案》……等书。"这可能是最靠近汪机生年的志书记载了。当代其他一些图书，如李学勤等主编的《长江文化史》、徽州文化丛书《新安医学》卷（张玉才著）等都提及他，甚至还为他单列了条目。

我们的车子东出祁山镇，进入金字牌镇辖地。金字牌镇位于祁门东部，处在长江和新安江的分水岭上，境内金东河进阊江转入长江，富东河进新安江。现交通十分方便。小小辖地，20世纪70年代就通了皖赣铁路，还有国道和省级公路横贯，高速时代后，黄祁景高速从此过境，不久前开通的德上高速有一个出入口，它们距离镇政府驻地只有15分钟车程。

我们经过祁门瓷厂，在省道上行不多远，前车就停了。前车上的镇里张书记下车开始招呼。这是省道的一个上坡处，左边是一长溜石砌围墙，说里边是个林场，右边是个小山坳，右前方的山脚是户民宅，宅后是山，宅基地似切了部分山坡。山头植被很好。

我有些疑惑，也有些畏惧，以为要爬山了。张书记说就在这。我说在哪。她又说就是这。我又说在哪。张书记沿着公路溜水沟上前几步，脚踩着路边的碎石，把手朝路边一指说，就在这。我仍不明就里，还问在哪。

初春时候，新绿未透。山坡上遍布枯败的茅草，并杂七杂八地生长着一些高大的毛竹和杉树。其间有斜斜的一条小径通向山上，小径似乎并不常用。林间空地上，倒有一个家庭用太阳能储水罐。还有一株常翠的柏树，长得不错，看去树龄不过十几二十来年。赶来的村干部指着柏树边上的一块略凹下的草地，说这就是了。我感到些许栖惶。没有墓碑，也没有常见的坟墓封土堆。任何与古墓相关联的东西，一样也没有。

我忍不住又往山上再行一段，想瞭望周边，看看地势。书上说汪机世居祁门县城，卒后葬于青罗寺。清《祁阊志》有"青萝禅院"词条，云"邑东五里，在一都。唐大历五年建。依山岩以为屋，前有石崖，上建七级浮屠，下有滴泉，冬夏不竭。壬辰兵火，今为茂草荒林而已"。从地理方位看，"邑东五里"，应为此地。可能是因为有公路穿过，又有林场围墙隔绝，现在既见不到岩也见不到泉，过去说汪机墓址"堪称活地"，怕是不确了。

看我不甚相信的样子，村干部又拉着我去看"庐圈"。我问了两遍，方明白"庐圈"可能是墓庐圈石的意思，意即根据墓圈定的范围，当时下过的边界基石。村干部给我指出暴露在外的两处圈石，已紧贴着民宅的后墙脚了。如此看来，可知当时建墓的规模、等级还是比较高的。我问此墓可曾被盗过。他确定地说没有。一来是墓主虽尚存疑义，但乡村两级已注意保护；二来只是一个医生，随葬品可能不值得盗墓贼起心吧。我又问，这墓庐看上去荒凉，汪机家族还有后人来祭扫不？他说清明时有人来，今年清明快到了，应该还会来。

我建议再考证，看可否确认这是汪机的墓。汪机去世至今，毕竟已过去了几百年。山河变异，世移情迁，什么都有可能。如能确定，应依托其家族及后人力量，各方帮助将汪机墓修葺一下。

我望着那株柏树，似恰恰正正地栽在汪机墓圹里了。柏树寿长，且全身可为中药。它在 3 月的暖阳下春风里摇曳，色彩纷披，顾盼多姿。也是风马牛，无端地我却生出"树犹如此，人何以堪"的感叹来。人的寿命本不及树木的。当年风云一时的天下名医，留下的实物坟茔，竟是如此这般风光。

汪机，名机，字省之，号石山居士。机有机心、机巧之意，但省之。它想表达什么呢？如此可能更符合或完整表达他的中医理论追求吧。但不论如何，汪机留下的 13 种医著，却如周边的石山一样，比任何精心打造的有形人工物件更为长久。

三

祁门除了医药资源，其矿产资源也很丰富，特别是瓷石矿、石英、青石、红石，本世纪还探明有超大的钨钼矿等，过去都是藏在深山无人识的。20 世纪 60 年代，他们依托丰富的瓷矿石资源兴办了祁门瓷厂。该厂在当代祁门发展史上，也曾赫赫有名，红火一时，高峰时曾拥有 2000 名工人工作。妥妥的一方经济支柱。不过，我在黄山工作那会（2010 年前后），它正经历其痛苦的破产改制过程。

去年，县里利用祁门老瓷厂宿舍和部分厂房，集约改造，开发主题民宿，取名"瓷情部落"，目前已初具形状。我们在"瓷情部落"接待室落座，听镇负责人介绍情况。"瓷情部落"民宿刚试营业，却已有收益；将来打算丰富内容，包括茶趣、瓷艺、康养等。

给我们端上的茶，是原产于祁门南乡的安茶。举杯在手，便有淡淡的药香沁人。这是介于红茶、绿茶之间的半发酵茶，其生产历史比著名的祁门红茶历史还长。安茶受众面很小，安茶生产也曾一度陷入困境。只是作为药用茶，被广东和东南亚一带茶商药铺认识接受，一脉馨香，才得以赓续。近年因资本介入，有条件对外推广宣传，社会影响有所扩大。它用叶讲究，制作精细，又有徽州人的精益求精精神灌注，且通常用竹篓、箬叶包装，耐储存，易贩运，其商业成长空间我认为很大。联想到新安医学，或可编个"1098"工程项目（1000 年的历史，900 个医家，800 部医著），发挥"奥卡姆剃刀"作用，大力引进资本力量，按现代经济规律和产业要求运作，而不仅仅托庇在政府非物质遗产保护项下，或能更好地激发引领社会认知和需求，获得自身的发展壮大。

非常有意思，我们坐在祁门瓷厂的老厂房新空间里，喝着祁门老茶——安茶的新收藏，脑子里回想着徽州的新安医学和汪机。都是老物件、老品种、老牌子、老名字，都是需要出新或正在出新的事物。仿佛几十甚至几百年时光，并不曾存在，或像个回旋镖，转瞬回到原来。兜兜转转一圈下来，都应、都能有个新起点也似。

兜兜转转，是需要成本尤其是机会成本的。但不把失败、失落变成负资产却是底线，做好转化、努力使之变成有效资源，那就是社会进步了。且行且珍惜。

"谁似东坡老，白首忘机。"我敲敲膝盖，可有什么要说的？

松萝寥哉

一

5月初，省上有意建设国际乡村论坛永久会址，实力强大的央企便想承接。我向他们推荐松萝山。他们感觉很意外，黄山好山好水好人文的地方多，可供选择的余地大，而松萝山似乎知晓的人并不多，甚至本地人也没有推荐它。我给出的理由除了地理位置靠近屯溪休宁两个行政中心，和距离屯溪机场与 G3 及杭瑞高速公路近之外，最重要的是松萝山的文化背景。将来要在国际上打知名度，松萝山可以省却许多成本和弯路。

转眼到了 8 月，大暑休闲，我便约义生、泽壮诸老同事和朋友，以"出出汗"的名义，专门去爬松萝山。

站在休屯公路上，向北看，它横亘在北方天际线上。明弘治《徽州府志》："松萝山在县北十三里。高一百六十仞，周十五里，与天葆山联，实休宁巨镇。山半石壁百余仞，峰峦攒簇，松萝交错，有禅庵在焉。蜿蜒数里，如列屏障于县治之后。"松萝山的现代地理位置定位：东经 118°11′，北纬 29°52′，恰处神秘的北纬 30°线上。它"北窥黄山，南望白岳，海拔 881.1 米，为黄山余脉分支"。

我们经休宁中学外围，穿过皖赣铁路的桥洞，便迎面看到一块巨石，上用红字镌有"轮车村"字样。松萝山便在这轮车村的地界内。轮车村与休宁经济开发区接壤，从那边走到村部所在地，也很方便。我们穿过村子，车行约莫十来分钟，开始进山了。转过几个山坳，看到高高低低山坳中的一二十栋民宅，是福寺村。福寺村原来是个独立行政村，后来政府搞"撤乡并村"，福寺村并入了轮车村，这里就降格成了自然村。

这一路景色如画。满满的乡村味道。正是盛夏季节,万物竞生,一派丰茂。更能体现皖南风貌的是这里的田作,都是精雕细作,一切都整饬有序。稻田边边角角,都整理到位,甚至不少田埂也做了硬化处理,绝无拖泥带水、杂草藤蔓横生的现象。农人家的房前屋后,也拾掇得井然有序,不是种菜就是种花,不浪费一寸土地。丝瓜、南瓜、茄子、豆角、辣椒,以及这里特有的一种植物"苦马",成畦成行,成棵成朵,自成风景。进山后,则植被茂密,绿荫纷披。这一带,我想是中国农村最完美的诠释。

福寺村的名字来历应与松萝山上的让福寺有关。可能是接引香客、搬运茶叶等物资的临时搭脚点,时间长了,慢慢地便有人落脚,最后形成的小村落。过福寺村,车子拐上一条碎石铺就小道,将我们直接送到了松萝山的主峰山脚下。这里有个亭子,好事者在柱上贴张半残的黄纸,上用毛笔写着:锦色万千入松萝,松萝美景入怀中。仿佛提示我们,接下来得徒步登山了。

二

松萝,首先是松。松萝山是黄山南支脉,黄山"四绝之一"黄山松当然会蔓延到此。明万历《休宁县志》:"邑之镇山曰松萝,以多松名,茶未有也。而萝,是寄生于松柏的成悬垂条丝状的植物。"李时珍《本草纲目》说:女萝即松萝。又名松落、树胡子、老君须等,本身入药,性味苦、干、平。有清肝、化痰、止血、解毒之用。它十分"娇贵",可谓是"高湿冷"的植物,对环境有着十分严苛的要求。现在随着人口增加,天目山、武夷山、黄山三大产茶区,都很少见到树胡子了。十多年以前,我曾在云南香格里拉看到过树胡子,那里现在还是原始森林呢。《诗经》云:"茑与女萝,施于松柏。"如此看来,松萝山得名,应该取有《诗经》意思。古徽州人喜欢把事物雅化,地名以《诗经》取意,并不止一处。其他如瞻淇、棠樾等地名,莫不如是。我没查到松萝山得名的起始由来,但古书上一直在称松萝山,想来历史悠久了。

山如其名。"松萝山山势雄伟,松风鸣鹤,松萝漫径,怪石罗列,山泉抚琴,云遮雾罩,风景优美。"换成今天的话,就是生态环境优良。

我们盯着松萝山高高的主峰,循着一米宽左右的水泥小道往上走。这水泥路是专门供上山采茶用的。现在路面上已结青苔,看来采完春茶后,就鲜有人上山了。

松萝山茶园大部分都分布在海拔 400~700 米的地方。主体是所谓"下松萝""中松萝""上松萝"三片茶园。茶园顺山势，都做成了梯田形状。每片茶园面积并不大，它们递次排列，直指主峰。彼此间相隔二三百米，区隔间是保留的一些树木和杂草。这些区隔有利于保护茶园的品质，也有防止水土流失的作用。除了茶园能看到黄土外，整个松萝山绿荫葱茏，草木葳蕤。仔细观察，登山道旁都曾是梯田，遗留有不少石垒的"磅"。义生曾在休宁林业站工作过，他说，这里过去都是梯田，主要种粮，后来都退耕还林了，因为是田地，加之黄山地区本来雨水阳光充沛，所以树木长势极好，成林极快。松萝山所长茶树称松萝种，树势较大，叶片肥厚，牙叶壮实，茸毛显露，"嫩"，是其显著特征。采一片在手，满手都是茶叶的清香。

"下松萝"之上，是不大的一块平坝地，现长满野蒿和芭茅。这里即是让福寺遗址。史载，山上寺庙众多，前后约有五座。让福寺是松萝山的核心寺庙，构建完整完善，拥有佛殿、藏经阁、禅室、茶室等建筑，曾有传说让福寺佛殿设有两鼓，东北角为法鼓，西北角则为茶鼓，甚至还有一些法器也用茶来命名。但所有一切，现在都已消失，找不到一丝痕迹了。蒿莱之中，有一圆顶经幢，以及隐在经幢后面的坟墓。这里埋藏着松萝茶的创始人——比丘大方。大方和尚的传说很广，包括今天苏州、歙县、杭州等地，传说也很多，但大多与他做茶有关。歙县有和尚山，据说就是纪念大方的，因为他在歙县做了"顶谷大方茶"，其形状扁平，是杭州龙井茶的前生。虽然是传说，但大方和尚并不是个虚构人物。因为与他同时代的人有记录。累官至明礼部尚书的李维桢："今新安松萝茶出自大方，名冠天下，而大方亦服隐士巾服，鬓发美须，翩翩仙举矣。"明徽州府推官龙膺甚至还见过他："松萝茶出休宁县松萝山，僧大方所创造，予理新安时入松萝山亲见之。"大方的主要贡献是松萝结庵，采山茶焙制，开创了制茶的一个流派：松萝茶制法。松萝为绿茶"炒青"制法的始祖，后来的屯绿则是继承者。现在每年茶叶开采前，王光熙茶叶公司都在这里举办隆重的茶叶开采仪式。

"中松萝"茶园里有七八株茶树，明显高大。据说其中一株有两百余年了。但遗憾的是，这几株茶树旁，都没有文字说明。"中松萝"之上，又是一个相对平缓的地方，据说这里是松萝庵的遗址。这里又建了个凉亭。算来，一路上来，这是第三个亭子了。在这里可以眺望，更可以休憩，是为采茶人或游客提供的贴心设施。亭子里边立着一块四周有回字纹的无字碑。其实碑原来是有字的，刻的是地方名流撰写的《松萝山记》，只不过字迹早被风化了。

三

松萝茶有名气，我看关键有三个字："古""雅""洋"。其中最让人难以释怀的是"洋"。

说其"古"。明代罗廪著《茶解》："松萝，茶出休宁松萝山，僧大方所创造。"说明最迟在明代，松萝茶就诞生了，距今已有600年了。它是中国最古老的名茶之一。说之一，也是谦虚，古书上还有其他同时期的茶叶名字，但今天它们都不存在了。其他后起之秀，如屯绿、龙井，算起来都是松萝的晚辈。甚至松萝在世时，徽地茶叶纷纷冠名"松萝"，成为整个徽州绿茶的总称。清乾隆《歙县志》："茶概曰松萝。"那情形，仿佛今天的大红袍，四面八方都有人在冒充。赵吉士《寄园寄所寄》："倚杖寄山水，松萝茶擅名天下……噫！天下之名，非其实也，又岂独一松萝茶哉！"

说其"雅"，不仅仅是说松萝茶色美味香，适宜品茗，更因它有许多文人、僧人加持。中国茶，向来是文人和僧人的独宠。与松萝茶有关的图书和诗文是举不胜举。例如扬州八怪汪士慎的"头白但知茶味美""沁齿浮花香，一瓯淡秋水"、郑板桥的"不风不雨正晴和，翠竹亭亭好节柯；最爱晚凉佳客至，一壶新茗泡松萝"。其他人，更是不胜罗列。

相比"古"和"雅"，我更看重松萝茶的"洋"。

松萝茶，重新闯进中国社会大众的视野，很大原因是哥德堡号。哥德堡号是大航海时代瑞典著名远洋商船。1745年，它从广州启程回国，船上装载着大约700吨的中国物品，包括茶叶、瓷器、丝绸等，最后它在离哥德堡母港800米处触礁沉没。直到20世纪90年代，因为考古，哥德堡号重见天日，并在沉船上打捞出完整的大量瓷器和瓷器碎片，更让人吃惊的是还打捞出部分茶叶，且主要是松萝茶叶，因为封装严密，这些茶叶居然色味尚存，仍可饮用。后来，瑞典人把其中一小包茶叶馈赠回中国，并公开展出。

这揭开了一个历史事实，即明清两朝，松萝茶一直是中国茶叶出口大户。后来有人查阅英国东印度公司的订单，获得直接证据，当时他们从中国进口的茶叶中，有些年份的松萝茶占了2/3，说明欧洲早期饮用茶主要是绿茶，并不是红茶，而且是以松萝茶为主的徽州茶。国际贸易，让松萝茶走上历史的巅峰，松萝茶在国际市场上的荣光与衰落，也如影随形般展示着中国绿茶的荣光与衰落。

除了大量的茶叶商人，使松萝扬名西方世界的还有英国人罗伯特·福琼

（亦译福钧）的偷盗。孙文晔的《植物方舟》说：英国工业革命，催生了社会对动植物的需求，特别是植物需求。英国人与茶关系紧密。英语民族在与其他民族的攻杀中，包括维京后人、西班牙人、高卢人、日耳曼人等，优势地位逐步取得，甚至号称过"日不落帝国"，至今还掌握着世界的话语权。而茶，作为特殊商品、特殊记忆，则深度融入欧洲民族特别是英语民族的日常生活里，深度镶嵌在他们的集体记忆里。第一次鸦片战争《南京条约》签署后，英国皇家园林协会就立即派遣一支考察队，秘密进入中国腹地，探查那些不为人知、中国独有的物种。

罗伯特·福琼作为植物猎人，就是第一位被英国皇家园林协会派往中国考察的人。后来，他又被东印度公司相中，第二次来到中国，并开始了他安徽松萝山的"猎茶之旅"。从松萝山回去后，他还去了福建，因为他又盯上了九龙窠的大红袍。仅此一次，他就采集了大约13000株植物幼苗和10000棵茶种，并通过海路运往印度大吉岭东印度公司的实验茶园。他回到英国后，以在中国的茶叶偷盗经历撰写和出版了专著，并以此博取了极高的社会名声和大量财富。

今天我看到的中译本是《两访中国茶乡》（江苏人民出版社2015年版，敖雪岗译）。在书中他写道：

> 松萝山，位于江南省休宁县，县城位于北纬29°56′，东经118°15′，在中国，松萝山很有名，因为绿茶最早就是在这儿被发现，也是最早在这儿被炒制出来的。在1693年出版的《休宁县志》中，有关这座山有如下介绍——鲍尔先生曾引用过这段话：

> 邑之镇山曰松萝，多种茶，僧教吴人郭第制法，遂名松萝，名噪一时。茶因踊贵，僧贾利还俗，人去名存。士客索名松萝，司牧无以应，徒使市肆伪售。

> 松萝山比平地要高出很多。山上很荒凉，不管它以前是什么样子，现在它肯定产不了多少茶了。实际上，根据我自己的了解，山上栽种的茶叶几乎可以忽略不计，只能满足庙里的和尚们自己饮用，在松萝崎岖的山间，散布着很多这样的寺庙。但每个中国人都对松萝山抱有极大的兴趣，对很多中国作家来说，松萝山本身就是一个写作题材。

这段话说明了当时松萝山在茶界的地位。他接着写道：

> 欧洲和美洲人口味独特，他们喜欢彩色的绿茶，徽州的绿茶产区有

一道专门针对外销绿茶进行染色的工序，接下来我将对此进行一番全面、特别的描述。

监督茶农工作的负责人亲自操作这一染色工序。他将买来的一部分普鲁士蓝色染料投入一个瓷盆中，在这个有点像化学研钵的盆子中，它把染料碾成细粉状。与此同时，将一部分石膏放在正在烘烤茶叶的炭火上去烧炙，这样做是为了把石膏烤软，便于把它也研磨成细粉，就像普鲁士蓝染料磨成的那样。烤了一段时间以后，将石膏从火上取出，捣碎，在研钵中磨成细粉。然后将这两种准备好的细粉，按4份石膏、3份普鲁士蓝的比率混合在一起，形成一种淡蓝色的粉状物备用。

在烘烤茶叶的最后阶段，这些淡蓝色细粉将被添加到茶叶上去。

他还进行了计算：

每14.5磅茶叶需要使用8钱2分5厘乃至1盎司的染料。英国或美国人每喝掉100磅染过色的绿茶，饮用者实际上便饮入了半磅以上的普鲁士蓝和石膏。

最后他说他从茶厂的中国人那儿拿到了一些添加物的样品，请英国药剂师协会的化学家们分析，并将结果在世界工业博览会上公布。结果可想而知，中国茶的声誉从此一落千丈。

在他偷盗中国种树种子，并雇佣人力去印度开展茶叶种植后，中国茶的出口便遇到了一个极其强劲的对手印度茶，松萝品牌也没有人再给予特别关注了。甚至中国绿茶也逐渐退出了世界主要舞台，英美世界的饮茶时尚转变为喝印度红茶了。需要提醒的是，所谓印度茶，其实只是产在印度这块土地上的茶而已，几乎所有印度茶园的所有权、经营权、管理权都牢牢掌握在英国人手里，直到今天。这可参阅英国人艾伦·麦克法兰写的《绿色黄金·茶叶帝国》这本书。

福琼在英语世界里是当作英雄传诵歌颂的。直到今天依然如此。我在别人处看过美国人莎拉·罗斯的《植物猎人的茶盗之旅》。这是本依据福琼的行踪写的纪实小说，是台湾省翻译出版的（2014初版，译者吕奕欣）。这本书有些地方写得粗糙，如把新安江说成是扬子江，都属出版硬伤。但这本书依然受到国外包括《书目书评》《图书馆期刊》《华盛顿邮报》和美联社等重量级媒体的多方推荐，在英语世界产生了广泛影响。这本书把福琼的偷盗故事，写出了英雄的叙事。其叙事沿袭了大多数英语读物描写中国的套路，如中国人的不可救药。典型人物是福琼的王姓徽州仆人，愚蠢奸猾，卑微苟且，猥琐不堪，处处可与福琼的高大、正直、理性品格对比，反正是你正直我就猥琐、你慷慨我就小气、你阳光我就黑暗。而对中国山水则极尽赞美，不吝溢美之词。读了后，令人感慨，似乎在说，这么好的山水，怎么让这样一个种族、种群占住了，简直是暴殄天物。话外之意甚至可以突破纸面，英国人应当且必须、有责任、有义务去拯救、去治理。

小说写得绘声绘色，如人亲临。"领班其实正在调制亚铁氰化铁，也称为普鲁士蓝，是一种颜料色素"，"焙茶区，有个人将鲜黄色粉末煮成膏状，那膏状物散发出坏鸡蛋的恶臭。这黄色物质是石膏（脱水硫酸钙），为熟石膏的原料"。

她把福琼的邪恶目的直接说了出来。"这要是公之于世，将大有助于印度新兴的茶叶试验，甚至让印度茶的销量一举超过中国。"

我之所以大段地抄书，也是想说明他们的"写作"很出色。如同所有英语读物一样，故事曲折，细节丰富，情感细腻，让人深信不疑。

然而，福琼的原著和莎拉的小说，都没有讲到福琼是何时、何地参观这家茶叶加工厂的。福琼对自己的行程记录得很详细，可以说是事无巨细，偏偏这个被发现有普鲁士蓝的工厂，他使用了"春秋笔法"。在书里，这个茶叶加工厂是没有具体方位的。通观他的行程，他没有机会也没有时间去参访这家茶厂，但他却十分详细地描述了这家茶厂。

还有一个致命的问题，普鲁士蓝这种颜料，并不是天然成就，而是18世纪德国人的发明。其专利到18世纪末才公开，在欧洲普及则已到19世纪了，而且主要用在绘画上。比如大画家毕加索就很喜欢用普鲁士蓝调色。在中国那"风雨如晦"的时代，别说一个徽州山区的茶农，甚至杭州这样城市里的市民，可能都不会知道这世界上还有普鲁士蓝这种东西。就是知道了如何去买（自己制造的可能性等于零），买了如何用，用在什么地方，用了再做成产品，产品能不能抵得上花销的开支（那个时候，任何工业制品价格相比于农产品都是天价），等等，这些问题基本上没有一个可以得到解释。现代化学传入中国本就很晚，用矿物质、化学品给茶叶着色更是很难想象，那个时候处在深山里的徽州茶农根本没人会懂这个。

我被这个问题"堵得慌"，询问多个茶农、茶业专家，用普鲁士蓝和石膏，是否有助于茶叶保绿、整形、增重，均没得到回答。有人说，过去条件有限，用当地出产的植物产品，如草木灰、糖、柳叶、苦麻等，给茶叶做点表面文章或有可能。例如苦麻，本身也可食用。还有一种植物姜黄精，更是药食两用植物，是今天世界卫生组织和联合国粮农组织认定的食品添加剂。过去《徽州府志》上说，本地产一种"戹蓝"的植物，可以染色，所以染也。但是它是个什么东西，能染什么东西，今天也不知道了。至于石灰（不是石膏），过去一些爱茶人贮藏茶叶时倒会用。他们用白铁罐盛茶，先将石灰放在罐底，摊平后上面盖上几层纸，通常是黄色的草纸，再把干绿茶放在草纸上面，最后封上盖子。主要是石灰有防潮防湿防霉作用，价格低廉，又易取得。但将其掺入茶叶，让人直接饮用，则是不可想象的。

如同许多好莱坞电影，99%细节是真实的，却在关键的1%点上模糊史实，甚至撒谎。福琼的中国茶盗之旅（探险）是真实的，但他发现中国绿茶中掺普鲁士蓝的故事，却有可能是个人为谋取利益、为商业竞争而编造的，也极可能是帝国政府，包括自然科学家、人类人文学家的共谋行动。他们挖掘、分析、研究、定义和重新定义"他者"的一切，并不需要"他者"参与，甚至有意识地把"他者"排挤出去。而没有话语权，甚至没有知情权的"他者"，只能在束手无策甚至毫不知情的情况下，被他们歪曲和甚至捏造自己的历史。话出如风，福琼的行为包括他写的书对中国人、特别是中国茶农造成了巨大的伤害。他借用"科学"编的这个故事，最后导致的伤害结果却是真实的。这是那种"杀人于无形"的高水平杀人，虽然我们没有见到一滴血，没有见到某个具体的茶农为此丧命。

福琼在西方产生巨大影响的书，似乎专门为英语读者而写，长期没有中文译本。郑毅2013年出版《徽茶始祖·休宁松萝》时仍说"至今，在中国只有在杭州的茶叶研究中心才能看到福钧写的书"，感叹"很少有人知道福钧在中国、在松萝山等地充当英国间谍并盗走中国茶叶的机密"。这里说的"很少有人"，当然指的是中国人。福琼的书在西方大行其道，却在最重要的、几乎造成不可逆伤害的故事发生地中国，迟迟没有人翻译，被中国读者知晓，本身恐怕也是一个故事。出现这种情况，其实是中国知识分子的耻辱。因为即使最大胆的社会学专家也不敢想象，要让旧中国一盘散沙的农民去到西方强权那里"维权"。

今天，如果我们利用松萝山在西方社会业已形成的巨大社会名声，在松萝山建设国际乡村论坛，可以促使全世界回顾中国被压迫、受屈辱的历史，展现现代中国新农村建设成就，反击长期以来西方舆论对中国妖魔化宣传。当然，仅从经济角度，借名用名立名，无疑也具有"多快好省"的价值。如是我想。

四

下山回到轮车村，我们没有再按原路走，而是直接往休宁经开区，去黄山王光熙松萝茶业股份公司参观。

王光熙有七十多岁了，但看上去要比实际年龄轻。他说做茶的、喝茶的人都应当年轻。黄山王光熙松萝茶业股份公司创于1994年，以"一生只做一壶茶，做老百姓喝得起的好茶"为信念，现拥有自主品牌"王光熙"、fine songluo tea等品牌，已发展为集茶叶种植、生产、收购、加工、销售、科研、茶具雕刻及旅游开发于一体的茶产业集团，是国家农业产业化龙头企业。

我们落座在"松萝茶文化博物馆"，王光熙给我们品尝的是松萝山头采茶。茶用壶泡的，不像猴魁、毛峰等茶用透明玻璃杯冲泡，汤色绿润而淡，含有早春的柳黄，香气清远而淡，带有花草的香味。像啤酒中的淡爽型啤酒，这是绿茶江湖中的淡爽型香茶。我们边品茗边聊天，我问及历史上当地农民为保持茶叶的形状和鲜度，是否用过什么土方法，后来我又直接问石膏和普鲁士蓝能否用在茶叶上。他一脸雾水，甚至普鲁士蓝为何物也不清楚。他强调，松萝茶坚持统一管理标准，坚持清洁化生产，从基地、种植、采收、加工、检测、贮存到包装运输，即从茶山到茶杯的一条龙作业，每一片茶叶自采摘后就不落地，以确保每一片茶叶都安全卫生、味道纯正。

"松萝茶文化博物馆"附设了非遗工作室、质量控制工程技术研究中心等，但主体是详细梳理展示了松萝茶的发展历史，在某种程度上，也可以视为中国茶叶发展史了。清以前，松萝茶极其辉煌。但鸦片战争后，尤其是第二次鸦片战争后，随着印度红茶的崛起，中国绿茶以可见的速度衰败，松萝茶也淹没在时代的洪流中。直到1938年祖籍休宁人汪筱竹"松萝垦殖青年工学团"的复兴努力，曾短暂恢复生机，最后也不了了之。

松萝茶的当代复兴，很大程度上要归功于王光熙和他的松萝茶业股份公司。这得益于王光熙抓住时代机遇，发扬光大松萝茶深厚的历史传统。松萝茶在海外已有的巨大名声，必使公司在海外营销中处于有利位置。松萝茶平均每年出口金额在3000万美元左右，仅以一家之力，就横扫了安徽全省出口茶叶的公司。如果以单个企业算，黄山王光熙松萝茶业股份公司出口也是可以睥睨中国最大的绿茶龙井茶的。这就是品牌价值，也说明了中国传统文化所蕴藏的无限潜力。我想，fine songluo tea，能唤起人们久远的历史记忆，也可以发挥纠偏历史错误认知的作用。问及王光熙最关心的茶叶经营问题，他说最希望的还是扩大松萝茶的品牌知名度。我笑道：这是要国际国内两个市场一把抓呀！

回程时我想选个角度，远眺下松萝山。万安为徽州四大古镇之一，是古徽州最重要的水陆码头之一。"松萝雪霁"是旧海阳八景之一。其最佳观赏处，应是在万安镇远眺。

我们走进万安吴鲁衡罗经店。这是屈指可数的专事罗盘手工生产的非遗场所。店主是吴鲁衡罗盘第八代传人吴兆光，他也是省级非物质文化遗产代表性传承人，他站在门店前候着我们。我请他指示和确认松萝山。他透过眼前密密的房屋楼宇中的缝隙，望着北方远处那一抹高高低低的山岭，说不能确定哪一座山峰是松萝山。我又想起福琼，他说他乘轿从屯溪来到休宁，落脚地点距离松萝山约两英里，可以远看松萝山。两英里即三千米左右，应该就是万安或轮车村附近，只是那时人烟肯定没有现在这般稠密。

最近几日刀郎的《山歌寥哉》在网上大流行，刀郎用民间传统小调颠覆了近百年来人们对"音乐"两字的美学理解。专辑里《花妖》里有句：寻差了罗盘经，错投在泉亭。我们把歌找出来在罗经店里放，感觉与此情此景颇为相近。中外交错，古今变异，全是错配的感慨。我借名人蹭热度，便将此小作取名"松萝寥哉"。

古徽的更新意

一

腊月天气。我们开展走访慰问，在休宁源芳"石榴籽驿站"，出乎意料地吃到了正宗的土家族午餐，六碗茶和五彩饭，还有些正宗腊货等。在徽州这个徽菜大本营，开办少数民族餐馆，别具勇气，别具一格。

这"石榴籽驿站"，也可视为"徽州天路"西端的真正开始。车子开出其大院，白际山就不仅是横亘在眼前，而是脚下"之"字形上山的路了。

白际山脉万山千岭，峥嵘巍峨。本身即因高耸入云、接天之际而得名。它南连怀玉山五龙山，北接天目山，进而与黄山、牯牛降等围合，构成了古徽州的地形骨架。从行政区划角度，它对外过去是吴楚分源地，现在是皖浙、皖赣的省界界山，在安徽境内，则分属祁门、休宁、歙县等县。

过去，很多人视古徽州为人文荟萃之地，但其目光主要集中于"万山丛中"的休屯盆地，包括州府和各县治所在，以及有名门望族聚集的大村落。除了黄山之外，并不十分关注围合徽州的山地、特别是高山上的情况。

然而，自然的"青绿山水"才是人文的"黑白徽州"的起源地。仅仅将白际山等视为古徽州的自然屏障，并不适宜。

近年来，白际山受到重视，主要是因为其原始风光，高山峡谷，峰回路转，柳暗花明，步步是景。特别是白云天路，平均高度在 1000 米左右。弯道特多，甚至十几二十米就有一个拐弯。沿途户外旅游的各大要素齐备：古道、古村、古树、云海、温泉、瀑布、深潭、溪水、竹林、茶园。这些要素，在乡村振兴的旗帜下，能量得到点燃和释放。再一个，是略显原始的高山文化，特别是红色革命文化的挖掘，让人们在这里看到了另一个徽州。

源芳到白际的公路 2004 年才贯通。源白公路结束了安徽最后一个乡镇不通公路的历史。近几年还为旅游进行了许多加宽加厚加固工程，甚至不少有急弯的地方还装上了凹凸镜，极大地提升了行车的安全性。看上去，整条道路基本都是"新"的。

源白公路再往前延伸，就是歙县的狮石和长陔了。如今它们都连成了一线，构成贯通白际山山脊的"徽州天路"的黄金路段，极大地拓宽和提升了公路本身的功能价值。而古徽州的古道，基本都是"横穿"，即从徽州盆地出发穿越围合的群山，把徽州与外面的世界连接起来。著名的"徽开古道"，即起始于徽州府，经屯溪、岭脚、白际、泰夏到浙江开化。这条徽州天路，将古徽州横贯白际山脉、通往浙闽赣的各条古道串了起来，既适合车驾，也开拓了众多徒步旅游爱好者的新天地。

源白公路的最高点在白际岭。岭上还有积雪。这让我想起 2009 年刚到黄山工作，当年冬天，陆同志陪我上白际。事先因没看天气预报，过了源芳上到半山，大雪封路，进难进、退难退，我们蹚雪走了好一程。当时我们也在这白际岭上站了好一会儿，并在写有"蓝天与白云交际的地方"的木牌旁留了影。

现岭上新建了白际亭，亭为六角，青瓦丹柱。亭上有楹联：千山皆委地，一臂独擎天。亭旁有石，勒着红字标识"白际岭　海拔 1158 米"。

这里视野开阔，让人胸臆廓开。俯视群山，白云轻雾缭绕，盘山公路宛若飘带，缠绕在群山之上。透过白云，可以望见遥远的山谷深部的白际村（乡政府所在）。它如同依偎在鸟巢中的雏鸟、鸡窝里的雏鸡，虽有冉弱缥缈之感，但也显得特别安全、特别温暖。

二

从旅游上讲，白际曾被驴友称为"江南最后的秘境""江南墨脱"。这主要指白际山具有一种原始美，在富庶的江南，极其特别和另类。

有一段时间，白际村名声很响。而围绕徽州，天目山、白际山、五龙山、牯牛降、黄山，除了黄山，其他山脉名声过去都不是很响亮。白际村的这个名声，主要源自《中国农民调查》这本书："我们没有想到，安徽省最贫穷的地方，会是在江南，是在闻名天下的黄山市，在不通公路也不通电话的黄山市休宁县的白际乡。"这颠覆了许多人以为的安徽最穷的地方应在淮河流域的看法。

虽然出乎人们意料，但仔细想想，也不是什么秘密，只是过去鲜有人注意罢了。这白际山上与白际山下，生存环境差距巨大，山上的人是一种特别的存在。

在古徽州，朱元璋的民间故事很多。而他的故事，则多与白际山有关。其中之一说是朱元璋在鄱阳湖大胜陈友谅后，再行征讨宁国。为此，白际村的老百姓积极准备迎接。他们在白际岭上没有接到，故留下了"白接"故事，而结竹营村接到了，故留下了"接朱嬴"故事。从地理上看，白际与结竹营都在白际岭脊线上，朱元璋不论是征宁国还是讨婺州，从岭脊线上行军，基本不可能。他要么横穿翻越，要么顺山脚行军。

民间传说虽不是信史，但也从来就是由来有自。这传说里的信息，除了民俗外，也透露出许多可以玩味的东西。如这个故事，可能反映的是白际与结竹营两村存在着经常性的争高比强竞争关系，虽然"望山跑死马"，彼此间联系并不多，但毫无疑问，仍同属于一个高山文化圈子。此外，考虑到朱元璋平民甚至流民的背景和其造反起义成功的史实，热衷传说他的故事，或在一定程度反映了山民的心之所向和特殊渊源。金庸武侠小说中的"光明顶"，是明教总舵的所在地，而光明顶就在白际山脉的主峰搁船尖。"大明"朝的开国皇帝朱元璋或对此地别有情衷，猜度一下也未尝不可。

由于历史和自然的原因，徽州的深山区高山区，特别是两个或多个地区交界之处，自古便有一批靠"种山"维生的山民。他们先被称山越人，后来称棚民。他们是无传统之"家"可居、只是"穴居"或在山上搭棚居住，过着刀耕火种原始生活的原始人或半原始人。他们与平原或丘陵地区的农民相比，更加穷困。在东汉和三国时期，经各代王朝的"剿、抚"并用，原来的山越人逐渐被消灭、被"同化"。但他们并没有真正断绝，取而代之的则是从江淮地区和赣浙地区流徙来的棚民。尤其是元末和明初，为土地兼并、租税徭役与灾荒所迫，大量人口逃往徽州，特别是那些三不管地带。与徽州那些中原世家大族的迁徙安置方式完全不同，他们伐木架棚，开垦荒地，主要从事垦辟老林，从事耐旱植物如苞米种植，以及药材采集、砍伐、烧炭、打猎等营生。其遗风遗迹，如今仔细观察，还可以发现。白际一带，过去有"姓氏+棚"的地名，如陈家棚、李家棚等，就是山民的生活状态。除了地名之外，还有显得"原始"的生活习俗，如泥土房，可能就是棚屋的演化；码放特别齐整的干柴垛，可能就是烧炭的演化；喜食苞谷米、粑粑、腊肉、蕨菜，饮土酒等，可能就是过去物资极度匮乏的现实反映。他们的社会地位比山下的"佃仆"还低。当然，山民的生活也会变化，山民之间也有区别，就像现在的农民工和农民工包工头一样。

由于地位低下，生活极其困难，而且流动性还大，里边还不乏些不肯从俗、从寇、从逆的人，历来官府，特别是明、清两朝"逆向"汲取明末农民大起义的教训，更是视棚民为"盗贼渊薮"，因而出台了许多禁止之措施。如禁止租山，退山回籍，将棚民转为永久居民，即编入保户籍等。古徽州自几次大移民后，中土正宗文化浩荡，以"东南邹鲁"自居，当然与商洛山、大别山不同，既不肯不愿承认治下有这么一批人存在，同时也通过实际工作给予隔离和"消化"。故棚民这个词，在徽州地方典籍当中很少看到。但不管如何称呼这些棚民或山民，贫穷总是他们脸上揭不掉的标签。

在古徽州，祠堂是徽州一般村落的标配，而白际山上祠堂很少。白际乡项山村严池村有一个祠堂，其规模、精美程度以及维护，与山下的那些大宗族祠堂差距不是一点点。

山民以及其山居生活，与传统徽州印象天差地远，没有琴棋书画，没有风雅，没有金装银饰，没有马褂长衫。但不管承认不承认，他们都是古代徽州人实际生活的一个组成部分，反映了古代徽州社会生活运转的底层逻辑。在一定意义上，他们还深刻影响了徽州人特别是徽商的思想和行为方式。有了他们，徽文化的立体感、层次感才更丰富。

把几百、上千年的历史压缩成几十年，一步将山民们带到现代社会，共产党做到了，也只有共产党才能做到。共产党发动和领导开展的社会革命，使得这些生活在高山上的原居民，先是政治上解放，后在经济上翻身，才使我们有机会在自己短暂有限的生命里，看到一个压缩版的、曲折的、涵盖不同阶段的社会发展历程。

三

除了自然景观外，现在白际乡的人文旅游景点，首推百丈冲瀑布及红旗渠，次为人民公社食堂等土坯房，扩大范围看，还有严池古老的梯田或台地。它们是白际山原始风貌的倒影，更是共产党百年风华的形象展示。

白际瀑布飞湍众多，成立乡政权那会，刚开始时取名为"际声乡"，取义就是村口百丈冲瀑布飞流直泻发出的涛声之意。1970年，政府出资，村民投劳，全乡11个生产队的所有主劳力，自带家里的铁锹、铁锄等原始粗笨的工具，在悬崖峭壁上奋战了4年，建成了长约1400米的人工引水渠，将百丈冲瀑布和天际瀑布两个瀑布连接起来，建设了百丈冲水电站。这个水电站改变了白际的自然发展历史，将村民从用松明火和煤油灯照明直接带到了电气化时代。

百丈冲水电站属一级开发，后面因为更为先进的高压输电通上山来，方于 1996 年停止发电。

因为白际旅游开发需要，乡村将废弃的发电站再利用起来，并在开发天际瀑布和百丈冲瀑布时，一并开发了旅游步道。旅游步道依托的就是原来的发电站引水渠。他们在渠上加盖了石板，再加装了护栏。瀑布也被驴友们发现，是长三角地区最佳的瀑降线路。我不清楚什么是瀑降，问起来才知道，是拴安全绳，顺着瀑布从瀑布顶端降到瀑布底下的游玩项目。

沿着步道慢慢行慢慢看。这引水渠一路暴露着大片大片的裸露岩体，清晰表明这引水渠当年硬是从山崖上开凿出来的。其总体规模和难度可能不如河南林县红旗渠，但作为一个包括妇孺老幼不到 2000 人的乡，当年所下功夫并不会比林县小。他们将这条引水渠命名为红旗渠，或许也是为了证明。

实事求是地追究下去，我们今天吃的旅游饭，除了老天爷，大多是老革命、老前辈们在那个时代的遗珍遗爱。真的要"且行且珍惜"。

徽州人对修桥铺路的行善积德之举都有勒石纪念习惯。我建议利用这些暴露的石块，把当年开凿石渠的村民和后来铺路的村民名字镌刻上去，也可以招募书画名家或金石爱好者来此题景刻字，不仅为老前辈们纪功，也可为这荒山野林增添人文气息。过几十、几百年，或可成为齐云山摩崖石刻第二，也未可知。

白际人民公社，是 20 世纪建的土石混合坯房。其山墙以片石为土，掺土砌成，上有白底"白际人民公社"字样，字已模糊，似被刷掉后又露出底来的样子，字样上面用水泥做了个红五星。里边则夯土地面，木构梁柱，室内布置有木桌木凳，以及六七十年代的报纸、海报、照片等。这房子估计原来是人民公社的大礼堂，现在改造成了食堂，对外可供旅游团就餐，对内则是来此公干和职工的食堂。因是腊月，村里基本没有游客，处在春节接客"大战"之前的短暂间歇期，我们进去就餐时，食堂里只有一批年轻人在用餐。一问，都是乡里的干部。白际乡偏远，能到此工作，对这些年轻人来说，真的不容易。

这里的土坯房，通常有四五十厘米厚，木门木窗。个别的还设有二层，配置有外走廊。外走廊也是木板搭就。但看那样子，并不适合人行走，估计也是晾晒什物所用。屋顶则是青瓦或铁皮顶。据说过去都是草顶或树皮屋顶，但在近几年都被替换掉了。土坯房，严池、结竹营等自然村都有，而成为旅游热点的白际村内，目光所及只剩有这人民公社和"两山馆"了。

从古建角度，这些土坯房年龄都不大，才几十岁。做建筑文化研究，很难相中它们。它们不是"粉墙黛瓦马头墙，瘦柱肥梁天井亮"，从规章条例和标准上看，也很难将它们纳入研究和保护范围。

从村民生活角度，这种土坯房与过去草棚相比，已是天翻地覆。但对新村民来说，这种土坯房又是需要淘汰的了。他们当然更愿意住样式新颖，宽敞明亮，通风条件好，有浴室、卫生间配套，层数在两层以上，有三层、四层更好的新式楼房了。

虽然专家不认，百姓不要，但这些20世纪下半叶建的土坯房，自有它们的历史价值、社会价值和文化价值。我想，这些土坯房，政府及有关部门还是应当给予重视和适度保留、保护的。歙县阳产土楼，也是这样的土坯房，当年也是被列入拆除搬迁名单的，后来被叫停，还引来了大批的游客，成为热门打卡景点，说明游客喜欢古旧的粉墙黛瓦，但对这些并不遥远的建筑也别有情怀。我们常说，现在的工程项目等，要做成精品，它们或许就是明天的遗产、后天的文物。何况像红旗渠和人民公社这些建筑遗存，都是特殊阶段历史和文化的承载物，无时无刻不在显示或证明，国家是如何在物质和精神两个层面的脱胎换骨轨迹。它们是历史中的一环，不可或缺，弥足珍贵，应当有所选择地给以甄别和保护。其实历史并不遥远。我十五年前来到白际村，还没回过味，转眼都成过去，成为历史了。

"两山馆"是白际村史陈列馆，处在村子中间，是栋保存比较完好、也比较典型的土坯房。它土黄色的坯墙，在周边近些年新建的普遍二到三层的白墙青瓦新徽派房屋中间，显得触目。

"两山"取意于"绿水青山"和"金山银山"。"两山馆"，一层是各类文字和图片，介绍了白际的历史和变化。二层则陈列着一些农具，如风车、米斗、牛犁等，如果不作标识，现在的年轻人估计已不认得这些农具了。还有空余地方，则设置了些课桌板凳，乡里王书记介绍，这是给来访人搞团建和村里支部开会用的。土坯墙上，挂了一面鲜艳的党旗。书记打开手机拍了张照片，然后给我看，照片上，赫然呈现出三颗心，它们围绕着党徽，构成了一幅"红心向党"图案。他说这不是设计出来的，而是游客发现的。冥冥中，这或许真实反映了白际村民的情感取向吧。

　　村里人家都在准备过年。不少人家屋檐下，挂出了腊货。春节的氛围已开始显现了。各家都在攒劲准备，不仅要迎接家里在外的人回来，更在准备迎接来此度假的游客。预计今年来白际过年的人会爆满。我突然很期待，家家户户的欢声笑语，以及热气腾腾的浸满油渍的菜肴，以及门上贴出的鲜红春联，以及到处炸开的鞭炮和烟花，以及漫天飞舞的红纸屑……年年岁岁都是这么过，年年岁岁都应这么过，但岁岁年年怎能一个样、岁岁年年怎么能一个样呢？

　　我仰望着飘着缕缕白云的群山，瞭望着沟壑里、田垄间青绿绿的各类蔬菜，再回望"两山馆"黄色的土墙面，不由地想起了汤显祖的那首著名绝句："欲识金银气，多从黄白游。一生痴绝处，无梦到徽州。"觉得又有了新的理解：黄，何尝不可以理解为"土"，土能生万物，地可发千祥。白，何尝不可以理解为"素"，初始的、纯真的心。只要把"金银气"理解为"道心""民心"就好了。

乱　弹

一

　　从巢黄高速南下，接上芜宣高速出南陵县后，汽车"导航"便不断冒出一个词：隧道群。隧道一个接着一个，最近的两个隧道之间只不过百米，它们不断地提醒着，我们已进入皖南深山区了。

　　我们从旌德高速出口下，便拐上了去绩溪的国道 G207。今年暖冬，已过立冬了，气温竟然还高达 30 摄氏度。暖暖的太阳，映照隐约在青山绿水间的粉墙黛瓦上。一浪一浪、一波一波无限推向远方的群山，满目是镂金错银，流光溢彩。田野里金菊白菊盛开，山岭上万木叠翠涌金，到处散发出浓浓的成熟气息。明暗、深浅、浓淡、远近，高山深壑，明媚秀丽，川谷交叠，阡陌纵横，粉墙黛瓦，背山临水，层次如此之多、如此分明，犹如织锦一般，密密缝合在一起，完全是一幅山水人文高度自然和谐的画面。我想起过去有人说绩溪"居然形胜压江东"，深不以为然。此话明显站在江东的立场，盲目托大，把江东山水人文预设成了标准，作为了不言而喻的主体。还居然呢？我说不是居然，而是当然，当然形胜压江东！只是，也不能完全怪那些徜徉在富贵窝、温柔乡里的江东文人，他们没有现在的条件，像我们现代人如此这般方便地深入古徽州探访。如果严格要求，也怪今日绩溪仍然古风益然，对向外部世界宣传或站在外部世界看自己缺乏热诚和自觉。

　　讲安徽文化，一个"安"字、一个"徽"字是绕不开的。当年大清朝，取"安庆府"和"徽州府"两府的首字，设置安徽省。此处且不说"安"字，单说这徽州府这"徽"，溯起源来，绩溪更是绕不开。

中国古地名，都是非常讲究，根本不存在随意命名的情况。在地名上抠抠字眼，还真不是一般意思上的掉书袋。地名本身就是中国传统文化的一种形态，甚至是一方文化的底色。再说，人类的智慧，从人文角度看，几千年来进步并不大。古人比今人纯朴，他们比我们更可能得天地之心。因此适当揣摩下古人的用心，会促使现代人反思躁动的心，裨益生活。

"徽"，山水人文也。"徽"是形声字，从纟、从微。纟表意，像绳。微，则是细小。表示徽字是由细小的三股线构成。之所以徽州，产生过好几种说法：一是大宋皇帝赵佶改歙州为徽州，主要是镇压方腊起义后，希望歙地平安。"徽"字有绳索捆绑之义。二是取"徽"字美好、善良之义。"徽"字绳意延伸为琴弦。中国人讲礼乐，礼主要是约束、束缚，乐就是教化、风化，寓教于乐。颜师古注：徽，琴徽也。后世所谓徽章，原本意思取的也是纹饰、修好，通过人工把事物搞得好看。三是歙地有徽岭、徽水、大徽村，朝廷是借其名而改歙州为徽州。取本地某个有影响的地名再命名，这符合取名的一般规则。只是在歙州境内名字比徽岭、徽水影响大的地名还多，从行政地名来说，从歙州府到大徽村，层级也差了不止一个级别。此说价值在于把徽州与绩溪直接挂上了钩，因为徽岭、徽水、大徽村这几个地方都在绩溪。"徽"字本身具有那么多的丰富意象，不能不给人以想象。

接下来的问题是，为什么绩溪这几个地方称徽？

今天从卫星云图上看，绩溪就是由黄山（大会山）余脉、天目山（大鄣山）、徽岭山脉三条山脉构成的，其中徽岭山脉贯穿全境中央。这三条山脉，或许本身就隐含或契合着"徽"字中隐藏的三股线。这三条山脉，又通过其间数百条细水，完全交织、合成编就了美丽如画的山水景观。这块土地如此美好，如同天造地设般的锦绣绸缎，用"徽"字加以形容修饰，完全妥帖，最起码的不枉"徽"字的原初意思之一。

命名时间也有讲究。有说徽岭之"徽"，原为"翚"，是因为歙州改徽州了，才随之更名。"如鸟斯革，如翚斯飞"，"翚"本身如"徽"一样，都有美好的意思。徽水之"徽"之来源说法，有说同徽岭。其与徽岭，得名谁先谁后，彼此是何关系，则又变成一个问题了。问绩溪人，都说虽不明所以，但自古有之。之于古到什么时候，哈哈一笑，亘古有之，不可也不需追究了。至于大徽村，那是隐藏在历史烟尘中的一个谜，得待有缘人来解了。

二

说"徽之绩溪",是因为自秦朝置郭郡歙县、唐朝改歙县为歙州之后的漫长历史进程中,绩溪这块土地一直作为歙县、歙州、徽州的一个部分存在,而且此种状态一直持续到当代。独自冠上"绩溪"称名时,已到唐朝大历元年,即公元766年。考虑是元年,从行政工作角度,元年置县是前朝遗留的事。这前朝,是指唐肃宗朝代。徽州三雕题材除了花木鸟虫外,人物雕刻的一个重要对象是郭子仪。郭子仪一生福禄寿考样样齐备,京剧传统剧目中有《打金枝》一出,就是说他的故事。他为中国人倾慕,自不待言。但徽州人对他简直可以称为崇拜,其雕像遍及城乡,我想是否与郭子仪与唐肃宗携手击败安庆绪后置绩溪县有关,徽州人对于地方建设有功之人总是抱有感恩之心的。

为什么取名绩溪?溪当然指水,以溪命名地名常见。古徽州溪水众多,所以以溪命名地方颇多,如屯溪、临溪、昌溪、梅溪、磻溪之类。绩溪水多河流多,据说2千米以上河流117条,所有河流源头全部在本县区域内。这对只有1000多平方千米的县域来说,非常罕见。据《元和郡县图志》:县治北有乳溪与徽溪并流,"离而复合,有如绩焉,故名绩溪"。据《弘治·徽州府志》:绩溪,在县东,其源来自扬溪,下流二十余里,乳溪水东注之,又五里,徽溪水南注之,至临溪,会县南乡诸水,入歙界。离而复合,有如绩焉,故名。县名亦取此。

这都是从河流形状上讲的,并没有具体指称哪条河流是"绩溪",所以今天有游客来绩溪,想找某条名为"绩溪"的河流,恐怕只能失望了。南宋《新安志》说,县北三里溪岸上有临溪石。"其方二丈,其平如砥,溪水甚宜浣纱,数里妇人悉来,去家既远,遂绩其旁以守之,春时多丽服,群绩于此,虽不浣纱者,亦会绩焉。县名亦兼取此义。"

纱,指将棉,或丝或麻的纤维拉长经捻纺成的细缕,是织布的原料,如棉纱、麻纱、纱线。过去人们习惯把纺纱织布合在一起说,甚至互相指代,所以有时纱也可指代布甚至衣服,浣纱有时即指洗衣。绩,也是积,有将纱织成布的意思,也指代织成品。根据制衣要求,纱和布都有一个浆洗的过程,其中有的还涉及染色,纱或布都有成品之前染或成品之后染的情况。文学上有"浣溪沙"词牌名,都是将浣纱作为农耕社会一道风景线来肯定的。毕竟,在农耕社会,纺织品是主要的生产品和消费品,男耕女织,是社会繁荣、社会和谐的重要象征。

若单纯从物质生产层面理解，"浣纱""会绩"能成一景，并最终影响地方命名，说明绩溪开发较早，命名时县城一带肯定已相对繁华了，有了一定规模的人口，有相当活跃的生活和生产活动。绩溪与徽州其他地方一样，东汉末年与西晋末年，是第一批中原世家迁徙的目的地，他们带来了当时中原地区先进的文化和生产技艺，及至唐朝时，想来其栽桑、养蚕、缫丝、织绸都有相当基础和一定发展，可能那个时候绩溪的丝织品就比较有名气了，所以"绩溪"之名是有来头的。说来感慨，至今在绩溪县城还能看到纺织工业的遗址遗迹。

但我并不喜欢把"绩"字限定于物理层面，而喜欢将"绩"字更多作文化上的理解。"绩"指乳溪与徽溪的交绩，安知不是指此地有各种精神文化的交绩，尤其是与歙州府其他地方的交绩？绩溪的数百条河流溪水，至今不明确某条具体河流叫绩溪，这说明绩溪人不想、也不愿把"绩"字框死。

徽州是个独立的文化地理板块。前段时间讨论所谓"江南文化圈"，有人便将徽州文化纳入江南文化圈研究；再前些年，我们也加入了闽浙赣皖旅游圈；等等。但不管是谁，研究到最后，就会发现这徽州文化非常独特，难以简单划圈划类，很难一言以概之。如徽州与江东或传统江南核心区相比，徽州尽有它们的文雅优悠，但更多了点素朴清幽；与衢州丽水比，尽有它们的淳朴清丽，但又多了层文化雅致；与安徽沿江比，既有其包容开放的一面，又显得其相对持重守成。它一直受到周边文化的强烈影响，同时对周边地区拥有强大的影响力。它与周边进行着无缝对接，同时也极顽强地保持着自己相对独立的地位。这是"绩"，也是"徽"。

音乐术语中有个"调性"一词，很多人喜欢将其延伸用在其他方面。如外地人来徽州，总觉得徽州各地差不多，各个村落、各个建筑，大同小异，同质化问题普遍，其实贯穿于徽州地区物质生产和精神文化等各方面所体现出来的基本特征一致，这就是调性，主音。正是因为有这个调性，才有徽州地域文化的存在，才有徽州是块独特的地理文化板块，才有徽州是徽州。地域上的这个调性，我创造一个词，也可以称之为与人格、个性相对应的"地格"。

大徽州调性一样，但其内部各部分的"调式"还是有差别的。徽州俚语"黟县蛤蟆，歙县狗，祁门猢狲翻跟斗，休宁蛇，婺源龙，一犁到磅绩溪牛"，就是文化在徽州各地翻演出来的不同乐章。而绩溪的调式更趋复杂，勉强名之，差不多是"和"字。她在徽州内部，似乎扮演着徽州在社会上的角色。徽州府的一府六县，综合起来看，谁最能代表徽州，我想恐怕除了徽州府治所在地歙县外，就是绩溪了。绩溪交织进了各地、特别是徽州各地的五光十色，既体现了徽州文化发展的全面性，也体现了绩溪文化的独特性，它是徽州文化的高原地带，同时还拥有若干座徽州文化的高峰。

说了半天，绕来绕去，其实我并不想、也无力考证清楚"徽州"或"绩溪"，而只是想如此戏说，加深对这里山山水水的认识。

三

中午时分，街面上了无行人。绩溪老街上有座中正坊，这坊上部是梁架木结构楼阁，四面均设窗门隔扇，悬吊着的红纸灯笼估计是春节时遗留的，还未拆去。坊有东南西北四个券洞门，分别连接了老城里的各条主街。券洞门上的白墙上，用木刻体写着关于中正坊的简介：中正坊，俗称四门川，宋建邑，测此定中，四方延伸筑城，故名……云云。我仰首看看它，再四顾看看延伸四方的条石铺就的巷道，以及两旁整饬过的民居建筑，不禁想，这徽州文化最值得骄傲的地方，如徽商、村落、民居、三雕、文房、徽剧、徽菜、民俗等，在绩溪发育都很全面，并有上佳表现，比如村落建设上，绩溪满是如雷贯耳的名字，龙川、上庄、仁里、瀛洲等，都是徽州古村落的代表作品，龙川胡氏宗祠更是徽州地区等级最高的古建。甚至徽州风尚的转折与引领，很多也可以在绩溪找到端倪。

比如在徽州人特别重视和讲究的读书和经商两端，绩溪人便表现出自己特别的禀赋。

《江南通志》云："大江之东，以郡名者十，而士之慕学，新安为最，新安以县名者六，而邑小士多，绩溪为最。"绩溪桂枝书院，创办于宋朝，是安徽第一家书院，开了徽州和安徽书院之先河。在古代中国，书读得好，标志是产出进士和状元多，同时也意味着官出得多。比较绩溪与歙县、休宁等地，这个"士"还是有所区别的。特别是清朝中后期以后，绩溪读书人的取向似乎发生了变化。绩溪仍然是读书人多，但进士状元明显比歙县休宁要少。绩溪的读书人似不全然志在科举应试八股文章，而是比其他地区更早地转向了"实学""格物"，不仅格人文伦理，也格自然物理，有的人甚至直接转入了较为纯粹的学问研究，源头甚至能追溯到南宋名相胡舜陟的儿子胡仔《苕溪渔隐丛话》。读书入仕，当然仍占主流位置，但社会乡风对当官做实事、特别是能尽一己之力，帮助乡里的实学人物，给予了更多的包容。有个出了绩溪就没什么名气，但在乡里特别受推崇的人物，北村传奇程永祥，草根一枚，却冠上了"达尊有二"的名头。他是清朝康熙间人，比胡雪岩出生还早。天下达尊有三，爵一、齿一、德一。朝廷莫如爵，乡党莫如齿，辅世长民莫如德。程永祥不过是白手起家，通过营商，最后造了八幢"通转楼"而已。胡适之父亲胡铁花也是官，在台湾也是以做事名显，胡适游走政学两途，但在他那个年代，却属于较早逸出传统读书入仕之道，而是剑走了偏锋。其流风影响到近当代，绩溪便出了许多较为纯粹的学者。到了当代，比较下徽州内部各县，似乎绩溪或绩溪籍的自然科学工作者，如两院院士比其他县区多。

世治则谋食四方，世乱则退居故里，这是徽州传统。民国时期，旅行在外的绩溪籍徽商占总人口的比例高达25%。但分析其从业行当，绩溪人也与他处略有不同。盐木茶典，是徽州商人的传统强项，他们长袖善舞，大进大出，纵横捭阖，金山银河，红顶官商。但对绩溪人来说，经商似乎不在账房里、厅堂间、鞍马舟车上，而是在黑黝黝的、烟熏火燎的作坊里、厨房间、锅台上。说经商事业有点大，莫如说做手艺更贴近。绩溪有大商人胡雪岩不错，但更多的是餐馆老板和厨子，以及完全是又苦又累又脏的制墨师。过去说大鼓书，惊堂木一拍，绩溪人"帘挑京沪宁杭，幡飘鄂川豫滇"，说起来端的气势若狂，真实情况却是特别委屈。据说唐朝时就有绩溪人在长安开菜馆，至今仍然到处可见绩溪人开的徽菜馆。开餐馆从来就是个苦力活，挣的是苦钱，制墨更是。而这种艰苦生活，总体上是徽州人比外地人做得多，但在徽州内部，则是绩溪人做得多，相比较而论，歙县人是不大做的，休宁人更不多见。或者说，徽州其他地方人更讲究读书做大官，做买卖也是要做大生意的。

更为重要的是，无论做官做生意有多大，从事开餐馆与制墨这两大艰苦行当的，绩溪代不乏人，从未放弃，并硬硬生生地整出了个新天地。八大菜系之一徽菜的名头，最后一大半是绩溪人扛下来的；"中国文房四宝"之一徽墨的名头，绩溪人最起码扛了一半。特别难能可贵的是，这个名头绝对不能靠一个、两个成功人士、杰出人士支撑起来，必须依靠千千万万、一代又一代人的努力才行。这样一个传统，充分显示出绩溪人的性格，崇尚实务、实在、实利。胡雪岩生意做得大，最后却倒了，并不为绩溪人所欣赏。开百年老店那才叫本事。胡适有36个博士头衔，但对家乡无贡献，便随他去。我20世纪末第一次去上庄，打听胡适旧居，才发现他虽名满天下，但他生前并没有给乡里办什么事，村民并不见得比同村的胡天注更待见他。当然，如今情况变了，但这是在胡适大名能给上庄带来旅游收入之后才改变的。

四

绩溪历史文化名村仁里，是个千年古村落。"仁里"这名字显然取之《论语·里仁》之意。孔子不过是说择居要选有"仁"的地方，后世的"孟母三迁"故事是最好的诠释。而"仁里"村，竟然直截了当地说，我这里就是"仁"的地方，或者说我这地方就是处在"仁"的境界里。如此当"仁"不让，显示出相当的自信和极大的气魄。

登源河绕仁里村而过。站在河堤上，极目远眺。阳光朗照，空气甘甜，土地俨然，水域宽平，田园广布，天空窅远。虽然今年旱情较重，河水看上去并不丰赡，但人的感觉并无阻滞，皖南山区小盆地的景色令人心臆扩张。稍显遗憾的是整个谷地中的房舍建筑似乎多了点。

登源河被绩溪人称为"母亲河"。一般来说，称作母亲河的河流，都流经区域中心城镇，如府治、县治所在地；或境内流径最长、流域面积最大的河流。但登源河并不经绩溪县城，经过县城的那条河是扬之河。登源河与扬之河的关系更让人迷惑。登源河全长 55 千米，扬之河全长 65 千米，但绩溪人狡黠聪慧，对此避而不谈，只说登源河是境内第一大河，这正确无误，因为登源河的 55 千米全在绩溪境内，而扬之河在绩溪境内只有 42 千米。然后说登源河在临溪与扬之河汇合后入歙县，再注新安江，绝不说登源河汇入扬之河。一般而言，两水相汇后延伸的河流仍称作称谓的，另一条即叫纳入。而登源河与扬之水汇合后，仍以"扬之水"之名一路南下，并继续纳入若干条河溪，直到与其他大水丰乐、富资、布射汇合。四水如同四股丝线般编织成新河流，取名谓"练江"，再南行注入新安江。练，绢也，谁持彩练当空舞，与"徽"字一样，都有"绩"字之意。江平如练即是绩。文字上的精巧裁剪，或许是徽州人最为擅长的。

回到登源河被称作绩溪母亲河的话题，最大可能，或许与过去其被认作新安江正源有关。

"据浙江之上游水云深处，处新安之最高鸟道萦纡。"

这两句地方古志书上的话是指登源河，而非休宁六股尖。新安江的真正源头，是直到 20 世纪末，经过精密勘测，按照"河源唯远"原则，最终确定休宁六股尖的。在漫长的历史时间里，登源河一直被视为新安江源头，而新安江是徽州的母亲河，这一点对登源河意义重大。被视为源头，等于确立了登源河在徽州的核心圈地位，对登源河流域的发展特别是文化积累起到了重大作用。固守住源头地位，也就固守住仅次于徽州府治的龙头地位，经过长时间的沉淀积累，登源河流域及绩溪，便自然成为徽文化的核心区域。

我觉得这也反映了民众强烈的徽州地域意识。登源河发源于清凉峰，这是古徽州境内仅次黄山的第二高峰，从来就是徽州的东面屏障。其上游水流湍急，河床下切强烈，多跌水，称道遥河。这充满仙气的名字，似乎与清凉峰的高山峡谷、深邃密林相适应。到鱼龙川，才称登源河。为什么叫登源河或登河，也不可考，似是从下往上的角度。登是指登仙境吗？亦未可知。登源河经伏岭至大坑口即龙川进入下游。下游流程 23 千米，河水南流转北流，在谷地上划出了一个大大的 S 形彩带。两岸平缓，谷地宽阔，河漫滩发育良好，土层积厚，易于农桑，所以沿途大小村落密布，有 20 余个。很多村落都名声在外，如雷贯耳，如龙川、瀛洲、仁里、湖里等，然后至临溪与扬之河汇合入歙县。

这几十个古村，名人多，故事多，是条黄金不换的文化之河和旅游大道。比如漂流，很多地方漂了就完了，但登源河下游总长度才 20 多千米，自然地间隔着众多村落，漂全程也可，半程也行。陆上半千米距离，河道弯弯，竟能形成 4 千米的河曲，妙不可言。若是亲子游，两岸风物景物丰富，其富厚的徽文化底蕴，代表的全是中华优秀传统文化精华，足够孩子们记忆一辈子了。

五

"黟县蛤蟆，歙县狗，祁门猢狲翻跟斗，休宁蛇，婺源龙，一犁到磅绩溪牛。"长期以来，绩溪人把牛视为自己这块土地的图腾。

20 世纪 90 年代，包括铜陵在内的各个城市兴起搞城市雕塑之风，铜陵搞过一组铜雕塑，如"青铜壁""起舞"等，我记得绩溪也为"绩溪牛"搞过一个城雕。这次来绩溪本计划去看，但我在绩溪老城里转悠，感叹着绩溪老城的干净，感叹着老城人口特别是游客的缺少，直到驱车离开，才想起还没去看，便发短信问陪我游览的汪爱玲女士，那"绩溪牛"还在不在。汪女士也是徽文化专家，曾参与编过好几本有关绩溪的文史资料。虽然我们认识不过半天，她却极认真，第二天专程去了城里公园，拍了照片发我。过了几天，她又给我发来有关"绩溪牛"的相关材料，看来她是专门去查了相关资料并整理的。汪女士给我的材料蛮完整，说"绩溪牛"位于梓潼路与东山路交口绿岛，白色水泥雕塑，浙江美院设计制作。接到她的短信材料，我把"绩溪牛"与汪女士这样的"绩溪人"联系在一起，如此勤勉、细致，是不是典型的工匠精神呢？是不是就是"绩溪牛"之精神呢？

"绩溪牛"，本是徽州内部各县区相互间的评价，肯定具有群众基础，而且也经过了相当长历史时间的积淀，应该比较公允。

"日月之行，若出其中；星汉灿烂，若出其里。"绩溪与徽州，在辽远的历史星空里曾有怎样的交织，还有没有机会再次交织呢？

闲　弹

一

　　取道太平湖，到桃花潭，再一次往绩溪，我喜欢这一带的山水风光。大自然以山聚水，以水润土，土生人养物。太平、泾县、旌德、青阳、石台、南陵、铜陵等这一片，是真正的明山秀水，大大小小数百条河流溪水，细密地布局在黄山绵延下来的山峦里，润得整个大地绿意葱茏，如锦如画。临近立秋时节，远山近水，山道两旁的茶树、板栗、山核桃和菊花，以及谷地里的水稻、蔬菜，无不散发出成熟的味道，构成了令人惬意的自然景观。车行其间，心身自然远离尘世热辣烦躁，悠闲宁静。

　　这边告别青弋江，那边刚拐上去旌德、绩溪的路，我便感觉徽水时隐时现地出现在身边了。徽水，又称徽河。徽水是青弋江最重要也是最大的一条支流。它发源于绩溪徽岭仙严岩尖，经旌德县、泾县，入青弋江。河流总长94千米，为常年性长流山水溪河。流域绝大部分是山区，有密如树枝状的众多细微支流。这徽水，在泾县，也称为泾水。在旌德，旧称淳溪、雅称梅溪，被旌德人视为母亲河。而在它的发源地绩溪，则只称徽水或徽河。

　　在皖南，很多地方溪、水、河不分，它们汇集起来形成较大径流量后则称江，但绩溪的徽水与徽溪却分得很清楚。徽水就是徽水，徽溪就是徽溪。绩溪县名，据称是县境内的乳溪和徽溪"离而复合、有如绩焉"而得。我的印象，绩溪人很少说徽水，大多说徽溪，与旌德形成鲜明对比。旌德人讲徽水，绩溪人讲徽溪，两不干扰，其中仿佛有自觉的分工。

　　过了旌德，徽水愈来愈近源头，也愈来愈细微了。车过长安镇，我们便身在徽岭的丛山里了。徽岭，又称徽山，它东北走向，横亘绩溪中部，从地质角度，它属于黄山山脉，山脊长约50千米。其支脉深入旌德，并与大会山山脉交接。最高峰是仙严岩尖，海拔1117米。绩溪整体地势高于周边，被称为"宣歙之脊"，这条山脉应该说起了主要作用。徽岭与黄山一样，是长江水系和新安江水系的主要分水岭。这里大大小小的山溪河流，要么向北流入长江，要么向南流入新安江。徽水、徽溪都发源于徽岭仙严岩尖。徽水是向北流，先注入青弋江，最后汇入长江，而徽溪则先注入扬之河，最后汇入新安江。

中国传统区划向来被视为经天纬地之事业，且通常以山脉脊线和河流为界，再适度照顾到气候、族群、行政、军事、农事、交通需要等。比美国和非洲一些国家和地区的边界线，用尺子在地图上划出来，科学严谨得多。分水岭向来被视为区划的依据之一，绩溪却将分水岭统置于自己一境之内，这在其他地方并不多见。

绩溪横跨长江、新安江两大河流流域的地理，也反映在绩溪的行政管辖权的摇摆上。战国时绩溪曾先后属扬州、吴、越、楚。秦以后属会稽郡，汉时属鄣郡（一说秦末设鄣郡），后属丹阳郡，治在宛陵，即今宣城。又属新都郡，治在淳安县。独立建置后，长期属歙州或徽州。直到1987年，属宣城地区管辖。

有个事实是，视绩溪为长江流域的人并不多，总把它视为新安江流域的当然成员。这与区划有关，但更重要的是与文化有关。直到今天，绩溪被定性为徽州文化的重要发祥地，被誉为和谐之城、文化名城、名人故里、徽菜之乡，说的都是徽州的事。

二

讲徽州文化，肯定绕不开汪华。从某种意义上讲，徽州文化始自汪华，是徽州文化的源头之一。

绩溪县治所在地在华阳镇，徽溪即是从这里注入扬之河的。然而，绩溪人认同的母亲河是登源河，登源河发源于大鄣山。登源河与扬之河合流不久，便更名练江汇入新安江。登源河在瀛川境内大幅度走S线，纡曲萦回，而后在这里形成了较大的盆地和冲积田畈，特别适宜建设村落民宅。所以这里集中了绩溪一批最优质的村落，如龙川、瀛洲、汪村、仁里、湖里等。汪华便出生在登源河下游的间坑。

绩溪地方徽学专家方静先生亲自开车，沿登源河绕来绕去，最后把我带到一个山垭口，进入了一个狭长的山谷之中。左边是山，满是杂树和翠竹；右边是地，满是水稻、山芋和豆角等。再深入，是水泥砌就、白灰抹面的简易水口亭，亭迎客面有"间水回澜"、送客面有"华阳拱秀"字样。亭右侧下方是很小的水口塘，侧左方有株已列入省二级古树保护的315年树龄的皂荚树。道路开始爬坡，坡上便是间坑村了。

间坑原称间川，再之前称为汪村。村史可追溯到南北朝，是徽州汪氏的开族之地。天下汪氏出徽州，徽州汪氏出登源。徽州汪氏，追本溯源，大抵会追溯到此。村子还保有徽州山村的古风，但几乎看不到人。村民组长带着我们曲折走过几条青石板路，来到村背后的山坡上。我们看到一块石碑，标记"汪华出生地遗址"，是黄山市汪华文化研究会和绩溪县汪华文化研究会共同立的。遗址由捐款功德墙和一幢似庙非庙的建筑组成。建筑内有汪华木塑像，以及九个儿子的画像。木塑像前有个小香炉和功德箱，地上还放着块"永思堂"复制牌匾和一排杏黄旗，永思堂可能是间川汪氏祠堂的堂号，而杏黄旗估计是做祭祀或其他什么节庆活动用的。

历史上汪华实有其人，并被徽州人尊为第一伟人，甚至视之为神，称之为汪公大帝、太阳菩萨、太平之主……他原是隋朝末年的起义首领，曾占据歙、宣、杭、睦、婺、饶六州，建立吴国，自称吴王。后审时度势，上表率土归唐，由唐高祖李渊任命总管六州诸军事、歙州刺史，封授上柱国、越国公，进而委以九宫留守，辅佐朝政，位极人臣。

中国历史上出现过无数英雄豪杰，写入正史的人物也不计其数。但真正享受全民崇拜的人物也有限，如最出名的关羽关公关老爷关财神。而汪华，则是进入地方神祇榜的人物。徽州各地普遍建有汪公庙，四时祭祀，千年不辍。甚至爱屋及乌，荫及其子孙。如原属休宁、今属浙江淳安的中洲镇札溪村，800多年了，每年正月都会举办九相公民俗节。浙西和皖南各县百姓都去向九相公的沉香木雕像朝拜。这九相公便是汪华第九个儿子。汪华非佛非道非仙，得百姓如此厚爱，非本地人真的有点难以理解。

首先，从百姓角度，他"不惜隋鹿惜故乡"，放弃天下大乱时的争霸机会，保了一方平安，免遭战火涂炭；从中央政权角度，他顺应时势，反对割据，是维护国家大一统的识时务者，故自唐至清，受到历代帝王重视，视为忠君爱国、勤政安民的典范。"生为忠臣，死为明神。"

其次，福禄寿考齐备，特别是他多子多福，深度契合中国人观念。他生有九个儿子，如今徽州汪姓大都是他的后裔。血脉传承比事功重要得多，汪华的名字能流传至今，无疑与他的众多儿孙有关。当然他的儿子们也拜将入相，不少位居高位，甚至还有独立享受祠祭庙祭待遇的。

同处登源河畔的大庙汪村，距离间坑并不远。这个村举办的花朝会，就有人说是祭祀汪华的，也有人说是纪念他第八个儿子的。古时人烟稀少，没有今天乡村区划烦扰，汪村间坑可以视为一地。

与间坑汪华出生地有别，汪华墓的历史、地址清晰。汪华死在京城的任所上，后来归葬在歙县云岚山。

云岚山在歙县城北，穿过县开发区，再走一小段乡村公路便到。汪华墓，处于一个树木繁盛、浓荫蔽日的山坳里。汪华墓始于唐永徽二年（651）营葬，后世屡经修缮维护，从未迁移。墓后的山并不高耸，左右岗峦围护。墓呈封土堆积，墓前应为拜台的位置上，竖立一块高大的石碑，上书"唐越国公汪华之墓"，但不知为何，这块石碑后面的封土堆上，仍竖立一块较小却同样字样的墓碑。石碑前开辟了个小广场，这是现代标准建设，方便大规模人群集会。近年随着国家经济发展强劲，传统文化备受青睐，汪华墓肯定又得着机会，进行了重修大修。

汪华墓的巨大墓碑，依山南向，正对着歙县府城即今徽城镇。歙县府城也可看作汪华的功绩之一，正是汪华把歙州治所从休宁迁到歙县府城的。时光荏苒，一千多年时光过去，歙县府城愈益繁华，而汪华依然安详地躺在这里，注视着歙州府发生的一切，不能不说这是巨大的福报。

近午的阳光透过围合起来的杨树照射在人身上，炽烈得犹如炙烤。

我问了一个困扰我的问题：为什么、什么时候开始，汪华在民间被称为"徽州的太阳神"、太阳菩萨？与西方国家不同，中国的太阳神崇拜极罕见。中国没有阿波罗，帝俊生了十个太阳，却被后羿射掉九个。只有在歙县地区，包括临近的浙江诸市县，有关太阳的地名、传说很多，我却没有看到关于汪华与太阳关系的研究资料。

三

汪华把歙州府治迁到府城，奠定了徽州一千多年的基本格局，贡献巨大。但将歙州改名称为徽州，却与汪华无甚关系。因为这时间已到了宋朝赵佶当政时。

"徽"字，历来考证很多。而按地方上的讲法，这徽州府的"徽"字，取自绩溪的徽山、徽水（徽溪）和大徽村。而后，众所周知的是，清朝辟江南省，分别设置江苏省和安徽省，"安徽"省名，即取自安庆府和徽州府的首字。

据说《元和郡县图志》和《太平广记》中就有徽溪、大徽村的名字。我手边没有这两本书，无法查核。这两本书，一本是唐代的，一本是宋代的。如果确实，说明徽溪、大徽村至少在唐代、宋代就有了。从这个角度，宋徽宗取地方已有的名来命名府州，不无可能。但，也有其他可能。

在官方史志中，唐宋朝时的"徽"字，用得比较多。唐高宗李治的第一个年号（650—655），便是永徽。与贞观之治一样，永徽之治，也是一段盛世。"徽"字也用在官职上，宣徽史，是唐朝开始设立的一个重要官职，这官职一直保留到宋朝还有，只不过演变到宋朝时，这个职务职能已从内廷文官转向于武官了。

作为地方名字，徽州，比改歙州为徽州更早的还有今湖南邵阳市绥宁县。这是一个少数民族聚居地。绥宁始名徽州，可以追溯到唐朝唐太宗时，而且一出生级别就很高，是经制州，也即正州，意味着其管辖地的人口、政治、军事、经济、司法等方面统一受中央王朝控制。777年，绥宁成为溪峒州，基本上就是"蛮子"少数民族及其聚居地区不服中央王朝管，事实上独立了。827年，回归唐朝，改为羁縻州，即名义归顺中央政权，实际统治权交在归附的地方土著首领手里。954年，复名徽州，为溪峒州。1041年归宋，复为羁縻州。1081年，在原徽州地置莳竹县，降级了。1085年，土著恢复溪峒徽州。1102年，朝廷将溪洞徽州复改为羁縻徽州。次年，迫徽州再次归服，恢复莳竹县，旋即更名为绥宁县。至此，经过漫长的历史纠缠后，徽州地名才在湘西消失。

1121年，宋徽宗赵佶改歙州为徽州，徽州地名重新出世。这时距离1103年朝廷取消羁縻徽州不到20年。这不能不让人联想其中的关联性。特别需要指出的是，这段时间当中，发生了一件足以动摇大宋江山的大事，即方腊起义。1120年，即宣和二年睦州青溪人方腊发动起义，或称大规模叛乱。次年，1121年，即宣和三年方腊被朝廷剿灭。睦州青溪县即今浙江淳安县，与歙州山水相连，人文相通。甚至至今还有人论证，方腊实际是歙县南乡人，且长期在歙州做工。方腊起义军的将领士兵都来自本地，他们最先攻克的州府是睦州、歙州，最想打、也打下来的是杭州。这三州在地理上都是连成一体的。这情形事态，任谁都容易唤起对山越人的历史记忆，也能横向联想到湘西溪峒州、羁縻州的治理。现在，当然无法猜测宋徽宗赵佶的准确意思，不知他有无把歙州当成羁縻州来管理的想法，但他希望通过镇抚、安抚、束缚、绳墨、教化，使歙州地方保持安宁、平静的意思是明确的。也许，他还想通过这一"徽"字，传达他不对歙州百姓赶尽杀绝的善意。

从方腊这里再回看汪华的上表归顺，汪华对国家或朝廷的意义便更加显现出来了。"官逼民反"，恶治是原因，而战争、动乱带来的生灵涂炭、国家国力的大幅消耗，则是国家与百姓都无法承担的后果。方腊起义深层、有力打击了宋王朝，促使或加快了北宋王朝的衰落，这个历史书上有清楚记载。

至于赵佶的庙号"徽"，与他的徽州命名恐怕没有关系。"徽"作为庙号，是赵佶死后，后人根据他的生平事迹，为他定制的。赵佶在历史上留名，一是任用蔡京等奸臣宵小。二是迷信道教，大建宫观，大封道官，大推道学，大搞生辰纲、花石纲。三是剿灭了方腊起义。四是父子二人同被金国掳走，还被金人封了昏德公，天水郡王。这个"昏"字，能体现金人对他的评价。还有，赵佶个人的艺术成就很高，最著名的是他创造了"瘦金体"书法，但这不是帝王身的本分，并不能为他"加分"。

给赵佶庙号为"徽"，体现了朝廷对他的复杂态度和算计，实在是耐人寻味。

徽州人取"徽"字本义中的美好、善良意，并把它当动词用。隐恶扬善，自觉修正，本是徽州文化的特色之一。意大利克罗齐有句话常被人引用："一切历史都是当代史"，其实徽州人早就开始实践了。在徽州的家族史、地方志中，单纯追求所谓"真实"从来不存在。徽州家谱，不允许坏人、不肖子孙进入，便是力证。古徽州人肯定耻于将自己视同蛮夷，所以愿意说徽州之名来自徽岭徽水徽溪大徽村，也就不足为奇了。但真正厉害的是，徽州人并不止步于此，他们发奋深挖"徽"字的美好一面，"力求斯文"，不断改良、修正、塑造新徽州形象，最终成就了"东南邹鲁"名号。例如绩溪，始置于唐朝永泰二年（766），那一年朝廷平息旌德县王万敌起义。后来也是通过世代努力，经过漫长的历史过程，才从"邑小事多"变成了"邑小士多"。

徽州文化作为"徽"文化，是向善、向好的文化，是顾及子孙后代的文化。"徽"字作为源动力，对徽州文化的产生、形成和发展有重大影响和贡献。没有"徽"字，徽州文化很难成为一种文化现象。今天，我们把"徽"字释读为山水人文，寓意美好，更是与时俱进，符合世道人心。

四

我们选择再去看湖里村。那里是"红顶商人"胡雪岩的故里。徽商是徽州文化最重要、最显明的标识。而胡雪岩则是徽商洪流大川中，翻起的最高的那朵浪花。

湖里是登源河最上端的水陆码头，再往上游走，只能用木筏竹筏了。过去从长江来的大米等物资，经青弋江、徽水到旌德后，需要人力挑过来，再从这里水运到歙县府城及南乡等地。而规避新安江湍流，选择陆行的徽商会在此上岸，再经徽杭古道前往临安、杭州。如今，登源河的水上运输作业早已停止，在湖里村登源河段，没有船只，也没有木筏竹筏了。有施工队伍顶着烈日，正在进行施工作业，不知是修补今夏大水损毁，还是在搞岸线整治，或两者兼有。山体边界线与河流的河岸、走向和断面向来是风水地、传统村落的核心要件。水利工程，最希望的就是不仅考虑功能，还要兼顾各方诉求，包括传统文化的要素和标识。

湖里村口竖着徽式民居式样的广告牌，"雪岩故里 湖氏旧居"，直接点了"红顶商人"胡雪岩的名，还镶嵌了村名"湖里"两字。村内整饬有序，但村居基本属新建，只是村落的街巷格局肌理还在。一些民居的屋前屋后，注意保留了空地、林地、菜园地等，发挥着维持传统村落的原有功能和风貌的作用。格局堂皇的胡氏宗祠已经颓坏，是真正的断壁残垣。胡雪岩的故居则隐藏在一片新徽式建筑中，若无人指点，即使你经过路过也不会知晓。作为古民居，最难得的是此房仍在使用中。屋主人说自己是胡雪岩的第四代后人，故居建筑是清朝的，但看上去除外观有点特殊外，十分普通。一厅两房的三间式，七八十平方米，外加一个厨房。现场除了一张胡雪岩的素画像外，很难感受到这是鼎鼎大名徽商胡雪岩幼年时居住过的房子。也许，胡雪岩出道后，很少回头了。

绩溪的徽商，也曾势力强大，算得上是徽商这个群体的头部。但绩溪徽商最大的特点可能还是从事的行业普通，除了盐茶木典，他们还乐意从事餐饮、制墨等过去看来层次显"低"的行业。丰富的行业层次，使得今天绩溪的商业生态，仍具备广大悉备、生成变化的条件。如徽菜，已成为可高可低、可上可下的先锋行业了。方静送我一本他编著的《传统村落伏岭》，希望我有机会去看看。伏岭便以出产厨师闻名，至今仍然，且有愈走愈远、愈来愈兴之势。

晚回住地，团餐安排吃"十碗八"，即十碗菜肴、八个冷碟。这是绩溪传统宴席"九碗六"的升级版。我仔细打量，食材基本上来自当地。估计这升级版与传统相比，主要是多些时兴菜肴，可以随机组合的。联想到在外打拼多年的"徽商故里"等徽菜名店，其开列的菜单上，已大量加入新的食材、做法了。千军万马闯江湖，"在家一条虫，出门一条龙"。从深山里走出去，是成就徽商、大徽商的关键一招。汪华从绩溪走向歙州，是一种打破；胡适、胡雪岩从绩溪走向上海、杭州，也是一种打破；那绩溪从传统徽州走向宛陵，是否也可以视为一种打破，是从新安江到长江的地域出圈呢？

地方文化的保护传承，现在都面临随着现代社会的发展，地理、区划界线的不断被打破，导致的文化趋同问题。既保持传统文化的纯正性，又保持传统文化的活力和与时俱进性，这似乎是个跷跷板，往往是顾及了这头，顾及不上那头，不是沉下去便是翘起来。如何保持其中的微妙平衡，看的却是执政水平和文化力量。

第四篇　缘分

缘 分

我有幸在 2009 年夏，从铜陵交流到黄山，工作了整 4 年。虽然我离开黄山多年了，但《黄山日报》社一直坚持赠我报纸，使我能及时了解黄山各方面动态，尤其是老朋友们的消息，这让我十分感激。报社这种长期坚持、滴水石穿、润物于无声的徽州功夫，也令我十分感慨和感动。

我对报纸一直抱有崇敬的心情。大学毕业后，最想去的就是报社。只是那时工作是组织分配，自己并没有选择机会。所以工作后的头几年，我常给《铜陵日报》投稿，很喜欢看到自己歪歪扭扭的字变成铅字，甚至十分喜欢新闻纸上的油墨味儿。我总觉得，文字比照片更加可靠一点，它可以帮助人将零星的、感性的、碎片化的东西，整理并固定下来，做点深入和系统化的思考。当然照片真实感强，可以还原一些场景，但那只是帮助人了解，并不能帮助人理解。

回想起来，我在黄山工作期间与《黄山日报》有两次结缘。

第一次是 2011 年。

那年 4 月底，市里组织到云南考察，回来正好逢五一劳动节放假。因节后市里就要开考察总结会，便趁假日在家整理考察记录时，顺便把考察中与工作关系不大的一些印象也整理出来，最后形成了一篇类似游记的流水账文章——《云南六日记》。节后上班，便送给报社，请他们帮助修改修改。不想时任报社李总编辑说声好，5 月 4 日就把文章发出来了。行动之快，大大超出我的意料。但对这事，我心里总犯嘀咕，以为并不是文章本身写得如何如何，而是报社偏爱，我有"走后门"之嫌。但借此事，我知道了《黄山日报》的影响力并不局限在本市区域范围之内。因为后来市外不止一位朋友跟我说：说看到你写云南的文章了，怎么不写黄山而在帮云南做宣传啊！我这时才知道，这种文章叫软文推广，是旅游营销中的一种形式。

第二次则纯然是工作。

那几年黄山市正推进建立新安江生态补偿机制的试点工作。2010年底，我们拿到了财政部、环保部的"出生证"，次年部里便补足了第一笔补偿费用。所以我们整个2011年都在进行工作探索，一方面努力将钱花好，另一方面也更为重要的是想将这项工作往更高层次推进，即争取在国家层面通过"新安江流域水环境保护和生态建设规划"，将这项工作固定起来。当时国家为贯彻决策的民主化、科学化，规定凡需提交国务院研究决定的，都要进行第三方决策咨询。为此，国家发改委委托了中咨公司来黄山进行补充调研。中咨公司是国家设立的最大最权威的综合性工程咨询机构，对国家投资建设决策影响巨大，其组织的调研专家，都来自全国各地、各行业，视野、视角很宽很高，专业能力都很强。我对他们下来调研很紧张，我知道国内有些项目，因为这个环节不顺利，滋生出许多枝蔓。

我想专家们都见多识广，但他们下来时间有限，而且通常听汇报多，程序套路他们都很熟，甚至听得腻了。若换个角度帮助他们了解黄山情况，或许更有益、更有效。所以从2012年春节开始，我就做准备，将黄山一年多来的生态补偿试点工作进行梳理，将不方便写或写不进汇报材料里的相关内容，吭哧吭哧，写了篇通讯不像通讯、论文不像论文、调研报告不像调研报告的文章——《以特别之力　解特殊难题　走特色之路——写在新安江生态补偿机制试点工作一周年》，全文长达7000余字。我照例拿给了《黄山日报》，请报社李总支持，并安排好时间卡点发表。她并不畏难，立即表态，说没问题。因为调研组来黄山时间变动两次，所以报纸发表时间也两次推迟。直到4月17日，在调研组到达黄山的头一天，《黄山日报》用整整一个版发了这篇文章。我的小心思是，确保专家们入住宾馆房间后，习惯性地翻阅当天地方报纸时，第一时间就能看到。

果不其然，专家们注意到了。当时调研组长是中咨公司社会部的胡主任。他水平极高，心里面明镜似的。他半开玩笑地说：你给我们打预防针啊。还有个小插曲，送进宾馆房间的报纸，有的被专家们留下了，但有的翻阅后，顺手搁桌子上，第二天宾馆清理房间时就被收走了，换上了新报纸。待一周多时间的调研结束，有的专家想起我的文章，又来询问寻找。我问李总可否帮助找找。她还是快人快语，说马上找，若找不到，就在次日凌晨开印当日报纸时，专门再印几十份17日的报纸，确保让专家们人手一份带走。

　　这么多年，我经手过那么多行政事务，都随风飘过了，但《黄山日报》发的文章倒留了下来。后来，我出了本书——《如此美好》，将上述两篇文章都收了进去。后来，还有人检索到，从工作角度，关于新安江生态补偿机制试点的那篇文章，是该"生态补偿"主题的全国首篇。

　　与《黄山日报》的结缘，虽然次数少、时间短，但对我而言，至今它们"依然散发着记忆的温暖"。

给她一个特写

　　春天，合肥滨湖国家森林公园的"樱花步道"成了市民打卡地，"火"出了圈。有朋友发来视频，看那满树烂漫，花团锦簇，怦然心动。

　　这"樱花步道"，我一直想去看，而且想和台湾朋友一道去看。我因商贸、旅游工作关系，结识了些台湾朋友。台湾人很类似我们安徽人，特别好相处，有的朋友喝起酒来直肠子，甚至不怵"炸罍子"。同时，个个温文尔雅，秀外慧中，对人对事都有自己独特、独到的想法与看法。当然，他们并不都是两岸刚开始交流时，大陆人想象的，个个富甲一方，挥金如土，撒钱不眨眼，而是为生活奔忙，为事业苦打苦拼。

　　我特别喜欢其中的部分朋友，做事还是老派的中国人做法，保留着中华传统文化中最善良的那一部分。比如：乐善好施，热心公益事业，助赈、助学、建桥修路，对公益善举，慷慨争先。更重要的，无不对故土家乡抱有浓浓的感情。尽管各个的人生经历和财富不同，但只要是家乡的事，他们能做的都乐意去做、尽力去做。

　　"樱花步道"的樱花，品种为阿里山樱花，就是台湾朋友赠送的。2016年，我接受了台湾朋友捐赠的3000株樱花树苗，分别转送合肥、铜陵、安庆三市各1000株。在合肥、铜陵种植时，我还邀请了台湾高先生、苏先生等专程到场，与我们共同植下樱花苗。我们早就约定，待到樱花开花时，大家一起来观赏。

　　转眼好几年了，两岸气氛寒冷，还叠加了新冠疫情阻挠，台湾朋友始终不能成行。樱花树开花了，而且，花开了又谢，谢了又开，硬是让每个花期空过。

　　春分日，风细细，柳斜斜。借单位组织活动，我与同事们一同来到"樱花步道"。虽是乍暖还寒天气，没有温糯的春风，但湿漉漉的空气，却在缄默中散发着春天的特有气息。樱花树已从筷子般粗细、一米多高，长成碗杯般粗细、三四米高了。枝繁叶茂，樱花树冠，隔着道路已经快要牵手，形成空中走廊了。但遗憾的是，我们来时，这里樱花花期刚过，映入眼帘的是一地落英和满树葱茏的新叶。

说到樱花，很多人就想起日本国的樱花。其实，樱花数百万年前诞生于喜马拉雅，中国才是樱花的真正故乡。全世界共有野生樱花约150种，中国即有50多种。而且，我国的樱花栽培历史悠久。这一物种，被人工栽培后，传入中国长江流域、中国西南地区以及台湾岛屿。在盛唐时，才被日本朝拜者带去了东瀛。日本羡慕中华文化，对樱花的种植和鉴赏进行了深度耕耘，以致今天成为日本的象征。至今，几种原生于喜马拉雅的樱花还在日本生长。

滨湖"樱花步道"里的樱花，是台湾阿里山原生种樱花，在福建漳州培育，试用了大陆的土壤，培育成功后才移植过来的。介绍说，这批阿里山樱花属于早樱类，是早樱中少见的红色系原生种，也叫绯寒樱。绯寒樱，顾名思义，是开在早春的红色樱花。时间要比其他樱花早。3月5日，我回铜陵，在市博物馆为我的母校小学生做志愿者，讲解传统文化，顺道去铜陵西湖湿地公园，看了那里种植的台湾阿里山樱花。叶苞刚刚出现，而花已绽放了。3朵5朵的花形成一簇，顺着光溜溜的棕灰色树干依次串着，花冠呈吊钟形，每朵花色为绯红色、暗红色，不论形状，还是盛开时间，与其他单瓣、重瓣的樱花都有明显区别。滨湖国家森林公园里有个"樱花谷"，里边不少樱花树还要等到4月才开花。

樱花娇艳多姿，象征着纯洁美好，具有丰富的文化内涵和很高的观赏价值。花语是生命、纯洁、希望、友谊。台湾朋友赠送的樱花，既包含着台湾同胞对安徽人民的美好情愿，也是连接两岸同胞情感的绿色纽带。记得当年捐赠仪式上，合肥和铜陵的相关领导与台湾朋友致词，都提到安徽与台湾交往历史悠久，首任台湾巡抚刘铭传更是合肥人，都表示要以樱花为媒、以花为友，促进两地交往合作，将双方的友谊与亲情拉得更近。种下的是亲情，绽放的将是无尽的友情，希望将来能够再次相约在樱花树下。

滨湖国家森林公园大门前有三株树，名为"庐阳三贤"，分别是朴树，圆满宽广、朴实无华，彰显合肥"开放求实"的城市精神；樟树，树中君子，堂堂正正，寓意合肥君子之城的城市品格；皂角，勤劳奉献，洁而不染，代表合肥包公清正的城市形象。经济正在迅猛发展的城市，也正在涵养自己的气质。如今，从台湾漂洋过海过来的樱花已安然在这里落地生根，她会给合肥、给安徽带来什么呢？我们当然十分期望，期待。但不论如何，她们之间都是会处得和谐美满的。

花期不负，应季而开。人约有时，永不相负。同行的有人叹息，说早几天樱花在开时来就好了。我说，虽然可惜，但来日可期。开花也是为了结实，为了更多的枝繁叶茂、更多的子孙繁衍。那一树一树的青绿的呈现，当如樱花，更是标记标明最笃定的活力绽放。"樱花红陌上，杨柳绿池边。燕子声声里，相思又一年。""正是江南好风景，落花时节又逢君。""遥知隔海兄弟在，芬芳也入肺腑中。"

我要为樱花树拍照，并传给台湾友人，希望他们欢喜，希望他们尽快到安徽来，亲眼看看他们捐赠的樱花树。"花开时来，花落时也要来。因为，有许多故事，开始动人，结局更可爱。"

为我们讲解的小汪说，必须的，要给她一个特写。我觉得这句话好，借来作我这篇小文章的题目。

《容斋随笔》随谈

《容斋随笔》被誉为宋代最具学术价值的作品，是洪迈积一生经验，花四十年功夫写就的。根据其在《容斋续笔》的序言自述，问世后，就被当时的孝宗皇帝注意到，谓"煞是好议论"。当代毛泽东对此书也甚为喜爱，延安时期就曾推荐给人，以后一直将此书带在身边。据说老人家逝世前，最后借阅的就是这本书。毛主席一生读书无数，他对此书的偏爱，实在让人感慨。

新冠病毒肆虐，全民战"疫"，余不能上一线，只能以宅居作贡献，尽公民一分心力。遂将此书翻出，再通读一篇。

《容斋随笔》全书五集，为随笔、续笔、三笔、四笔和五笔。长短不拘，以平日读书札记形式写成，叙述方式以考证、议论、记事为主。书目自经史诸子百家，内容并无严格分类编排。内容涉及春秋战国以下经史典故、诗词文赋、典章制度、官场博弈、星历卜筮等，以其当朝宋代典故最多。由于洪迈读书众多，又博闻强记，加上个人"老"了的人生阅历，使此书更显资料丰富、议论精彩，使读者如进大观园，不忍释卷。

一、不唯书，不信传言，凡事要自己求证。中国历史悠久，历朝历代因为时间、地理、技术上的缘故，各种历史记叙差距很大。而在记叙史实过程中，又因为各种政治文化因素，故意篡改扭曲的内容更多。所以读古书必须细加甄别。洪迈本人就是文人，也长期从政，对文人和政治非常熟悉，所以他此类掌故最多，说起来得心应手。《注书难》，道人注书苦处。《为文矜夸过实》，提醒读古书要注意剔除文人夸饰吹捧歪曲内容，对古人言辞要区别。类似话，现代人钱锺书似也说过。《王安石弃地》，讲文人说起来慷慨激昂，遇到实务则一头雾水，落实不到具体。《杨子一毛》，考证杨朱之语，来源可靠。值得称道的是，洪迈对自己的个人倾向性并不隐瞒，如对前朝、本朝的一些皇帝，对苏东坡、黄庭坚和王安石等名人。《梁状元八十二》，直接考证书籍记载不符事实。就是广泛传播的故事，也未必确实，另一篇《李太白》，从李白的行踪推定，他在安徽当涂去世，并不是在采石矶捞月坠江而死。

二、观察问题要用自己的角度，不怕提出新颖观点。《李习之论文》云："《六经》创意造言，皆不相师。"六经都是百分之百的原创作品，没有一点相互抄袭嫌疑，在它们之后，百家之言始兴。天下文章一大抄，但也要讲究源从何来。这实际上也给我们这些后学者出了难题，必须创新才行啊。《秦用他国人》，讲秦强大起来主要是善于使用他国人才，而其他六国所用相，皆其宗族及国人。我们今天都没有这个气派了。《曹参赵括》，说起用曹参为相国，是人人认可，"高祖以为可，惠帝以为可，萧何以为可，参自以为可，故汉用之而兴"。《汉唐八相》，二朝起用能人规模巨大，群星灿烂，国家不可能不强大。《萧何给韩信》，成也萧何败也萧何。《陈涉不可轻》，肯定陈胜起义贡献，"秦之社稷为墟，谁之力也"，也指出其杀吴广、诛故人所以败的原因。《将帅贪功》，文人粉饰最重，武将也不能免。即使那些名声在外的如廉颇、李广、郭子仪等也不能免俗。《名将晚谬》，年轻时名气大武功高，也不能说明老了还很厉害。《临敌易将》，常言为兵家大忌，但事实却不能完全证明，实践中则成败得失相当，个中机缘难以说清。

三、注重洞烛幽微，寻找人物事件背后的细节。洪迈世事洞明，人情练达，尤其对宫廷内部群臣、权臣之间的钩心斗角稔熟。《三竖子》，如白起等人的军事才能，本无可置疑，但却被才能不如的人贬斥。洞悉人性，本事小的总是千方百计贬低本事比自己大的人。《父子忠邪》，没有什么"老子英雄儿好汉"，兄弟不同性，父子不同心，历史上大量存在。《谏说之难》，进言也得看对象，洪迈对死忠死谏的儒夫子似并不欣赏，如遇明主才可为之忠言。《片言解祸》，一人（主要是近侍）的只言片语，可以瞬间逆转祸福，即有建言者之力，更多却反映了皇帝（人主）的认知水平。这篇读了令人后颈发凉。《范曾非人杰》，从另一个角度说明范曾作为谋士的不称职。《韩公潮州表》，讲文人世相，求功求名，曲意委蛇，就是像韩愈这样的大人物也是。《汉武帝田蚡公孙弘》，说他们在历史上负面评价多，但考之史实，也不能说没有作为，"实有大功于名教"。《科举之弊不可革》，对科举弊端心知肚明，"法禁益烦，奸伪滋炽，唯科场最然"。积是而成非，很多事情的逆转，似乎是常态，这使人对人和人创造的制度、办法等都失去信心。

四、重视"表微阐幽"，"发潜德之幽光"。这也是《容斋随笔》最值得称道的地方。中国史书从司马迁《史记》开始，就重视中国社会真正的"道统"，深度发掘人文价值，并不单纯讲究"官方"的赢家通吃。《史记》七十列传，没有把帝王将相放在首篇，而是把既没功也没名的伯夷叔齐列在所有传主之前，开启了史书叙事传统。洪迈自觉继承了这一传统。《冯道王铸》，冯道一直被认为是成功人士，他在大宋的美好名声逆转，主要是欧阳修《新五代史》，谓冯道"陈已更事四姓及契丹所得阶勋官爵以为荣"，讥其无廉耻，《容斋随笔》留下了欧阳修、司马光的诋诮，在冯道的棺材上又钉了一根钉子。《三女后之贤》，对王莽等篡位的至亲们的事迹给予了表彰，读了令人动容。也有涉及安徽的，如《忠臣名不传》，讲歙县人汪焕冒死请谏，讲淮人李雄忠于南唐，与大宋朝作战（注意，正是与洪迈为官的宋朝作战），全家死了八口人，洪迈认为是忠，应给褒奖而未得。《朱温三事》，说朱温鄙薄投降他的苏循父子，而尊敬对抗他的刘仁恭父子。《容斋随笔》还记录了萧道成篡夺南朝、安禄山反叛时，助虐抬轿子的正是前朝受恩最深的朝廷命官，而勇于反抗的却是并不受朝廷青睐的小官小史和百姓。《李彦仙守陕》，讲李彦仙、邵云等慷慨赴靖康之死，在抗金战争中"吾宁鬼于宋，安用汝富贵为"的事迹，提出不能遗忘他们，应修在正史里。

五、多人生感悟，不流俗。《士之处世》，士子处世应如演戏，视富贵利禄，当如优伶之为参军，为其据几正坐，噫呜诃箠，群优拱而听命，戏罢则亦已矣。《虫鸟之智》，讲在不同的环境里，人禽都会有完全不同的际遇，你个人的努力有时完全不重要。《不能忘情吟》，讲白乐天放侍妓樊素归时，留下了美妙的诗文，让人留恋，读来心酸酸的，但感情这东西并靠不住。江山如画，画如江山，许多时候文人雅士并不知道真假为妄境。

六、还有些文人掌故、奇闻逸事，也很有阅读价值。《唐书判》，说唐代选择人才有四法，除了文章锦绣之外，还要求相貌堂堂，而且这一条世代相传，比其他条件显得更为重要。《作诗旨意》，苏东坡教人写文章说唯一意字。《北道主人》，则是一起小公案，考察了东道主人的由来。《文字润笔》，说作文受谢，自晋宋以来有之，至唐始盛。名家写文章也可以一字千金，惹得韩愈、刘禹锡等都积极参与。这个与今天的稿费不大一样。《唐诸生束脩》，讲皇帝去读书也得礼拜老师，很有趣味。《玉津园喜晴诗》《门生门下见门生》，反映了当时社会的崇文风尚。君臣之间、同僚之间、师生之间，都能够并喜欢用诗词应酬，却从看不到士大夫们在一起探讨地理商业、工艺技术等问题。《喷嚏》，有些民俗习惯源远流长。《州县牌额》，讲到安徽歙县的县官，其题写的牌额字有燥气，从而引发县城的火灾。

　　其他，《容斋随笔》中还有大量的八卦易经、卜筮星象之类看不大懂，余亦无兴趣，这里就不多点了。《容斋随笔》共有 1220 则，内容广泛驳杂，难以一一道来。最后还想说的是，如果把书中讲的春秋战国和五代时的小国家，置换成当下的企业，我觉得本书也是本比较好的企业经营战略参考书。

良工心独苦

中国历史上有四大圣人，孔子，孟子，朱熹，和王阳明。其中王阳明对近代中国影响甚巨，主要是因为他知行合一，对凡尘世界、人间俗务的深度介入，并不是单纯的书斋学问家。

作为一个安徽人，我对他感兴趣，一是他与安徽特别是九华山的关系，叫人玩昧，他人生旅程中的关节点，他都上过九华山，并在山上待了很久的时间；二是他的文章明白晓畅，尤其是《传习录》，很有点《论语》的风格，基本都是白话，不像纯粹古文那样读来费劲。除了有时代色彩的名词之外，并不需要太多释注。

《传习录》名字取自《论语·学而篇·第一》："曾子曰：吾日三省吾身，为人谋而不忠乎？与朋友交而不信乎？传不习乎？"《论语》是孔子弟子记录孔子言行的话。把曾子的话记录下来，并放在老师的言论集中，说明这句话很重要，说明编纂《论语》的孔门弟子们认同这句话，具有与孔子言行相当的分量。

所谓"传"，是从老师传授下来的；"习"，则是把承受的传细细研磨咀嚼。这是行之有效的读书方法，过去传统书院多采用。文章以"语录体"行世，特别亲民。孔子之后，禅宗创造的"顿悟"，与"语录体"这种微言大义的叙事方法也有很大关系。西方那种宏篇巨制，对中国的普通民众来说，距离实在是远了点儿。

《传习录》分三卷。上、下卷为门生所记录的王阳明言行，中卷为王阳明的论学书信。全部文字并不多，约占王阳明著作的六分之一。但王阳明的思想精华都有了，被公认是王阳明全部著作最切要的部分。

一、关于王阳明的生平。我们知道的王阳明，很多来自他自己的陈述，主要来自《传习录》。最广为流传的王阳明故事，是其"格竹"（下卷）。"穷格竹子的道理"，结果无所得。后来他反思，说"先儒解格物为格天下之物，天下之物如何格得？且谓一草一木亦皆有理，今如何去格？纵格得草木来，如何反来诚得自家意？我解格字为正字义，物作事字义"（下卷）。依今天人的理解，他那样在竹子面前苦思苦想，根本就无科学性可言。既要格竹，怎么着也要弄批科研设备，把竹子解剖一番，才能弄清楚竹子的结构成分、生长原理等吧。可见，古人的格物、格事概念等，与我们今天人的理解，差距大大的。我们知道的王阳明，还在于他的事功：一是平定各类叛乱，以致因功升高位。王阳明，浙江人，生于明宪宗成化八年即1472年，明世宗嘉靖七年即1528年病没于南安。临终遗言：此心光明，亦复何言！二是开课授业，教授门生。他拥有一批有所学、有所成的门生、铁粉。正是因为他有这样一批忠心耿耿的门生，阳明的学术、思想甚至功业，才有可能延续至今，否则可能早就作云烟散，湮灭在历史长河里了。它带给我们的一个启示是，从凡尘俗务中淬取和提炼的思想才是真正的功业，导师、教授、老师才是最神圣的职业。

　　二、王阳明的学说，都是针对世事、因时而动，在辩驳"战斗"中成长起来的。他的主要论辩对手，是朱熹。或者说，他是站在朱熹这个巨人的肩膀上的巨人更确切。朱熹是中兴儒学的巨人，但他的那一套学说，演变到明中期，已严重影响学术乃至政治的正常发展。他们俩有很多相同相似之处，比如格物，王阳明格竹，朱熹则格"天地四边之外，是什么物事""天之上何物"等，王阳明格得自己大病一场，朱熹也"其时思量得几乎成病"。他们还都曾迷恋、长期浸淫释老之学。朱熹说他"盖出入于释老者十余年"。王阳明更夸张，说有三十余年用错了功夫。他们都很专注于日常用功，只是朱熹的日常功夫，最后在伦理上现出力量，而王阳明则在事功上现出力量。但是，他们最大的相同点，或不同点，是在对《论语》《大学》《中庸》《孟子》等儒家经典作品的解读。所以读《传习录》，需读《论语》《大学》《中庸》《孟子》，否则会觉得艰深、苦涩。后世人把孔子、孟子、朱熹、王阳明四人列为中国四大圣哲，但他们之间的地位仍是不一样的，孔孟具有开天辟地之功，而朱王则在继往开来之力。这最具中国特色。春秋战国以后的学者，都很少直接表露自己的思想、意思，更少自己著书立说，自建学术体系。抓注释、抓注解，争夺解释权，就是在争夺话语权。再好的思想，再独特的创新，再有力的启示，也要借助古代圣贤的"壳子"，用前人、古人、圣人为自己提供保护和加持。

这种情况，遇到西学东渐，发生思想体系的对抗后，自便左右支绌、相当尴尬，只能留下片言只语、思想火花、瞬间启示了。这种情况，只有当代圣人出，才能打破内外的藩篱，靠革命来改变了。

三、王阳明的学说，都是对人生问题的深邃思考。今天看来很是高大上。谈心学，谈心即理，知行合一，致良知，尊德性而道问学。还充满思辨色彩，有诸多极抽象的概念，如天、理、性、道、命等，且运用极其活络，互相缠绕，更有许多细微处，难以体察。特别是他当年讨论得不亦乐乎的问题，似乎距离我们今天的生活很遥远，我得承认，作为普通读者我很难提起兴趣。毕竟时代变了。

但王阳明的思想还活着，其遗珍还在通过各种途径保留和显现在现实社会生活里。最明显的是，他的一些语言、概念进入了日常，如天理不容、知行合一、天地良心、丧尽天良、诚心诚意等。还有些教化语句，如立志、心上磨、事上练，等等。"心不是一块血肉，凡知觉处便是心。""此须自心体认出来，非言语所能喻。""你看这天地中间，甚么是天地的心？尝闻人是天地的心。人又甚么叫做心？只是一个灵明。我的灵明，便是天地鬼神的主宰。""良知即是易，其为道也屡迁，变动不居，周流六虚，上下无常，刚柔相易，不可为典要，惟变所适。如此如何捉摸得？见得透时便是圣人。"至今读来仍觉不疏离，仿佛他在说自己身边事，切近亲切。

四、我最喜欢的还是王阳明的语言。他用的是明末的白话语言，来说高深的哲学问题。这可能是真正的大家才能做到。我读今天有些人写的理论文章，都感觉累得慌。西式不是西式，更不是中式。只是啰啰嗦嗦，繁复无比，对问题都没有想清楚，便开始教训人了。真佛只说家常，妖怪常说对仗。

王阳明喜欢用日常的事物作比喻，如人的身体、眼、手足、耳鼻；还喜欢用日常可见的事物，如花树、山川、四时、昼夜。"好好色，恶恶臭"，"泰山不如平地大，平地有何可见"，"立志用功，如种树然"，"如木之栽培灌溉，是下学也；至于日夜之的所息，条达畅茂，乃是上达，人安能预其力哉"。还如，太阳、房屋、镜子、米，"精字从米，姑以米譬之"。他"哑子吃苦瓜，与你说不得，你要知此苦，还须你自吃"。疑为你要知道梨子的滋味，需要亲口尝一尝的来源处。

他的口语特多，并直接进入文章，毫无罣碍。如头脑、大头脑、欠阙、甚不打紧、提撕、快活、从个甚么、跟前、劈头、寂天寞地、些子等。仔细读来，却如在读小说《水浒》。原来讲理、讲性的哲学，也是可以做到语言活泼的。而且，只要是活泼泼的语言，几百年过去，都还有生命力。

更重要的，这些都不妨碍他写高深理论文章。《传习录》下卷："一友指岩中花树问曰：天下无心外之物，如此花树，在深山中自开自落，于我心亦何相关？先生曰：你未看此花时，此花同汝心同归于寂；你来看此花时，则此花颜色一时明白起来，便知此花不在你的心外。"这让人想起几百年后的"薛定谔的猫"。

不觉之间，更觉其"良工心独苦"（上卷）。

远行的人必有故事

　　每次工作变动调整办公室，都得处理一大堆各类杂物，其中最难措手的是历年累积下来的书籍。因为面临着一个取舍的困境，想都带走，根本不现实，也无必要。但这次在整理中，我毫不犹豫地带走了香港《镜报》杂志执行社长徐新英女士送我的《一个华侨的经历——徐四民回忆录》。这本书我拿到手时就已读过，给我印象很深。

　　到了新办公室。我把这本书从书架上抽出来，再读一遍。想细细品味一下，知道这本书到底在什么地方打动我。

　　毫无疑问，首先是全书流淌着的炙热的爱国情感。先生爱国，爱新中国。"当我能参加这次具有划时代的伟大意义的建国筹备会议时，我在心中默默宣誓，今后我愿以自己整个身心为祖国做出最大的贡献，决不辜负祖国和人民的期待和信任"；"说良心话，我在海外的所有爱国行为和社会活动，从来没有想到事后邀功"；"我们在海外选择了民主的道路，把希望寄托在新中国的未来。为了那面庄严灿烂的五星红旗，我们有多少人曾经支付过多少心血、金钱，甚至生命"。书中较完整全面地回顾了自己为恢复"华侨女子中学"而不惜一战、协助迎接新中国驻缅使官、接待新中国出访官员、毅然决然回国参加国家建设等。先生经历的 20 世纪，正是国家百年巨变、大转折大动荡时期。在这个时代潮流之中，徐四民先生做出了自己的反应和抉择，他记录下的家庭传承、个人经历、当时心态，包括背后存在的意识、文化等因素，今天看来仍然非常有张力，读来不能不为之感动和震撼。"不但在顺境中爱国，在逆境中也爱国"；"爱国是心甘情愿的，不能是被动或者受强迫的。因此爱国不能讲价，而且要随时准备为之付出代价"；"我和中国共产党的五十年，是肝胆相照、荣辱与共的五十年。不管是顺境或逆境，当共产党的诤友的决心不变。五十年来，对共产党人的深刻印象是具有牺牲在前、享受在后、心怀群众、关心民众疾苦的品格"。历史常常会捉弄人，有时甚至很残酷。考虑到这本书是徐四民先生 20 世纪 80 年代初写作的，他刚刚离开祖国内地，刚经历过天翻地覆的时代，刚经历过个人生活工作的一系列磨难和煎熬，依然平静如初写出这些话，更是让人肃然起敬。

其次是海外华侨的打拼精神：百折不挠，不惧一切，无所不往。这纵贯了徐四民先生的一生，也贯穿着全书。本书生动展现了中国人的生活生存本色。在日本人统治缅甸那会儿，为了谋生，在偏僻的小山村里开杂货铺，在战后空白的基础上创办《新仰光报》，再到 62 岁时从头再来，再出发去香港创办《镜报》。这让人唏嘘，更让人肃然起敬。当然其中也充满着中国人的智慧，如"靠祖宗传下的处世原则：对自身要示勤俭，对当地人则保持谦让"。

因为是回忆录，书中对自己的过往历史有着清晰明了的感情和定见。书中对历史场景的复盘、阐释与勾勒，自然带有那个时代丰富的信息。如周恩来总理约其谈话，"如果中国的总理和你单独晤谈的消息，会在仰光造成你处境上的困难，那么，回去后就不要再提起这件事了"。理解侨心，善解人意。胸怀国家振兴，洞察世事人情。不仅是教养、能力、性格，更是人生观、价值观自然而然散发出的圣洁光芒。廖承志"文革"后约徐四民见面，第一句话就是，"你回到祖国后，没有受到很好的照顾。后来又让你伤心地离开北京，非常对不住"。人情人性自然毕现于笔端，读来虽非亲历，也感觉温暖，如沐春风。

《一个华侨的经历——徐四民回忆录》，是一个老"新闻"写的。全书文笔流畅，明白通彻，且温润敦厚，充分展示了老新闻人的深厚学养与功底。"一九四九年十月二日，东南亚晴空万里，和风轻拂。在美丽的仰光城，缅甸爱国华侨满怀豪情，升起了中华人民共和国的五星红旗。这象征着古老中华新生的第一面红旗，当它以湛蓝的天空为背景，冉冉上升，飘扬在东南亚上空的时候，在成千上万侨胞心头，怒放着欢乐的花朵。"这是当事人凭记忆描绘的当时场景，至今读来，按今天的话说还是特别有"历史现场感"，让人都能感觉着那南国、感觉着那时代、感觉着那清新的气息。

余生也晚，无缘得见徐四民先生。徐新英是徐四民先生的女儿。去年我们在合肥安徽饭店见面时，我向她介绍安徽的情况。她和她先生吴历山先生安静、专注地听。她个子不高，自带优雅，精干利索，眸子晶亮。她原来开办音乐学院，成立艺术协会，在音乐教育上执着 30 年。在父亲徐四民辞世后，毅然从音乐人转行到新闻传媒业，实现人生重大跳跃，近年又转战美食界，继续续写着徐家人的传奇故事。这充分体现了她父亲的血脉传承，也折射出一代又一代华人华侨爱国奉献、永远拼搏的精神。

　　不知道谁说过，远行的人必有故事。散布在地球各处的华人华侨，想必都有自己精彩的故事。如今，新生代的华人华侨与过去的生存环境完全不一样了。但徐四民们的故事，我以为不仅会为读者所感佩，也会启迪他们继续前行，去讲好自己的故事。所以我愿把《一个华侨的经历——徐四民回忆录》这本书推荐给他们。

后　　记

　　将陆陆续续写就的文字，结成一个集子予以出版，我以为很有点举行告别仪式的样子。但这只与自己的一段时间有关，而无关乎所"以"。

　　我的名字里有个"以"字。经常有人问我，你的名字是不是因为毛主席那段著名的"以学为主，兼学别样，做到德智体全面发展"的话而起。我只有反复解释，不是你以为的那样，我很想但够不上那荣耀，名字里的"以"只是按家谱排的辈分，"学"则是凑上去的。

　　《诗经》有"何其处也，必有与也，何其久也，必有以也"。这个"以"字，当有原因、缘故说，也有"依"字意。我工作一辈子，从事过多种多样职业和事务，一直得到领导支持、同事照顾、服务对象理解，思前想后，必有"以"也。深究起来，所"以"都在家乡。

　　按《说文》：以，用也。无论是从物质上还是精神上去理解，家乡都是我吃的、喝的、思的、想的、所有"用"的提供者。我出生地、成长地、长期工作地在铜陵，后来因缘际会，我又在黄山、淮南、合肥等"第二家乡"工作。多年下来，我也走遍了安徽的山山水水、每一块地方（以县级行政单位计算）。这个集子里的"那时花开""把风留住"等辑写的都是安徽风物，"愿为江水"辑主要是在长江文化考察中写的散文随笔，但绝大多数篇什写的也是安徽沿江风物。所有都与个人的步履紧密相关，即使与家乡的空间距离有点远，但也与家乡密切相关，基本也属于家乡的延伸扩展。这都是我的"以"字所在，终其一生的生活动力、最大靠山。我从这里出发，最后还会埋葬在这里。

　　但很遗憾，对所"以"的家乡，我曾自以为很熟悉。但具体动起笔来，想为她写点什么时，发现自己所知道的万不及一。但我还是愿意不断地触摸她，体会她，感觉她，妆点她，倾吐自己所慕，并尽自己所能，使她的绝世容颜与无上伟大让更多的世人知晓。

衷心感谢《铜陵日报》《徽州社会科学》《淮南日报》《江淮时报》《安徽日报》等媒体和诸位好友的支持与帮助，不间断地对我鼓励。衷心感谢合肥工业大学出版社支持结集出版。衷心感谢春樵先生在百忙之中为本书作序。

万以学

2024 年 12 月 25 日